宋凌云 张多 雷鸣／著

图书在版编目（CIP）数据

武林猛虎/宋凌云，张多，雷鸣著. —北京：新世界出版社，2012.8
ISBN 978-7-5104-3283-5

Ⅰ. ①武… Ⅱ. ①宋… ②张… ③雷… Ⅲ. ①长篇小说—中国—当代 Ⅳ. ①I247.5

中国版本图书馆 CIP 数据核字（2012）第 202336 号

武林猛虎

作　　者：宋凌云　张　多　雷　鸣
责任编辑：黄倩
装帧设计：碧血
出版发行：新世界出版社
社　　址：北京市西城区百万庄大街24号（100037）
总编室电话：（010）68995424　（010）68326679（传真）
发行部电话：（010）68995968　（010）68998733（传真）
本社中文网址：www.nwp.cn
本社英文网址：www.newworld-press.com
版权部电子信箱：frank@nwp.com.cn
版权部电话：+86（10）68996306
印　　刷：北京中印联印务有限公司
经　　销：新华书店
开　　本：710mm×1000mm　1/16
字　　数：229 千字　印张：15.25
版　　次：2012 年 9 月第 1 版　2012 年 9 月第 1 次印刷
书　　号：ISBN 978-7-5104-3283-5
定　　价：26.00 元

新世界版图书　版权所有　侵权必究
新世界版图书　印装错误可随时退换

目录
Contents

001	第一回	惠王爷夺印抗倭寇	九千岁仗势笞忠臣
011	第二回	勇杨恕涉险救惠王	智董西施计巧脱困
019	第三回	历艰辛六虎齐护王	惊云变吴飞惨遭害
027	第四回	辨因果明君赦贤王	逐风月纨绔求淑女
036	第五回	骄横千金莽绑杨恕	逐爱少年勇闯科场
045	第六回	颁皇旨洪州擒叛贼	布密局阉奴巧反攻
055	第七回	护郎心切董西受伤	寻踪觅迹死人复活
064	第八回	决战在即各施奇招	取胜心切展露前情
075	第九回	波诡云谲阴谋乍现	刀光剑影婚典行凶
084	第十回	暂避难辰钧悟佛法	骤现身千秋挟人质
093	第十一回	诉真情兄弟再联手	猛断臂壮士顾大局
102	第十二回	痴情女御玺托终身	狠心贼毒药害君王
112	第十三回	惊流言太后锁宫门	贪权位瑾忠陷罗网
122	第十四回	励精图治将军抗倭	割舍所爱杨恕下山

131	第十五回	使诡计邪魔劫军饷	起疑心皇帝设耳目
140	第十六回	鼓唇舌说动惠王心	练邪功渐惑痴女意
149	第十七回	表忠心大破天香教	探珍宝假意入华安
159	第十八回	缉元凶印月露真容	查令牌董西追根源
169	第十九回	为护主简正寻自裁	求重宝辰钧下毒手
178	第二十回	蒙冤屈杨恕寻真相	惑挑拨千秋堕酒乡
187	第二十一回	疗重伤心湖违寺规	查线索杨恕毁大炮
194	第二十二回	为夫求情父女义绝	将妻做饵落樱毙命
202	第二十三回	惑奸计将军遭主疑	中毒针挚友苦寻医
210	第二十四回	求石花生死见真意	斗心魔试炼感挚情
219	第二十五回	因情感情杨恕过关	将计就计奸王现形
229	第二十六回	情董西护情遗恨天	邪辰钧入邪归地府

第一回

惠王爷夺印抗倭寇　九千岁仗势笞忠臣

　　大明王朝中叶，朝政为阉党把持，东南有倭寇作乱，驻守洪州的靖海将军黄潮升，却只派出一支先锋军对战倭寇大军。数股倭寇将这支先锋军合围，黄潮升却一直不肯派出援军。紧闭的城门外，变成一片血肉横飞的战场。倭寇与大明军士正在以刀枪相搏。倭寇大军，面目凶狠地向大明军士冲来，他们手中的倭刀明晃晃，映着日光，杀气突现！

　　城门外土坡上，站着一个瘦弱的士兵，他奋力挥舞着军旗，他身边并肩站着一个同样瘦弱的士兵，咬牙奋力擂着战鼓。无数士兵从他们身边如潮水般地冲去。持刀的倭寇满面杀气地冲了过来，他们手中的倭刀映着日光，截然一挥，血水四溅！战鼓声戛然而止。绣着大大的"明"字的军旗倒在地上，旗杆被斩断，尸横遍野。先锋军鏖战一日一夜，无路可退，最终全军覆没。此刻龟缩于洪州城内的靖海将军黄潮升却莺歌燕舞，夜夜笙歌……

　　深夜的洪州城内的一座府邸，大红灯笼高高挂。门庭威风，高悬"敕造东南靖海将军府"。府邸门前人车如流，笑语不绝，不停有马车软轿停在门口，家丁们从上边搀扶着许多头戴珠翠、遍体罗绮的美女进门。

　　靖海将军府内大堂，灯火通明，大堂中央，身穿彩衣的若干舞女歌舞升平，乐女们正拨琵琶弄古琴吹玉笛，热闹非常。众家丁络绎不绝端上各种佳肴。

一个没精打采的年轻更夫拎着灯笼走过，向灯火通明的府门内望了一眼，满脸鄙夷，看着那络绎不绝走入府中的美人儿，转头向地上呸了一口。那更夫一路打更来到靖海将军府后院。院门外两个守卫正在打盹。更夫晃晃悠悠靠近守卫，猛然扑向前，用手中敲更短棒里抽出的长绳一下勒住两个守卫的脖子，两人即刻被勒晕倒下。更夫迅速脱下外衣，露出里面的夜行衣，套上面罩一跃上了墙头。

　　靖海将军府后院对面的矮房屋檐上，趴着七名同样戴着面罩的黑衣人。那更夫毛腰沿着墙头往前走了几步，对着远处七个黑衣人点了点头。众黑衣人分别从屋檐上跃起，慢慢向靖海将军府靠近。

　　靖海将军黄潮升坐于正位，此刻，他正左拥右抱，环肥燕瘦，嬉笑着搂着一个妓女狎昵。一个军士躬身快步走到黄潮升身边，耳语数句。黄潮升听完之后勃然色变，猛地推开怀中妓女，一拍桌子，众人皆惊愕，奏乐声戛然而止。黄潮升瞪着双眼环顾众人，忽然冷笑一声："诸位怎么都不吃不喝啊？今日欢宴，你等却唉声叹气，莫不是对本将军怀有二心?!……说话啊！"众将沉默，互相看着。王参将突然站起来，面有怒色，瞪着黄潮升："黄将军，城外倭寇烧杀抢掠四周百姓已经三日三夜！我大军驻扎于洪州城内，闭门不出，请问将军到底有何退敌良策？"

　　"退敌？"黄潮升忽然阴冷地干笑起来，众人面面相觑，"你们想知道刚才那探子都跟本将军汇报了些什么吗？哼，军中参将吴飞突然失踪了！正是他，在三日前盗走了极为重要的军情文书！黄某可不是傻子！这个吴飞很可能就是一直以来藏匿在我军中的倭寇奸细！军情泄露，三军岂能轻动?!"

　　众人议论纷纷，王参将第一个大声否认："将军，吴参将向来奋勇杀敌，其家人皆是被倭寇所杀，与倭寇仇深似海，要说他通倭，我王大中第一个不信！"众将纷纷点头赞同。

　　黄潮升不屑："哼，实话告诉你们吧，本将军一发现重要军情文书丢失，便暗中派人四处追查，但那吴飞却失踪了，本将军怀疑你们几个素与他交好，受他蒙蔽、将他藏匿。你们如果识时务，就赶紧把吴飞交出来！"众人面面相觑，纷纷摇头。

　　黄潮升冷着脸将手中空杯往地上一摔，杯子粉碎，命令左右家将，上来将王参将擒住。

"哼,你以为我黄潮升白吃朝廷俸禄?恐怕藏匿吴飞这个内奸的,第一个就是你王大中!把他拉下去,痛责一百军棍,看他招是不招!"左右答应着,就要拉王参将下去。突然,两条木棍平平从门外飞来,分别击中制住王参将的左右家将的后背,两名家将向前一扑,吐出一口鲜血,扑倒在地。身着黑衣的华安银铜铁石木五虎,手持长棍迅疾蹿入大堂,堂中众人皆大惊。空手的黑衣金虎和杨恕捡起长棍,将两侧想动手摸兵器的众将逼住。

黄潮升怒气冲冲:"哪儿冒出来的贼人,竟敢在我靖海将军府上撒野!"

杨恕平静地说:"黄将军莫怕,我们不撒野,只是想向你借件东西。"此时,黄潮升一名贴身亲信趁人不防摸出腰刀,被杨恕一眼看到,伸出长棍一棍将亲信的手敲中。那名亲信中棍手疼,刀当啷落地。黄潮升大怒,一脚踢翻矮桌。众亲信立即抽刀上前和黑衣人打起来。黑衣人丝毫不惧,拉开架势,棍棒到处惨叫不断,很快将那些亲信悉数打倒。黄潮升大惊,抽出佩刀,却已畏懦,"行、行,有话好说,不就借个东西吗?本将军最爱结交好汉,几位要借什么,只要我能借的,定当奉上。"

"黄将军,可惜老夫要借的,不是寻常物件!"伴随着这清朗的声音,一名蒙面的黑衣人大步流星走入大堂,见他那阵势,显然是个领头人,虽然手无兵刃,却身有威势,震慑得全场敬畏,"老夫要借的东西,是你离京之前,皇上亲手赠与你的那件宝贝。"

黄潮升倒吸一口冷气:"你要借的……可是当今皇上钦赐的靖海将军兵符?"领头人突然转身从亲随身边夺过一把钢刀,刀花一抖,众人一晃眼间,那刀已架到黄潮升脖子上。旁边美人儿惊声尖叫,黄潮升汗出如浆:"我说,我说!那兵符……就在后堂那张金丝楠木供桌上。"

领头人哈哈大笑,迅速一挥手,几个黑衣人迅疾蹿入后堂,旋即回来,手中已捧着一个锦盒。将锦盒打开,里面赫然一枚黄铜精铸兵符,在烛火下熠熠放光。黄潮升面如死灰,垂头丧气。领头人怒道:"黄潮升,你身为靖海将军,统领数万精兵,却贪生怕死,闭门不战,视黎民生死于不顾,置大明江山如危卵,依大明律,该斩!如今暂且保全你项上人头,待打败倭寇,再回来和你算账!"

众黑衣人齐刷刷向外走,黄潮升虚张声势地在后面大叫:"闯府夺印,你们究竟是何人?"

那领头人站住转身,缓缓拉下蒙面黑巾,露出威严的脸膛,浓眉一挑,目光如剑望向黄潮升。黄潮升及众将认出,此人正是惠王,遵先皇命其封地便在洪州!

惠王冷冷地举起黄澄澄的兵符,说:"黄将军,待本王率三军将士击溃倭寇,再来与你探讨用兵之道。"言罢率众人离去。

洪州城内军营内,火把猎猎,众军士列队整齐,手持长枪盾牌,目光灼灼,鸦雀无声。惠王已换上一身戎装,缓步走上点将台,环顾着台下众军士:"诸位都认识我吧?老夫姓朱,是大行皇帝唯一的弟弟,当今皇帝的亲叔叔朱祐基。大行皇帝当年封我做惠王,封地便在洪州城。如今城外倭寇肆虐,我大明将士理应众志成城,浴血奋战,而不该龟缩在这军营内,让百姓耻笑你们是懦夫逃兵。此乃今上钦赐靖海将军兵符,黄潮升将军突染恶疾,本王代替黄将军率领诸位出城迎敌。为国为民,拼死一战,我朱祐基与各位同生死,出城杀敌!"

三军将士士气大振,他们挥舞着手中兵器,敲打着盾牌,齐声呐喊。

点将台下一侧,出手相助惠王闯府夺印的那七名黑衣人都摘了蒙面黑巾,原来他们是一群和尚,都来自久延山南华安。这七人分别是江湖人称华安六虎的南华安武僧,以及自幼在寺中习武的俗家弟子杨恕。他们围在一个须发皆白的老和尚身边,那老和尚正是南华安住持心湖大师,此番为解洪州之难下山义助惠王。

众人被这出征的场面感染得激情澎湃,杨恕和六虎皆欣喜不已,心湖大师亦欣慰颔首:"阿弥陀佛。我南华安众僧此次下山前,曾在佛祖面前立誓,不仅是协助惠王,更要与洪州百姓同生死、共进退。今夜要向佛祖还愿了。刀兵之事毕竟凶险非常,你们上阵,只许用华安长棍御敌,只求退敌,不能枉杀性命,更不能妄用自家独门兵器,可记住了?"华安六虎和杨恕皆恭敬合十躬身回答:"弟子明白。"

洪州城门徐徐打开,火把照耀下,一身戎装的惠王领头,旁边华安六虎和杨恕策马跟随,他们的后面是浩浩荡荡士气蓬勃的三军。对面隔着一段距离,火把通明,正是倭寇的队伍,两军默然对峙。火光下,惠王一举手中利剑:"我三军将士听令!今日一战,关系东南数十万百姓安危祸福!你我必拼死一战!杀!"三军将士高声呼喝,杀声震天。惠王等策马向倭寇冲来,刀光剑影,血光飞溅!

　　城外战场上,喊杀声震天,两军尸首横倒一地。倭寇渐渐抵挡不住明军高涌的士气,纷纷溃败。惠王领头在马上英勇杀敌,其利剑所到之处,倭寇溃不成军。突然,一队灰衣人如鬼魅般出现在惠王坐骑附近。领头一人扬手向马头一挥,一片朦胧烟雾,惠王所骑战马哀鸣,委顿倒地。灰衣人向惠王出手,惠王猝不及防。幸亏旁边杨恕杀到,挥剑挡住灰衣人的袭击。杨恕跃下战马,与灰衣人步战。此时华安六虎也杀到,与灰衣人短兵相接。惠王骑上杨恕战马,重新挥舞利剑。华安六虎和杨恕挡住了灰衣人的袭击,领头的竹野发令撤退。众灰衣人如鬼魅般向后退去,隐身于潮水般的两军交战中。惠王在马上再次号令三军英勇作战。倭寇士气委靡,留下一地的尸首仓皇撤退……

　　洪州城终于保住了!而此时的洪州城内靖海将军府,大堂上桌椅全倒,杯盘狼藉,瓜果菜蔬都被踩得稀烂,黄潮升一脸气急败坏,还在拿桌上没摔烂的杯碟出气。旁边的歌舞伎们都面色惊恐,和家丁们一起躲得远远的,惊慌地看着气喘吁吁、面色灰白的黄潮升。

　　一名亲信副将匆匆跑进大堂,高喊大事不好。黄潮升挥手将众美女和家丁斥退。亲信贴到黄潮升耳边轻语:"那惠王统领城中全部军士,出城迎敌,与那边的主力部队狭路相逢,双方激战。惠王在阵前亲自擂响战鼓,我军士气高昂,人人不畏死,不脱逃,轻伤不退,勇往直前……如今眼见得我大明这一方就要、就要赢了。"

　　黄潮升愣住了,他瞪着眼珠子茫然坐下,发出一阵似哭似笑的怪声,随后又阴恻恻地笑着:"他们朱家的祖宗家法,藩王不得领兵,无旨不得擅离封地,否则视为谋反!"吩咐拿来笔墨纸砚,匆匆挥就:"惠王朱祐基,违反祖制,强抢兵权,擅自调动洪州军营人马,领军杀出封地,图谋不轨。是否将其立擒,请今上裁夺。"黄潮升吩咐副将三百里加急,将此信亲自送往京城,面见朝中司礼监掌印大太监李瑾忠。李瑾忠内受皇太后扶持,在朝中一手遮天,人称九千岁，他正是黄潮升在朝中的后盾。黄潮升命令手下将惠王夺印出兵一事向九千岁言明。手下领命匆匆而去。

洪州城门大开，街道两侧百姓欢呼雷动。满面疲色的惠王等骑在马上，在城中百姓夹道欢迎中，回到惠王府。心湖大师此时走到惠王面前："王爷，此战大退倭寇，洪州之围已解，接下来，就得按王爷您与张先生订下的妙计行事，否则功亏一篑！"惠王谢过了心湖大师，并请他们师徒速速出洪州，回久延山去，待他把大事办完，便去久延山与大师下棋品茶。

惠王想起了沙场遇险的场面，便望向杨恕，赞许地说："杨恕，你这个华安俗家弟子虽然年纪不大，但是颇有胆识啊，身手也不错，助我夺兵符、杀倭寇！激战中你还一直保护本王。"惠王从怀中掏出一个锦囊，递给杨恕，"我有件小礼物送给你，多谢你这一仗全力救护我，几次不顾自己生死，救我于危难。这里面是一个番僧给的秘药，能解百毒。你们常年在久延山上，遇到虫蛇噬咬，便有了用处了。你我就此一别，后会有期。本王有些事情要处理，就不恭送各位圣僧了，一路平安。"说罢，惠王大踏步离去。

杨恕愣愣地望着惠王背影，仍是迷糊地摸着后脑勺，心想这一仗不是打赢了吗？王爷他怎么都没有一丝笑容，反而却有愁苦之色呢？

惠王大踏步走入靖海将军府大堂。他身后跟着若干手持武器如临大敌的黄府家丁，亦步亦趋。惠王走到黄潮升面前，站定，坦然望着黄潮升。黄潮升极力想控制自己，但还是忍不住微微打战："王爷英明神武，真乃我洪州四府七县百姓之福……"

惠王正色道："废话不必多说。战事已毕，我前来这里是向你请罪的。依祖制，在外藩王不得干扰地方军事，不得妄议朝政，不得擅离封地。这些禁条我朱祐基明知故犯，如今，我把靖海将军兵符还给将军，任凭将军处置。"说罢缓缓从怀中掏出兵符，稳稳递给黄潮升。黄潮升哆哆嗦嗦拿过兵符，稳了稳精神，突然明白过来局势了，大喊来人，众家丁一拥而上，抓住惠王。惠王双臂受制，却毫不反抗，唇边微微露出一丝笑意。

此时，黄潮升的手下三百里加急，入京秘见九千岁，禀明惠王夺印出兵击退倭寇之事。九千岁大怒，翌日以皇帝命令在百官面前宣布惠王罪状！

京城紫禁城，华丽的华盖殿内，皇帝端坐于龙椅上，垂帘后，皇太后的脸时隐时现。阶下大殿内，众朝臣都低眉顺目，屏息听着站在皇帝身边的九千岁李瑾忠拿着一份奏章慷慨陈词："惠王有罪！不向朝廷请旨，滥用武力，强夺帅印，妄动刀兵，使百姓蒙难！皇上，祖制禁令外藩手持兵权，干扰朝政，这可是为了我大明江山社稷安危着想！惠王不遵祖制，就是有罪！"大臣雷鸣手持玉版向皇上躬身，说不敢苟同李公公之见！众臣哗然，都有些惊慌地望着雷鸣。

李瑾忠冷冷瞪了一眼雷鸣，不屑道："雷鸣，咱家乃当朝司礼监掌印太监，有代皇上'批红'之权。这些年朝政大小事务，咱家都替皇上分忧，虽比不上萧何、曹参这些名相，朝中却还没人敢说个不字。你一个小小给事中，从四品的官，也敢妄议朝政吗？"

雷鸣正色道："位卑未敢忘忧国。臣人微言轻，但既然食朝廷俸禄，理应为朝廷殚精竭虑，鞠躬尽瘁。靖海将军黄潮升临阵退缩，眼见倭寇抢掠却闭门不战，惠王率我大军退倭寇，护百姓，何罪之有？非但无罪，反而有功。皇上，应该重赏惠王，这才不致冷了忠臣良将一片赤子之心哪！"

李瑾忠盯着雷鸣冷冷一笑，转而看向皇帝，继续激昂陈词："请皇上不要忘了，前朝宁王谋反作乱，打的也是'抗倭'的旗号，可一朝兵权在手，就嘴脸一变，兴兵十万，气势汹汹，扬言要杀到京城，穿龙袍坐龙椅。幸亏上天不佑逆臣，出了一个有智有谋的王守仁灭了他。为讨伐一个宁王，战死多少精兵，伤我大明多少元气！前朝这血淋淋的教训，犹在眼前。前车之鉴，后事之师，请皇上此次务必严惩惠王，以震慑那些怀有不臣之心的魑魅魍魉！"

雷鸣道："皇上，惠王一片忠心，保家卫国，平定倭寇之乱，稳定我大明江山，何时有所谓不臣之心？"

李瑾忠答："何谓不臣？他惠王身为龙子凤孙，理应奉公守法，不老实在他府中好生待着，却用非常手段夺取兵权，为自己谋得私名，让无知百姓认定他才是救民于水火的大英雄。惠王这样做，置皇上威信于何地？如今他虽无谋反之举，却有谋反之心，这样处心积虑，为自己筹谋，其心可诛！一旦兴风作浪，必然混乱朝纲，天下不稳！"

李瑾忠冷冷望着雷鸣，一挥手："你们这等言官，最会在皇上面前卖弄唇舌，指摘朝政，蛊惑人心！枉读了几句诗书，便以为能指点天下大事！好好的朝堂,被你们这些多嘴多舌的东西弄得乌烟瘴气!你不是要语不惊人死不休吗?好,咱家就让你至死方休!来呀,给我廷杖伺候!"伺立在两侧的太监应了一声,气势汹汹上前拉住雷鸣。众臣惊慌低语着。

  年轻的皇帝蹙着眉头,刚想说话,他身后帘中的皇太后低声开口了:"皇上,李瑾忠是一心向着咱们娘儿俩的。别忘了,当年是他极力拥你登基。这把龙椅没有他全力维护,你也坐不了这么安稳。哀家看哪,这板子打得好,这帮文臣,全然不把皇上你的皇威看在眼里,这回正好治治他们多嘴的毛病。"皇帝沉默了。

  行刑的太监拿着巨大的廷杖,偷瞄了一下站在阶上的李瑾忠。李瑾忠微微将两脚张开。

  太监明白,这是"用心打"的暗语。他们奋力挥舞起手中的廷杖,雷鸣立即惨叫。坐在皇位上的皇帝突然捂住嘴,呕吐了。李瑾忠斜着眼看了一下皇帝,嘴角迅疾闪过一丝鄙夷。

  皇帝苍白着脸,虚闭着眼睛,歪坐在龙椅上。大殿上行刑太监还在用力杖打,雷鸣在杖下已没了声息。行刑太监住手,伸手探了探鼻息,禀告李瑾忠,那厮已没了气息。李瑾忠命令两个太监拖着雷鸣的双脚,向大殿外拖去。雷鸣的尸体在大殿地上留下一条长长的血迹。

  众大臣皆摇头叹息,但都不敢多言,屏息站立俯首。

  殿门外太监禀报,锦衣卫都指挥使谢天顺在殿外等候。皇帝听到谢天顺的名字,苍白的脸上有了一丝血色。李瑾忠走到皇帝面前,掏出一块丝帕,替皇上擦了擦衣襟上刚才吐的秽物痕迹,不紧不慢地走到一边。谢天顺已换上飞鱼官服,大步流星走上殿来。入门时,他奇怪地望了望拖雷鸣尸体出去的两个太监,愣了一下,然后继续向殿上走去。谢天顺在阶前站定,向皇帝俯身行礼。

  李瑾忠替皇上答道:"谢大人快起身吧,皇上和咱家有要事想托付于你。皇上命你在洪州的锦衣卫人马全数出动,捉拿惠王,就地正法!"谢天顺沉吟一下,疑惑地看着皇上。

  皇帝稍微胆怯地望了一眼李瑾忠,开口了:"靖海将军发三百里加急军情,言称惠王抢夺帅印,领兵作乱,朕已派浙直总督发兵洪州,请谢爱卿令锦衣卫驻洪州部下,助其平定乱党,擒获惠王,不得有误。此事朕意已决,百官谁也不必替惠王求情。"谢天顺躬身行礼,李瑾忠站在一边扬扬自得。

皇上退朝了,众大臣都低着头走出奉天门。众臣噤声无语,望望谢天顺,摇一摇头,一个个都走了。谢天顺茫然站在奉天门内,叹一口气,正要迈腿出奉天门。突然,从甬道那头匆匆跑来一个小太监,此人正是皇帝贴身的太监如意,说皇上有旨,宣他入乾清宫觐见。

紫禁城御花园内繁花似锦,一只黄嘴金鹰被手臂戴着厚厚臂套的太监架着,被众宫女逗着,展翅飞起来。原来小皇帝酷爱养鸟,因此谢天顺之女谢落樱凭饲鸟之技,在宫中掌管御鸟事务。小皇帝看着天空中飞翔的金鹰,笑容满面,众宫人连忙跪下行礼。皇帝扬了扬手,吩咐众人都下去。谢落樱有些担心,看了父亲谢天顺一眼,还是跟随众宫人离开了。皇帝坐在御花园中,抬眼看着天空中的金鹰翱翔,羡慕地说:"这只金鹰飞得多好呀!先皇在的时候,曾对朕说,金鹰需要在大漠风沙中磨炼,才能练就一双铁翅膀。唉,言犹在耳,先皇却不在了。谢爱卿,你是前朝老臣,先皇在的时候你曾随驾亲征大漠,如今任锦衣卫都指挥使也有十年,对前朝往事,想必是耳熟能详。朕来问你,是先皇够格当皇帝,还是惠王够格当皇帝?朕听说谢爱卿你与惠王素有交情,对吗?"

谢天顺一凛,马上跪倒:"皇上何出此言?先皇乃天授神器,命中注定要成为一代明君,惠王虽然勇武,但命中注定是臣子之分。臣与惠王曾在战场上并肩杀敌,确有交情。臣只知惠王一向赤胆忠心,忧国忧民。此番骤然起兵,臣也大惑不解,也许其中另有缘故。"

皇帝笑了,将谢天顺扶起:"自朕登基已经三年,皇太后总是叮嘱朕,朝中大小事务要听从李瑾忠的安排。李瑾忠是朝中臣子里对朕最忠心的一个。这三年来皇太后一直教导朕,要提防惠王,他是朕的亲叔叔,更是当年先皇的眼中钉肉中刺。皇太后她老人家总对我说起先皇在时对惠王如何忌惮防备,把他远远地封到洪州不说,还把他的独子,就是朕的堂哥朱辰钧一直扣在京城。说是陪朕读书,其实说穿了,无非拿他当个人质,就怕我那叔王哪天生出谋反的念头。惠王在朝中素以善战而闻名,功高难免震主。皇太后和李瑾忠替朕多做一番打算,这些好意朕都心领了。在他们眼中,朕虽然已经亲政三年,但却还是如孩童一般,懵懵懂懂,对国事毫无经验。遇事还要多听李瑾忠这位忠心老臣的。朕知道,惠王如同那经过风霜的金鹰,在一众皇亲中,文功武略,见识计谋皆为一流。而朕还年轻,就像一只养在笼子里的雀鸟。惠王若不反,便是朕的左膀右臂;他若真反了,便是朕的劲敌!所以,朕要亲自审他!朕要你派得力手下带惠王回来。你手下那个千户马千秋就很能干,上次朕景阳宫中丢失的那把九龙玉壶,多亏他亲赴西山贼窝,过五关、斩六将,擒拿通天大盗'九尾猫'。这趟差事,就派他去吧。告诉马千秋,此去洪州,要带惠王平安回京。如果惠王身上短了一根汗毛,我拿你们锦衣卫南北镇抚司一干人的性命,替他一个人抵命。"

谢天顺领命,遵照圣意,带女儿谢落樱一起出宫。

京城紫禁城奉天门外,众禁卫大门两侧持长戟守卫。突然,一辆马车疾驰而来,驾车人是一翩翩白衣青年,他勒紧马缰,来到宫门前。那青年纵身跳下马车,观面目,此人目光朗朗,眉目英挺,他正是惠王之子朱辰钧。朱辰钧匆匆走到宫门口,说有急事要求见皇上。两边禁卫手中长戟交叉一拦,回答说九千岁他老人家今日特意叮嘱,皇上要闭关修佛,谁也不见。朱辰钧伸手便扇了禁卫一记耳光,那禁卫吃了耳光,恼羞成怒,竖起长戟指向朱辰钧。朱辰钧伸手扬起手中马鞭,啪啪就是两记,抽在两禁卫脸上。禁卫大叫,从门内涌出更多禁卫。众禁卫将朱辰钧团团围住,朱辰钧手中长鞭不住挥舞,眼见众人不是他的对手,一步步败退。宫门外一片混战,禁卫们被长鞭抽到,哭爹叫娘,纷纷后退。眼看朱辰钧便要抢进宫门内,突然一只手扬起,挽住了朱辰钧的鞭梢。

挽住鞭梢的人是东厂厂公庞庆,他一副死人般苍白脸色,没什么表情的眼睛盯着朱辰钧:"世子,皇上今日闭关修佛,您有事明日再见吧。请世子您还是识相一些,别在这奉天门外大呼小叫的,权当给我庞庆一个面子,请回吧。"

朱辰钧一挥手中长鞭,鞭梢脱出庞庆之手,庞庆身体灵活,滴溜溜旋转,灵巧躲避。朱辰钧鞭落如雨,庞庆却如一只陀螺,如何也打不中他。恰巧此时谢天顺父女来至奉天门,看到此番景象,大惊失色。

第二回

勇杨恕涉险救惠王　智董西施计巧脱困

宫门外,谢天顺站在人群后,担心地看着朱辰钧和庞庆缠斗。此时,庞庆使出看家兵器:一对三棱刺,出招阴狠,尖刺旋转如飞,招招向要害处招呼。朱辰钧手使一柄软剑,见招拆招。突然,从大道上向奉天门小跑来两队厂监,劲装彪悍,护着一顶软轿匆匆赶来。软轿轿帘掀起,露出九千岁那张阴沉不定的脸。轿边站着司礼监秉笔太监万盛。万盛扭着走到近前,清清嗓子,让所有人停手。朱辰钧和庞庆俱收了手,转头望向软轿。这边九千岁搭着一名小太监的手,出了轿子,缓缓走来站定。庞庆向九千岁叩拜。朱辰钧长身玉立,向九千岁拱拱手。九千岁上下打量着朱辰钧,高深莫测地笑着:"世子殿下,咱家与你好久不见了。记得上回咱们见面还是皇太后千秋宴上。这一晃又是大半年了。"

朱辰钧也笑笑,说:"九千岁政务繁忙,简直比当今圣上还要忙,废寝忘食,殚精竭虑,怎会有空见我?"

九千岁回道:"你还是老样子。话里带骨头,却又让人挑不出毛病。这点你倒是很像你爹。你可得当心喽,儿子像爹固然是好事,可别像过了头。"

朱辰钧说:"九千岁夸起人来,也是老样子,乍听上去受用,但细细一想,难免令人惊心。"

九千岁说:"不要惊,不要惊,只要这里藏的是一颗忠君之心,皇恩浩荡,哪个吃了熊心豹子胆,敢随便惊动您世子殿下?"

朱辰钧说:"我们不必绕圈子了,你今日在皇上面前弹劾我父谋反,到底意欲何为?离间皇家骨肉,谗言惑君,难道是你的本分?"

九千岁说:"世子殿下,皇上已然颁旨,让锦衣卫派得力人手捉拿惠王,就地处决。求情是没有用的。咱家劝世子你还是省省力气吧!咱大明天下朗朗乾坤,君慈民顺,哪里来的宵小之徒?世子你千万不要以小人之心度君子之腹。咱家劝你还是回去吧,这样口不择言,就算见了皇上,恐怕也只落个言多必失。"

朱辰钧怒了:"好,那我今天就请九千岁陪我进宫,咱们一起去见皇上。"说着,挥舞一个鞭花,旁边的庞庆连忙上前挡住九千岁。这时突然传来朗朗喊声:"皇上驾到!"一顶步辇被抬着缓缓出了奉天门,门内外扑通跪倒乌压压一片。众人叩见陛下,端坐在步辇上的皇帝摆摆手。众人起身,皇帝俯瞰朱辰钧,缓缓说道:"你回去吧。身为世子,在奉天门外大声喧哗,惊扰内宫,成何体统?朕念你一时情急,饶你闯宫之罪,回府闭门思过,三日内不得出府门半步。"皇帝说罢向手下太监挥挥手。抬辇的太监们转身回宫。朱辰钧追赶,但门口禁卫层层阻拦,只得站住。

万盛扭着走来,跷着兰花指,掩嘴笑:"哟,世子殿下受委屈了。看看,这泪珠儿眼瞅着就要滴答下来了。您得遵皇上口谕,回府闭门思过。不过……刚才您对我们九千岁多有冒犯,难道不想赔个礼道个不是?一抹脸不哼不哈这就要走吗?早就听闻世子您坐的马车镶嵌七宝,华丽非凡。连马脖子上戴的璎珞都是琥珀玛瑙。更不要提给您拉车的这匹马了,据说出自西域,能日行千里,让人眼馋呀。"

朱辰钧一咬牙,猛然将马鞭扔在地上:"都是身外之物,你们中意便拿去吧。"说完转身孑孓独行。刚走两步,却听见万盛那尖厉的嗓子正在吆喝着:"小的们,你们还等什么?赶紧杀了那马,拆了那马车,把那劳什子都当劈柴烧了,放个大大的烟火给咱九千岁乐一个!"

朱辰钧一凛,猛回头,闻得马的悲鸣,早已有人上前一刀捅在马的肚子上,马立刻翻倒在地,马车轰然倒地。一众厂监拥上去,七手八脚地拆着马车。九千岁身边站着庞庆和万盛,他冷冷地看着朱辰钧脸上痛苦的表情,生出一丝残酷的笑意。朱辰钧咬紧牙关,头也不回走开。

一直站在宫门侧边的谢天顺父女连连叹息。谢落樱望着朱辰钧背影,眼泪盈盈欲滴。

洪州城内,大战结束,街上已恢复往日热闹景象,人来人往,吆喝声不绝于耳。杨恕和铁虎二人走在街道上,边走边聊,两手大包小包。二人口中还大口嚼着素菜包。这时传来当当的敲锣声:"众人听着,皇上颁旨,命浙直总督率军平叛,叛党魁首朱祐基密谋反叛,今已束手就擒。靖海将军令,凡从朱祐基参与反叛者,立刻自首者,罪减一等;负隅顽抗者,等待你们的只有死路一条!……"

百姓议论纷纷,翘首探看,从靖海将军府门口推出一辆木笼囚车,车内端坐着的正是颈戴枷锁的惠王本人。他已脱去战袍,穿着一身素衣内衫,肩扛枷锁,目光淡定。囚车边有四五个带刀士兵护着。百姓都惊住了,指着木笼囚车议论着。突然,人群中有人大喊:"惠王带兵是为了抗倭,不是谋反,惠王冤枉!"这一声喊领了头,众百姓也纷纷七嘴八舌叫喊:"惠王是好人哪!……惠王保全了洪州城,保全了我们一家,他没有谋反……"众百姓挤向木笼囚车,却从靖海将军府内涌出一批手持长枪的士兵们,将百姓们挡开。

木笼内的惠王突然气沉丹田,扬声道:"诸位乡亲父老,我朱祐基先谢过众位拳拳护我之心!今上圣明,我是谋反的乱臣贼子,还是一片忠心保家卫国,相信皇上会秉公决断。众位不要乱了,你们这一闹,若出了乱子,反而中了别人的奸计。去吧,都散去吧。"众百姓有的扑倒在木笼前哭喊着,有的向惠王手中塞着食物,有的向笼中递水瓢。士兵吆喝着把水瓢打翻,水泼洒了一地。杨恕和铁虎挤在人群中,性急的铁虎攥起了拳头,就要向前冲。杨恕一把将他拉住:"光天化日,众目睽睽,你这身和尚打扮,一出手那狗官就知道是咱们久延山南华安动的手。露了行藏,你就算将惠王救回久延山,追兵闻风而来,岂不是给咱们南华安招祸事?四师兄,你先回去,马上请师父他们从小路出城,离开洪州这块是非之地。救惠王的事,留给小弟我做,你就尽管放心吧。我功夫不如你高深,可论起锦囊妙计,我可比你有一套。"铁虎想了想,笑了。二人悄悄从人群中退出。

夜深了，街道上一片寂静空荡无人。靖海将军府门口灯笼映照下，一辆木笼囚车静静停在那里，两边各有士兵看守。惠王静静坐在囚车内，闭目养神。梆梆梆……打更的声音由远及近。一个更夫缓缓走了过来。灯笼下，那更夫的脸渐渐清晰，原来正是杨恕。他走到木笼近前，慢悠悠敲着梆子。守卫们有些疲惫，打着哈欠。刚刚打盹的守卫被打更声惊醒，他们揉着眼睛瞪着杨恕，斥责他滚一边儿去。杨恕点头哈腰，赔着笑，捯着小步凑上前去："两位兵爷，真是辛苦，眼瞅着都四更天了，还在这里不得歇息。我这里有上好的淡巴菰，这可是小人的私房货，是海上渔民从吕宋偷运进来的，花多少银子都买不到呢，闻一口，提神醒脑。怎样？两位兵爷来上一撮儿？快乐似神仙呢！"说着，从怀里神秘兮兮掏出一个精巧葫芦，打开塞子，嗅了嗅，故意打了两个喷嚏。两个士兵笑眯眯地看着杨恕，傻乎乎伸出手，杨恕假装心疼，不肯多倒。两个士兵嗅了嗅，点点头。然后他们学着杨恕的样子，用指甲挑起，将粉末摸在鼻孔里。突然，他们两个各自看了对方一眼，脸上露出奇怪的笑容……然后软绵绵倒下。杨恕忍着笑，从鼻孔里掏出两个纸团。

杨恕冲到木笼前，从怀里掏出一把匕首，削断铁链，打开笼门。静坐在木笼中的惠王惊奇地看着杨恕，却轻轻摇了摇头："不，我不能离开。率土之滨，莫非王臣。我能逃到哪里去？如果我逃了，就等于默认了我的罪，我不能逃。"

杨恕着急起来，他看到手中的葫芦，灵机一动，扑一下将葫芦中所有粉末挥到惠王脸上。惠王极力挣扎了一下，还是被药力所控，昏了过去。杨恕刚背起惠王，突然身后有人嗤笑了一声。杨恕慌忙转头，看到一个脏着脸儿的小乞丐站在那里。杨恕让小乞丐帮他把惠王抬到附近的一条狭窄巷内，小乞丐左看右看，又拢了些稻草将惠王盖起来，突然拎出一面铜锣来，敲响了铜锣，冲出巷口。铜锣声突兀响起："抓刺客呀！——不得了了！有人要行刺靖海大将军呀……"杨恕大慌，忙冲出巷口，对那小乞丐摇头。小乞丐解释："就敲，就敲！敲到灯火大亮、敲到鸡飞狗跳，不让洪州城乱起来，咱们走不了！"这时，从靖海将军府内，四面八方已冲出不少听到锣声跑出的持枪士兵们。他们来到大街上，看到空空的木笼，大惊失色，立即大嚷："不好了，惠王被人救走了！快报黄将军！马上全城搜查！"

小乞丐拎着铜锣用力敲了两下,那些正在搜查的士兵们围拢过来,小乞丐说:"兵爷,我刚才亲眼看见一个彪形大汉舞着一杆这么长的枪过来,打昏了这两位看守,把那个关在木笼里的人给救走了!喏,他背着那犯人往城东去了!"一队士兵急急向东边跑去。小乞丐得意地看着杨恕笑,然后纵身跳入黄府院墙。

胡同内,杨恕手足无措,将惠王背起,这时小乞丐跑了进来,说他用了调虎离山之计,从黄府里搞到马车和宝马,尽快出城去。杨恕很是佩服,直接就称兄道弟了,而且还要赔不是。小乞丐也不客气,自报家门外号"有办法",大名"董西"。

寂静的城门前街道上,一辆马车疾驰而来。车上躺着的是昏睡的惠王,从头到脚蒙着一块白布。杨恕和董西并肩坐在车前,甩鞭子赶马一路狂奔。到了城门口,马车放慢速度,董西一捅杨恕,开始放声号哭:"呜呜呜……爹呀,你好死不死得什么毛病不行?为啥要得绞肠痧哟……爹呀,你可把咱们都害苦了哟!……军爷,车上的是我死去的亲爹,你可别去翻,他是得绞肠痧死的,传染。大夫说这尸首也得送出城埋了去,搁在城里头会传给人,一个传俩,俩传仨,大伙都得死……"董西说着继续抽泣,偷眼看守门士兵。几个士兵捂着鼻子,忙不迭挥手。杨恕和董西巴不得这样,忙赶起马车,一路出城去了。

暮色中,久延山上暮鼓声传来,晚归的鸟儿飞归林中,更显得山野一片寂静。杨恕背着惠王一步一步踩着山阶拾级而上,董西跟在他后面扶着。宏伟的南华安山门映入眼帘,二人稍稍驻足,山门内走出一名扫地小僧,见到杨恕,惊喜地扔下扫帚双手合十。

方丈禅室内,仍在昏睡的惠王被小心地放置在禅室的卧榻上。心湖大师匆匆走了进来,皱眉看着满面得意的杨恕,察看了一下惠王的面色:"你给惠王用了曼陀罗花粉?"又满眼狐疑地看了一眼董西。杨恕说多亏董西帮了他的大忙,否则他一个人也没办法把惠王带出洪州城。杨恕和董西咧着嘴冲心湖笑。心湖无奈地看着二人,轻叹一声,只好点头:"一路山高水长,你们辛苦了。杨恕,你带着董施主去吃斋饭吧。"杨恕拉着董西走了。心湖回身来到惠王面前,拿过一个水钵,含一口水喷到惠王脸上,惠王一个激灵,醒过来。

月朗星稀，华安寺内，一片寂静。心湖大师带路，惠王紧紧跟随，二人悄悄向塔林方向走去。杨恕和董西吃罢斋饭，擦着嘴从另外方向走来，董西眼尖，看到前面模糊的影子，立即将杨恕拉到角落。二人思忖：塔林那里供奉的是历代高僧的舍利，是禁区，华安弟子平日里都不许去那里的。夜这么深了，他们两个鬼鬼祟祟，往那么偏僻的地方，必然是有些缘故。二人决定看个究竟，遂纵身一跃，跳上房顶，踩着瓦片向后院跑去，来到寺外塔林。

塔林边有一个小屋，窗内透出灯火光亮，心湖大师头前带路，将惠王引进屋内。杨恕和董西也悄悄追至，蹑手蹑脚向小屋窗口走去，董西舔舔手指，伸手捅破窗纸，小洞内透出屋内景象。

屋内，心湖大师和惠王坐在那里，心沂大师扶着面目苍白的吴飞在方椅里坐下。心湖大师伸手替吴飞把脉，良久点头："吴飞，你的身子眼下有些好转，不过，之前你伤势太重，要想痊愈还需静心调养一段时日。吴飞自小在我南华安中习武，功底扎实、身强体健，这才能忍受那般沉重的伤势，跋山涉水投奔到这里。多亏我师弟心沂妙手回春，又兼调养了这些时日，体力恢复得很快。若是路上有人精心照料，想必不妨事。"

窗外，偷听的杨恕和董西吓了一跳。他俩刚想凑近细听，却同时被一双大手摁住后颈，一时间动弹不得。杨恕极力想挣扎，无奈那双大手十分有力。耳边传来低沉的男声："夜半三更，你们却在外面探头探脑，不怕风冷霜重，吹坏了脑壳？"屋内人闻声大惊，随即屋门被推开，杨恕和董西两个一脸羞愧被推搡进来，他们身后出现的是惠王亲信张简正。原来，自惠王脱困而去，黄潮升那狗官慌了手脚，将洪州城内搅了一个沸反盈天，将王府里里外外搜了个遍，却也没找到惠王，这才悻悻而去。张简正猜测惠王很可能会在南华安，故而连夜赶来。

杨恕和董西觉得惠王和心湖有秘密瞒着他们，心中不悦。惠王指指旁边的吴飞："这个秘密可以告诉你们俩，其实靖海将军黄潮升暗中勾结倭寇、合谋卖国！多亏了这位吴参将不顾个人安危，这才洞烛其奸，探明个中端倪。"杨恕和董西望向吴飞，这是一个面容沉毅的英武男子。

吴飞向众人述说，几日前，他趁夜半孤身闯入敌营，希望能以非常手段伺机擒拿敌酋主帅，却无意发现，黄潮升身边的亲信与倭寇大帅正在秘密见面！

原来，黄潮升一直与倭寇暗中勾结，听任倭寇在沿海烧杀抢掠，所得财物双方对半平分。更让他惊讶的是，暗中支持黄潮升勾结倭寇的人，正是朝中权倾一时的九千岁李瑾忠……

吴飞得知了这桩天大的秘密，明白仅凭红口白牙无法令人信服，九千岁权倾朝野，贸然指证只会引火烧身。然而事关国家，他又决不能置身事外，进退两难之下，他决定要拿到倭寇主帅手中的账册作为证据。倭寇在大明土地上掳获金银财宝，都要集中收缴入库，造册记录，黄潮升与倭寇主帅各拿一本账册。这账册，便是铁证！吴飞偷账册时迎面撞上了返回的倭寇主帅，其麾下高手竹野英雄与之展开一场厮杀。过招中，吴飞腰间系的腰牌被削掉落在地上。浑身是伤的吴飞终于逃过竹野的追杀，他知道必须找一个安全的地方，走投无路之时，只得星夜奔回久延山往南华安中避难……

屋内众人默默听着。原来心湖大师派杨恕偷入洪州城内，向惠王送信，在信中就已经写明吴飞所知机密。惠王临机决断，回信中约定，要冒险抢夺靖海将军兵符，亲率大军抗倭退敌。明朝祖制，在外藩王没有宣召，一律不得入京。惠王料定自己这次夺印出兵，朝中的九千岁势必会逼迫皇帝见责，派人缉拿他入京，这倒反而是个在皇帝面前面陈真相的机会。

果然，不出惠王所料，皇上已经派了锦衣卫干将前来洪州，护送惠王上京。心湖大师告诉惠王，此次南华安寺六虎将悉数出山，全程护送吴飞与惠王同时入京，就算是刀山火海，六虎也定会不辱使命。为抵御倭寇，六虎新研习了一套阵法，名曰金刚猛虎阵，如今也已经大有所成。惠王站起身诚挚地向心湖双手合十深深行礼。

黎明，住持心湖大师带着杨恕走到后院一处小屋，打开屋门，把他们暂时关在这里，以免走漏风声，待事情圆满了结，再把二人放出来。

马千秋带着两名随从匆匆走入洪州城靖海将军府大堂。一边穿着官衣一边急匆匆从后堂走出的黄潮升，见到马千秋，忙快步上前请安。听圣旨要将惠王朱祐基押赴京城，黄潮升期期艾艾地凑近马千秋小声说，手下那帮酒囊饭袋看管不力，居然让惠王给跑了。马千秋正要说话，突然外面跑来一个家丁，慌张说惠王已经来至府门外，说他前来自首。黄潮升和马千秋都是一惊。

黄潮升和马千秋快步穿过院子往外走去。将军府门的白玉台阶上，惠王从容站立。黄潮升看见惠王，冷笑一声，冲手下挥手，命将罪臣惠王朱祐基抓起来。几个军士得令上前押住惠王。马千秋立即阻拦，并上前对惠王施礼："王爷，小人乃是锦衣卫千户马千秋，奉皇命前来洪州……"惠王打断："不必说了，我明白。我既然自己回来了，就是打定主意要进京领罪的。我擅自抢夺兵符，又领兵出战违反了祖制，一人做事一人当，本王甘愿听候皇上发落。"马千秋点点头没说话，示意随从，两个手下上前为惠王戴上枷锁。黄潮升得意冷笑，惠王转身往门外走去。

　　洪州城外，一派深秋景象，山高水长雁南飞。马千秋牵着马，惠王戴着枷锁，几人行在路上。

　　几人出了洪州地界后，马千秋命令随从给惠王把枷锁解了："王爷，您公忠体国、英勇善战的美名传遍朝野，我等都是钦佩有加，此番夺符退敌那也是事出有因，相信皇上会体察的。临行之前，都指挥使大人特意叮嘱我务必把您毫发无损地送到京城，谢天顺谢大人也很挂念您。王爷，您就不要推辞了，快请上车吧。"惠王领首，看了看马车，走上前去，双手解开马套和车辕，翻身上马一勒缰绳，骏马长嘶一声。

第三回

历艰辛六虎齐护王　惊云变吴飞惨遭害

靖海将军府的内厅里，黄潮升将一个茶杯狠狠地摔在地上，几个亲信胆怯地站在那里低头不语。这时一个家丁匆匆进门，伏在黄潮升耳边说了几句。黄潮升收敛笑容，走入屏风后面的书房。

书房里，黄潮升喝着茶，一个灰衣人站在面前，用生硬的中国话说："黄将军，缉拿吴飞，我们这边倒是有了一点儿线索。大帅派出的查探吴飞踪迹的几名高手，刚刚被发现死在久延山脚下。"黄潮升紧锁眉头。

久延山下的小树林里，地上并排放着三具尸体，都是黄潮升派出追捕吴飞的勇士，却不知道被什么人打死了。黄潮升和灰衣人细细查看，发现这三人身上均无利器伤口，唯一的致命伤都在太阳穴上。这一击致命，打断迷走神经，不是普通人能做到的，由此断定，拳法如此精纯，很像南华安的猛虎拳！吴飞曾在南华安中习武，如今他受了伤，八成是去投靠南华安了！黄潮升要马上带人去南华安，把寺内外翻个底朝天，并对灰衣人保证定会将吴飞那个逆贼一举擒拿！灰衣人点点头，冲黄潮升鞠躬后快步离去。

董西、杨恕二人被关在南华安后院小屋内，研究着如何溜走。董西折断一支竹筷，从接头处剥出一细条小竹签捏在手里，然后将袖子捋了起来，露出一截胳膊，将手顺门缝穿了出去。杨恕连忙伸手扳住门缝。董西凭感觉摸到锁头，手指上轻轻摆弄，只三两下，锁竟应声而开。董西拉着杨恕出了屋子，又将门关了，原样锁好。二人猫着腰一溜小跑到后院墙根下，看看四下无人，翻墙出去了。他们一路小跑，正是夕阳西下，山间一派好风光，烟光紫而暮山凝，潦水尽而寒潭秋。二人又发足奔了一段，来到一处山涧，窄窄的瀑布下是一潭清水，杨恕二话不说就脱了外衣，下水洗澡。

黄潮升带着一众手下直奔山门而来。门口的扫地僧见状上前打问，黄潮升粗鲁地一把推开扫地僧。扫地僧退到山门死死拦住，黄潮升说着抽出佩刀，杀气腾腾："我得到密报，洪州大营有一员名叫吴飞的通倭要犯很可能就藏在寺中。我就是来捉拿此人的，还请方丈行个方便。"

心湖大师拦道："阿弥陀佛，将军此言差矣，南华安本是佛门清静之地，一向与世无争，又怎会藏匿什么通倭要犯？寺中并未藏匿任何人，出家人不打诳语，将军若只是不信，非要进寺，老衲也没有办法，只是这南华安乃是先皇御封的护国神寺，非奉皇命不得擅闯。"

黄潮升面露凶光，命手下的众军士分散开来，立即搜查。众弟子义愤填膺，纷纷准备上前阻拦，心湖轻叹一声，摇头示意他们不要妄动："我等出家人胸怀坦荡，既然将军执意要搜查，那就请吧。不过，还望众位军士在寺内轻言少语，切莫惊扰了佛祖。"

院内，黄潮升手下正在四处搜查，手下纷纷空手而回，全都搜遍了，没有发现可疑人。黄潮升皱起眉头，看着心湖大师。这时一个手下从山门外进入，走到黄潮升身边耳语起来。黄潮升听完立即冲手下挥手说："下山！"

黄潮升和手下骑马来到山路边一片树林，一名便衣探子匆匆跑到黄潮升面前，报告说从附近山民口中打听到一个消息，今天早晨他们有人曾见到寺里的六个和尚背着行囊、带着一个人下山去了，那人应该就是吴飞。吴飞多年前就在这南华安中习武，与许多山民都算得上旧相识，应该不会认错。黄潮升随即吩咐先回府，众手下急急跟着离去。

杨恕在水潭里尽情游泳，董西坐在大青石上忽然听见马蹄声，凑近躲入树丛里，看见为首一人竟是黄潮升。董西赶忙挥手招呼杨恕过来。远远的林间山路上，一队军马骑行而来，只听黄潮升对亲信说："那个老和尚果然狡猾，居然赶在我们前面把那吴飞送走了！咱们赶紧回府，连夜派一队心腹干将，追上吴飞和那六个秃驴,斩尽杀绝!还有,吴飞手里那件东西也务必追回!"黄潮升一挥马鞭,加快了速度,山间土路上扬起一阵烟尘,不一会儿一大帮人就消失在山脚下。杨恕和董西面面相觑,决定立即回华安寺。

一片狼藉的寺院内,众僧正在打扫。杨恕和董西急慌慌从山门跑入,急忙向禅房方向跑去。杨恕直接推门进入禅房,心湖大师正在打坐,他睁开眼看着二人。听说黄潮升要派人追杀吴飞和六位师兄,心湖大师大吃一惊:"人算不如天算,没想到如此周密的计划,却还是泄露了天机。杨恕,去牵一匹快马,你二人和为师这就下山。"

月朗星稀,七个骑马的人影走在小路上,吴飞被六虎保护在当间。

驿馆外,马匹正在槽内吃草。马千秋和惠王正对坐饮茶。惠王出发前已经飞鸽传书给在京城的世子,希望入京之前能见到他。马千秋赞赏惠王当机立断、率兵退敌,劝解惠王相信皇上这次定能体察实情,朝中众位大臣也会为惠王说情,衷心希望他们父子常相聚。

京城,晨光熹微。谢天顺家的院子里一声鸽哨,那鸽子竟准确轻盈地落在谢落樱手臂上。谢落樱小心地从鸽脚上解下小小的铁管,从里面抽出一封卷起的信笺,信卷上用蝇头小楷竖写着:辰钧亲启。谢落樱转身对侍女横波:"快去请惠王世子来,就说,就说我爹邀他来府上一起探讨《春秋》。"

世子府邸内,一片萧索中传来悲怆的古琴之声。横波在仆人带引下穿过厅堂来到后院。后院中一派火光烟气,两个仆人正往火堆里扔着书。而朱辰钧一袭白衣,面容如水,端坐抚琴。横波走上前去,听那琴声,竟有些出神。朱辰钧一曲抚毕,看见横波,转过身来。横波慌忙见礼,说明来意。

谢落樱将朱辰钧引入书房,立即取出信卷交给他。朱辰钧匆匆展卷读完信,凝眉思忖。谢落樱捧了一杯茶放在朱辰钧面前,轻声说:"世子不要着急,我想办法让你秘密出城。"

天色将晚,府门打开,谢落樱走出来,身后的几个家仆分别拎着几只鸟笼。谢落樱怜惜地抚摸着一只白鸟的羽毛,小鸟咕咕了几声,谢落樱开心地笑了。她将鸟儿放入笼中,交给扮作家仆的朱辰钧:"好了,你们赶紧带这些鸟儿去城外放生吧,要小心。"几个家仆拎着鸟笼出发了,朱辰钧混在家仆中,谢落樱忧心地看着朱辰钧远去。

杨恕、董西和心湖大师三人坐在酒肆角落桌边,向送饭的伙计打听是否曾见过六个和尚和一个俗家打扮的男子路过此地。伙计透露,一大帮带刀黑衣人也向他打听过那六个和尚。三人听罢立即带上馒头上路……

靖海将军府的花园中,黄潮升用手捞起一条肥硕的金鱼,金鱼在他掌心拼命扑腾,听到亲信说没有追上吴飞和那帮和尚,一把将鱼扔回鱼缸,溅起的水花把亲信吓了个激灵。黄潮升恼怒地盯着缸子里的金鱼。突然,那个灰衣人从天而降:"黄将军,我方探得消息,当夜闯入你府中帮助惠王夺取兵符的,便有南华安的华安六虎。恐怕……惠王也知道你与我们的秘密了。不过,将军莫急,我家大帅早已派出一队人马追杀惠王,务求斩草除根!"

黄潮升脸上杀气腾腾:"拜托你家大帅了,惠王、吴飞、南华安众武僧……凡是知道本将军秘密的人,一个活口也不能留着!"

那边山路上,华安六虎和吴飞七匹马奔驰而来。石虎手搭凉棚往山坡下探看,前面有家酒肆,他们决定去用些饭食再走。众人骑马来到路边酒肆,将马拴了,围坐下来。另一张桌前,正坐着惠王和马千秋。吴飞和惠王对视一眼,惠王微微点头会意。两路人马经过了几日的星夜兼程,眼看已经接近京城了,按之前的约定,双方假装并不相识,只是互相默默致意,大家心里都有了底。可是他们都不知道,倭寇和黄潮升派出的刺客也已经尾随而至,一场生死危机一触即发。众人用完饭食,相继离开酒肆。惠王和马千秋走在前面,六虎和吴飞走在后面,心照不宣地往京城南郊进发。

京城外山区路上,惠王一众人骑马疾行,很快进入山区。林深树密,偶尔传来几声凄厉的鸟叫。黄昏之前日照长而炽烈,众人边走边擦汗,一处林荫下,两拨人马相隔不远,分头下马饮水将息。这时,远处忽然传来密集的马蹄声,六虎和吴飞纷纷起身,棍棒在手。另一边,惠王也和马千秋对视一眼,戒备起来。三匹马疾驰到近前,来人翻身下马,为首一人身披袈裟,一看竟是心湖大师,众人大为惊讶,赶忙迎上前,问为何会在这里。杨恕急忙回答:"我们得到消息,黄潮升已经派出刺客要加害你们,所以连夜下山,追了几天几夜,可算是追上你们了!"于是计划所有人马并作一路,翻过眼前这座山,共同赶往京城。

已至黄昏,京城外山坡上,树影婆娑之间,一阵风吹草动。嗖地一下飞绳掠过,一个黑影用钢爪抓住树杈,借力从山坡上飞过,紧接着一个又一个黑影飞过,朝北而去。山路上,另一队黑衣人疾驰而来,呼啸而过,扬起烟尘,山坡树林里又是一阵响动。

　　山路上,惠王等众人正在疾行,身后的黑衣人已经迫近,负责断后的杨恕察觉情况,赶忙拍马,提醒大家小心黑衣人。话音未落,黑衣人已经发起攻击,众人惊觉,纷纷应战。须臾之间,两拨人马二话不说,已在暮色中的山路上战作一团,刀枪剑棍眼花缭乱。马千秋极力保护惠王,而六虎等护住吴飞,全部人都加入战斗。两个锦衣卫随从相继被黑衣人杀死。双方正打得不可开交,电光火石之间,密林中忽然四处飞出八角形的袖里剑,华安六虎中的银虎、铜虎和木虎三人身上被刺中,"啊"的一声惨叫。忍者一出手就用暗器伤了三虎,局面一时混乱。几个忍者现身,加入战斗,招招诡异阴狠,目标直指惠王。马千秋见状急忙挺身与忍者缠斗一处,杨恕也上来帮忙。众人苦苦支撑,将惠王和吴飞护住。铜虎横起一棍扛住三个黑衣人劈来的刀,棍子断为三截。危急之下,金虎一把推开铜虎,奋力使出拳脚力战黑衣人。马千秋见局势不利,示意手下掩护。剩下的两个锦衣卫随从看准时机扔出手炮,有人被炸,惨叫声起。一阵轰响之后,烟雾弥漫,众人借机退入密林。

　　在手炮的掩护下,众人退入密林,来到一处山洞暂时休整。马千秋和手下守住洞口。杨恕和董西将受重伤的银虎、铜虎、木虎三人安置下来。心湖和金虎上前察看三人伤势,只见三人背上的褡裢包都沁了黑血。心湖大师面色严峻,发现暗器飞镖上恐怕淬的是扶桑剧毒。杨恕忙从腰间摸出惠王给的锦囊,分别给三虎嗅了。三虎赶紧运气打坐,争取用内力把毒逼出来。众人都捏了把汗。惠王内疚地说:"因我而连累南华安,本王实在于心有愧啊。"铁虎立即就要出去拼命,杨恕等人都看着心湖大师,等他指示。这时,山洞外忽然传来刀剑声,众人一惊,心湖大师关键时刻终于同意使出猛虎阵了。

　　黑衣人和忍者追至,与马千秋等人战在一处。杨恕和董西也加入战斗,但来者不善,众人渐渐被逼退至山洞口。这时,山洞内忽然空穴来风,飒飒作响。须臾间,六虎已经出洞,虎虎生威。六虎摆开阵形,各自从背上包裹中取出应手兵刃——金虎手中金轮常转,银虎手中蛟筋鞭虎虎生风,铜虎手中达摩佛珠哗哗作响,铁虎手中三节棍招数变幻莫测,石虎手中错金刀刀锋生辉,木虎手中御赐宝剑剑气逼人。面对猛虎阵,黑衣人和忍者都是面面相觑,一时愣在当间。心湖手持金禅杖立在身后,厉声道:"一切有为法,如梦幻泡影,如露亦如电,应作如是观!今日魍魉横行、百鬼狰狞,我华安武僧被逼大开杀戒,替天行道。六虎!猛虎阵!"一声唱喝之后,六虎分拒一位跃入阵中,从高处看,宛如一只猛虎扑向敌人。黑衣人和忍者仓促应战,拼力抵挡却已然落了下风,局势一时逆转。一边的杨恕和董西等人都看傻了。此时六虎已将那几十余敌人围在阵中,阵形变换令人目不暇接。金银二虎的虎爪直逼几个忍者。就在这时,银虎忽然口吐黑血,半跪在地,众人大惊,阵形一时乱了。铜虎、木虎也开始口吐黑血!黑衣人见状开始反攻,霎时间局势再次逆转,众人要保护三虎,猛虎阵已然涣散。危急时刻,忽然一白衣人从天而降,跃入阵中,手中软剑挥舞如闪电。白衣人救下银虎,回身看向惠王。双方都退后几步,众人惊诧间,看清来人正是朱辰钧,惠王大喜。金虎随即建议让杨恕、马千户,还有惠王这位英武的世子临时顶替受伤的三位师弟,重组猛虎阵。心湖大师在适才的观战中,认为这三人皆是勇武异常,只是双拳难敌四手,如能组阵,一定威力大增。除了杨恕还在犹豫,马千秋和朱辰钧都表示同意,认为三人入阵虽比不得六虎威力,但打这些乌合之众,应该不在话下,只需心湖大师在旁指点心法。朱辰钧和马千秋对视一眼,伸出一只手,马千秋将手搭上握住,杨恕在董西的鼓励下也伸出手来。新组的猛虎阵已与黑衣人和忍者展开激斗。一边,受伤的铜虎、木虎和银虎盘膝而坐,自行运功疗伤。董西为三人护卫,抵挡黑衣人的袭击。一霎时,董西刚刚击退几个黑衣人的袭击,突然转头看到铜虎等人身上衣衫经内功鼓荡,突然碎裂!铜虎等三人赤了上身,头顶黑气蒸腾!董西突然看到铜虎左臂上一个刺青,一只飞鹰口中叼着一朵荷花,禁不住愣了一下。这时黑衣人又来发动袭击,新组的猛虎阵将他们阻挡住。心湖在旁指点心法,众人皆屏息凝神聆听:"猛虎阵下集佛家武学精髓,上合星相,六虎各归其位,你进我退,你退我进,阵法应势而变,一体如猛虎出山,局部又互为掎角,六件不同兵器更能取长补短……"在心湖的指点下,六人各展其能,威力果然不同反响,黄潮升派出的那路刺客逐渐被一一击毙,眼看就剩下两三人,已有怯战之意。六人一鼓作气,黑衣人已死伤殆尽。最后一个忍者被围在猛虎阵当间,使出忍术绝招土遁,一阵烟尘起,他竟消失在众人眼前。地面一道灰线绵延而出。

这是忍者的土遁法,他想逃出猛虎阵。猛虎沿着地上那条线,依次向前,猛虎奔腾起来,很快追上线头,金虎一掌劈向地面,那忍者"砰"的一声跃出地面,摔在树根下,吐出一口黑血。那忍者勉力起身,扶住树干踉跄走了两步。众人要追,被铜虎拦住。众人停手,那忍者环顾四周,知道已败,惨笑一声,当众剖腹自杀。心湖大师双手合十,眼目皆闭。

六人背身站在山冈之上,山风吹过,众人皆沉默不语。铜虎等人盘坐疗伤,他们俱赤了上身,头顶间升起腾腾黑气。心湖走到铜虎等人面前,确认毒性已被逼出体内,三人无恙了。众人松一口气。山冈密林之间一派血雨腥风映在残阳之下。

夜幕降临,众人疲惫地走在进京的官道上。惠王父子牵着马并肩走着,惠王慈祥地对儿子说:"钧儿,你不用担心。我和马千户连夜进京到锦衣卫衙门交差,明日一早带枷上殿面君!此次父王进京乃是肩负重任,事关天下兴亡。那个黄潮升里通卖国,我已拿到实证。到时候,吴飞将和我一起出现在朝堂之上,当着皇上和众臣的面将真相公诸天下。为父交给你的任务,就是和华安僧人一起保护好吴飞,还有他身上的账本。明日五更早朝之前,务必护送吴飞到皇宫!"朱辰钧依依不舍地点头,请惠王放心。众人在岔路口分别,杨恕和朱辰钧上前与马千秋道别,三人惺惺相惜,互道珍重。

此时,京城九千岁府邸,九千岁端坐在书房的椅中,身后侍女正在替他捶背,家仆领着风尘仆仆的黑衣人竹野英雄进入书房。竹野英雄跪下,九千岁挥挥手,侍女和家仆退下。当九千岁听说惠王已经知晓黄潮升与倭寇大帅的合作,而且已经拿到了人证物证,阻止惠王的追杀没有奏效后,大怒。竹野英雄又补充说道:"南华安的武僧一路相随,保护惠王和那个人证,我们派出的两路人马全部在京郊被杀死了。我手下的探子传回消息,现在那个惠王已经带着人证进了京城,明日就要进宫了。情况危急,具体怎么做还请九千岁示下。"九千岁凝眉思量半晌,露出一丝冷笑:"今夜权且让他们睡个好觉……"

夜色中,朱辰钧架着马车停到谢府后门,蒙着面纱的谢落樱迎上前和他轻声说话。马车里杨恕听见谢落樱动听的声音,好奇地掀起车帘探看。朱辰钧将吴飞交给谢落樱,要她保护好吴参将。吴飞下车,一丝微风吹动谢落樱的面纱,杨恕呆呆地看痴了。谢落樱对朱辰钧点点头,领着吴飞进门了,眼看着谢落樱带着吴飞走进谢府大门,朱辰钧这才一块石头落了地。

天色逐渐放明,朱辰钧一早就等在谢府后门外,谢落樱亲自送吴飞出门,交给朱辰钧。双方互道问候,吴飞上了马车,马车旋即离开。谢落樱注视着朱辰钧的背影,眼中闪过一丝疑虑,今天的朱辰钧跟以往似乎有些异样。

马车进入一条偏僻胡同,突然,朱辰钧猛一勒缰绳,马骤然停下,前蹄腾空,一声嘶鸣。吴飞受到颠簸,掀开车帘探看,却被朱辰钧猛地一把拉出来。朱辰钧面露狰狞之色,吴飞还没反应过来,剑光一闪,这个朱辰钧居然一剑刺穿了吴飞的胸膛!血花随着剑尖一滴滴滴落。吴飞痛苦地贴着墙根缓缓倒在地上,双目圆睁……

第四回

辩因果明君赦贤王　逐风月纨绔求淑女

朱辰钧冷酷地杀死了吴飞。吴飞临死前不能置信地望着朱辰钧,这个人一定是假冒的。果然朱辰钧从吴飞的怀中掏出那个账册,擦燃打火石,将账册点燃……纸灰一片片地落在吴飞躺倒的尸体旁。朱辰钧冷酷地望着吴飞的尸体,一伸手撕下一层薄薄的人皮面具:原来他竟是竹野英雄。

晨光熹微,马千秋头前领路,惠王肩戴重枷,缓步走到北安门外。马千秋掏出锦衣卫腰牌,向禁卫展示。禁卫忙打开宫门,惠王稳健地走入紫禁城中。马千秋带路,二人在一条夹道匆匆走着,庞庆带着一众东厂太监,宛如鬼魅般出现在夹道尽头,拦住了道路说,皇上尚未早朝,按规矩不能放人进宫,让他们二人只能在这里等待,除非九千岁他老人家来通融才能放行。惠王怒火中烧,马千秋抽出了腰刀。这时,一名小太监匆匆跑来,扯着脖子尖声叫喊:"九千岁驾到——"

众太监抬着软轿停下,九千岁下轿,庞庆等东厂太监忙纷纷施礼。九千岁看到惠王,忙上前替惠王正一正肩上的枷,阴阳怪气地说道:"王爷一路辛苦了。咱家自从听说皇上突然下旨,召王爷您进京来。咱家便真是早也盼晚也盼,就盼着王爷您赶紧到呀。"他拍拍手,身边一个小太监快步跑来,小太监手中捧着一只楠木盒子,"王爷远道而来,仓促间咱家也没准备什么见面礼,就是这个吧,千万别嫌菲薄。孩儿呀,拿给王爷去看看。"小太监答应一声,捧着盒子疾步走到惠王面前,甜甜笑着将盒盖打开,向惠王面前一递。盒内赫然是一只血淋淋的断手!惠王一惊,怒视九千岁。

九千岁笑巍巍看着又惊又怒的惠王,一步步走近他,贴近他耳边低声说道:"这只手,是吴飞的,真可惜……他现在已经死了。还有他身上那本账册……已经被烧成灰了。你就算有天大的本事,把这北京城底朝天翻个遍,也没用了……人死了,东西变成了灰。如果王爷识时务的话,在皇上面前,您应该知道什么该说,什么不该说了。再说回来,没有人证和物证,皇上会信你的一面之词?别忘了,皇上后面还有皇太后她老人家呢。她对王爷您可是一直都在小心防备的。王爷,您躲过了洪州那一劫,千方百计入得京来,不过,恐怕就算您见到了皇上,也没什么戏好唱了。好了,时候不早了,咱们让出路来,请王爷进殿面圣吧。"九千岁转身走入软轿,庞庆等人齐刷刷让出一条路来。惠王看了看身旁的马千秋,抬起了沉重的脚步。

谢落樱站在院内喂养架栏上的鹦鹉,侍女横波在一边端着食盘,撅嘴逗回廊中那些鸟儿。突然,一家丁匆匆跑来,说世子又回来了。只见朱辰钧匆匆走进院子,向谢落樱抱拳施礼后,便向她求借入宫腰牌,好带吴飞去宫里。谢落樱满脸疑惑地问:"世子,你半个时辰前刚刚带吴飞离开呀?"朱辰钧大惊!

此时吴飞的尸体倒在胡同里,周围已经围满了看热闹的百姓。朱辰钧快马驰来,飞身下马,冲破人群看到吴飞的尸身,再看到他被斩断的手臂,心里一揪,满面焦急。他痛苦地纵身跳上马背,打马而去。

紫禁城华盖殿,皇帝端坐在龙椅上,身后帘内,皇太后威然稳坐。众人的目光都盯在跪在阶下戴着木枷的惠王身上。皇太后首先开口:"诸位爱卿,你们都看到了,惠王担枷上殿。朱祐基,你谋反不成,这一回还有什么话说?人证物证俱在,难道惠王你还要抵赖?你一向敢作敢为,怎么?人老了,连当年那股锐气也不在了吗?"皇帝立即打断了母后,他要自己亲自来问。皇帝从龙椅上站起,走到惠王面前:"惠王,你是否有罪?你说你起兵是为了退倭,但浙直总督和靖海将军的奏折上却不是这样说的。"

惠王义正词严地答道:"臣有罪。罪在不忍看洪州百姓被倭寇蹂躏,这才夺了靖海将军的兵符,旨在救民于水火,并无他意。浙直总督到洪州之时,倭寇已败退,臣已将兵权交出,其中内情想必他并不知晓。至于靖海将军黄潮升……倭寇围困洪州数日,东南沿海数州府百姓横遭洗劫,家破人亡、妻离子散者何止百人千人!皇上可以亲口问他,那时他身在哪里,做了什么?!"

一直站在一边的九千岁此刻开口了:"惠王,您就不要攀扯着黄将军不放了。退倭之事,原本是靖海将军的职责。当王爷的,就应该在自己的封地上规规矩矩守自己的本分。您违反祖制,皇上他就得问您的罪。"

皇帝随声附和:"九千岁说得好。不过我这里也有一份折子,是御史秦如晖写的。前几日我让他去了一趟洪州,折子里还附了一份万言书,里面光是签名就有几百个。都是洪州地方有头有脸的乡绅宿儒。他们恳请朕放过惠王,洪州数万名百姓和三军将士都可以证明:惠王没有谋反。"

殿上众臣交头接耳。其中秦如晖面容镇定,连九千岁向其投来的冷冷目光也欣然接受。皇帝坦然看着阶下众臣,继续道:"朕也深信,惠王不曾想过谋反。否则兵权已然在握,大可一鼓作气,将队伍开拔到南京,到祖宗的皇陵前,将我一军。但惠王没有这样做,待倭寇败退,便主动交出兵权,只这一点,朕便知你没有谋反之念。不过,与倭寇对阵,黄将军其实早有计划,原本要诱敌深入,再全歼敌寇,却被惠王你出其不意抢夺了兵符,致使整个战局陷入混乱。虽说如今暂时击退了倭寇,但其残部已扬帆出海,伺机再动。东南余烬未消,留有后患。这都是惠王莽撞出兵的后果。惠王,朕罚没你三年的钱粮,作为惩罚,你没有异议吧?"惠王甘愿领罚。

皇帝走下台阶,指指惠王肩上的木枷:"把这个去了吧。好歹你也是朕的亲叔王,凤子龙孙,你戴着这个朕的脸上都跟着不光彩。"两个小太监上来,将惠王肩上木枷去掉。帘后的皇太后急躁起来,刚要表态,就被皇上拦下:"母后不必再说了。惠王要留在京城待上一段时日,再过几日就是朕的生日,朕希望千秋万寿节那日,有叔王陪在朕的身边。惠王一案朕已盖棺论定,今后无论何人敢在朕面前离间朕与惠王之间的感情,朕亲手掌他的嘴。"九千岁脸色苍白地闭紧了嘴。

此时守在殿外的如意突然走进来,走到皇帝耳边轻声耳语,惠王世子现在宫外求见。皇帝笑了:"看,真是父子连心。惠王,你出宫回府去吧。朕如今长大了,常常思念先皇在时,一家人坐享天伦之乐的那段日子。血浓于水,朕不疑你,想必惠王你也不会负朕。"阶前一侧,九千岁听到皇帝的话,脸色一凛,强自忍耐。

惠王匆匆走出宫门。一直在宫门外等候的朱辰钧见到父亲,松了一口气,疾步上前扶住父亲。朱辰钧告诉惠王,已将吴飞的尸体送到万寿寺,心湖大师他们正在那里替他念往生咒。惠王决定去万寿寺,送吴飞最后一程。

紫禁城乾清宫内,皇帝此刻已脱去朝服,换了日常便装,坐在书案后逗弄一只关在笼中的黄雀。小太监如意端着一盖碗茶走入,突然,九千岁大踏步走来,他接过如意手中的茶碗,毕恭毕敬地送到皇帝案头,接着向皇帝跪拜:"老臣拜见皇上。皇太后让老臣来瞧瞧,问问皇上,千秋万寿节该怎么办?往年在外藩王都不在京城,今年惠王他老人家也要参加寿宴,皇太后想问问要不要把排场办得大一些?"

皇帝手中还在逗鸟儿:"嗯,不必了。朕过个生日,是皇家私事。不能为个千秋万寿节便浪费民脂民膏。如今漠北虎视眈眈,东南烽烟未灭,大明要花钱的地方多着呢。你告诉皇太后,千万不要太铺张了。"皇帝看了看九千岁,脸上浮起天真无邪的笑容:"你是不是对朕今日处置惠王的决定,不太满意?朕知道,你和惠王素有心病。其实,朕也在防着他。只是,他在朝中根深叶茂,亲信好友众多,朕还小,一时动他不得。再等两年,那些在外面打着皇亲国戚名号作威作福的藩王们,你看朕一个个收拾过来。这些日子,让你的人轻易不要跟惠王那边发生冲突,留些体面,等下一次拿住了确凿的把柄,再整治他不迟。"

九千岁松了一口气,转身出了殿门。皇帝冷冷地看着他的背影,将笼中鸟儿掏出来放它飞翔:"他慌了……想套朕的心思。呵呵,天子心胸,岂是你能探知的?"

庞大的紫禁城内,九千岁缓缓走着,他身边只跟着一个万盛。九千岁面色凝重,万盛小心翼翼劝道:"我的爷,您还担心什么?皇上不是说了,总要收拾惠王的。只是时间问题。难道皇上会蒙骗您老?不会吧?……皇上他才多大点儿年纪?虽说他是皇上,可这些年,不是对您总是言听计从吗?论起见识决断,说句大不韪的话,他哪儿能跟您老相比?毕竟太嫩。"九千岁陷入深深的沉思中,他突然停住脚步,"不行,为防万一,得想办法叮嘱一下黄潮升,最近局势扑朔迷离,让他务必万分小心,若有个行差踏错,恐怕你我都将万劫不复。"

九千岁快步回到书斋内,奋笔疾书,写罢,将墨迹吹一吹干。在一边小心伺候的万盛忙小心地将纸折起,放入信封内,吩咐让庞庆马上派一个得力的心腹,把此信送到洪州黄潮升那里,要快。这时,急火火闯进来一个妙龄女子,忽闪着一双黑白分明的大眼睛,拎着一只身上染有血迹的小白兔冲到九千岁面前,又把一支沾血的弓箭扔在书案上:"爹,您快去看看吧,我哥他又发疯了。拿了弓箭在后花园里四处溜达,见到活物便乱射一气,吓得咱家所有佣人都远远地躲着他走。我养的'伶俐'一个不留神,在花园里玩,也被他射伤了!爹,我哥红着眼睛在家里胡乱射箭,你管不管?不管,待会儿不知道哪个没眼色的笨奴才路过,就要被一箭射中,一命呜呼了!"李印月瞪着父亲,不走,九千岁只得让步。

九千岁和李印月匆匆赶到花园内,年轻的李重霄半倚在一棵树下,手里拿着一张锦色硬弓,随意抽着箭囊里的箭,搭在弦上,看也不看,嗖地一声箭便射出。那飞出的箭,有的射在树干上,有的擦着路过仆人的耳边飞过。路过的仆人有的不小心,被飞来的箭吓了一跳,手里捧的东西撒了一地。仆人们看到拿箭的李重霄,赶紧捂着脑袋捂着嘴,跑得远远的。李重霄见九千岁来,马上埋怨道:"您不把我的事放在心上,我这腔子里都在冒火!爹,您不是答应我去谢家求亲吗?可为何迟迟没有消息?您明知道我心里无时无刻不在思念谢落樱,您要让我们这对苦命鸳鸯等到什么时候才能团圆?爹,这一回儿子是认真的。自从上次中秋,我在宫里与她偶然一遇,便情丝深陷,难以自拔。您就是不替儿子的毕生幸福着想⋯⋯爹,就算我和月儿不是您的亲生孩子,可这么多年来我们承欢膝下,也算让您享尽天伦之乐。难道我的终身大事,您就一点儿也不关心?求人不如求己,您不去,我去。"李重霄说罢,转身便走。九千岁气得指着他的背影,手直哆嗦。

心湖大师他们把吴飞的骨殖埋在万寿寺附近的山坡下。吴飞原本无父无母,是个孤儿,江湖儿女,处处为家,把他埋在这里,为的是日日都能听到暮鼓晨钟,是一种福分。董西和杨恕并肩蹲在山坡上,董西嘴中叼一根野草,浮想联翩。董西原本就是京城人士,因为想见识一下外面的世界,才南游到洪州。杨恕这次将和六位师兄都暂留在京城,待过了千秋万寿节,再回久延山。南北华安千百年来,乃是敕封护国神寺,历代君王的千秋万寿节,都会邀请南北华安住持长老,主持祈福打醮仪式。杨恕邀请董西料理完了家事,跟他们一起回南边,却被拒绝了,心里怪董西不念兄弟之情,不讲义气。

董西坐在京城"大酒缸"酒肆内和掌柜邹鼎对坐喝酒。邹鼎抽着旱烟袋,看着董西闷闷地喝酒,问道:"你这样穿着一身男装,还这般大口喝酒,不认识你的,还真以为你是个爷们儿。这回去南边,找着你爹了?你认了他了?"董西闷闷不乐地大喝了一口酒,待了会儿开口回答,"我那个未曾谋面的亲爹……他居然是个和尚。"

京城熙熙攘攘的街道上,摊子林立,热闹非常。杨恕用长棍挑着一个小包袱,沿街走着,看着什么都新鲜,时而在街边某摊子前驻足。突然,一骑骏马飞驰而过,马上人正是李重霄,他只顾赶路,掠过之时撞飞若干摊子,却丝毫不顾,完全不回头。"驾!驾!"李重霄骑马匆匆撞飞若干摊子而过。紧随其后,是几名骑马的随从,他们边赶路边随意扔下几串铜钱。李重霄骑马赶到谢府大门口,身后跟着若干随从。他看着紧闭的大门,吩咐一个随从去敲门。敲了半天,门开了,一个苍老的仆人探头出来。李重霄走到门口,向老仆手中丢了一锭银子,要求面见小姐。老仆将银子硬塞给李重霄,把门重重关上。从门内传来他的声音:"我家老爷早就吩咐过了,李公子若是登门来访,谢府永远闭门谢客。李公子请回吧。"李重霄愣在那里,再敲,门不开。他恨恨地用鞭子抽打大门,大门仍紧闭。李重霄无奈,只能回府,垂头丧气地打马走在街上。突然,一顶软轿迎面而来,那顶软轿垂着重重丝帘,完全看不清轿内的人,但轿旁跟着一个妙龄侍女,那不就是谢家小姐贴身侍女横波吗?李重霄立即命令随从拦住轿子,抽出鞭子,向轿夫们身上抽打,众轿夫被抽得抱头鼠窜。李重霄得意洋洋打马凑到轿前:"我认得你,你是谢小姐身边的侍女,你叫横波。说,轿子里坐着的是不是你家小姐?"横波吓得直哆嗦。李重霄理了理衣襟,下了马,走到轿前,向轿子深施一礼:"落樱姑娘,你为何总是躲着本公子?难道你真的信了你爹的话,认定本公子是一个不可救药的纨绔子弟？你不要听信坊间那些流言，都不是真的。本公子一向奉公守法，跟那些风花雪月糜烂之事毫不沾边。本公子才是你值得托付一生的如意郎君。本公子知道你父亲不喜欢我，可他总拗不过皇上吧？我爹和皇上的关系最好，他说什么，皇上就答应什么。你我这门亲事，我看还需皇上来做主。"李重霄得意洋洋说完这一大串话，又对着轿子行礼。此时，街道已被堵住，周围站满了看热闹的百姓。杨恕举着一根红彤彤的糖葫芦走过，好奇地看了一眼站在轿前的李重霄，正想转身走开，突然从轿帘内传来谢落樱的声音，那声音让他站住了："李公子，你不要在这里胡闹。我与你素昧平生，只偶遇过一次，从未答允你什么，请你今后不要再来骚扰我了。"

杨恕听那声音，眼前仿佛重新看到与朱辰钧并肩而站的那个蒙面女子的身影。那边轿前，李重霄仍不依不饶："一次怎么了？虽然与你只见过一次，可本公子从此魂牵梦系。你我原本注定今生有缘，你推托什么？本公子知道你是大家闺秀，怕羞。不过男大当婚、女大当嫁，羞什么？你我这就去宫里，请圣上为你我赐婚，你说好不好？"李重霄说着就上前掀轿帘，要拉谢落樱出来。轿子旁的横波连忙来挡，李重霄把横波推到一边："你这奴才好放肆！没规矩。等你家小姐嫁过来，本公子再好好教你怎么当丫头！"横波被推到一边，杨恕见状连忙上前，拉住李重霄欲再掀轿帘的手："这位公子，轿内是一位养在深闺人未识的千金小姐，你怎能让她在大庭广众、众目睽睽之下抛头露面？"李重霄身边随从发怒了，一鞭子向杨恕抽去。鞭子呼呼带着风声抽去，但杨恕一闪身，没抽到他，鞭尾却被他一手攥住。随从发愣，在马上拼命拽鞭子。杨恕回头给了他一个灿烂的笑容，手中发力。随从被杨恕拽下马来，仰面摔在地上。其他随从大惊，忙策马扬蹄，想踩杨恕。杨恕伸出手臂，顶住马腿，一使力，两名马上的随从连人带马被掀翻在地。场面大乱，暴土扬尘。杨恕转头看着发愣的李重霄，把他拉到身前，凑到他耳边低语："我现在要护送这位小姐回家去。你若要找麻烦，请到京城羊肉胡同二十三号杨府找我。我爹叫杨子恒，是个大夫。我叫杨恕。还未请教公子贵姓？"李重霄慌乱地挣开杨恕的手，脸色发青，恨恨地一跺脚，转身跑了，留下躺倒一地连声呻吟的随从们。杨恕向轿子深施一礼："姑娘，如果你不介意的话，我送你一程。"

轿子稳稳地被抬起，杨恕和其他三名百姓抬着轿子，横波跟在轿旁。谢落樱坐在轿内，对相救之人表示感谢。杨恕说自己本是佛家弟子，路见不平，自当拔刀相助。听说是华安中人，谢落樱才知搭救她的公子昨夜曾经与惠王世子并肩作战，多亏华安众高僧出手，这才免得一场浩劫，并且昨夜在自家门口，曾与众位华安高僧见过面。杨恕这才知道小姐就是昨夜帮助世子收留吴飞的人，乃是当今锦衣卫指挥使谢天顺大人的千金，叫落樱。听到这个名字杨恕放下轿子，走到轿帘前，愣愣地伸出手碰了碰轿帘："落樱？你是落樱？"杨恕兴奋地原地蹦了几蹦，欢快地笑起来："真是你，真的是你……你不记得我了吗？我是杨恕，你幼时得过哮喘，你父亲把你送到我家医治了半年，你可记得，那时你日日被关在房内，不得出门玩耍。是我天天去采野花给你……"轿内谢落樱的声音也激动起来："……是杨家哥哥吗？我记得你……后来你离开京城，你父亲说你被送到南方学武去了。"

一只纤纤素手挑起轿帘，露出谢落樱含笑的面容。杨恕看到谢落樱，刷地脸上一红。这时一匹骏马驰来，马上人一柄长刀出鞘，寒光闪闪。杨恕心醉神迷间猛然惊醒，一个燕子翻身，堪堪躲过那一刀。杨恕落地，与纵马赶到的马千秋面面相对，不禁一惊，原来他们曾经见过，赶忙收手。一行人将轿子抬到谢府门外，目送谢落樱和横波走进府邸，杨恕从怀里掏着银子，感谢那三名帮忙抬轿的百姓。马千秋走来，感谢他替谢小姐解围，说起自己蒙谢大人收留重用，多年来与落樱情同兄妹，她也素来把他当成兄长……杨恕突然没头没脑地说起自己已经多年没有回家了，转身就离去。

进了阔别多日的家门，见了兴奋过度的仆人哑叔，杨恕蹦蹦跳跳穿过庭院，冲入佛堂。寂静的佛堂内，杨子恒背对门口，盘膝坐在蒲团上，闭眼合十，面前供奉的灵牌前香烟缭绕。杨恕轻手轻脚地走到父亲身后，眼中泪光闪闪。杨子恒缓缓转过身来，看到杨恕，不禁愣住了。杨子恒上下打量着儿子，杨恕突然哇地哭起来，一把抱住父亲。

黄昏时分，一家人围坐桌边，圆桌上摆满了酒菜，哑奴还在跑前跑后地端菜上桌，杨子恒慈爱地看着杨恕狼吞虎咽。杨恕突然想起了什么，放下饭碗，对父亲说自己长大了，想娶媳妇了。杨子恒愣愣地看着儿子，父子对视了半天，问杨恕到底看上了哪家的姑娘？听说是谢落樱，杨子恒乐得咧开了嘴，夸儿子真有眼光。

　　惠王和谢天顺在谢府内宅对坐,他们面前的小几上放着一盘棋。谢天顺望向惠王,"想知道今日在朝堂之上,您惠王为何不当面说出九千岁伙同黄潮升通倭一事?"惠王摇头道:"说了有什么用?手无实据,只能让皇太后误以为本王故意诬告李瑾忠。皇太后对我成见很深,她一直认定我会谋反,因此她宁可支持李瑾忠这个太监一手遮天,也不肯在政事上听我任何建议。你看,皇上如今站在这里,立场模糊不明。弄不清这一点,手中又没有实据,便无法扳倒李瑾忠那干阉党!这三年来,我没见过皇上,只听说他对皇太后和李瑾忠的安排,向来是言听计从。今日,他突然自作主张放我一马,让所有人都非常吃惊。难道皇上真想与我联手,除掉李瑾忠?……要是能知道皇上真实心意就好了。朝中忠良之臣与阉党的对峙已有三年,其中不肯以李瑾忠马首是瞻的忠臣,已被残害大半。如今只有你我还在勉强支持。再扳不倒这个逆贼,大明河山岌岌可危。若被那逆贼得逞,我大明只会燃起战火,成为一片焦土。"谢天顺和惠王都拧着眉头,叹气。

　　天刚蒙蒙亮,杨子恒父子就来到谢天顺府中提亲,谢天顺很是吃惊,上下仔细打量着杨恕,欣慰地点头笑了,当即表示自己很中意杨恕,待他去问问女儿,看她怎样说。杨子恒和杨恕喜滋滋地看着谢天顺,满脸希望。

　　谢落樱在闺房内头髻未梳,她低垂着头,对着铜镜默默无语。谢天顺跟女儿说完后小心翼翼地看着她的表情。横波端着洗脸水进来,见状忙站在一边。谢落樱被逼得无奈,只得提出若杨恕参加三年一科的武状元开科取士,考得武状元,便嫁给他。

第五回

骄横千金莽绑杨恕　逐爱少年勇闯科场

听说非武状元不嫁,杨子恒呵呵冷笑了起来,劝杨恕还是放弃这门亲事吧。谢天顺有些尴尬地看向杨子恒。杨恕笑着拍了拍胸脯:"爹,其实落樱说得对,大丈夫原本就应该建功立业。谢世伯,请您转告落樱,让她放心,我愿意去考武状元。爹!谢世伯都说了,落樱妹子并不是嫌弃咱家寒素。哪个女儿家不想嫁个大英雄呢?我杨恕既然喜欢她,自然要风风光光地娶她过门。请谢世伯您放心,杨恕定当全力以赴!"

谢天顺正在鼓励杨家父子,这时马千秋突然匆匆走入,向谢天顺施礼:"大人,京城里出大事了。一夜之间,三名卸任官员在家中被离奇刺杀,现场无一活口,惨不忍睹!"众人一脸惊讶,谢天顺起身,别过杨子恒父子二人,即刻前往衙门。

闺房里谢落樱对镜子梳妆已毕,侍女横波悄悄走了进来:"小姐,杨家父子现在厅里吃早饭,我去看了看,那杨恕还真是能吃,吃了两笼包子三张肉饼,现在还说吃个半饱。若是小姐嫁给他,光看他吃饭那个样子恐怕就饱了。小姐,你为何不把心事告诉老爷?你心里真正喜欢的人明明是世子,什么杨树柳树的你根本看不上。"谢落樱惊讶地起身,望着横波,心事被人窥破,窘得脸红了起来。谢落樱告诉横波千万不要说与老爷知道,她不想要一段被人成全的姻缘,等到世子真心喜欢她,再论婚事。

京城武科场贡院大门口，红色铜钉大门紧闭，门外围着一群武举子。杨恕走到门口，挤进人群，打听到今天已时便是武科场开科取士的正日子，举子们都在这里等候。这大门一开，便要按人头登录名册。晚来一步，便要错过这三年一试的机会。看看天时还早，杨恕挤出人群，要先去填饱肚子。

杨恕随便走到一个摊子前坐下，要了两个烧饼和一碗豆腐脑，埋头吃起来。这时突然一个大汉冲过来，坐在他面前，噘唇吹哨，从街那头飞驰过来一辆马车，硬生生停在摊子前。大汉一伸手，直抓杨恕的要害。杨恕堪堪躲过。大汉与杨恕来回较量两招，将小摊的桌椅打翻。杨恕灵巧避让，间隙掏出铜钱扔给慌张的老板。使鹰爪功夫的大汉招招都被杨恕躲过，霎时，从马车内射出一支短刀，直射过来，杨恕警醒，身子一摆，飞刀擦着杨恕的耳朵飞过。杨恕兜住飞刀，腾地纵身跃到马车前。接着从马车内又撒出一团白色粉末，全部都喷到杨恕面前。杨恕突然话音顿住，他一惊，突然紧闭双眼，向后就倒……

京城报国寺毗卢阁内，供奉着一个白瓷观音像。几名彪形大汉在两侧侍立，神色警觉。李印月盘膝坐在中央一个蒲团上，闭目养神。一名大汉匆匆走入，李印月缓缓睁开眼睛，从腰间抽出一把软鞭，走到昏迷不醒的杨恕面前，动脚踢了踢他的脸。见杨恕不动，又命令大汉将他浑身绑了绳子，吊在大殿的房梁上。一个大汉拎了一桶水，泼了杨恕一头一脸，他一个惊醒，苏醒过来。李印月得意洋洋地踱到杨恕跟前，仰头看着他："你叫杨恕？你可知道我是谁？你昨日当着那么多贫贱百姓的面，敢对我兄长无礼，真是活得不耐烦啦！你们几个，给我皮鞭沾上凉水使劲儿抽，一块好皮肉也别给他剩下！"众大汉手中持了皮鞭，向吊着的杨恕围拢。杨恕不慌不忙一使劲儿，身上绑的绳子应声而断，一跃落地。众人大惊，马上围住杨恕，皮鞭嗖嗖抽出。杨恕身子若陀螺般滴溜溜旋转，如魅影一般从其中间穿梭而过，众大汉面露惊诧之色。杨恕闪电般出手，再一放手，几名大汉手中皮鞭均被系住。大汉还在硬拉，互相角抵，呼啦躺倒一片。同时，大汉身上都被点中了穴道，安静地躺在地上，不得动弹。李印月见状，挥起手中软鞭向杨恕抽来。杨恕一跃向阁外跑去："好男不跟女斗，天色不早了，我没工夫跟你在这儿花拳绣腿闲磨牙……"

杨恕跑到院内,李印月跟着追出,小脸气得煞白,舞着软鞭向杨恕逼近。杨恕作势要脱衣服,李印月恼怒向后退。杨恕得意掩了衣襟,一个不小心,却从怀里掉出那个锦囊。他正要去捡,李印月手里软鞭扫到。杨恕躲开,李印月鞭梢钩起锦囊,落到她手中。李印月看看手中的锦囊,若有所思:"惠王与你也有瓜葛?难怪你昨日那般嚣张,敢欺负到我们李家人头上,原来你是惠王一党!惠王与我爹九千岁向来誓不两立,天下人谁不知道?仗着自己有惠王撑腰,你这小子便敢与我们李家作对?可惜你打错了如意算盘,跟错人了!"杨恕好笑地看着李印月:"原来你爹是大太监头子李瑾忠?不对呀……他可是个太监,太监也能生儿育女?真是天下奇谈。"李印月气得脸通红,咬牙切齿地又和杨恕缠斗。突然,一记飞镖从墙外破空而来,直射李印月的后背。杨恕见状,忙用脚挑起地上一颗石子,弹开飞来的飞镖。李印月却趁杨恕换招露出破绽,一鞭抽向他的胸膛。杨恕急翻躲过,胸前被李印月的软鞭一鞭抽在胸肋上,翻滚在地上。李印月还对刚才的危险茫然不知。又一记暗器破空飞来,这是一枚铁蒺藜。杨恕顾不得许多,一把从李印月手中夺过软鞭,拦胸抱住李印月,一边打飞暗器,一边将李印月摁倒在地。李印月被他抱着,又羞又怒,正想挣扎,噌噌噌,几根短箭贴着他俩后背飞过,直插入地!李印月被吓着了。杨恕摁着李印月,缓缓起身,他直望着墙外,再无动静。杨恕向墙外拱手:"敝人姓杨,名恕,乃是南华安俗家弟子。请问出手的是哪一路江湖上的兄弟?"突然一个身影跃上墙头,那人正是董西,一身褴褛打扮,冷冷地看着院内二人。

　　李印月从杨恕手中夺过软鞭,做出防御姿势。董西跳入院内,冷冷地打量着李印月:"李印月,你少动不动把你那太监老子挂在嘴边。你到底姓李姓王还真不一定呢。谁不知道你的来历!那李瑾忠原本是乡间的一个教书先生,穷得急了,自己给了自己一刀,清静了六根入宫当了太监。算他有些狗屎运,一做做到了司礼监掌印大太监的位置。觉得膝下冷清了,才从乡间抱养了你与你哥哥这一对龙凤胎。你便真以为自己是什么金枝玉叶?平日里你与你那个兄长一个德行,惯会在市井坊间飞扬跋扈,耀武扬威。被你们兄妹欺负过的人还少吗?"董西说着,双手撒出满天暗器,件件朝李印月身上砸去。李印月欲用软鞭去挡,却被杨恕挡在身前,他一兜手,满天星点都被他收在手中:"阿弥陀佛!这里是佛门清静之地,别动了杀性。"董西又一扬手,几簇牛毛般细针向李印月咽喉飞去。杨恕见状,脱下外衣挥舞去挡,鼓起一阵劲风,细针被风鼓起,纷纷落地。董西面现怒容,再扬手,一支飞镖直射李印月肩头,她手中软鞭落地,僵立在那里。

董西纵身向前,正要伸掌拍向李印月头顶,但手却被杨恕凌空抓住。李印月怒道:"姓杨的,你少在这里装滥好人!我不吃你那一套假仁假义,要杀便杀!"杨恕回身向李印月大声吼:"闭嘴!你这样的官宦子女我见得多了。身娇肉贵,尊自己如菩萨,视他人如粪土!我若是你爹,便打你一顿板子,让你知道什么叫好歹,什么叫规矩!"李印月被他抢白,气得一时说不出话来。杨恕求董西饶李印月一命,噗!——董西口中吐出一只闪着寒光的寒芒,正中杨恕鼻端迎香穴上。杨恕愣了一下,向后便倒,随后董西转身向李印月冲过来……

谢天顺和马千秋四周巡视着,发现厅堂内满是鲜血,多具死尸七横八竖地躺倒一地,死相恐怖,面色沉重。一夜之间,连发三起血案,受害人还都是辞官归隐的昔日良将重臣。前兵部左侍郎乔大人、前职方司员外郎赵大人、前武选司郎中齐大人,个个都是肱股之臣,转眼间均遭灭门惨祸。第一案发处乔大人家全家伤口似乎都出于一种锐器,很像是倭寇中忍者惯用的剑;第二案发处,赵大人全家都像死于毒针;这第三处,齐大人全家受的是刀伤,死者中刀部位鲜血淋漓,可见出刀之诡异。难道这三家都是死于倭寇之手?谢天顺思忖着,转身对马千秋说:"事态紧急,三起命案如今已在坊间流言四起,恐怕已抵达圣听。为免皇上焦虑,我这就要进宫面奏。来不及跟你多说,你这就快马加鞭赶到西山戒台寺,向心湖大师告知京城这三起命案,并转告他起居务必小心。我心中大致已有了轮廓。你去向心湖大师询问,他自会告知你详情。"

谢天顺随即赶往紫禁城乾清宫,递上奏章,皇帝皱眉看后,愤然拍桌案。谢天顺顿首请罪,恳请皇上允许他单独面奏。皇帝点头,命如意退下,把殿门关好,不要放闲人经过打扰。谢天顺目送如意离开,这才趋近皇帝,放低声音说:"皇上,老臣斗胆问您一句,几日前惠王从洪州走至京城,在城外路遇一伙刺客,此事您可知晓?据臣之属下马千秋禀告,那伙刺客身手诡异,武功来路不似我中原门派,倒像那东瀛一路……"皇帝握紧龙椅,惊道:"难道是倭寇中的忍者?好大的胆子,在东南屡屡叨扰我大明疆土也便罢了,这群倭寇居然敢深入我京城腹地,还敢恣意动手杀人?"

"皇上!京城乃什么地方?任何风吹草动,都将震动天下。谁给了那起倭寇这样大的胆子,敢在京城郊外拦杀皇亲贵胄,并入城一连做下三宗灭门命案!我京城重地,他们这帮倭奴夷族,来去自如,若没有根基深厚者在暗中撑腰,他们敢吗?"谢天顺以头叩地,咚咚作响:"皇上,老臣不惜一死,向您斗胆进言,京城内将有大乱。请皇上您不要声张,暗中想个法子,招惠王入宫,他自然会将实情相告。"

杨恕终于从恍惚中醒来。他面前赫然是李印月惊慌的脸。看见醒来的杨恕,李印月双眉一蹙,就要哭出来:"你可算是醒了……快些想办法,那莽夫正在屋外磨刀呢。这里好像是他的住处。他原本要在报国寺杀了我,但后来想了想,说要听你的话,免得污了菩萨净地,便叫了一伙小乞丐,用一辆牛车把你我拉到这里。你快些想个办法脱身呀。等他刀子磨利了,便要一刀结果了我!难不成我就要不明不白死在这里?"

杨恕四处打量,发觉自己身处一间小屋内,自己与李印月全被牛皮绳浑身捆绑:"他可真会捆,用的都是这么粗的牛皮绳,这次我无论如何都挣不开了,完了,这下你死定了!"李印月怔怔地放声大哭,泪流满面:"呜呜呜……我还不想死呢,我还年轻哪,我还没嫁人……我家里还有小兔子小猫小狗等着我去喂呢……"杨恕好笑地看着涕泗交流的李印月,支起身来,双臂一振,身上的牛皮绳寸寸而断,李印月又惊又喜。杨恕做了个鬼脸,伸手拉起被捆着的李印月。这时,门吱呀一声被推开,董西口中衔着寒光闪闪的尖刀闯入。杨恕见状无奈,背起李印月,横扫出击,连出数脚,击退董西,拔腿蹿出屋子便逃。董西拎着刀在后面紧追,杨恕边跑边喊:"我的确不是跟她一伙!但你提刀要砍要斩的,阿弥陀佛,罪过罪过,我不能见死不救!"董西无奈,拔腿急追。

杨恕背着李印月穿梭于街道中各路人之间,不时回头。一直拎着刀在追逐的董西紧紧追随,那把钢刀吓退了路边的很多行人。杨恕背着李印月边跑边喊:"求求你啦,别拿着刀在街上乱喊乱叫。这里是京城,不是什么乡下地方,你小心把官府的人招惹来……"杨恕向前狂奔,没留神街对面狂奔来几匹骏马!骑马之人勒马,马嘶鸣扬蹄,在杨恕险些被马踏之前,终于停住!杨恕惊魂未定,看到马上之人为首的正是马千秋:"马兄,救我!"董西此刻持刀追来,向杨恕背上的李印月便扎。马千秋一挥马鞭,将董西手中刀卷落。董西狠狠地瞪着马千秋:"你们这些当官的,都是一伙忘恩负义的小人!"董西双足一点,纵身飞越屋顶,几个起落,不见了踪影。

杨恕松一口气,将背上李印月放下,捡起那把刀,将她身上牛皮绳割断,对马千秋说:"她是大太监李瑾忠的女儿,劳烦马兄你辛苦一趟,把她送回去吧。"又对李印月说,"对不住了,我刚回京城,还不知道九千岁府第的大门朝哪儿开,只能先把你托付给马大人了。贡院那边马上便要开科,我必须马上前往。马兄,这丫头我交给你啦。"杨恕说罢转身就走,李印月怅然望着杨恕没入人流中的背影,怏怏不乐。

武科场贡院的大门早已开了,贡院内人头攒动,开始排队报名。杨恕气喘吁吁跑过来,大门正在缓缓关上。杨恕焦急地向大门跑去,但大门已在缓缓关上,在即将关上的那一刻,被杨恕伸手插到门缝中间。就在这时,突然一匹骏马疾驰过来,马上人庞庆厉声大喊:"打开贡院大门——东厂办事!"士兵忙不迭将大门打开,骑马之人此时已到门口,飞扬的马蹄差点儿踩到杨恕。主考官闻声从场内匆匆跑出,见到庞庆,忙躬身施礼。庞庆要求主考,贡院内的人一个都不要放走,九千岁的千金被人掳走,元凶可能就在这贡院之内。门边的杨恕一听,有点儿明白过来,想蹑手蹑脚走开。突然,在报国寺被打得一脸伤痕的李印月的随从认出了他。跟随而来的还有一队东厂太监,个个手拿宝刀,杀气腾腾。众东厂太监将杨恕围住。这时,九千岁和李重霄也骑马到来,九千岁在马上望着杨恕,面色铁青,从鼻子里哼了一声:"就是这小子劫走咱家的宝贝女儿吗?小子,你胆子真是比天还大呀。听说你是南华安的俗家弟子?还跟惠王有些交情?难怪你不把咱家放在眼里。说吧,是不是惠王那老家伙授意于你,让你劫我女儿?我问你,你把我女儿藏在哪里了?"

杨恕答道:"我说这位公公,你说事归说事,不要牵三挂四的,你女儿与我只是一点点江湖恩怨，跟惠王毫无干系。你如何扯到他身上去？是你家女儿看我英俊，非要死要活想嫁给我，我嫌她烦人，便想个办法将她甩开了。不信，你自己回家去看看，恐怕你那宝贝女儿早就回家去了。"九千岁根本不相信杨恕所说。庞庆悄然抽出了三棱刺。二人大打出手，不分胜负。突然，几匹骏马纷沓而至，当头一匹马上的人大声喊着，"住手！"众人回头，看到马上坐着的人正是李印月，大为惊喜。

李印月对九千岁说杨恕并没有难为自己，为杨恕求情，让他去参加武科举。杨恕不卑不亢一拱手，谢过李小姐美言。李印月哼了一声，转过头去。李重霄悻悻地瞪一眼杨恕："南华安又如何？很威风吗？想拿武状元，你当江湖上英雄好汉都是吃素的？"杨恕轻蔑地说："难道你是什么英雄好汉？李公子，不要仗着你老子的威风这般放肆。我告诉你，以后你别去找谢家姑娘的麻烦，否则我对你不客气。她已答应我，若是我考取了武状元，她便要嫁给我了。她就是我的未婚妻了，不许你喜欢！"李重霄和杨恕两个怒目而视。

李重霄不顾九千岁的阻拦，也要考武状元！他要主考官在那考生名册中添上他的名字，随即拍马离去。九千岁等人策马而去。李印月担心杨恕惹恼了自己的爹和哥哥，日后会吃足苦头，不想却引来杨恕嘲笑。

惠王坐在王府花园凉亭内，朱辰钧端着一个锦盒走来。他打开锦盒，里面是一块灰黢黢的石头。惠王皱起眉头，朱辰钧微微笑了，他翻过石头另一面，那石头上赫然刻着朱红色篆体的"天子"两字："此石乃是一个放羊娃儿在黄河边偶然拾到的，石头上这两个字乃是天然生成，十分名贵。儿子花了一笔大价钱买到此宝，用来敬贺皇上千秋，必定会令皇上开颜一笑。"惠王点头，称赞儿子做事周到，皇上收到这份寿礼必定会十分高兴。这时一名仆人匆匆跑来，如意走入花园，面带微笑说："王爷不必忙活了，奴才奉皇上口谕，请您即刻跪地听诏。宣惠王即刻换便服入宫，不得有误，钦此——"惠王和朱辰钧站起。朱辰钧走近父亲低语，不知此时皇上骤然相召是福是祸。

皇帝坐在书案后，冷静地盯着面前躬身站立的惠王，先拉起了家常，突然话锋一转，问起入城前遭一众倭奴刺客拦截的事。惠王双膝跪倒："这刺客身后的势力深不可测，臣唯恐妄言之下，朝廷震动，天下大乱！"年轻的皇帝难以遏制胸中怒气,抽出鞘中短刀,砍在书案上:"今日朕给你妄言的权利!说!我朝中是否有重臣暗自通倭卖国?"惠王望着皇帝,百感交集,缓缓点头道:"皇上,臣失了人证物证,无法当众指证李瑾忠。光凭臣的一面之词,无法令朝中众臣信服。李瑾忠如今在朝中党羽众多,如果没有铁证,不光扳不倒他,反而要让阉党反戈一击。皇上,您虽是九五之尊,但李瑾忠这棵大树在朝中枝繁叶茂,爪牙甚众,若想动他,必须有铁证。请皇上派出心腹手下,去洪州捉拿黄潮升。此人是李瑾忠通倭的同谋,将他一举拿获,只要能从他嘴中问得口供,皇上您便有十足证据置阉党于死地。"皇帝闻听此言,遂派马千秋前去洪州捉拿黄潮升。

惠王随如意去见皇上,朱辰钧在书房内看书品茶。仆人进来添茶,双手恭敬递上一便笺,是刚才锦衣卫马千秋大人派人送来。朱辰钧展开纸条,念道:"黄昏,大酒缸见。"

暮色中,大酒缸店中酒客纷纷而来,扰攘喧哗。大酒缸门口挂起了博彩水牌,上面写着诸多姓名,许多人驻足观看评论下注,打赌谁能赢武状元。朱辰钧走进店内,众人继续吵嚷着,无人注意。朱辰钧被店小二引领,坐在一个靠窗位置。向窗外看去,只见门外那群争着下注的人吵吵嚷嚷。朱辰钧奇怪,叫过小二,问门外出了何事。小二一笑:"客官您寻常很少往我们这地方走动吧?看着您就面生,自然不知道我们这里的规矩。今年是三年一科的武状元开科取士,那些人在争着下注。看到没有,全京城,只有我们这家酒店,有本事写了水牌,那水牌上都是今科有本事夺魁的状元之才!想赌一笔的,便要来我们这里下注,若是押对了宝,便能赢一大笔钱。"朱辰钧点头。这时,突然响起杨恕的声音。朱辰钧转头,看到杨恕和马千秋并肩喜滋滋走来。杨恕跟随马千秋坐下,一脸茫然:"马大哥说让我从贡院出来便与他到这大酒缸来,大概是要带我出来见见世面。"听说杨恕要去科场赴试,朱辰钧举杯祝他马到成功,又问马千秋要自己到这个地方来,到底所为何事?马千秋看看左右说:"我是有一桩要紧的事情要跟二位商量。昨夜,京城内连发三起灭门血案,我与谢大人现场查勘过后,谢大人派我去西山戒台寺拜会心湖大师……警告大师,谢大人认为心湖大师也身处危险之中。"

早在十年前,为抗击东南沿海倭寇,心湖大师自组三千僧兵,与朝廷大军在海边将侵我疆土的倭寇一网打尽。被害的那三个人,都是抗倭的名将。在当年战役中,分别担任左右先锋和军师一职,都在那场大战中立下过赫赫战功,这就是和倭寇的宿怨。心湖大师这样想来,凶手正是倭寇派出的忍者,他们是为了一雪当年败仗之耻,前来复仇的。而当年那场大战,总督军正是如今的谢大人。

朱辰钧和杨恕听得都瞪大了双眼,惊叹原来谢大人也参与了那场抗倭大战,杨恕还记得他们东南至今还流传着歌谣:"军中有一谢,敢叫倭奴魂飞魄灭!"三人感叹,痛恨朝中有权阉当道,东南有倭寇为患,感慨大明真是风雨飘摇。朱辰钧提议大家今晚痛饮一夜,不醉不归。

夜深人静,杨恕抱着一大堆食物兴冲冲回家。大门敞开,他一路奔到屋内。口中还不停喊着爹。杨恕一脚迈到门里,愣在那里。董西沉静地坐在椅子上,杨子恒和哑奴都被点了穴道,坐在地上不能动弹。董西看着杨恕笑了笑,手里把玩着一把寒光闪闪的短刀:"你可算是回来了。"

第六回

颁皇旨洪州擒叛贼　布密局阉奴巧反攻

　　董西大马金刀地坐在椅子上，手里滴溜溜玩着一把钢刀，似笑非笑地看着杨恕。杨恕手里的大包小包簌簌掉落一地："你把我爹怎么了?!董西!……你、你也太不是个东西了你!"董西霍然站起："你还敢骂我？今日都是你，害得我杀不成李印月，祭奠不了我娘在天之灵！阉党作恶多端，死在他们手里的人还少吗？都是你，坏了我的大事！信不信我把你爹杀了出气！"杨恕慢吞吞拾起地上的纸包，放到桌上，懒洋洋坐在椅子上："我不信……问你一个问题，是你的刀快，还是我的身手快？"董西一愣，杨恕已如旋风般盘旋而至，闪电般出手，几个回合，董西手中刀被杨恕夺下，同时身上穴道被杨恕所制。

　　杨恕将刀插到腰间，回身点开杨子恒与哑奴的穴道，扶他们站起。杨子恒站起身来，看着董西："敢问好汉如何与犬子相识？像他那样傻气的孩子，随便交个朋友也是个愣头青。唉，恕儿，赶紧给你这朋友解开穴道吧。"杨恕摇头，杨子恒苦着一张脸说："唉，都是朋友，不要伤了和气。"杨恕无奈，上前解开了董西的穴道。董西舒展了一下四肢："快把吃的都拿出来吧，等了你这么久，我都饿死了，我外头还有一堆兄弟都饿着呢。不给，我就把你房子拆个底朝天。"杨恕叹口气，把手里东西一股脑塞给董西："拿走，都拿走……快走，全当我送瘟神。你对我爹不客气，我如何跟你做兄弟？别回来了！我们家不欢迎你!"董西怒气冲冲地走了。

马千秋喝得微醺,脚步有些趔趄。他双手推开房门,口中吟着满江红。马千秋打着火石,点亮屋内油灯,突然看到惠王和谢天顺并肩坐在那里。马千秋一愣,谢天顺和惠王对视,二人站起。马千秋一个警醒,抬头看到惠王和谢天顺,忙抖擞精神,跪下。惠王徐徐展开圣旨:"锦衣卫镇抚司千户马千秋接旨!奉天承运,皇帝诏曰:承平日久,必生妖孽。兹有一撮跳梁小丑暗通倭寇,乱我大明山河。朕受命于天,代天行政,天子之威,雷霆之所击,无不摧折者;万钧之所压,无不糜灭者。今朕密令爱卿南下洪州,将通倭之同谋,当今靖海将军黄潮升秘密捉拿,并速带其回京复命,钦此。"马千秋叩头,起身接过密旨。

马千秋低头思忖:"王爷,大人,我琢磨着,皇上颁这道密旨,务必要密不透风才好。京城内九千岁的爪牙太多,若带人走,恐会走漏风声。王爷,请您向您府中的张简正先生飞鸽传书,我到了洪州,请他出面帮忙,那黄潮升在明,我在暗,只要用人得当,区区几人便可帮我将他擒获,还不露半点儿风声。"惠王点头道:"好,我也是这个主意。在京城惊动的人越少越好。到了洪州,你把我的信给张简正看,自然会有人来帮衬你。"惠王和谢天顺站在长亭之上,向马千秋敬酒。马千秋喝罢酒,豪迈地扔掉酒杯,向惠王和谢天顺一拱手,骑上一匹骏马,闪电般驰骋。惠王和谢天顺并肩站着,目送马千秋。

这时惠王从怀中珍视地取那一卷圣旨,不停摩挲:"……只要马千户能在皇上圣诞之日,将黄潮升那贼子擒到太和殿上,当着文武百官的面,揭穿九千岁通倭大逆之阴谋,本王当众宣读皇上擒贼密诏。天下可定也。"

熙熙攘攘的街市上,大酒缸门口还是那般热闹。诸多写着"华山石勇""峨眉卓超然""武当岳文"的水牌,被下的注最多。掌柜嘴里叼着杆旱烟袋,袖着手,让小二搬出一块新做的水牌,上面写着"京城李重霄",众人都急不可耐地将手中的钱押在这块水牌上,吵嚷着让掌柜记上账。杨恕兴冲冲地走到门口,挤到人群中寻找着写有自己名字的水牌,没寻到。杨恕有些失落,低头从人群中挤出来,泄气地踢着路上的一颗小石子。小石子滴溜溜向前滚去,被一只脚踩住。杨恕抬头看到董西站在不远处,似笑非笑地望着自己。

杨恕有些生气,背过身去大踏步走开。董西在他背后扬声喊着:"那博彩的热门里没寻到自己的名字,觉得丢脸是不是?你可知道,为什么整个京城只有这个地方可以下注博彩?因为这个地方叫大酒缸,掌柜的是京城七大帮八大派的首领,别看他黑黑瘦瘦,一杆旱烟袋在手吞云吐雾毫不起眼,京城内所有帮派掌门,都要听他的调遣。敢在这里下注的,都是目光卓绝的江湖人物。他们看好的夺魁之选,原本只有三个人。不过半路里杀出一个程咬金,九千岁的公子也要进贡院,这下大热倒灶,江湖人再扎手,也怕朝廷里腰杆硬的。常言道,民不与官斗。这回武状元恐怕是那个李重霄要拿定啦。"

杨恕被气得涨红了脸,他攥紧拳头说:"不会的!我不会让那个纨绔子弟夺了我的武状元!"董西似笑非笑:"我的兄弟们已给我通了耳报神,据说你此番赴试,是为了锦衣卫都指挥使谢大人家里的那位千金?人家姑娘放话出来,你拿不到武状元,便娶不到她?杨恕,真看不出来,你还是个情种……"杨恕听着,怒气冲冲地走了。

回到家,便在院内舞舞生风地练剑。一套剑舞罢,杨恕得意地擦拭着脸上的汗,自言自语:"明日便是开科取士的正日子了,想必会有江湖上各路英雄前去应试。不过杨恕啊,你可是南华安心湖大师的关门弟子,你有一身华安武功,怕什么?武状元必定是你的囊中之物……"墙头上传来扑哧的笑声,随即一枚暗器嗖地扔过来。杨恕一惊,伸手接住暗器,原来是一枚枣子。杨恕抬头看,董西不知道什么时候骑在墙头,嘴里嚼着枣子,笑看自己:"我听说那九千岁的儿子李重霄和李印月,自幼便好勇斗狠,刚收养他们兄妹二人的时候,九千岁特地重金请了当今武林高手教习他们武功。虽说他们兄妹天资平平,只学到一点儿三脚猫伎俩,但你明日要小心,为了替那李公子出气,恐怕你一早便会被他们踢出局去。照规矩,明日第一轮比试,将是车轮大战。所有报名的举子都要两两对决,胜者才有资格留下。只要主考官那里稍做一番手脚,你的对手就会是这届武功最强的武举。"

杨恕看了看董西,脸上充满疑问,董西继续说:"我帮你查过了。这次武科场较量,夺魁呼声最高的有三个人,一是华山石勇,他惯使一支长矛,力大无穷;二是峨眉派出身的卓超然,此人使得一手好剑法;三是武当的岳文,一把单刀使得虎虎生风。你如果想赢他们,便要知道他们的弱点。"董西纵身跳下墙来，走近杨恕，要他附耳过来……

夜色中一片寂静，偶尔传来几声狗吠。护城河畔僻静所在，偶有几处孤坟，似乎有鬼火闪动。风帽遮面的九千岁站在河边，静静等待。终于有了动静，明人打扮的竹野英雄纵身从树上跃下。九千岁劝竹野英雄立即回到洪州，不可在京城久留，最近的三起命案，锦衣卫那边可能疑心到九千岁身上了。竹野英雄闻听立即想替九千岁分忧，要把那几个老对头统统杀掉，九千岁拦住说这次会面是有另一桩要紧的事，请竹野帮忙。波光粼粼的护城河面上，透露出诡异的气氛。

武科场贡院内，众位考生都排列整齐。主考官坐在演武厅内，巡视着队伍。副主考正在大声朗读着名字，被叫到名字的考生高声应和。队列中，杨恕看到了李重霄，他也在瞪着杨恕。副主考读完最后一个名字，走入演武厅，向主考官行礼。主考官站起，走出演武厅，看着众考生："各位，你们都是今年武科场开科取士的人才。今日第一轮比试，先要在众武举中轮番展开车轮大战，谁若能赢得对手，谁便留下；输了的，自动离开这贡院。请各位武举自行挑选对手。"

杨恕在队列中看着周围的武举们，从队列中走出一个扛着长矛的彪形大汉，他与演武厅中的主考官对了个眼神，走向杨恕，向他拱手。副主考扯高嗓门："华山石勇——南华安杨恕——比武开始！"众位武举看着他们二人走上了练武场。

二人交手，石勇一支长矛使得令人眼花缭乱，所击之处，石头裂开，尘土飞扬。杨恕沉着迎战，他耳边响起昨夜董西跟自己交代的话：石勇人称华山万人敌，天生神力，惯用一支长矛，舞起来威风凛凛，简直像传说中的猛张飞。力大无穷虽然容易夺得先机，却也有弊端。天生力大的人往往心态浮躁，总想速战速决。只要你小心应对，四两拨千斤，少露破绽，用拖字诀，令其分心，便有取胜把握。

杨恕此时已与石勇交手过百招。围观他们二人比试的人越来越多……演武厅中的主考官也站起，奇怪地问副主考怎么贡院里聚了这么多人？副主考说是九千岁有令，开科后，有百姓愿意进贡院看热闹的，一个也不许拦截。

主考官叹了口气,告诉贡院所有士兵守卫,严防有人闹事。各方来看比试热闹的百姓越聚越多,其中便有董西。她一双眼睛都在比武的杨恕身上。渐渐地,董西看出门道,嘴边露出笑意。

交手中杨恕一直用巧劲儿左挪右闪,石勇已经开始力气衰竭起来。终于,在躲过了长矛雷霆万钧的一击后,杨恕手中长剑划破石勇的背心,从下向上刺到他的咽喉三分处,剑尖硬生生顿住!石勇手中长矛顿在半空,他的额角冒汗,露出沮丧神色:"你赢了!"

观阵的百姓纷纷叫好。杨恕擦了一把汗,转身看到人群中的董西,二人交换一下眼神。董西向他伸出手指,指指另外一个方向。杨恕看去——李重霄刚刚挥舞红缨长枪,打倒一个不知名的武举,扬扬自得地站在那儿。董西摇头,杨恕点点头。他知道艰苦卓绝的考验还在后面。

洪州靖海将军府内室中,一烛莹然,黄潮升看过密信,突然心惊,向一边站立的万盛鞠躬行礼。万盛冷冷地看着黄潮升:"黄将军,我马不停蹄,夜不归寝,亲自来到洪州送这封书信给你,便是要当面警告你,替九千岁办事,一刻也大意不得。若以后再有差池,你全家的命也不够填的。好了,看罢了信,照老规矩,把九千岁的亲笔信烧了吧。"黄潮升拍拍手,两名仆人端着两个锦盒走进来。仆人打开锦盒,一片珠光宝气。万盛眼睛都看直了。黄潮升趁万盛看着那些珠宝,偷偷将手中书信飞快藏到怀里,另拿了一张纸,假意向烛火前烧着。万盛兴奋地说:"哎哟,黄将军出手真是大方,这怎么好意思呢?得了,我收下了,免得辜负了你一番心意!告辞!"黄潮升跟着笑着,恭敬地送万盛离开。

万盛刚刚离开,黄潮升脸上笑容便消失不见了。他匆匆回到屋内,将那封信从怀里拿出,看了又看,宝贝似的将案头上的兵符拿过来,一摁兵符的一处机关,露出一条裂缝,将书信放入其中,一摁机关,裂缝合上。黄潮升坐在椅子上,露出得意的笑容:"哼,九千岁这个老家伙,像只老狐狸,每每书信传递还要派人盯着我烧掉,唯恐落一点儿把柄在我手中。都说兔死狗烹,我黄某还是留点儿心眼的好,免得被那老狐狸给卖了!"

夜晚的洪州街头,渐渐清冷。万盛刚从酒楼出来,有些醉意地坐进轿子中,他在轿内哼着小曲儿,醉眼惺忪。突然,他感到轿子霍地一顿,落了地。抬轿的四个太监啊了一声,再无声响。这时,轿帘一掀,一个蒙面黑衣人像鬼影般出现在万盛面前!万盛尖叫一声,黑衣人伸手捂住了他的嘴:"我是九千岁派来的,有要事和你商量。如今十万火急,皇上秘密派出人马,就要到洪州来捉黄潮升了!九千岁密令,要你当机立断,马上行动!"万盛一头雾水。

晨光熹微,空荡荡的洪州惠王府大门口,急促马蹄声由远及近传来,马千秋满面风尘之色,大力拍门,求见惠王府张简正先生。张简正带着数名戎装的门人匆匆走到正厅门口,迎接马千秋。突然一个门人跌跌撞撞跑进来:"张先生,不好了!小的刚才去暗中查看黄府动静,没想到刚才他府中贴了铭旌,挑出纸钱,立了幡竿,府内哭声震天。小的一打听……他们府里的下人说,说……说那黄潮升将军死了!"众人大惊。

驿道上,车马疾行。骏马上坐的是万盛及众东厂太监,后面跟着戴着斗笠的一干灰衣人,领头的正是竹野英雄。马车窗帘四垂,捂得严严实实。

气派的紫禁城太和殿内,皇帝巍然坐于龙椅上,面前桌案上放满了珍馐美味。帘后坐着皇太后。九千岁仍坐在殿前稍右方最醒目的位置。惠王和世子朱辰钧坐在另外一侧。太和殿两侧均摆满了桌案,群臣都坐于案后,他们身着盛服,举爵为皇帝庆贺华诞。皇帝拍拍手,一群手执琵琶、笙管笛箫的盛装宫女翩然走来,在殿中央演奏缥缈宫乐。另有纱缦拖地的宫女献舞。皇帝心不在焉地看着,不时看向惠王。惠王的手不时摸着怀里的密诏。朱辰钧和殿上的谢天顺交换着眼色,两人彼此点头。朱辰钧贴近惠王耳语:"父王,谢大人已安排妥当,一旦当殿指证起来,争执一起,锦衣卫的人便会控制大殿内外。"惠王点头。

乐声越来越急切,鼓点越来越急切。皇帝面似在看着歌舞,但其实一直在不停观察九千岁。九千岁似乎什么都没有察觉,一切如常地笑着,站起向皇帝敬酒:"皇上,为庆祝您的寿诞,咱家命人自西华门至奉天门,所有街市上都要张设灯彩,每数十步间便搭好戏台,备齐四方之乐,亭台楼阁、彩坊画廊、百戏杂技、演戏奏乐,比比皆是。京城内万千百姓,都为皇上您贺寿呢!今日的大事便是为皇上您庆寿,那些朝政琐事请皇上先暂且放到一边。今日里君臣共乐。"突然,从殿外匆匆跑进庞庆,双手端着一个托盘,一脸哭丧,匆匆走到九千岁身边,秘密耳语。九千岁脸上大惊,望向皇帝,缓缓起身,从庞庆手中接过托盘:"启禀皇上,靖海将军黄潮升连夜领军出城,剿灭小股为非作歹的倭寇,不慎中了冷箭,不幸阵亡!这是浙直总督连夜三百里加急递上的折子,以及靖海将军的兵符。"小太监匆匆走来,接过托盘放到皇帝案前。

看见托盘里的奏折和靖海将军兵符,皇帝不耐烦地站起身来,大声喊停止奏乐!大殿内宫乐戛然而止,众人不知出了什么事,都愣着看向皇帝。皇帝自知失态,压了压语调,极力平静道:"靖海将军黄潮升战死沙场……这消息来得可真是突然呀!他的尸首呢?"听到黄潮升中箭落马,被马踏火烧,尸首已惨不成人形,皇帝跌坐在龙椅上,盯着九千岁。九千岁不畏不惧,也回瞪着皇帝。皇帝点着头,嘴角流露出一丝认命般的微笑:"好……传朕口谕:靖海将军黄潮升,英勇杀敌,战死沙场,忠勇无双,赏其家人后裔白银一千两,绸缎五十匹,庄园一座,以供其后人读书持家,再报国门。"九千岁领头,众臣都起立,向皇帝叩拜。众臣叩拜下去。只有惠王父子还站在那里,惠王手隔着衣服摸着怀里的密诏,望着皇帝。皇帝坐在龙椅上,闭目摇头,示意惠王放弃行动。惠王叹息,拉了朱辰钧跪在地上。

奉天门外,众臣酒意阑珊地散去。惠王和朱辰钧缓步走出来,九千岁被庞庆扶着,也跟了出来。九千岁一脸不阴不阳的笑容看着惠王。惠王向九千岁拱手道别。看着惠王和朱辰钧上了车马,走远了,九千岁一直面带的笑容,突然没有了,代之以恶狠狠的狞笑:"想跟咱家斗?朱祐基,你找错了对手!"

惠王和朱辰钧坐进马车,惠王小心翼翼从怀里拿出密诏,又展开看一遍,叹口气,说:"那黄潮升突然阵亡,拿不到活的人证,便扳不倒李瑾忠,若贸然行事,他在朝中根深叶茂,再反咬你我父子一个'污蔑忠良'之罪,那便后患无穷了。想来一定是走漏风声了!我们与皇上秘密筹谋如此隐蔽,居然还是被阉党探听到了消息……李瑾忠的爪牙耳目真是防不胜防。不过,只要皇上还站在我们这一边,我们就有扳回胜局的希望。"

京城紫禁城华盖殿内,案上摆放着靖海将军兵符。皇帝坐在龙椅上俯瞰着众位大臣,要众大臣推举合适人选,担任靖海将军一职。殿下众臣左右看着,脸上都是推诿的表情。皇帝急切而充满希望地看着大家。一名大臣畏惧地看了一眼九千岁,出列禀奏:"此等重要国事,向来都是九千岁定夺……臣等,并无异议。"皇帝脸上闪过一丝怒色:"站在这殿上的,你们都吃朝廷俸禄,朝政庞杂纷乱,难道件件都要烦劳李公公去操心吗?若是如此,朕养着尔等有何用处?"众臣呼啦跪倒一片。皇帝看了一眼九千岁,平静道:"朕今日就想听听你们众位的意见,这靖海将军一职的人选……你们认为,朝中哪一位合适?尽管说出来无妨!"众臣互相看着,都下意识望向侧坐的九千岁。九千岁面容平静,看不出深浅。众臣面面相觑,都噤声无语。皇帝再也按捺不住,站起来指着案上那个兵符:"难道阵亡了一个黄潮升,朝中再无良将可以接任靖海将军一职?"众臣唯唯诺诺,没人敢正面回应。皇帝期待地看向秦如晖。秦如晖出列,看了一眼九千岁,沉声回答:"皇上,如今朝中武将老的老,病的病,亡的亡,东南战事激烈,靖海将军一职事关重大。臣举荐锦衣卫都指挥使谢天顺,他曾随先皇远征漠北,并平定当年东南之乱,曾领一众江湖人士大败倭寇劲敌,靖海将军一职,臣以为非他莫属。"

众臣低声议论着,皇帝脸上露出笑容,九千岁这时开口了:"皇上,臣以为不妥。谢大人负责京畿秩序,锦衣卫责任重大,乃是皇帝您的亲兵,若没有一个信得过的心腹肱股之臣统率,皇上您如何能在皇城内放心安睡?谢大人万万不可出京,锦衣卫不能没有谢大人哪。"皇帝听了,也觉得有几分道理,缓缓点了点头。九千岁见皇帝没有反对,继续说,"皇上,如今朝廷正值三年一科的武状元开科遴选,诸多高手纷纷前来应试。臣觉得,不如哪位英雄豪杰做了今科的武状元,便委任他为靖海将军,前往东南率军抗敌。皇上,带兵打仗,需要一仗仗慢慢打来,没有人天生就会两军对垒的。不放机会给他们到沙场上历练,终归还是纸上谈兵。"皇帝缓缓点了点头:"说得有理……好,传朕旨意:谁夺了今科武状元,朕便封他当这个靖海将军。"众臣俯首。九千岁扬扬自得地俯瞰着群臣。谢天顺在众臣列中,若有所思,不语。

九千岁回府后便将此事告诉了儿子李重霄。不想他心里惦记着谢家小姐,不想去洪州任职丢了性命。九千岁忙苦口婆心地劝解,为了长远利益,必须把东南的兵权攥到自家人手里。李重霄听得似懂非懂。

大酒缸门口仍挤满了争相下注的酒客们。写有"华山石勇"的水牌已被扔在一边,时不时还有人在上面踩上两脚。杨恕和董西并肩走来,叼着旱烟袋的掌柜袖着手,又让店小二抬出一块新水牌来,上面写着"南华安杨恕"。

众酒客指着水牌纷纷议论着,下注。杨恕在一边听着闲话,气呼呼地攥紧拳头,又松开。董西走到大酒缸门口,向掌柜点点头,从怀里掏出一个袋子,扔过去,掌柜接住:"这里面有点儿碎银子,您替我押在这个南华安杨恕身上。我押他下一轮还是会胜出。这个南华安的少年英雄杨恕,天资聪颖,武功不凡,乃是南华安住持心湖大师的得意门生。精通华安三十六房功夫。别说是下一轮了,就是打到金銮殿,让皇帝亲眼看着,也要御笔钦封,点他当今科的武状元!掌柜的,我识人的眼光您还信不过?押吧押吧。"掌柜的叹一口气,将那袋银子押在"南华安杨恕"那块水牌上。众酒客中有人听了那话,咋舌,也犹豫着将手中的银子押到杨恕牌子上。杨恕看着董西,有些不好意思。这时一匹骏马由远及近驶来,马上人正是朱辰钧:"我猜得不错,你果然在这里!父王想见你一面,快随我来。"杨恕即刻随朱辰钧来到京城惠王府书房内。朱辰钧走到墙边,摘下一把宝剑,双手捧着宝剑走到惠王身边。惠王慈爱地看着杨恕:"听闻你为了谢大人之女一句'要嫁武状元',便去参加武科举?谢姑娘望夫成龙,你不负佳人所盼,都是重情重义之人哪。本王替你们高兴,要送一件东西给你,此剑名为'承影',据说是上古剑师取玄铁精英,呕心沥血,锤炼十载,合炉时以少女之身躯投入炉中,才得淬炼而成。虽是远古神话,但此剑的确吹毛立断、削铁如泥。宝剑赠英雄,本王希望你能凭此宝剑一路高奏凯歌,赢得武状元。"惠王将宝剑送到杨恕手里,意味深长地看着他,"你必须拿到武状元,事关国家安危……杨恕,本王拜托你了!"

阴森孤僻的京城护城河边,戴着风帽的九千岁秘密会晤竹野英雄:"有一桩小事,明日是武科场第二轮较量,犬子也在众武举其中……我想让他一路赢到底,到时候还想请将军你多多帮忙。"竹野英雄请九千岁放心。

第二天贡院内练武场上,接连几对武举对决,赢的耀武扬威,输的垂头丧气。杨恕看了看挤在百姓中看热闹的董西,摸了摸身上的宝剑。耳边响起惠王叮咛的话语:如今形势已然如此,皇上有旨,夺取武状元者,便受命担任靖海将军一职。事关东南黎民黔首的安危祸福,杨恕,往大处说,这个武状元事关大明半壁江山的存亡……

杨恕沉了沉气,那边副主考大声叫着:"下一对,京城李重霄——南华安杨恕。"众人的目光齐刷刷地望向杨恕。李重霄扛着红缨长枪,得意洋洋向台上走。人群中,竹野英雄一身不起眼打扮,站在那里,阴恻恻地望着持宝剑上台的杨恕。杨恕向李重霄抱拳,二人开始交手。

  董西在人群中镇定地看着,突然,人群中嗖地一枚细针飞出。董西眼尖,立刻弹出一颗卵石,将那飞针在中途击落。董西惊讶地四处看着,突然,她看到戴斗笠的竹野英雄,刹那间,四目相对,火花四射!

第七回

护郎心切董西受伤　寻踪觅迹死人复活

　　武科场上的比武台上,杨恕持剑,李重霄持枪,二人打得不可开交。慢慢地,李重霄眼见已落得下风。董西在人群中穿梭,一直盯着那戴斗笠的人。突然,人群中又飞出一簇牛毛般细针,砸向杨恕。董西忙摘下头上斗笠扔出去,拦住细针。两次出手不中的竹野英雄蓦地回头,眼睛盯住董西。突然他挥一挥袖,周围的人都哎哟哎哟倒地,趁乱竹野英雄又挥一挥衣袖,一把牛毛般细芒向董西面门飞来。董西闪身躲开,一伸手,几枚寒芒向竹野英雄破空飞去!但竹野英雄已如鬼影般倏忽不见。董西怕伤及无辜,忙再飞出几枚铁蒺藜,从后追上寒芒,将它们一一撞落。
　　而此刻杨恕一把宝剑已逼得李重霄连连后退,眼看就要跌到台下。董西发觉又有几枚细针从一个隐秘角落飞出,直射杨恕后背。董西腾空飞起,挡在杨恕身后。所有细针都刺入董西前胸!董西吃痛倒地。就在同一时刻,杨恕的剑光已将李重霄逼落比武台。李重霄倒在地上,一身尘土,满面沮丧。杨恕回身赶紧扶起董西,只见她的嘴唇已转为青紫。杨恕手忙脚乱从怀里掏出锦囊,董西贪婪地嗅着,舒一口气。杨恕懵懂着,想动手解董西的衣服看看伤口。董西面露难堪之色,用力拉紧衣襟:"不行!不行……你别看,我、我是个女人!"杨恕大惊,董西气力衰竭,头一歪,昏了过去。此刻,台下副主考沮丧地看着跌得浑身是土的李重霄,垂头丧气地宣布:"南华安杨恕赢……"台下人群中,竹野英雄冷冷看着杨恕抱着董西离开。

董西气息微弱地躺在杨恕家的床榻上,杨子恒细心为其挑出身上所中毒针。杨恕探头探脑要走近,杨子恒一转头呵斥,非礼勿视!杨恕只好乖乖站好。杨子恒安慰儿子道:"放心吧,她会没事的,幸亏先用惠王送给你的药囊抑住了毒性,你爹我可是当年赫赫有名的驱毒高手。虽然险,但还不碍事。幸亏董姑娘替你挡了这一劫,小子,若是你中了这许多毒针,光是调理身体也需时日,那武状元自然已成他人囊中之物。"

杨恕自语:"这个董西,真是个傻瓜,替我挡什么毒针嘛。唉……这下我欠了她一条命,待她醒过来,我是不是得向她三拜九叩,跪谢救命之恩?可她是个女孩子,我向她叩头?多没面子……认识她这么久了,居然没看出来她是个女孩子,唉,我可真够笨的!"

京城九千岁府花园内僻静一角,竹野英雄向九千岁深深鞠躬:"九千岁,恕在下之前没有相告……早在武科场开科之前,我便安排了麾下一名忍者高手,易容参加了此次比试。请您不要误会了。在下最初派麾下高手参加武科场之遴选,只是为了命他与中国高手比试一番,以此来较量东瀛功夫与中国功夫的高低优劣。没想到无心插柳,若他能夺了这个武状元,那靖海将军的位子上,岂不就做了咱们的心腹?"九千岁和竹野英雄都笑了,但笑得各有含义。

九千岁回到书斋,脸显得格外凝重,透出一丝狰狞:"想不到那起子倭寇这般狡猾,他们这是要自己夺了咱大明东南的兵权。到时候,他们自己跟自己装模作样打两仗,这东南岂不都成了他们自家地盘?但如今事态已发展到这般田地,只能顺水推舟,看来那起倭奴确实是垂涎上靖海将军的位子了。他们想一头独大!想得倒美。东南这块宝地,咱家的手必须插进去。洪州是咱家的地盘,没有咱家给他们撑腰,这帮小矮子闹不出大名堂。惠王那边情形如何?"万盛答:"千秋万寿节已过,照例说惠王应该起程回洪州。但听说皇上又让惠王在京城多留一段时日,说是靖海将军遴选一事,皇上想看看惠王的意见。"九千岁要略施小计,让自作聪明的皇帝,对他那个叔王再生猜忌之心。

第二日，九千岁便入宫见皇帝，他挤出笑容说："皇上，老臣着急忙慌入宫面圣，并非有要紧军国大事，而是为了老臣一桩心事。皇上您是知道的，老臣原本在乡间当个教书先生，家乡遭受蝗灾，堂上有老母要奉养，走投无路才狠下一条心，自阉入宫。蒙先皇器重，老臣在宫里平步青云，觍颜还坐了宫内司礼监掌印太监这个位子……老臣膝下冷清，收养了一男一女两个孩子。说起来最贴心的还是我这个女儿，聪明伶俐，百变精灵，虽说脾气大了点儿，却也是知冷知热。老臣对她甚为疼爱，一心想替她找个好婆家。她有个好归宿，过两年给老臣生几个小外孙，那老臣便心满意足了。望皇上您替老臣做主。老臣替女儿相中的人……便是当今惠王的世子。"皇帝一愣，脸色渐渐铁青起来："你想让朕的堂兄当你的女婿？难道朱辰钧与你家女儿早有私情？"

九千岁从怀里摸出一块玉佩："小女八岁那年，蒙皇太后恩准入宫赴赏菊大会，曾与世子有一面之缘。当日世子赠小女一块玉佩，言称倘若有缘，待二人长大必为一对佳偶。小女当时懵懂天真，收下此玉佩，归家来向老臣言讲此事。老臣想那二人两小无猜，便暗暗存了这份联姻的心思。如今，两个孩子都大了，老臣才斗胆，请皇上为他二人指婚。皇上您若不信，请来世子一问便知。"九千岁说罢，毕恭毕敬向皇帝叩拜。皇帝冷冷地瞥了九千岁一眼，唤过一边的如意，去请世子入宫。

朱辰钧进宫后，接过皇帝手中的玉佩，有些吃惊。皇帝坐在案后紧紧观察着朱辰钧的表情。朱辰钧脸上有些窘意，认出此玉佩是多年前他送给李家小姐的。九千岁在一边暗暗松了口气，皇帝露出不悦："堂兄，叔王在政见上与李公公多有不和，可你们下一代倒是亲密得紧呀。眼见两位爱卿摒弃前嫌，有联姻之意，朕也替你们高兴。那就选个好日子下聘吧。朕还有许多奏折要批阅，你们无事便退下吧。"朱辰钧和九千岁叩拜告退。眼见得两个人出了乾清宫，皇帝一腔怒火无处发泄，将案上奏折尽数扫在地上。

九千岁和朱辰钧由拎灯笼的小太监引着，向宫门走去。朱辰钧忍不住开口："李公公，时隔多年，您为何凭一句孩童戏言，要把事情搞大？你我两家，道不同不相为谋。怎能谈婚论嫁？李公公，明日我会请父王出面奏请皇上，回绝这门亲事。你的好意，辰钧领了，但受不起。告辞！"说完阔步离去。九千岁冷冷看着朱辰钧的背影,却笑了。

董西终于从昏迷中醒来,面前景物时而模糊时而清晰。杨恕惊喜的笑容在董西面前逐渐清晰起来。董西挣扎着坐起,突然想起了什么,忙背过身去掀开衣领。董西大叫起来:"谁给我驱毒疗伤包扎的伤口?"杨恕慌乱地解释,是自己的父亲给他包扎的伤口,杨恕一脸狼狈地求饶,这时杨子恒拉着马千秋匆匆走来。马千秋疑惑地上下打量着董西,怎么也不相信她居然是个女子!

谈到来意,马千秋叹一口气:"唉,一言难尽……我辜负了皇上和惠王的一片期望。皇上原本要我去秘密捉拿黄潮升,却不知为何走漏了消息,迟了一步,那黄潮升已被九千岁的爪牙灭了口。"董西和杨恕惊讶地看着马千秋,有些不敢相信。

皇帝在京城紫禁城御花园,却怏怏不乐。谢落樱察觉到皇帝的不悦,小心为他倒茶。皇帝叹道:"朕一直被蒙在鼓里……一直以为惠王父子原本与你父亲一样,是站在朕这一边,反对阉党的。可是落樱你可知道,其实他们早就跟李瑾忠暗通款曲了。我那好堂兄,一直暗恋李瑾忠的女儿李印月,如今两家就要联姻了!表面上水火不容,暗中如胶似漆,他们都一直把朕当傻子蒙骗!狼狈为奸,沆瀣一气,都不值得朕信任!"谢落樱惊讶莫名,与一边的侍女横波交换着怀疑的目光。

谢落樱由横波陪着,从甬道拐弯处走来。看得出,谢落樱心情烦乱。迎面匆匆走来朱辰钧,面色凝重,看到谢落樱,忙行礼。谢落樱还礼,道:"世子,皇上他……有些生你的气,你可知道?殿下满面愁云,若殿下信得过奴家,不妨细说一下这其中缘由,可好?"朱辰钧点一点头,说起多年前的玉佩。

原来九年前,宫里开赏菊大会,因为当日先皇不喜欢在御花园看见朱辰钧,便叫太监把他关在一个小黑屋里,一天下来,他哭到声嘶力竭,也没有人来理会。他又饿又冷……这时门开了,一束光亮透进屋内,年幼的朱辰钧睁大了眼睛。粉妆玉琢的李印月穿着一身红衣,在万盛的陪伴下走进来,特意给他送来了糕点。看着幼年的朱辰钧狼吞虎咽地吃着,李印月味味地笑。吃完,朱辰钧擦着嘴边的渣滓,解下腰间一块玉佩,塞到李印月手中:"你真好,等我长大了,要娶你为妻,这个送给你当做礼聘之物……"

朱辰钧叹了一口气："九年前以玉佩相赠,只不过是感念当日的一饭之恩。而所谓娶妻云云,更是孩童无心之言。却未料到如今李瑾忠居然以此作为根据,在皇上面前要求我与他家联姻,致使皇上疑心于我父子……我已向父王禀告过了,父王会亲自入宫,当着皇上的面回绝这门亲事。"谢落樱大大松了一口气,侍女横波偷偷笑了。谢落樱瞪了横波一眼,也跟着笑了。

暮色西沉,董西和杨恕走在熙熙攘攘的街道上,突然董西看到前方拥挤的人群中竹野英雄的背影闪过。二人马上在街道上发足狂奔,一通追赶。

头戴斗笠的竹野英雄匆匆走到一偏僻胡同,四顾无人便一头钻了进去。董西和杨恕尾随其后,蹑手蹑脚追过去,二人扒着墙边向胡同内看去。竹野英雄叩开一扇小门,闪电般钻了进去。杨恕性急,想冲进去,被董西一把拉住:"你可别莽撞。他进的就是九千岁府。这地方传说守卫森严,连只飞鸟也进不去。你这样贸然闯入,不是找死吗?全天下谁不知道当今九千岁贪婪,府中聚集无数珍宝,京城内妙手空空门的多位高手都曾入府盗宝,可都落得个空手而归,有的运气差的还被当场捉住,送到东厂诏狱受尽酷刑。这下你该知道,他这府里的守卫是何等严密了吧?幸亏你是跟我在一起,全京城的飞贼加在一起都没有我去过的地方多!这九千岁府里,不多不少,本人也来过不下十次,也不多不少偷了他家几样宝贝……跟我来!"暗无天日的狭窄通道,一点亮光来自董西口中叼着的火煤,二人一前一后在通道内奋力向前爬着。

九千岁府花园僻静一角,几盆鲜花动来动去,终于被拱开了一角……很快,董西和杨恕顶着一头灰土从洞中钻出,董西再将那几个花盆放好,杨恕蹲在灌木中左顾右盼。这时听见有人走来,董西和杨恕纵身一跳,跳到临近一棵枝繁叶茂的大树上,两人借树枝遮蔽,大气也不敢喘,向下窥探。不一会儿,九千岁在点头哈腰拎着灯笼的万盛陪同下走了过来,二人边走边低声交谈。九千岁微微叹道:"唉,咱家还一直把他当个心腹,没想到如此经不住历练!自以为拿住了咱家的把柄,便能保住自己一条狗命……哼,这个黄潮升,真是让糊涂脂油蒙了心肠!"二人渐行渐远,树上的董西和杨恕惊讶对视,悄悄跟了过去。

九千岁和万盛在前面走,万盛手中那盏灯笼在夜色中格外显亮。二人走到一座假山旁。万盛伸手摁了几个地方,突然假山挪动起来,露出一个洞穴,万盛殷勤地为九千岁撑着灯笼。二人走了进去。董西和杨恕跟到假山前,难道这就是传说中九千岁的秘密宝藏,也跟着进入假山里。

密室中,墙壁上插着火把,惨叫声和皮鞭抽打声此起彼伏。竹野英雄坐在角落里静静喝茶。密室中央竖立着一个十字形木桩,上面捆绑着一个遍体鳞伤的人,头发蓬乱,已惨叫得几乎叫不出来。竹野英雄站起来,缓缓走到那人面前,一伸手揪住那人头发,那人正是黄潮升,脸上布满了惊恐。竹野从腰间抽出一根忍杖问:"黄将军,九千岁让我来问你,那封信你究竟藏在了何处?认识我这根忍杖吧?这两头包的都是黄铜,用这个敲一下你的命门,敲第一下,你会下肢麻痹,不能行走;敲第二下,你会终生成为废人;敲第三下,你便会只剩下一口气,这口气只能撑住你说一句要紧的话。"

黄潮升气息奄奄:"……竹野先生不要吓唬我了,我不会说的。到了今日这个地步,我越晚说出那个秘密,我的老婆孩子便逃得越远,九千岁就越不可能找到他们的行踪……"竹野冷不防挥棍打在黄潮升腰间,黄潮升杀猪般大叫:"我说了,只会令你和家人死得更快!"九千岁阴冷的声音传了过来:"是吗?可是你不要忘了,在世人眼中,你早就已经是个死人了。"九千岁在万盛的陪同下走入密室,火把照耀下,九千岁的面容更加阴森恐怖。他走到火堆前烘手,斜着眼看着黄潮升。

杨恕和董西躲在密室门口从门缝里看去,二人都看到了"死而复生"的黄潮升,两人一惊。九千岁走到黄潮升面前,一脸笑容:"老黄,何必呢?你背着咱家装神弄鬼、三心二意,到底想干什么?难不成你想翻天?你背着万盛,偷偷藏起咱家的亲笔书信?咱家派竹野请你来京城,你瞎疑心什么?怕咱家真派人一刀杀了你?哼,居然敢用咱家的亲笔书信来要挟,黄潮升,你胆子真不小呀!算你机灵,在万盛他们下手之前,先送你老婆和儿子出府逃命。如今已过了这么多天,想必他们已走得远了,你该把咱家那封信的下落透个底了吧?哼!你不要怪咱家无情。明明是你自己行事不周,露了马脚,惠王已在皇上面前告了你一状,皇帝秘密派人前去拿你,就算我不派人去结果你,你以为就能躲过这一关吗?"

黄潮升恨恨地说："我真蠢,我真他妈地蠢透了!早就应该知道兔死狗烹,却一直利欲熏心、权欲蒙眼,直落到这般田地!真是悔得肠子都青了。九千岁,你今日可以杀我,实话告诉你吧,你那封信我已交给了心腹之人,一月内我若不能活着与妻小重逢,我那心腹便会将那封信送到当今圣上面前,让全天下人都知道你九千岁暗中通倭的罪行!"九千岁怪笑一声,突现狰狞之色,从身边东厂太监手中拿过佩刀,寒光一闪刀出鞘!

这时密室门突然被撞开,一阵白色烟雾腾地弥漫室内。烟雾中,竹野捂住鼻子,大喊小心迷药!密室内众太监已软软摔倒。竹野捂住自己口鼻,九千岁和万盛也晕过去了。竹野迷糊看到两个身影蹿入,用刀斩断黄潮升身上绳索,背着他,冲出了密室。竹野捂住口鼻,跟跄着向外追出去。

夜色中,杨恕背着昏迷的黄潮升蹿出假山,董西紧随其后。二人疾步前行,假山洞口处,半昏迷状态的竹野英雄也跟跄着冲了出来。竹野四处寻找着,他迷迷糊糊看到夜色中前面奔跑的人影……竹野一甩袖子,嗖!一支短箭直飞出去,杨恕背上的黄潮升啊地叫了一声,箭直插到他背上。董西和杨恕俱是大惊。二人跑到墙边,纵身翻过墙头。一众守卫跑来,纷纷向墙头射箭,但二人的身影已然消失。

杨恕背着黄潮升发足狂奔。背上的黄潮升已气息奄奄,他气息微弱地说着:"我认得你们……你们是惠王的人……兄弟,我活不了啦。趁着我还有口气,听我说……很重要!你们听我说……那夜……九千岁派人想杀我灭口……"

原来几天前的夜晚,洪州城黄潮升宅内,他正和夫人逗弄着牙牙学语的儿子。突然,房门被一脚踢开,万盛施施然走了进来。黄潮升抬头一看,惊讶道:"万公公,您不是回京城去了吗?"万盛冷冷地说:"哼,有点儿事还没办完。老黄,这些年咱们跟那倭人合作,也分了不少钱,九千岁命你在洪州安置了一处秘密藏宝地,如今他老人家想换个地方,让你把那藏宝地的地图交给我带回去。你不会不答应吧?"黄潮升听了,马上满面堆笑:"万公公说哪里话?那些财宝都是托了九千岁的福才聚集起来的,他老人家如今想换个地方,黄某从命便是。请稍候,我这就去拿地图。"

黄潮升走到内室角落一个木橱前,从里面小心翼翼拿出一卷油纸画轴。

又瞄了一眼,木橱内还有一把西洋式火铳,黄潮升拿起枪,突然回身指向万盛:"想抢老子的东西——"话还未说完黄潮升愣住了。在他身后,万盛早就用刀指住了惊恐的黄夫人和儿子。黄潮生面如死灰,万盛得意地笑着:"想跟本公公玩花样?老黄,把这火铳放下,万一走火伤人,事情可就闹大了。"黄潮升沮丧地扔掉手中火铳,双膝跪倒,将油纸画轴托在手上:"万公公,请您饶过黄某一家性命。"万盛接过画轴,展开看了看,满意笑笑,揣入怀中:"老黄,什么饶命不饶命?言重了。九千岁还要请你们全家去一趟京城,连夜就要上路。给孩子收拾两件衣服,咱这就走吧?"黄潮升满脸冒汗:"是、是……"突然一跃起身,拦腰抱住万盛,冲黄夫人大喊:"带着儿子快走!"黄夫人仓皇地抱着儿子冲入屋子。黄潮升在屋内大喊:"不要走前门,走后门!不要走大路,走小路!不要走旱路,走水路!坐船,离开这里!记住……不要再回来!"

万盛大怒,却挣不开武将出身的黄潮升。黄潮升在身后哀求道:"万公公,你最好放我老婆儿子走!九千岁那封亲笔书信,我没有烧掉,而是偷偷藏起来了!你若对我家人赶尽杀绝,那信便会送到皇上手中!如果不是我留了一手,今夜全家便都要死在这里了!"万盛阴恻恻地看着窗外:"好吧,我放你老婆儿子,可你得乖乖跟我回去。"黄潮升点头答应了……

此时,僻静胡同内,黄潮升躺在漆黑的角落里,已气息奄奄:"……我不行了,你们千万记得,李瑾忠写给我的那封信,被我藏在靖海将军的……兵符里,有了那封信,便可以在皇上面前指证他通倭之罪!切记,切记……扳倒九千岁,替我、替我出气!……"黄潮升背过气去,结束了他罪恶的一生。

董西和杨恕飞速赶到京城惠王府,见到了世子朱辰钧将前因后果细说一遍。朱辰钧沉沉叹了一口气:"这便麻烦了,那兵符如今已交付兵部收管。朝中历来规矩,将军殉职或退任后,其兵符由兵部暂时收管,留待交给新一任将军。如果直接进宫去见皇上,皇上为了我和李小姐联姻的事动了怒,无论如何不肯见我父子。这该如何是好?……拿不到兵符,便取不出信件。偏偏在这个节骨眼,他李瑾忠用计令皇上对我父子起疑……唉,误会一时难以消除。"朱辰钧无奈,只得一起去找马千秋。

大酒缸二楼,马千秋、朱辰钧、董西、杨恕四人围坐,所有人都皱着眉头。

杨恕猛醒:"都愁什么?不就是一个靖海将军的兵符吗?有机会,你们别忘了,皇上曾说过,谁拿到今科武状元,谁就是新任靖海将军!这个武状元我也是志在必得!"朱辰钧惊喜地拍了一下马千秋的肩头:"杨兄弟这个办法好!不管如何艰难,咱们也要助杨兄弟拿到这个武状元!"

九千岁这边正狠狠瞪着万盛。万盛小心翼翼地说:"黄潮升那厮的尸首找着了,就躺在一条僻静胡同里。可是闯入府内将其救走的那两个贼人,踪迹全无。"九千岁谢过竹野英雄,请他去休息。万盛凑到九千岁身边耳语:"小姐她在闺房里,摔盆打碗地闹了一晚上了。丫头巧儿说,小姐不愿意嫁给朱辰钧。"

李印月闺房门外,远远传来巨大的噼啪瓷器破碎声。九千岁走到门口,叹了口气,推门而入。李印月举着一个花瓶正往地上摔。丫头巧儿胆怯地不停劝着。李印月看见九千岁走进来,砸得更欢了:"我砸个干净,大家了事!爹,要是有好的男人娶我,我当然愿嫁!可是爹……我不喜欢朱辰钧,那个人总是一脸正经,说起话来之乎者也,我跟他吃冰坨拉冰坨,没话!……我就不嫁!"九千岁阴沉着脸:"喜不喜欢轮不到你说,月儿,咱们家与惠王联姻,这事咱家替你做主。巧儿,服侍小姐早些休息。"九千岁自行离去。李印月在屋内一腔怒气无处发泄,又拿起一个花瓶摔在地上。

摔得一地狼藉,李印月回到书斋,却看到里面灯烛还亮着。她好奇地凑到书斋窗口,看到书斋内烛光下九千岁的身影。九千岁面前,是竹野英雄和另一个灰衣人小池。小池向九千岁鞠躬,九千岁仰天大笑。窗外的李印月十分不解地看着屋内这一幕。

京城杨家院内,杨恕与马千秋一持剑,一舞刀,正斗得欢。哑奴匆匆走来,呀呀比画着。

杨恕和马千秋立即停手,一个骄矜的声音清脆地响起。杨恕和马千秋循声望去,愣住了。亭亭玉立站在门口的,正是娇小姐李印月。她一身男装打扮,冷冷瞪着杨恕。

第八回

决战在即各施奇招　取胜心切展露前情

马千秋和杨恕愣愣地看着男装打扮的李印月。李印月神秘地笑笑:"姓杨的,本小姐来这里是告诉你一声,这个武状元,命里该着不会是你的。"杨恕笑道:"听说你要嫁给惠王世子?不忙着在家张罗嫁妆,还有闲心跑到我这儿来胡咧咧?满北京城都嚷嚷遍了,谁都知道九千岁的独生女儿要跟惠王世子举行大婚。皇上亲自给你俩主婚,面子够大的呀。到时候连我师父,还有龙山华安的心湄大师,都去给你们诵经祈福,啧啧,这排场!我劝你,就你这冲脾气,有人愿意娶你就赶紧答应了吧。"李印月伸手扇了杨恕一个耳光:"你怎么知道我没人要!"怒气冲冲离开。杨恕捂着脸摇头,站在一边冷眼旁观的马千秋笑了:"这丫头不会是喜欢上你了吧?"

京城武科场贡院内,第三轮比试已经开始。比武台上,武当岳文刚刚被常胜一剑刺伤腿部,跌到台下。台下众百姓发出意外而惋惜的叹息声,副主考宣布:"沧州常胜赢!"

杨恕在台下跃跃欲试。人群中的董西、马千秋和朱辰钧凑在一起评点着。经过三轮筛选,能留在场上的武举已寥寥无几。只要杨恕打败这个卓超然,便能进入决赛回合。进入决赛回合的只有两个名额,那个常胜已拿了一个,杨恕这一回必须赢。台上,杨恕和卓超然比试得正热络。两人都使一把利剑,剑剑快似流星,令观者眼花缭乱。终于,杨恕还是一剑先声夺人,将卓超然手中长剑格掉。台下众百姓轰然叫好。卓超然保持着风度，虽然沮丧，但还是向杨恕拱手祝贺。

主考官和副主考高声宣布："本官宣布，沧州常胜与南华安杨恕，进入武状元决赛回合。三日后，二人将比试射箭、徒手与兵刃。胜者，便是今科武状元！"众人欢呼起来。人群中，杨恕被大家包围着，喜形于色。人群另一角，常胜阴冷地看着杨恕，暗暗较劲儿。

大酒缸门口，在众人的欢呼声中，掌柜让店小二抬出写有南华安杨恕的水牌，众人皆争先恐后将银子押在上面。刚刚走进门口的董西有些得意地看着。掌柜邹鼎走到董西身边，笑着说："没看出来，你这丫头眼睛真毒。这些酒客都是听了你的撺掇，押了银子在杨恕身上，如今大家欢喜。"话落，楼梯口一阵脚步声响，杨恕探下头来："董西你快来，马大哥和世子要给我摆庆功宴哪，就等你了！"董西走上楼来，只见偌大的二楼只有他们一桌客人，桌上摆满酒菜，笑道："世子居然把大酒缸二楼整个包下，这儿的掌柜的可从来没接待过这样大手笔的豪客！"

"几年未见，世子的豪情还是一如当年！"轻摇折扇的张简正出现在众人面前，朱辰钧惊喜地站起，问明来意。张简正说："黄潮升在洪州暴毙，此事甚为蹊跷，思忖再三，我还是来一趟京城比较妥当。"

夜色低垂，惠王站在紫禁城奉天门外，面色焦急。小太监匆匆从宫内走出，尖声尖气地开口："皇上口谕，国家大事自有朝中重臣操办，叔王就不必操心了。请回。"小太监拂袖而去。惠王跪在宫门外，张简正和朱辰钧匆匆骑马而来，见状下马。朱辰钧将惠王扶起："父王，咱们还是回去吧。唉，偏是这几日谢大人父女告假回乡祭祖，否则还有人能在皇上面前帮我们传递消息。"

杨恕喝得醉意阑珊脚步踉跄着走到家门口。他隐约听到角落里有哭泣的声音，走近一看，竟是满脸是泪的李印月。杨恕吃了一惊，他从未见过如此模样的李印月。李印月抽抽搭搭地说："我爹他刚刚打了我，他说他一定要让我嫁给朱辰钧！长这么大，爹都没打过我！"杨恕叹口气："你这样刁蛮，我要是你爹我早打你了。别哭了别哭了……你这人也奇怪，世子一表人才，这样的如意郎君你都看不上，你想找什么样的？你平日里凶巴巴的，如今挨了你爹的打,倒是可怜起来。真是一眨眼,母老虎变成小绵羊了……"

"我现在不敢回家,若是我回家,爹他还会打我……"李印月楚楚可怜哭得梨花带雨。杨恕不禁有些心软:"你爹他虽然为人不好,不过好像对你还是很疼爱的。打都打了,你躲也不是办法,这样吧,我送你回家好不好……"说着来扶李印月,突然,李印月手中多了一把精光四射的匕首,向杨恕胸膛刺来!毫不提防的杨恕简直躲无可躲!嗖!一颗石子破空飞至,打在李印月手腕上,当啷,匕首落地。李印月捂着手腕仓皇四顾。董西骑在墙头口中嚼着枣子:"你装神弄鬼,就是想杀这呆瓜,为什么?他哪儿对不起你了?"李印月恶毒地瞪着董西:"臭乞丐,又是你来多事?他没对不起我。不过他必须死!如果杀了他,武状元就会花落旁人之手。"杨恕又惊又怒:"我当不上这个武状元对你有这么重要吗?"李印月:"不是对我重要,是对我爹重要。你死了,就没人跟常胜争武状元。我爹一高兴,兴许就不让我嫁到朱家去了。"

董西听出一点儿端倪:"等等,你爹想让那个常胜当武状元?这是为何?你哥那个草包已经输了,你爹再恨杨恕,也不至于要加害于他?难道,那个常胜也是你爹安排的人?"李印月发出银铃般的笑声:"呵呵……这是个秘密,不能告诉你。"李印月纵身一跃,蹿入黑暗中,远处传来她清脆悦耳但甜蜜恶毒的声音,"杨恕,我还会来找你麻烦的,你最好放小心点儿!"

次日,京城武科场贡院内,杨恕和常胜都是一身劲装,笔直般挺立。从演武厅内走出副主考,朗声宣布:"今天开始,沧州常胜与南华安杨恕开始正式对决。三天内分别比试射箭、徒手以及兵刃。胜者便是新任武状元!下面,比赛正式开始!……拿弓箭!"士兵将强弓箭囊送到杨恕和常胜面前,二人接过。箭囊内共有三支箭。远处,竖立着两个靶子。众人屏息看着。杨恕信心十足地从箭囊中抽箭。一箭射出,正中红心!常胜此时也抽箭搭弓,一箭也射中红心。第二箭,都中了。第三箭,杨恕有些紧张,弯弓的手有些颤抖。他转头看向朱辰钧和马千秋,二人对他点头示意,杨恕转过头来,瞄准靶子,稳稳射出,正中红心!沉默许久的众人一阵欢呼喝彩!

轮到常胜紧张起来了,他搭箭在弦,双脚突然奇怪地扭动两下,双脚沉入土中,长长吐了一口气。人群中,马千秋目光如炬,盯住了常胜那双脚:奇怪,此人的武功套路怎么这般诡异?他好像是在借土地之力,将杂念排除,让自己尽快沉静下来。这应该是海外的养气功夫,这招他是从哪里学会的?常胜一箭射出,飞箭射出,正中靶子,可惜偏离了一点红心。常胜扔掉弓箭。副主考宣布:"第一局弓箭比试,南华安杨恕胜。"众人欢呼!

第二日比试,徒手。谁先被打下台,就是输家。杨恕和常胜互相抱拳,开始在台上拳来脚往。台下的张简正和朱辰钧精神集中地看着常胜的出手。张简正附耳道:"世子看到没?此人手脚关节似乎都像可以折叠一般,出手方向高深莫测。"朱辰钧沉吟着:"他的武功路数的确不太像中土门派。"

二人交手时,常胜的手掌惨白,好像在冒着烟雾……杨恕眼前开始有些模糊。突然,常胜像鬼魅般闪到杨恕身后,杨恕似乎反应有些迟钝,常胜拍出一掌,正中杨恕背心,杨恕跌落台下,口中吐出一口鲜血。董西等人惊呼着冲上去,将杨恕扶起。董西急切道:"呆瓜,你没事吧?"杨恕缓过一口气:"没事……"

此时副主考高声宣布:"第二局,沧州常胜赢!"杨恕勉强起身,有些迷惑:"奇怪,我刚才好像眼前一花……"董西道:"你中了人家一掌,眼能不花吗?"

比赛结束后,常胜匆匆走出贡院,上了一辆马车。竹野英雄坐在车内,马车缓缓行驶。"这一局,赢得艰难吗?"扮作常胜的小池回道:"杨恕的确是南华安弟子中的佼佼者,幸亏属下手掌提前淬过了迷魂雾,在交手中他闻了那味道,一时眼花缭乱,筋骨酸软,这才露出破绽,被我抓住了机会。"

当夜,京城大酒缸内,朱辰钧、杨恕和董西坐在二楼,但面对满桌酒菜却都提不起兴致。此时,张简正匆匆走上楼来:"大家请跟我去一个地方。快!"

众人来到福来客栈门口,只见马千秋一身黑衣,持刀站立。马千秋伸手指向客栈门口:"我去查了那个常胜的底,一个月来他一直住在这家客栈里。我想今夜以身涉险,逼那常胜出手,让杨恕兄弟可以看清常胜出剑的路数,知己知彼,方有取胜之道。你别替我担心。我自有分寸。快找个高处,待会儿我与交手的时候,你好能看得一目了然。"马千秋说罢,大踏步向客栈院内走去,边走边拉起蒙面黑布。杨恕本想拦阻,董西和朱辰钧一把拉住他。众人纵身跳上客栈围墙。

客栈院内，人来人往，非常热闹，蒙面的马千秋走到院内，一把将惊恐无比的店小二推开，拔刀向天，一脚踹开天字二号房的房门，然后一刀劈下！门内剑光一闪，挡住了马千秋的刀。随即两个身影从房内蹿出，战在一起。

墙上观战的人聚精会神地看着。马千秋刀法沉稳，常胜的剑一招快似一招。剑光挽出的剑花如迷雾、如幻境，如天上流星飞逝，乱人眼目，搅人心神。院内厮杀的两个人已斗起杀意，马千秋一招不慎，右臂被剑锋划破。常胜一招得手，步步紧逼，马千秋情况危急。朱辰钧突然嚓的一声撕下一片衣襟，蒙在面上，从腰间抽出软剑，一跃而下："常胜，你斗败了我们武举中几大高手……我们不服气，特来讨教！"朱辰钧护住体力不支的马千秋，与常胜斗在一起。但常胜那出奇快而耀目的剑光，也令朱辰钧招架不住！墙头上的董西这时伸手向院内撒下一片烟雾。烟雾中，常胜看不清对手。剑光被烟雾遮掩，杀招渐缓。朱辰钧趁机带着受伤的马千秋纵身跳上墙头，众人逃离。常胜冲出大门，四下观瞧。客栈门外，空无一人。

灯下，杨子恒细心地为马千秋包裹伤口，朱辰钧说道："我曾听闻你们南华安有一套精妙剑术心法，是华安祖师面壁多年所悟。传说若能领悟那套心法，手中剑变成心中剑，心神与剑气合二为一，心想剑至。"

杨恕接话："华安祖师所授剑术心法，我也曾听说过，不过，华安寺规：所有心法秘籍均由住持保管，即使是本寺子弟，若住持大师认为你修为不够，是不会传授的。师父虽然说我在剑法上颇有天分，但他说我年纪尚小，要多经历世事才能对剑法有所裨益，若贸然将心法传授于我，唯恐拔苗助长。"众人决定连夜赶往西山戒台寺，请心湖大师将心法倾囊相授。

不想众人找到心湖大师后，他却拒绝传授秘籍："老衲明白你们所谓家国大事，但佛家讲究缘法，恕儿虽然心似琉璃，但阅历尚浅，一切心法需要他自悟，而非他授，否则将遗留后患。恕儿，你要记着，心无挂碍，无挂碍故，无有恐怖。天色不早了，你们归去吧。老衲也要去前殿做晚课了。"杨恕恭敬地向心湖大师施礼，除了董西，其他人也向心湖大师施礼，退出。

众人行走在夜色下的山路上，董西一恍惚就不见了，马千秋发现自己那块蒙面黑巾也没了。杨恕一惊："坏了，她肯定是还在打那心法秘籍的主意。快回去！"

月色下，蒙面的董西身姿轻盈地从窗户钻入僧舍。她在黑暗中翻箱倒柜，逐件摸索。没有结果，性急起来，从怀里掏出纸煤一吹，借着豆大点儿光亮，继续翻找。僧舍外，木虎抱着个油纸包喜滋滋走来，忽然看到住持僧舍内有光亮时闪时现，一个纤细的人影映在纸窗上，木虎诧异：这光景……师父应该去做晚课了？怎么会有人在他房里？……难道，有贼？木虎想了想，转身便跑。

这边蒙面董西还在东翻西找，没有结果，突然，她停住动作，侧耳细听。窗外有窸窸窣窣的衣衫摩擦的声音。她一惊，从僧舍窗户内翻到院内。突然一列灯笼燃亮，照亮院落。六只灯笼拿在华安六虎手中，均目光炯炯看向蒙面的董西。蒙面的董西目光警觉，保持沉默，动也不动。见蒙面人怎么问都不搭话，六虎摆开阵形，各自亮出长棍，摆起华安猛虎阵。董西被围在阵中，瘦小的身形很快被变换的阵法所淹没，只能勉强抵抗。不一会儿董西被六虎手中兵刃所发的锐气所击中，忍不住一口血喷出，衣襟上沾的血迹历历可见。眼看她体力就要崩溃，这时杨恕突然冲进来："众位师兄，不要打了，快住手！"

六虎攻势却没停下来，其中木虎收势不及，长棍前端从董西肩头一路划过，激烈的真气将董西衣袖从肩头一直割裂到手腕。割破的衣袖被六虎的锐气震得粉碎，董西半支手臂露了出来，雪白的手臂上，赫然有一个黑色鹰头刺青。杨恕奋不顾身闯入阵内。身体被一股巨大的旋涡所裹胁，头晕目眩，但他还是拼力护住董西。眼前那攻势的旋涡越来越近……杨恕来不及多想，下意识拔剑直刺入旋涡中心！猛虎阵攻势停住。董西眼前一黑，轰然倒下。杨恕将董西抱起来。董西脸上黑巾掉落，六虎颇惊讶。

杨恕请众位师兄饶恕了她。铜虎突然走过来，俯身查看董西手臂上的刺青，神情激动道："她……她怎会有这般模样的一个刺青？"铜虎缓缓拉开衣袖，在同样一个位置，有一个同样的刺青：一个黑色鹰头，口中衔着一朵荷花。

等董西苏醒后，铜虎掩盖不住满脸的激动问："董姑娘，请问你这手臂上的刺青，是谁人为你刺的？"董西回答："是家母。在我极小的时候，便将此图案刺在这里。家母曾经说过，我那生父与她在江湖中相遇，一夕定情后便不告而别。于是她含羞生下我，凭记忆将这图案刺在我身上。因为我那没有良心的父亲身上,也有一个同样的刺青!"

铜虎激动地看向心湖大师,眼泛泪光,噌地站起:"师父,她便是我的女儿!"董西冷冷地看向他:"这件事我早就知道了。铜虎,你身为华安弟子,哄骗纯情少女,始乱终弃,你虽然是我生父,但我不会认你的。"

铜虎一脸难过:"你、你听我解释……当年我与你母亲定情的时候,还没遁入空门。后来我们失散,听说她一家都被阉党所害,我以为……她也死了,这才心灰意冷出了家……我真的不知道我和她有了女儿,真的!……"

心湖大师说:"茫茫人海,父女重逢,真是承蒙佛祖保佑,佛法无边。"董西激烈地呵斥:"我不听,你若真是我的生身父亲,为何将我们母子俩抛在京城受苦?累我母亲早死?……我恨你!"说着她从僧舍内冲出,满面泪痕。铜虎也跟着追出,满脸懊丧。

心湖大师双手合十:"阿弥陀佛,此刻董姑娘心中还有执念,没有放下。待她放下吧。世间种种,都是虚妄,铜虎,你已是化外之人,心生挂碍,被五色所迷,被七情所惑。此刻心已乱了,要戒,要戒!"一边的杨恕听到心湖大师的话,突然警醒,喃喃自语:"心生挂碍?……心无挂碍,无挂碍故,无有恐怖……无挂碍故,无有恐怖……"他仰天望向夜空,"无挂碍故,无有恐怖!"

武科场贡院内,演武厅前,主考官高声宣布:"第三日比试,双方持兵刃对决。刀剑无眼,死伤勿论。"都手持长剑的杨恕与常胜在鼓点中走上比武台。人群中,朱辰钧和马千秋望着杨恕。张简正挤到朱辰钧身边:"世子,董姑娘不肯来。突然之间与素未谋面的生身父亲相见,心必然是乱的。"马千秋发现今日杨恕好像信心满满,猜测他已悟出了华安剑法心得。

鼓点一阵紧似一阵。比武台上,常胜剑光闪烁,几乎让观者睁不开眼。杨恕屡屡被剑花所袭,他整个人被常胜的剑光所笼罩。观战众人都被常胜剑法的精妙所震慑,众人眼中均是满目剑光,眼花目眩。但杨恕应对沉稳,面前虽然剑花旋转,满天剑光,他却毫不迟疑,看准剑花旋涡正中,出剑。常胜一惊,忙收其剑,却来不及了,杨恕已经借势追击,剑尖破掉常胜的剑花,一直向前刺去!剑尖指向常胜喉间!常胜大惊,忙纵身跃起,但杨恕形影不离,也跃到半空。二人在半空中盘旋,常胜却无法躲开杨恕手中那把指向自己喉间的长剑。常胜咬牙再挽剑花，剑光如车轮旋转，简直像一个黑洞，将一切吞噬。杨恕心中默念："心无挂碍，无挂碍故，无有恐怖！"杨恕手中剑刺出去，破了那令人眼花缭乱的剑花，一剑破空！两人同时落地，常胜肩膀中剑，伤口流血，手中剑已落地，而杨恕稳稳地站在对面，手中剑指住常胜前胸。常胜面如死灰，捂住伤口，愤恨地望向杨恕，之后一言不发，捡起长剑跃下台去。

主考官宣布："三场比试已毕，今科武状元便是……南华安杨恕！"台下众人欢呼。有人为杨恕挂上大红绫子，将他扶到马上。众人欢呼中，杨恕被簇拥着出了贡院。朱辰钧等人总算舒了一口长气："天佑我大明，靖海将军兵符唾手可得了！"人群拥着杨恕走上了街。不起眼的街角，董西在人群中看着欢笑的杨恕，高兴地擦着眼泪。

华盖殿上，皇帝案前醒目地摆放着一个托盘，上面赫然是靖海将军兵符。挂彩的杨恕走上殿来，向皇帝行叩拜之礼。皇帝笑看杨恕："平身吧。听说你是南华安俗家弟子，心湖大师的高徒？你既然夺了这武状元，那朕便封你为新任靖海将军。来啊，把兵符交付与他。"小太监端起托盘走到杨恕面前，杨恕双手恭敬地接过兵符，向皇帝叩谢。殿上的九千岁对杨恕投来冷冷的目光。

众人回到京城惠王府，那枚兵符被小心翼翼放在书案上。惠王珍重地拿起兵符，仔细查看，张简正眼尖，发现其中一处机关，惠王按动了机关，兵符露出裂缝，被折的书信露了出来。惠王展开书信，仔细看了一遍："虽说平生作恶多端，但黄潮升在临死前终归良心发现，他说的话是真的。这的确是李瑾忠的亲笔书信。有了此信在手，阉党的末日就要到了！"此时马千秋兴冲冲走了进来："有办法了。王爷，谢大人父女回京了！"

惠王终于见到了谢天顺，满面喜色："受李瑾忠挑拨，皇上对我父子避而不见，可此事事关重大，需要面呈皇上，想来想去，还是谢姑娘辛苦一趟最好。"一边站立的谢落樱躬身应答："请王爷放心，小女知道兹事体大，必定拼着性命也要让皇上知道王爷与世子的一片救国忠心。"

"辰钧替父王、替皇上、替大明天下，先在这里谢过落樱姑娘。"朱辰钧向谢落樱施礼。谢落樱不好意思，忙深深回礼。

次日御花园内，横波拎着一只鸟笼，笼内的黄鹂耷头耷脑。谢落樱俯身查看着。皇帝匆匆走来。谢落樱安慰皇帝："皇上请不要着急。我看这鸟儿应该不会死，横波、如意，你们去御厨房找些薄荷来，快去。"如意和横波答应了一声，离开。横波边走边向鸟笼那边看着，思索着什么。皇帝快快不乐地看着鸟笼中的黄鹂。

此时谢落樱扑通跪下："皇上，它没事。是我喂了一点儿罂粟籽，它吃醉了，所以没有精神。奴家此举实属无奈。皇上，奴家受父亲与惠王的托付，送一封要紧书信给您，请您御目圣览！"谢落樱从怀里掏出那封密信，双手递给皇帝。

皇帝接过书信，展开一看，大惊。他拿信的手抖了起来。谢落樱说："此信乃是九千岁亲笔所写，上面盖有他的私章，信中所述一切，能证明他指使黄潮升暗中通倭，密谋叛国。皇上，九千岁假借联姻之名，就是要挑拨您与惠王的关系。请皇上您信任惠王！"

皇帝跌坐在椅子上："朕一时气愤，差点儿上了李瑾忠的当。落樱，马上传我口谕，宣惠王进宫！"

惠王和谢天顺被召进宫，皇帝发令："锦衣卫都指挥使谢天顺，朕命你速与千户马千秋带此密诏，在三日内前往漠北将征北将军及大军主力召回，在京城外安营扎寨，等朕的金牌令一到，立即率大军进城，按计划行事。惠王朱祐基，朕手书讨贼诏书，交于叔王保管。待三日后，朱李联姻大典上，通倭逆贼李瑾忠及其党羽悉数到达之后，届时朕掷杯为号，三军擒贼于大殿之上！叔王当着满朝文武群臣之面，将阉党的累累罪行公布于天下！"

京城外送别长亭，谢天顺和马千秋的坐骑已经仰天嘶鸣，准备奋蹄上路。亭内，谢天顺笑着对马千秋和杨恕说："老夫与杨恕的父亲是多年至交，而千秋也算是我一手抚养长大，与我情同父子。如今你二人情谊厚重，我也为你们开怀。今夜明月在天，你们不如就地撮土为香，结拜为兄弟如何？"杨恕和马千秋对视大笑，朱辰钧说他也要结拜，坐在那里的惠王击掌称赞："杨恕、马千秋，你们愿不愿意与我儿结为生死兄弟？"杨恕和马千秋一起点头。

三人来到亭外，一起对着明月跪在当地，叩首："苍天在上，朱辰钧与马千秋、杨恕结为生死兄弟，愿我们兄弟有福同享，有难同当，不求同年同月同日生,但求同年同月同日死。丹心耿耿,苍天可鉴。"

横波将内幕消息报给了九千岁:"九千岁,请您早作打算,皇上已秘密传召惠王,并派谢天顺到漠北调兵回京,他们计划要在婚礼那天动手。"烛光映照下,九千岁眯起了眼睛,凶光闪烁。

他立即叫来竹野英雄:"竹野先生,令高足小池不慎失手,使得武状元花落他人之手,连累咱家如今要面临大难了。咱家也算享了半生富贵,死不足惜,不过……咱家与你家大帅所有的盟约,都要付之东流,真是可惜呀可惜!如今咱家有一计策,需要竹野先生帮我一个小忙。"九千岁向竹野耳语……

京城西山戒台寺,僧舍内香烟缭绕,心湖大师独坐,闭目养神。这时从寺外远远传来似有若无的女人的哭泣和惨叫的声音,非常绝望,非常虚弱,重复断续,亦真亦幻……心湖大师猛然睁开眼睛。各间僧舍都亮起灯来,六虎边穿衣服边走了出来,众人站在院内议论纷纷:"听到惨叫声了吗?好像是一群女人在哭……不会是闹鬼吧?"众人见心湖大师走来,都站定向他合十:"师父,是从寺外那片柳树林中传来的,恐怕是良家妇女蒙难了。师父,我们去救人吧?师父有宿仇欲施杀手,还是慎重些。可若真是女子遭难,咱们未加援手,岂不等同于坐看杀人?"心湖大师说:"救人要紧。但大家行动时要多加小心。不要带长棍了,都带好自己应手的家伙。"

茂密的柳树林中,女子哭泣和哀号声时断时续,此起彼伏。心湖大师和六虎手持灯笼,踏着簌簌作响的落叶,在林中寻找。突然,铜虎发现了端倪,他高举灯笼,只见四五个满脸伤痕的女子被罩在一张大渔网内,越是挣扎,那渔网缠得越紧。女子似乎连惨叫的力气都快没有了,唯有呻吟哀号。众僧赶到,见此情景都大吃一惊。

那女子哀求道:"众位高僧,民妇本住山脚下莲花村,因我家与邻居争水井起了争执,他家汉子起了歹心,花钱雇凶将我家男人杀了,把家中大小妇女都用渔网兜了,扔在这荒野林中任我们自生自灭……佛祖保佑,众位高僧来了,快救救我们!"心湖大师和六虎都俯身下去,伸手拉着渔网。突然,网中女子口中吐出青烟,烟雾喷到众僧面门之前。心湖大师警觉,低声示警:"小心有诈,快闭气……"心湖大师脸色青紫,晕厥过去。六僧也都纷纷倒地,昏过去了。

众女子朗声笑了起来,她们站起来,解开渔网,走出来:"这可是我们东瀛最厉害的迷药,渔网上也涂了药物,用手去拉,便沾了药物,两药合一,就算你是大罗神仙,也非倒不可。"柳树林中这时火把大亮,九千岁被庞庆恭敬地扶着,一队东厂太监走了出来:"好,好,好……你们施展这等手段,放倒这群秃驴,咱家真是太喜欢了。"众女子向九千岁施礼,从怀中各取出皱巴巴的人皮面具。九千岁转头吩咐庞庆带上七个身穿东厂太监服色的人,走上前来,摘掉帽子,露出光溜溜的脑袋。众女子上前,纷纷动手,很快那七个人转眼成了心湖大师和华安六虎。九千岁看看,满意点头。脸上洋溢着狡黠的笑容,"朱祐基,谢天顺,还有小皇帝……你们想跟咱家斗,好,咱们骑驴看账本,走着瞧吧。"火光下,昏厥的心湖大师和六虎静静躺在那里,人事不省……

第九回

波诡云谲阴谋乍现　　刀光剑影婚典行凶

京城西山戒台寺院，杨恕拉着董西，一路没看到熟悉的脸，只偶尔有几个扫地小僧。走入内院，僧舍房门紧闭。忽然，僧舍房门吱呀一响，"铜虎"从房门内走出，哑着嗓子开了口："是小师弟呀，你不在城内家中待着，来到这里做什么？"杨恕有些奇怪，难道三师兄是着凉了吗，嗓子怎生这般？杨恕将董西强行拉到"铜虎"面前，"铜虎"向董西俯首合十："阿弥陀佛，请问这位施主，远道而来，有何贵干？"

"铜虎"这种客气淡漠的口吻激怒了董西，她奋力挣开了杨恕的手臂："还叫我施主？好哇，你当什么事也没发生过对吧？我也能！告诉你，从今往后，我跟你毫不相干！"董西怒气冲冲离去，杨恕一边着急去追董西，一边奇怪"铜虎"的举止口吻。杨恕出院门之前，回头看了"铜虎"背影一眼。只见"铜虎"走回到门口，啪一声，他随手拍死了一只苍蝇。杨恕愣了一下，来不及细想，转身向外面追去。

董西一路飞奔下山，一边跑一边用手中树枝抽打着路边野草，杨恕从后面追来，一把拉住董西："你不觉得有些蹊跷？今日三师兄言行简直像变了一个人！我在久延山多年，与三师兄朝夕相处，他的一举一动我都非常熟悉。六个师兄里，数三师兄入门后最为恪守出家人的戒律，虽身为武僧，但从不轻易杀生。可刚刚我亲眼看到他伸手拍死了一只苍蝇。你还记不记得，当日谢姑娘曾经说过,是一个易容成世子模样的人从谢府接走了吴飞,之后吴飞便惨死在街上。"董西陷入沉思:"难道……难道是东瀛的易容术?"杨恕点点头:"我们还得想办法,试他们一试。"

暮色四沉,"华安六虎"正坐在院内刷洗马鞍等物,杨恕挎着一个竹篮走进来:"三师兄,白天我那朋友董西冲撞了你,我代她给你赔罪来了。这不,我从山下买了些新出锅的素包子,你闻闻,喷喷香!""铜虎"看了看杨恕手中的竹篮,伸手拿起一个包子,塞到嘴里咀嚼,点点头,"五虎"也都聚拢来,伸手拿包子,塞到嘴里品尝。杨恕注视着"铜虎",脸上露出莫测的笑容,转身出院。

杨恕跑下山来,董西在山路上正焦急地等待,见到杨恕忙一把将他拉住,杨恕高兴地说:"被我们猜对了!现在寺里的所谓六虎……都是冒牌货。我给他们送了素包子,他们当着我的面便吃,还说好吃,可他们却都没吃出来这包子馅里有葱。葱是五荤。师兄们在外面吃饭,都会非常注意。可他们问都没问,拿起来便吃,连戒律都忘了。还有一桩证据……不过说出来你可别害怕。我六位师兄虽是武僧,但日常也要做功课,诵经念佛,身上常年熏的都是檀香,可那六个,身上有一股隐隐的血腥味道,必是假的无疑。六位师兄还有师父,看来真被人易容假扮了,他们必定是身处危险之中。不过,现在已经有点儿线索了……你看——"杨恕伸出掌心,上面有一颗菩提佛珠,"这是我师父寻常用的东西。刚刚我在寺外柳树林里寻到的,佛珠散落在地上,还有拖曳的痕迹。我们顺着拖曳的痕迹,便可一路找到他们的下落。"

昏暗的山洞内,心湖大师和华安六虎陆续缓缓醒来。心湖大师环顾周围:"这里好像是后山的面壁洞,这洞口是用千斤石门封住的。贼人将我们软禁在这里,便是不想让天下人知道我们身在哪里。将我们关在这里的人可能是倭寇,也可能是倭寇背后的九千岁李瑾忠。不管是谁动的手,他们的目的很清楚:要把我们关在这里,直到婚礼大典结束。如果大典上出现刀光剑影,致使皇帝的安全出了任何问题,到时候天下人都会认定,是南华安僧人所为!我们不能等了,必须自救。来,集中精神,运行气血,将全身力气集中在掌心,你我师徒合力,将这千斤石门推开!"众虎群情激奋。

杨恕和董西顺着痕迹来到后山面壁洞附近,俯身在草丛中,看见洞口两侧站着手持兵刃的黑衣人。杨恕闪电般跃到洞口,伸手如电,将那两黑衣人点穴,两人应声倒下。杨恕和董西仔细查看洞口,发现被一块巨石门封住,推了两下,没推动。忽然从洞内传来隐约的声音:"小师弟,是你吗?师父他老人家安然无恙!你且躲开,我们要合力推开这千斤石门。""轰隆"一声,石门被缓缓推倒,心湖大师和六虎从洞中走出。铜虎看到董西,心情激动,董西板着脸,故意不去理铜虎:"心湖大师,咱们快去寺里,揭穿那些假货的嘴脸!"

　　心湖大师等人匆匆走到院内,正在收拾僧舍、打扫院落的小僧们看到他们,有些吃惊:"阿弥陀佛,大师您如何去而复返?半个时辰之前,您不是带着六位高徒进城去了吗?"

　　京城九千岁府花园内,穿着巧儿丫鬟服色的李印月蹲在花园内,将笼子里养的大小猫狗、兔子全部放出来,无不伤感地说:"我要走了,离开这个家,你们也都离开吧!去外面,天地广阔,江湖高远。"说完站起身来,怅然地看着花园,转身离开。

　　李印月去了京城大酒缸,她一副男装打扮,挎着个小包袱,大模大样地坐着,叮嘱店小二上菜:"先点这么多,快些上菜,我饿了。对了,不要放别的客人上来,这一层我包了。"店小二腾腾走下楼梯,对一楼柜台后的邹鼎说:"掌柜的,那姑娘是不是九千岁府里的小姐?可明日她应该就要当新娘了呀,怎么跑这儿来了?"就在此时,杨恕、心湖大师等人匆匆进了店里,面容沉重:"掌柜的,我们是来避难的。街上突然封街,全都是东厂的人,我们无处可去了。"店小二手脚麻利地关门上板,掌柜的举着油灯上楼,前面带路。杨恕等人跟着邹鼎来到二楼,却看到了正在大吃大喝的李印月。杨恕一愣,马上上前将李印月双手拿住,让她动弹不得:"对不住了,既然你撞上了我们,只得跟我们一道藏了!"李印月想喊,董西手脚麻利地撕了块衣襟塞到李印月嘴里,并点了她的穴道,李印月昏了过去:"我点了这丫头的睡穴,这样她便什么秘密也听不到了。各位,这位大酒缸的掌柜邹鼎,其实是我的大师兄。我们同为天下第一帮盐帮的弟子,你们可以像信任我一样信任他。"心湖大师说道:"阿弥陀佛。邹大侠,老衲和几位徒弟身不由己,被卷入了一场朝廷阴谋,如今当务之急,要设法向惠王和皇上报信示警……"

夜色中，众路人面色惊慌地被东厂众太监挨个检查。庞庆坐在马上，冷冷地看着跪在马前地上报信的两个黑衣人："哼，你们这两个奴才，居然大意放走了要犯，该死！"庞庆手中一对三棱刺飞出，插到还在磕头求饶的黑衣人胸前。庞庆面色阴冷道："把京城所有街道都给我封了！一个闲人都不要放过，挨家挨户给我搜？"

朱辰钧这边已收到信鸽传来的好消息，他满面欣喜地告诉惠王："太好了！父王，谢大人和马兄弟已将漠北大军调来，大军此刻便在城外驻扎。"

谢天顺和马千秋在内宅对坐小酌，也在百感交集："明日婚礼大典上，必有一场混战，千秋，你要穿上护身铠甲。不知道明日婚礼大典上一决，究竟谁赢谁败？你看，你我刚刚回府，街上便被东厂的人整个封住了。不知道李瑾忠这个老狐狸是不是听到了什么风声，暗地里在搞什么鬼？"窗外隐秘一角，横波那对眼睛在悄悄地窥探着房内。

九千岁府花园内，万盛挑着灯笼，小心翼翼地搀扶着九千岁："爷，您放心，都稳稳妥妥的，庞庆已经带人把京城所有街道都封啦，正挨家挨户地搜，就算他们能躲过今天，到了明天，他们也难以进入皇城，不会坏咱们的大事！"

"嗯，最好不要坏事……告诉你小子，咱家现在可是把自己的脑袋、你们的脑袋，还有全族人的脑袋，都赌在明日这一场婚礼上头喽！"九千岁和万盛走进闺房，"看看，这丫头性子有多烈，把这些嫁妆都弄了个乱七八糟。月儿，月儿！"闺房内静悄悄的，九千岁和万盛四处寻找，只听得闺房内传来呜呜的声音，走入里间一看，发现一个身穿大红嫁衣、头蒙盖头的女子被绳子捆绑着坐在椅子上。九千岁急步上前，一把拉下红盖头，发现那女子是巧儿，万盛掏出巧儿嘴里塞着的布团，巧儿辩解道："小姐……小姐把我绑在这里，换上我的衣裳，跑啦！"

九千岁想了想说："明日那个日子口儿，让月儿躲一躲也好。咱家连宵儿都早早地打发他出了京城。就是怕万一明日有所不妥，咱家的儿子还能逃出生天。唉，先不急着找小姐。给她松绑。巧儿，记住了，明日你就穿上这大红嫁衣，蒙上红盖头，替小姐出阁，走这一遭！"

清晨，京城谢府内宅，谢天顺身着威严官服，谢落樱一身盛装，款款走来，侍女横波跟在其后。谢天顺对女儿说:"落樱,今天这场婚礼,必然不是吉利祥和的所在,会生突变,为安全计,你和横波都不要去了。唉……这些天为父也琢磨出来了。你之所以让杨恕去考武状元,根本就是给他出难题。在你心里,不情愿嫁给杨恕,你是看上了世子,对不对?"谢落樱羞涩地看向横波,谢天顺劝道:"你不要怪罪横波。你心里喜欢世子,为何不早跟为父说?不过落樱,世子身在高位,惠王一族多年来遭受皇帝忌惮,嫁给他不一定会有幸福。"

晨光中的京城街道上,寂静庄严,巍峨仪仗环绕皇城街道,南北华安众僧身着华丽袈裟,随仪仗缓行。仪仗中宫女们将花瓣纷纷撒向半空,祥和的钟声响起。盛装的皇帝和皇太后端坐于龙凤辇上,众宫女太监排列整齐,向前缓行。

庞庆跑来向九千岁汇报:"皇上和皇太后已经出宫了。现在外城门口都挤满了要进内城看热闹的百姓,小的担心,若是还不放行,会闹出乱子。"九千岁叹了口气:"婚事定在辰时开始,那你便让他们在卯时三刻开门放行吧。"

大酒缸二楼,邹鼎对众人心急地说:"东厂的人把外城到内城的门封了一夜,我这大酒缸地处外城,连内城都进不去,更不要提见惠王了。不过,我听守门的兵士们说,他们上头的命令是卯时三刻撤岗。"众人便决定趁此机会进城。到了卯时三刻,乔装的杨恕等人,赶着一辆牛车也混在人群中。六虎跟在车旁,车内坐着董西和心湖大师。守城士兵终于将城门打开,众百姓欢呼,议论着"这下能看到王爷儿子大婚喽",拥进城去。

惠王府大门口,已陆续有车马轿子来到门口,盛装的文武官员们及其家眷纷纷走到门口,惠王和朱辰钧已盛装等候在门口,向到来的官员们一一拱手相迎。谢天顺和马千秋也在其中。钟鼓震天,皇家仪仗由远及近,高僧队伍也在其中。惠王父子及众官员忙跪于门口两侧,黑压压跪倒一片。皇帝端坐于龙辇上,微笑道:"叔王、堂兄,请起吧。今天是大喜之日,朕与太后前来,讨一杯喜酒喝。朕还请了南北华安的高僧前来为一对新人诵经。"

院内尽铺大红地毯,皇帝和皇太后坐在上位。南北华安僧人们身着袈裟,在院中央转圈诵经。惠王、朱辰钧及百官都坐在两侧,喜庆的锣鼓渐渐响亮起来。喜婆扶着新娘走入,皇帝和皇太后站起,众臣也都站起来。九千岁也走入院内,见到皇帝,忙跪拜。司仪提高嗓门:"吉时已到,大婚开始——"众臣落座,谢落樱和横波偷偷来到谢天顺身边,谢天顺一愣:"樱儿,你怎么还是来了?坐下吧。待会儿如果有什么变故,千秋,记得带上落樱赶紧走。"

盖着红盖头的新娘被扶到一身吉服的朱辰钧身边。二人齐齐向皇帝和皇太后施礼。九千岁笑着看向朱辰钧,对惠王说:"王爷,咱家这女儿配你这儿子,看上去这小两口可真是天造地设呀!咱家可把宝贝女儿交给你们家了,你这当老公公的,可给我闺女、你儿媳妇准备了见面礼?拿出来,给咱家开开眼?"惠王一愣,下意识向怀里摸去:坏了,我光顾着准备婚礼上捉拿阉党的事项,竟然忘记,这场婚礼虽然是假戏真唱,但于礼节上还得有所准备,不然让这条老狐狸起了疑心,便不妥了。惠王转念一想,微微笑道:"哎哟,你看本王这个记性,给儿媳妇的见面礼早就准备好了,可放在后宅了,待本王去取来。"惠王起身便走。九千岁马上向横波一递眼神,横波会意,轻轻转身跟着惠王向后走去。

惠王走入后宅,横波追上来:"王爷!小女子横波。我家谢大人让我来转告王爷,待会儿便要与阉党兵戎相见,怕动起手来会伤到王爷,特送来一件金丝护心甲,请王爷穿上。"横波说着,从挎着的一个包袱中取出一件金光闪闪的护心甲:"让横波替王爷更衣。"惠王匆匆脱下外衫,横波拿了,灵活地从衣服内袋里拿出了一个锦囊,从里面取走了那捆密诏和密信。

惠王穿好护心甲,随便拿了一支玉簪,匆匆走回前院,横波也悄悄回来。九千岁看向横波,横波微微点头,九千岁心里有数,冷笑着稳稳坐着。婚礼上仪式仍在继续,众人都在说笑着,突然,一支冷箭射向皇帝。旁边的朱辰钧大惊,忙扔出手中酒杯,箭头被酒杯套着落地。"华安众僧"突然凶相毕露,手持利刃锐箭,向皇帝攻来。九千岁大喊了起来:"不好啦,华安和尚要行刺皇上!"

场面大乱,惠王被裹挟着,几次被"僧人"险些刺中,亏得有张简正伸手相救。众人护着皇帝和皇太后向屋内后退。横波趁乱悄悄溜出门。马千秋奋力保护着谢大人和谢落樱,并和"僧人"交手。这时庞庆带着东厂众太监威风凛凛赶到,他手一挥,众太监利剑出手。"众僧人"纷纷中剑倒地。庞庆扑通跪倒在地:"请皇上、皇太后恕罪,属下救驾来迟!"皇帝惊魂未定,簌簌发抖。

九千岁走过来说:"皇上,老臣怀疑,这些并不是什么华安高僧,而是假扮的!撕掉他们的伪装!"众太监动手撕掉死去僧人面具,一个个都是陌生的面孔。庞庆故意在死人身上翻找,从里面翻出一个腰牌。皇帝和皇太后看了一惊,牌子上写着一个"惠"字。皇帝愣住了,皇太后突然扬声高喊:"这里不安全,你们速送皇上回宫,一路多加小心!"东厂众太监答应一声,背起皇帝就走。皇帝挣扎着但还是被带走了。九千岁见时机成熟,一声大喝:"朱祐基,难道你想弑君谋反?"众人都纷纷将疑惑的目光投向惠王身上,一片寂静。

杨恕和六虎正健步如飞,赶往惠王府。突然有一众东厂太监冲出,拦住牛车:"前面不能过,九千岁有令,惠王犯上作乱,惠王府四周闲杂人等都不能停留。"杨恕一惊,车内传出心湖大师的声音:"惠王危矣,恕儿,冲过去!"杨恕扬鞭抽牛,牛车将拦路的太监们撞倒。太监们欲追,却被六虎各使出招数,将其尽数打得跌下马来。

惠王府院内是一片如死般的寂静。众人的目光都聚集在惠王身上。皇太后刷地把腰牌扔在地上:"好哇,朱祐基,你贼心不死,想在婚礼上杀死我们娘儿俩,你们父子俩好坐大明江山,是不是?你让家丁装神弄鬼假扮华安高僧,借着这场儿女婚事,把我们母子诓到你府上,就是想让我们当枉死鬼!还好苍天有眼,九千岁早防着你呢,派东厂的人在你府周围警戒,府中若有异动,便可现身救驾!果然让九千岁料准了,你朱祐基还是想当那篡位的逆贼!"

惠王跪倒在地:"太后,臣冤枉!真正想谋大明天下的人是李瑾忠,他通倭卖国,皇上早就传我和谢天顺大人密诏,命我等在今日当众擒贼。这些刺客,必是李瑾忠派出来的!"谢天顺也扑通跪倒:"臣可以作证,惠王说的是真话。皇上传我等密诏,定在今日当众擒获李瑾忠,问他的罪!皇帝他亲口命臣调派漠北大军,就驻扎在城外!"九千岁仰天长笑:"好哇,都把军队调来了,你们真是想谋反呀!逆贼,不要拿皇上做挡箭牌。咱家只是一个太监,是皇家养的一条狗,若是皇上他真要拿老奴,需要费这么大的周章吗?空口无凭,你们把密诏拿出,让咱家也好心服口服。"

"贼阉,你不服气,本王便请出皇帝密诏,还有你亲手所写的通倭密信,当众宣判你的罪行！"惠王激愤起身,向怀内摸出了那个锦囊,打开却是空的!他的脸色突然苍白。九千岁促狭地望着惠王,惠王这才回想起刚才:"横波……横波！……是你收买了谢府里的侍女横波,让她偷走了、偷走了密诏！"皇太后冷冷地看着惠王:"朱祐基,你还想为自己辩解？可惜哀家没那个精神去听你那套喋喋不休的废话,把他给我拿下！"

惠王抽出腰中剑:"臣不想再做任何辩解。皇帝还小,他想振我大明国威,但身不由己。别说臣今日手中丢失了密诏,就算有密诏在手,我们也斗不过这个狗太监。因为他有你这个皇太后在他背后撑腰。你这妇道人家,只知宠溺内宦,不知国家大厦将倾,鼠目寸光,误我大明！本王也是凤子龙孙,岂能让这些东厂阉竖的脏手玷污了我清白之躯！"惠王当场挥剑自刎,朱辰钧想拦,却已来不及了。谢天顺、马千秋、朱辰钧、张简正立即扑到惠王身边,悲痛欲绝。

见惠王已死,九千岁命令手下抓人。马千秋、张简正各自拔出兵刃,与众东厂太监厮杀在一起。朱辰钧和谢天顺紧紧护住谢落樱。但敌众我寡,形势越发危急。正在紧要关头,蒙面的杨恕和华安六虎一路厮杀进来。六虎挥舞着长棍长剑,一路如杀瓜切菜般冲了进来。墙头上持箭的东厂众人纷纷中了暗器,跌落下去。杨恕拉起谢天顺父女,华安六虎护住朱辰钧及惠王尸体。众人杀出一条血路,冲了出去。庞庆带领东厂众太监正欲追击,董西赶着牛车向府门口撞去,将庞庆等人堵在里面。董西笑哈哈地跃身跳上杨恕的坐骑,众人疾驰而去。马千秋断后,手中宝刀舞舞生风,却被庞庆一剑刺中小腿。他腿一软,跌在地上,众东厂太监将他团团围住,剑尖将他指住……

惠王的尸首被抬到了大酒缸。心湖大师和六僧盘膝而坐,为惠王诵经。朱辰钧的眼泪已经哭干,此刻面容平静,闭目合十。一直躺在角落昏睡的李印月哼哼唧唧地醒了。她揉揉眼睛坐起来:"啊……睡了一觉起来,怎么天还是这么黑？……哎？怎么这里多了这么多人？咦？你不是世子吗？这是……啊,有个死人！"朱辰钧这才看到李印月,他定睛一看,怒容满面,抽出软剑:"李印月,你怎么会在这里？你这个逆贼之女,我先杀了你,替我父王报仇！"朱辰钧手中长剑直刺李印月。李印月瞠目结舌,愣在那里。这时心湖大师伸出一个指头在剑锋上弹了一下,朱辰钧手中软剑出手,飞插在墙壁上:"阿弥陀佛。冤有头债有主,李瑾忠虽然大逆不道,但其女儿是无辜的,世子,你不能杀她。"朱辰钧一腔悲愤无处发泄,转身跪在惠王尸首前:"父王……儿子要手刃李瑾忠那奸贼,为您报仇雪恨!"

马千秋被抓进了东厂诏狱刑房内,里面火光熊熊,阴气森森。他袒露上身,被七手八脚绑在木架上。伴着阴冷的呵呵笑声,九千岁被庞庆扶着走进刑房:"马千秋哇马千秋,千里接惠王,城外退刺客,那个时候咱家就认定你是个人才。可惜一直窝在谢天顺的手底下,委屈你了。咱家对你有再造之恩。你可知道,抓住了你,很多人都撺掇咱家一刀将你杀了,可咱家有点儿舍不得,因为你是个人才。如今谢天顺这厮已成为朝廷通缉要犯,锦衣卫南北镇抚司群龙无首,那帮人,刀头上舔血,很可能不愿意听我们东厂的话。咱家觉得,还得有一个锦衣卫的老人儿,帮着咱家料理料理。咱家现在有两条道儿让你选:第一条,穿上你的官服,去锦衣卫衙门,震慑那些正在叽叽歪歪的百户千户们,让他们都乖乖闭上嘴;第二条,咱家让人脱下你的裤子,一刀下去,从此你六根清净,跟咱家一样,做个无根之人!"说完狰狞地看着马千秋。空气几乎凝固,良久,马千秋开口了:"我选第一条。"

京城锦衣卫镇抚司衙门内,火把猎猎,张标、赵亮领头,众锦衣卫都群情激奋,他们要去奉天门外,替谢大人鸣冤。众人走至门口,马千秋冷峻的面容露了出来。领头的张标、赵亮,愣了一下,惊喜地迎上前。电光火石间,马千秋一脚踢出,正中赵亮胸膛,飞出几尺远,跌落在地上,痛苦地吐出一口鲜血。马千秋冷峻地开口:"诸位,不要闹了。谢天顺附逆反叛,其罪可诛,你们受其蒙蔽,若现在散去,其责不咎。若一意孤行,只能自寻死路!"

众锦衣卫大惊,面面相觑。张标不能置信地看着马千秋,挥舞着刀向马千秋攻去。马千秋也抽刀在手,拖着受伤后不灵便的小腿,与张标格斗。终于,张标不是马千秋的对手,被一刀剁在肩膀上,他痛苦地扔下刀,捂着肩膀后退。马千秋再加上一脚,踢中他的后背,张标扑倒在地。马千秋踩住张标趴在地上的身体,冷森森地环顾着左右。众锦衣卫都噤声。他们互相看着,终于,一个个放下了手中的兵刃。片刻,东厂众太监蜂拥入内,九千岁被庞庆扶着走进来,满意地看着面前的景象。马千秋带头跪倒:"锦衣卫新任都指挥使马千秋,恭迎九千岁!"众锦衣卫无奈地稀稀拉拉,陆续跪下。九千岁仰天长笑:"好,东厂、锦衣卫亲如一家,从此天下太平!"

第十回

暂避难辰钧悟佛法　骤现身千秋挟人质

　　大酒缸二楼夹层内，掌柜邹鼎和众人悄声谈论："我已经命兄弟们将惠王尸首妥善安置了，最上等的樟木棺材，可保尸身三年不腐。我辈虽然是江湖中人，但也知朝堂之上阉党专权，天下苍生深受荼毒。惠王死于阉党之手，是大大的忠臣。如今我们只能尽些微薄之力。哦对了，盐帮兄弟们还打探到一个消息：听说东厂的人从西山一个山洞中救出了北华安的心湄大师及其徒弟们。此刻已被送到宫中，面见皇上。"众人互相对视，决定一同入宫。

　　紫禁城华盖殿内灯火通明，皇帝委靡地坐在龙椅上，九千岁气焰嚣张地站在一边。帘后，皇太后端坐着。心湖大师和心湄大师站在殿下，都说自己和徒弟们被一伙不明身份的人劫持，迷迷糊糊被关起来，又被迷迷糊糊放出来，从头至尾，犹如梦中，迷糊懵懂。帘后的皇太后笑起来："看来你们南北华安虽是武学宗师，却都中了奸人的圈套。唉，李公公你也不必再问了，这还有什么不清楚的？必定是朱祐基干的好事。好在华安高僧都有惊无险，传哀家的懿旨，拨些银两给他们当盘缠，让他们各自回去吧。"

　　众僧人躬身合十，多谢皇太后赏赐。九千岁冷冷地看着心湖大师，殿外的小太监尖声禀报，锦衣卫都指挥使大人马千秋进殿，心湖大师身子一震。马千秋一身戎装，威风凛凛走入殿内，他的下摆上沾染着血迹。来到殿前站定跪拜："臣马千秋拜见皇上，皇太后，九千岁。臣已把朱辰钧府中所有下人捉拿送往诏狱,严刑逼问,相信很快便有结果。"

"平身吧,马爱卿,哀家听闻李公公说,你弃暗投明了。嗯,这才是识时务的俊杰。"帘后皇太后胜利的笑声传到众人耳中,尖厉而残酷:"若能一举擒获朱辰钧及其党羽,哀家会好好抬举你。对吧,皇上?"皇帝一直面色委靡,坐在龙椅上一言不发。九千岁嘴边有隐约的笑意。心湖大师等众人垂首不言。

邹鼎从怀里掏出一封书信递给铜虎。铜虎展开信件匆匆一阅,对大家说:"皇上已经下旨,南北华安的僧人们与行刺阴谋无关,均可离开京城。届时京城各寺众僧都要前来送行。师父让我们借这个机会送世子出城。还有……师父在信里提到,那个锦衣卫千户马千秋,贪生怕死,如今已投靠了阉党,李瑾忠抬举他当了新的锦衣卫都指挥使,现在他正带着人马,在京城内各路大肆捉拿世子,是师父亲眼所见。"众人惊讶。

朱辰钧冷漠地笑了,对杨恕说:"想我兄弟结拜时,曾发誓不求同年同月同日生,但愿同年同月同日死,言犹在耳,人却已翻脸无情。好哇,大难来时各自飞,都散了吧!你原本是新科的武状元,前程无量。我如今是朝廷要犯,你跟着我只能惶惶然逃亡,今天逃到这里,明天逃到那里,像一条丧家之犬!不,三弟,你不应该受我连累,过那样的生活……你走吧!"

杨恕伸手指向角落蜷缩的李印月:"大哥,我走不了啦,她这两天两夜都跟着咱们,什么都知道了,难道九千岁还能饶了我不成?"董西冷笑一声,从怀中掏出匕首就向李印月奔去,李印月尖叫起来:"别杀我!我答应什么也不会说!我发誓!"

铜虎挡在董西身前,诚恳地望着董西。杨恕也走过来,拦在董西的面前:"我答应了师父,不能杀她。带上她,一起走。"

京城齐化门城门口聚集了众多京城各寺住持高僧们,他们都在向心湖大师和心湄大师等躬身合十。京城住持身后的众僧人们开始诵经。华安六虎站在四五辆马车前,众人的眼睛紧张地四处警戒着。一辆马车内有声音响起,铜虎悄悄撩开马车车帘。马车内摆满了各种盒子。车厢内座椅的板子被顶开,谢落樱的脸露了出来。

众和尚诵经完毕，心湖大师和心湄大师带着各自徒弟向马车走来："诸位高僧，请留步。"马千秋骑至马车前面，一勒缰绳，身后跟着一队锦衣卫手下："马某与大师交情匪浅，特来送送您及众高徒，祝大师一路顺风。大师，咱们明人面前不说暗话，当日闯入惠王世子府内、救走朱辰钧的那几个蒙面人的来历，我心里清楚，你心里也清楚。我劝大师还是识时务一点儿，把朱辰钧那起逆党交出来，不要与朝廷为敌，更不要与九千岁为敌。"马千秋走到马车前，左看右看，嘴角露出残酷的笑意，"皇上对两位大师真是慷慨，送了许多礼物，这些马车里都快堆不下了。马某奉九千岁之命，捉拿叛贼朱辰钧及其党羽，所有进出京城人员及车马，都需要接受检查。来呀，给我搜！"锦衣卫众手下答应着，向马车扑来。华安六虎下意识攥紧挑着包袱的长棍。突然，一把匕首破空飞来，直刺马千秋，他下意识伸手接住，转头看向城门内，一辆马车横在街道上，赶车的人正是便装的朱辰钧。隔着远远的人群，朱辰钧愤怒的目光与马千秋四目相撞，火花四溅！朱辰钧手中一紧缰绳，马鸣嘶嘶，伸手便是一鞭。马车向城门冲去！守城士兵欲横起长矛阻挡，马车内却飞出卵石，士兵倒地。马车冲出城门。城门口众人纷乱。马千秋纵身跃上马背，锦衣卫也跟着捉拿朱辰钧，驾车离去。心湖大师和华安六虎暗暗松了口气。

路上，马千秋及锦衣卫紧追不舍，马车进入树林。树林内，邹鼎等人早已埋伏好，手中拉着绊马索。马车飞驰而过，绊马索被笔直拉起，瞬息之间，马千秋等人的坐骑纷纷被绊马索绊倒。邹鼎等人趁机发射弩箭。众多锦衣卫中箭，惨叫一片。马千秋在地上连连翻滚，躲过无数弩箭，抽出刀挥舞护住自身。林中传来呼哨，邹鼎等人骑着几匹骏马离去。马千秋定睛再看，林中已空无一人，一直紧紧追赶的马车更是早已杳然无踪。马千秋悻悻地还刀回鞘。

杨恕驾着马车将车停到一处僻静山沟内，将捆得结结实实的、嘴里塞着布团的李印月拖了出来。杨恕拿掉她口中的布团，松绑放她回京。李印月望了一眼朱辰钧，不能置信地看着杨恕，冷笑了一声："你就不怕我回去告诉我爹，你帮助朱辰钧这个逆党逃跑？"杨恕镇定地望向李印月的眼睛："别忘了，你发过誓。做人总得要对这个世界、对他人怀有信任。不然处处疑心被人欺骗，时时提心吊胆，活着还有什么意思？放心吧，我不会杀你灭口的。你走吧。"杨恕转身上了马车,扬鞭走了。李印月愣在那里,目送着马车,喃喃道:"你信我?你居然信我不会出卖你们?……杨恕,你真是一个天大的傻瓜!"李印月冷笑着,眼角却流出了一行清泪。

朱辰钧赶着马车来到山道上,路边,心湖大师等众人已在这里等待。张简正、谢天顺和谢落樱已从马车暗藏机关中钻出,翘首期盼。众人见到朱辰钧等人安全到达,都松了一口气,多亏了杨恕的调虎离山之计。在心湖和心湄大师的劝说下,朱辰钧最终同意到龙山华安寺避避风头。

九千岁听闻朱辰钧跑了,愤愤地将茶杯摔在地上,连茶带水溅了跪在地上的马千秋一身:"哼,到口的肥羊肉,居然让他给跑了!马千秋,咱家对你可真是有点失望呀。虽然朱祐基死了,但那个小的还活着。野火烧不尽,春风吹又生。咱家必须要斩草除根,不能留有后患哪。还有……原先咱家安插在谢天顺身边那个细作横波,已失踪了。可她身上还有两件东西,对咱家很重要,让你的人务必找到她,生要见人,死要见尸。"这时万盛一路大呼小叫地小步颠颠进来了,说小姐回来了。

九千岁又惊又喜,忙冲出书斋,看到万盛挑着灯笼,李印月跟在他身后,神色间显得有些劳累。九千岁走过去便扇了她一个响亮的耳光,李印月捂着脸愣住。"不懂事的丫头!这几日你跑到哪里去啦?你快把你爹给急死喽!万盛呀,快叫家里的厨子都从热被窝里爬起来,点上炉子,小姐回来了,快烧出一桌小姐最爱吃的淮扬菜来,那些拿手菜,什么响油鳝糊、开水白菜、清蒸狮子头,赶紧去做!"说完九千岁疼爱地给李印月揉着脸:"唉,爹错了,爹刚才不该一心急就打了我的乖女儿,要不,你打爹一巴掌好不好?看看你,头发都乱成这样了,饿坏了吧,待会儿就开饭。你可知道这些日子京城里乱得翻了天!你不见了,爹心里有多着急吗?跟爹说说,这几天你跑到哪里去了?"李印月欲言又止。马千秋正站在书斋门口,若有所思地看着李印月。

苍翠寒山,秋水潺潺。龙山华安寺千佛殿内,众华安武僧正在晨光中练武。他们出拳踢腿刚健有力,每个人的脚下,青砖石被踩裂,有的还踩出深窝。朱辰钧和杨恕等来到殿内,静静观看着。杨恕说:"这些都是刚进寺五年的弟子,他们在练罗汉拳。我们华安弟子习武修身,在拳脚功夫中磨炼自己的禅心。这也是一种修炼。"众武僧叱声清亮。朱辰钧站在一边观看,若有所悟:磨炼禅心……

谢落樱已是一身农家女打扮,她坐在院内缝着一双男式缎鞋。董西也是一身男装打扮,背着捆柴走进院内,只见杨恕背着几个布口袋脚步匆匆跑进了院子,口袋里滚出冬瓜、红薯、玉米等一堆食物,还特意带来了龙山华安寺自做的一种素饼。谢落樱不经意问起朱辰钧的情况,杨恕丝毫没有察觉,倒是董西坐在一边冷眼旁观,看出几分端倪来。

暮色沉沉时分,朱辰钧和张简正到塔林中散步,时而细看着塔林上镌刻的字迹。突然从一个塔林后面传出嘿嘿的笑声,张简正和朱辰钧一惊,忙伸手摸向腰间,机警地张望。塔林后面,一个身形高大、面容苍老的僧人坐在草地上,身边放着一个笤帚,他解开有些腌臜的袍子,对着光线认真地找衣服上的虱子。每找到一个,便小心翼翼地用手指夹住,放入草丛中,念一声佛,对张简正和朱辰钧说自己是不多和尚。

听说龙山山脚下有集市,热闹非凡,谢天顺和谢落樱也跑去看热闹。谢落樱买了一些胭脂。人群中,一个普通乡民打扮的人目光炯炯地盯上了谢天顺。那个东厂探子隔着一段距离紧紧跟随。他看到谢天顺走入华安寺山门。

之后那个东厂探子马上向庞庆报告。庞庆问:"看清楚了?真的是谢天顺?九千岁果然料得不错。那伙贼秃当真与惠王余党有所关联。你即刻快马回京,禀告九千岁,我已查到逆党下落,请他老人家定夺。"

谢落樱并不知情,回农舍后,将那盒刚买的胭脂点在手心,轻轻抹匀了擦在脸上。清水波纹荡漾,映出谢落樱神采奕奕的面容。院内,朱辰钧扫着院落中的落叶,杨恕赤膊持斧将大木桩寸寸砍碎。谢落樱看着他们欣喜一笑,端了两个热气腾腾的粗瓷碗走了出来。杨恕乐呵呵接过碗,大口吃了起来。朱辰钧接过碗,看了看,又递给谢落樱。杨恕走了过来:"看看你们,不必这样你推我让,大哥,这碗我吃,待会儿再盛两碗热的给你们。"杨恕稀里哗啦地吃着馄饨,朱辰钧和谢落樱对视一笑。

抱着两只老母鸡的董西走进院内,见此情景奚落杨恕:"呆瓜,你就知道吃。人家谢姑娘那碗馄饨是留给世子的,你也硬抢。世子,待会儿留下吃饭,我搞了两只老母鸡,一只炖汤,一只烧叫花鸡,保你们闻了就流口水。"正说着,张简正气喘吁吁赶来:"世子,大事不好了!东厂的人马已将龙山包围,他们口口声声说知道世子您就藏身在华安寺！带头的是东厂厂公庞庆。如今他正在寺内与住持心湄大师交涉。"杨恕上前一步："大哥,你先在这里暂避一时,我和董西去寺里探探风声。你放心,我们不是朝廷要犯,不是那些东厂的人要查找的目标。"

山路上,装扮成农人模样的董西和杨恕,头戴斗笠,背着两捆柴火,他们看到戎装的东厂手下们操刀已将华安山门围住,便决定从后山峭壁入寺。

谢天顺在僧舍中焦急地踱来踱去。这时房门传来剥啄之声。谢天顺疾步走去开门,杨恕和董西闪身进屋。谢天顺紧闭房门："你们快去告诉世子,让他带着落樱赶紧想办法回来,住持说寺内有一秘道,可以直通下山。等人一到齐,咱们便即刻动身。"

董西和杨恕被两个东厂太监拦住,对照了一下画影图形,摇摇头,放他们走了。董西埋怨道："这山中盘查越来越紧了,怎么东厂的人会知道世子藏在华安寺？必定是那个李印月告密。都怪你宅心仁厚,不愿意杀她！现在可好,把大家都害了。"

禅室内,庞庆和心湄大师面对面盘膝而坐,室内很静,一炉香点着,庞庆悠闲地摆弄着棋子,心湄大师闭目沉默。窗外传来尖厉的砍伐树木的声音,不久,树木轰然倒地,庞庆笑了："惊扰大师了,本公的那群手下们手痒痒,嫌你们华安寺山门口那棵千年柳树碍事,刚把它给拦腰砍了。等一会儿,他们还会将这寺周围那群老树都砍了,这样才好腾出空地,放那尊佛朗机大炮。"

心湄大师眼睛突然睁开："庞公公是想炮轰我华安寺吗？我龙山华安乃是禅宗祖廷,这千年来也曾历经几难几劫,几废几立,这寺毁了又建,建了又毁。岁月更迭,朝代交替,人事变幻,但华安寺还在这里。"马千秋匆匆走进禅室,走到庞庆面前："庞公公,马某是奉了皇上旨意而来。皇上口谕:朕近日听闻东厂从大军中调出一尊佛朗机大炮前往龙山,心内不安。当今朕与圣母皇太后都虔心佛学,臣等追索朝廷钦犯固然要紧,但不能惊扰龙山华安千年古刹。不可滥造杀孽。钦此。"庞庆无奈,只得叩拜遵旨。庞庆站起身来,悻悻地看看心湄大师。马千秋淡淡一笑："庞公公,捉个人而已,又是砍大树又是抬大炮,阵仗太大了。马某有个简单的法子,可以让朱辰钧乖乖地自己走出来。"

农舍中,谢落樱和董西正忙碌着收拾包袱,杨恕和张简正忙着给朱辰钧换上农夫的衣裳。突然,满山传来马千秋洪亮的声音,宛若春雷:"朱辰钧,我知道你就在这里,我劝你还是不要逃了。普天之下,莫非王土,不管你逃到哪里,只会累人累己。你身为王族贵胄,难道只会像一条狗一般慌不择路?你忘记留在洪州府中的亲妹子朱娉婷了吗?她还年幼,已经失去了父亲,难道你想让她替你丢掉性命吗?朱辰钧,何去何从,我给你半个时辰的时间考虑。"

众东厂太监和众锦衣卫手下个个戎装,腰刀在手,杀气腾腾。马千秋笑看手下将年龄尚幼的朱娉婷从马车上拉下来,送到面前。朱娉婷环顾四周,隐约露出陌生怀疑的表情,她的神态中有一些呆痴和迟缓。在一边的庞庆点了点头:"马大人真是足智多谋,居然早已派手下千里南下,将朱辰钧的亲生妹子接了来,好哇,有这个人质在咱们手上,你猜那个朱辰钧会顾自己的命,还是顾自己妹子的命?万一朱辰钧就如同缩头乌龟那般,就是不露面呢?"

"哼,那我就一刀杀了朱娉婷,让天下人都知道朱辰钧贪生怕死,连自己的亲生妹子都可以牺牲。"马千秋道:"惠王父子向来以英武仁义为天下人所景仰,若是他真这么做的话,他便失掉了人心,就算今日能逃出去,我看江湖上也不会再有人帮助他了。"庞庆点头,他端详了一会儿朱娉婷,感觉惠王的小郡主有些古怪。马千秋解释说这女孩小时候发过一场高烧,据说是把脑子烧傻了,虽然已长到十四岁,但生性懵懵懂懂,如同幼童一般。

屋内的朱辰钧正欲冲出去,被杨恕和谢落樱死死拉住。朱辰钧红着眼睛拼命挣扎。谢落樱哭泣着拉着朱辰钧的衣角:"那你就忍心这样挺身而出,你就忍心让我们看着你落到那些人手上?不,我不让你去!你不能去……你应该知道,我心里、我心里对你……"一贯文静的谢落樱突然如此激烈,众人都被惊呆了。

"落樱姑娘,辰钧感念你的错爱,其实长久以来,我心里也有你,可惜……我如今是朝廷钦犯,吉凶未卜,你还是忘了我吧。"朱辰钧硬着心肠掰开谢落樱的手指,将她向后一推,趁机冲出院门。谢落樱痛哭失声。杨恕连忙将谢落樱托付给董西,转身和张简正一起冲出院门。

朱辰钧脚不沾地,急匆匆向山门赶去,杨恕和张简正从后面追赶上来,拦住朱辰钧的去路。朱辰钧抽出腰间软剑,与杨恕交手,张简正在一边摇头劝阻。杨恕与朱辰钧连番争斗,不分高低。这时从山路上溜溜达达,走过来抱着笤帚的不多和尚,歪着脑袋看着:"咦,怎么打起来了?山上突然来了好多挎着刀没胡子的小白脸,不多看着心里怪怕的,就躲到这里来了。他俩为什么打起来了?"杨恕与朱辰钧还在连番争斗,不分高低,朱辰钧对杨恕怒吼:"我要救我妹子,你给我让开!"

不多已拿着大笤帚冲了过去,挡着杨恕,身形灵动,扑朔跳闪。口中还乱喊着:"不要打了,人家要救她妹子,你拦他做什么?"不多手中笤帚认穴极准,连连数招,将杨恕逼退。朱辰钧一愣,忙向不多拱手道谢,向前冲去。杨恕和张简正阻拦不及,望向不多。不多笑了笑:"人总有一死,他愿意用自己的命换他妹子一命,你为何不成全他呢?"

朱娉婷好奇地站在那里,看着众东厂太监手中闪着寒光的钢刀:"我什么时候能见到兄长?我都好几年没见到他了。父王说,兄长要陪着皇帝哥哥在京中读书,好几年过年兄长都没有回家与我们团圆。"庞庆抬头看看日色,抽出三棱刺,便向朱娉婷走来。马千秋将朱娉婷拉到身后,挡住:"庞公公,你太心急了,看看你后面。"庞庆向后看去,朱辰钧正脚步匆匆赶来。马千秋嘴角露出意味深长的笑意:"朱辰钧,够血性,你果然没有令我失望。"

朱辰钧束手就擒,双手双脚都戴上哗啦作响的铁链。他神态自若,望向马千秋。马千秋说道:"皇上有旨,只要朱辰钧束手就擒,其余附逆皆可既往不咎。窝藏你的华安寺众僧、谢天顺父女,还有这位小郡主,我都可以放过,只要你跟我乖乖回京。马某还要请庞公公辛苦一趟,替我把小郡主送回洪州。皇上说了,有罪的是惠王父子,不祸延他人。朱娉婷还是郡主身份,得找个稳妥之人护送。马某早已写好奏折,请庞公公你自己看,奏折上写得清清楚楚,这擒获朱辰钧的首功,便是你庞公公。你看,折子上有马某的官印和签名。庞公公若是不信,可以派亲信现在就将这折子送到朝廷。这样一来,全天下的人都知道是你庞公公擒获了朱辰钧,立此首功。"庞庆笑了,将奏折递给身边的一个东厂亲信,命他速将奏折送到宫里。

之后,庞庆恭敬地向朱娉婷躬身行礼,哭哭啼啼的朱娉婷被朱辰钧哄着上了马车。朱辰钧慨然登上另一辆马车。他戴着枷锁,一派泰然,闭目养神。

谢落樱低头缝着那个未完工的男式缎鞋,一直在流泪。董西抱着胳膊,不知如何劝解,急得挠头。门外脚步匆匆,杨恕、张简正走了进来。谢落樱并没看到朱辰钧,她的眼睛里又充满泪水,滴答滴答落在缎鞋上。杨恕走到谢落樱面前:"落樱妹子,我用我的命向你保证,一定会救回大哥,让他穿上你亲手为他做的这双鞋。你在这里等着,等我们的好消息。"杨恕和张简正走出农舍,董西追了出去:"我已给寺里的谢大人飞鸽传书,他稍后便到。我在这里帮不上什么忙,不如跟着你们,你别忘了,我是盐帮弟子,江湖上颇有几个朋友。你们如今势单力薄,要想救世子,恐怕得借助江湖朋友的力量。"三人匆匆向山下走去。

至夜,三人行至龙山附近小客栈内,店小二说:"三位客官,今日小店后院都被一伙客人给包了,你们只能住前院了。都是官字头的……不仅包了小店的后院,还将后院通往前院的门封了,说是要清静。真是说不得……"

三人进入后院,悄悄从墙头落地。董西轻步走向房间窗外,将一管迷香依次吹到房内。杨恕踢开门板,冲入房内。屋内在铺上睡着的众人,被一个个翻过脸来。挨间屋子找来,所有昏睡的人都被翻查了一遍,均不见朱辰钧。杨恕失望道:"大哥不在这里!马千秋意在调虎离山,我们上当了!"

第十一回

诉真情兄弟再联手　猛断臂壮士顾大局

马千秋赶着一辆轻快的马车，一路行来。朱辰钧坐在车内，浑身似乎被点了穴道，动弹不得。马千秋将车停到小溪边，灌满牛皮水囊，喂朱辰钧喝水。朱辰钧喝了几口水，缓缓出了一口长气："这水真甘甜，难为你一路照顾，还记得叫我一声大哥。难道你不担心这一路之上会有人为了救我，与你展开厮杀？"马千秋道："担心有什么用？你我都很了解三弟，我知道他必会来救你，只是时间早晚问题。除了等着他出现，我还能做什么？"

自朱辰钧走后，谢落樱看着那双缎鞋，呆呆发愣。谢天顺端着一个汤碗走了进来："樱儿，来，吃点儿东西。你也不必如此担心。世子他是被马千秋带走的，不管怎么说他们毕竟结义一场，这一路进京，相信在衣食起居上，不会委屈世子的。我总觉得马千秋投靠阉党此举很是蹊跷。也许旁人能为了一时富贵认贼作父，但千秋他……不会啊，他与那阉党有不共戴天之仇哇。"谢落樱惊讶地望向谢天顺。

谢天顺回忆起往事："十年前，齐贵妃突然病重薨逝。她生前备受先皇的宠爱，并且是当今皇帝的亲生母亲，在后宫一时风头无二。不料突染风疾撒手人寰。先皇怀疑齐贵妃死因叵测，将永福宫中所有宫女锁起来严加审问，不料当夜关押众位宫女的宫房无端失火，那群宫女都烧死了。先皇大怒，下令追查。时任东厂厂公的李瑾忠奉命追查，发现当日镇守永福宫的禁卫中有一人失踪,那人叫冯霆威。于是他断定冯霆威便是纵火凶手,并以失职之罪,将当时镇守永福宫的宫中禁卫统统坑杀。马千秋原本并不姓马,他原名冯万春。冯霆威便是他的生身父亲。当年李瑾忠没找到冯霆威,下令灭其九族。而冯万春当时只有十五岁,拼死逃出一条命来更名换姓,追随于我。樱儿,你想,他冯氏一族人都死于李瑾忠之手,如何忘记如此血海深仇,贪图富贵去依附仇人?为父我越思越想,越觉得其中必有蹊跷。"

庞庆、东厂众手下走在南下的路上,一只飞鹰落到庞庆手腕上,庞庆解下飞鹰脚爪上的信筒,取出纸笺看着,是九千岁的指令:庞庆你个小兔崽子,光顾着听皇上的口谕,难道就忘了咱家的叮嘱吗?你要亲手将朱辰钧押送回京。马千秋此人可用,但不可靠。万一在路上出了什么纰漏,让朱辰钧那小子又跑了,咱家岂不白白忙活一场?送郡主回洪州的事交给其他孩儿们去办,你要亲自追上马千秋,盯着他将朱辰钧押回京城,不得有误!庞庆看完,吩咐手下:"京里有要事,急召我回去。你们几个人将郡主送回洪州,不得有误。"

马千秋和朱辰钧来到乡野间一间破败土地庙里歇息。刚烧旺了一堆火,便闻马蹄声。马千秋一看,杨恕、董西和张简正三人已堵在门口,三人都手拿兵刃。杨恕性急出剑,马千秋也抽出宝刀,两个人战在一起。刀光剑影,两者激战。马千秋的刀法不在杨恕之下,却被杨恕一剑划伤左手臂。马千秋挽个刀花,将杨恕逼退三步,之后身形缥缈飞上土地庙房梁中央,从怀里掏出一卷诏书:"奉天承运,皇帝诏曰:朱辰钧、杨恕接旨!"

杨恕此刻已打红了眼睛,根本不听,一剑指向房梁上的马千秋。这时朱辰钧突然喊道:"三弟住手,让他把诏书念完!"剑光闪处,张简正手持扇子将杨恕的剑尖拨开。杨恕气哼哼地将剑插回剑鞘。

"朕内受皇太后牵制,外被李瑾忠一众阉党所困,明知惠王父子蒙冤,却无力回天。朕夜夜无眠,辗转懊悔。今有马千秋,甘污己名,假意投靠,替朕多方奔走,刺探消息。见其人如见朕,其所言即为朕所言,众爱卿万勿多疑,精诚合作,共除阉党。钦此。"马千秋从房梁上飘然而下。朱辰钧伏下身子接旨,对杨恕和董西笑道:"之前我也曾怀疑马千秋已与阉党沆瀣一气,不过,就是见到了他从洪州请来的我那妹子,曾经对二弟的疑窦全消。那个坐在马车里的小丫头,只是我妹子贴身侍女,虽然年纪相当,模样也相似,能蒙得住外人,却瞒不过我的眼睛。"

杨恕和董西这才恍然大悟。马千秋说:"若是不将戏做足,如何瞒得过东厂那帮走狗,也救不下炮口下的龙山华安。说来惭愧,李瑾忠那个老贼,口口声声要阉了我,两权相害取其轻。我只能先顶个骂名,好保全爹娘给的这个身体。如今皇上已被皇太后和九千岁的人在宫中看得严严实实。我颇费了一番工夫,才寻了个与他单独交谈的机会。皇上听闻东厂调拨佛朗机大炮,要炮轰龙山华安,忙宣我入宫,写了密诏,让我抢在东厂之前,救出世子。我一路走走停停,又在这里停留,为的就是要等到你们,大家共商大计。"

马千秋说:"皇上有两件东西,需要我们设法寻来,一个就是被横波偷走的李瑾忠通倭密信。此事说来甚是古怪,横波偷走了信和密诏,致使当日我们的行动功亏一篑。照说横波是九千岁的人,那罪证自然已到了他的手里。但事实上,自从婚礼那天之后,横波便带着信与密诏神秘地失踪了。九千岁已动用了锦衣卫和东厂的各路人马,四处寻找她的下落。另一件呢,是当今皇帝用的御玺。皇上年纪尚轻,皇太后曾明言待皇上大婚后才可自行掌握御玺。在此之前,御玺交由司礼监掌印太监保管,也就是李瑾忠本人。惠王死后,皇太后从皇上手中收回了可以调兵的金牌令,并加以销毁。在朝堂上明言,但凡调兵遣将,只以御玺为凭。皇上若想与李瑾忠对抗,就须拿到兵权。想拿到兵权,便须拿到御玺,这差事可不轻松呀。"

正说着,远远传来马蹄声音,众人警觉。从庙外传来东厂太监庞庆的声音:"这里有一辆马车!去庙里查看一下马大人是否在里面!"马千秋忙抽出刀来,在庙中砍倒若干门梁,门梁将庙门抵住。马千秋大声向杨恕举刀呵斥,杨恕下意识挥剑便挡,厮杀中马千秋压低声音:"你们快跑!"说罢,横刀砍向自己左臂,一刀斩下,手臂落地,血流如注!众人大惊。马千秋握住流血的手臂,靠在那里惨然一笑:"快走!"董西和张简正机灵地拉起呆立的杨恕和朱辰钧,蹿向庙后。

马千秋攥着伤口紧紧盯着庙门,片刻,庙门破裂,庞庆疾步进入。马千秋扬起流血的断臂:"朱辰钧被人救走了,还把我伤成了这个样子……"庞庆一挥斗篷,众手下急匆匆向庙后追去。庞庆俯下身去,仔细地查看着马千秋的伤口:"啧啧,这帮逆贼出手可真狠哪!你的左手算是废了。真可惜呀,马大人,你好不容易将钦犯捉住,却又如此大意让他给跑了,还搭上了自己一只手……来呀,送马大人回京养伤。请马大人放心,待我将钦犯捉了带回京里,再去看望你。"

杨恕等人一路狂奔,跑到黄河边。四人跳下马,在三匹马屁股上狠拍一掌,马儿们吃痛,跛足向前继续狂奔。四人就地滚入草丛中。很快,东厂众人骑着马追来,只听得人呼马嘶和噼里啪啦落水的声音……

天蒙蒙亮,河滩上时而冲上来东厂手下的某具尸体,或是一顶帽子。庞庆和余下的手下站在岸边看着,脸色青白。马千秋从马车里探出头来故意说:"东厂的众多高手,没死在敌手手中,却死在黄河滚滚波涛中,真是可惜。"

回到紫禁城,手臂裹着伤的马千秋和庞庆向皇上汇报情况。皇帝走到马千秋面前,摸着马千秋的伤口说:"这么说,钦犯朱辰钧被押送期间中途脱逃,如今已溺死在黄河?你二人都有功劳。马爱卿,你伤不碍事吧?如意,快去太医院,请太医为他看伤。"皇帝摸向马千秋的手,缩回的时候手里多了一个字条。回到内宫,见身边无人,皇帝展开字条,上面歪歪扭扭的一行字:世子平安,即将回京。皇帝脸上露出笑容,将纸条凑到香烛边烧掉。

王太医负责给马千秋包扎伤口,也看到在角落里站着面色惶恐的杨子恒,一脸鄙夷:"他现在可不是太医了!他儿子原本考上了新科武状元,可惜放着高官不做,非要跟惠王逆党一路逃亡。九千岁下令,让他爹在这太医院内当个杂役,这已经是法外开恩了。"

马千秋看着躲在角落里默默研药的杨子恒,心里若有所思。这时,万盛扶着九千岁堂皇进来。九千岁走到马千秋面前,看着他被包裹起来的断臂说:"左手真被砍没啦?唉,真是可惜。你们习武之人没了一只手,就好比没了半条命。咱家原本很看好你的前程。但现在也只能先让你在家好好养伤了,好生歇着,大好男儿,不愁没有报国建功的机会,来日方长。"

私下里,九千岁悄悄对万盛说:"一个以刀法闻名天下的武夫,居然被砍掉一只左手,若是给咱们玩苦肉计,那代价未免太大。料想他应该不致如此蠢笨。不过,此人武功已废,不能为咱家驱使,的确是一件憾事。你去告诉庞庆,搜捕那个死女子横波的事,还需抓紧。"

暮色中,杨恕、董西、朱辰钧和张简正戴着低低的斗笠混杂在人群中,众人走到大酒缸门口,却愣住了。那酒店早已关门,寂静无人。四人正愣在那里,董西觉得身后有人靠近,机敏地转身正要出手招架,却见面前站着的正是昔日大酒缸的掌柜邹鼎:"真的是你们。刚有兄弟们来报信说,见到你们入城。我还不信。你们疯了,东厂、锦衣卫都在四处派人捉你们,你们反倒自己送到京城来了。跟我来,我先找个稳妥地方安置你们。"四人跟着邹鼎混入人流中。

挂着大红灯笼的沁春苑内,人来人往,燕语莺声。董西等人跟着邹鼎走入后院,果然清静无人,门口有四名精干汉子守卫。董西要邹鼎帮助寻找横波。邹鼎立即召手下鼎力相助。邹鼎道:"众位兄弟,七师妹朋友有难,咱们同帮兄弟应出手相助。如今要在京城内外寻一名叫横波的女子。此女子原本是谢天顺大人府中的婢女,左眉中有一颗朱砂痣,兄弟们这些日子都细心打探着。在江湖上放出消息,说咱们盐帮在找这个人。"

队列中走出来一名弟子,排行老九:"大师兄,我听说锦衣卫和东厂的人也在找一个叫横波的女子,是不是与我们要寻的这个是同一个人?"邹鼎点头称是。四师弟站出来说:"你们要寻那个女子可是面皮白嫩嫩的,左眉里那颗朱砂痣不大,但是血红?"董西点头。原来这个横波,如今就住在沁春苑内!

四师弟介绍说:"咱们这里寻常也收留那些江湖上蒙了难的兄弟姐妹,对各人来历向来不多问。她是半个月前来的。我见她长得还不错,便叫老鸨让她住下。问她姓名,她说叫杏花。她不愿意在前头迎来送往,只求一个存身的地方,我便安排她在后厨负责烧火打杂,没想到歪打正着。"说着领他们到了后厨,他悄声问:"杏花,杏花你睡下了吗?前头有客人要吃宵夜,杏花,快起来生火洗锅,我叫厨子赶紧烧四道小菜好给客人下酒。"厨房侧面小屋内灯光微亮,横波蓬着头捧着一盏油灯从屋内走出来。暗处的董西和杨恕看得真切,此女正是横波!二人霍地冲到横波面前。横波一惊,这边董西已抽出匕首横在她面前,"你这个黑心女子,惠王就是被你害死的。说,你为什么要替李瑾忠那个死太监做事?你偷走了阉党通倭密信和皇上密诏,连东厂和锦衣卫那群人都在日夜搜索你的下落。你认为自己还能有活路吗?"横波突然捂着脸哭泣起来,扑通跪在杨恕面前,泪眼盈盈地说:"杨公子,横波错了一次,酿成惨祸,至今懊丧痛悔。求公子,救救我娘……十年前,我娘不知在京城惹了什么祸端,逃出京城四处躲藏。五年前乡下大旱,颗粒无收。我背着娘来到京城插标卖身,进了谢大人府里,伺候落樱小姐……半年前,九千岁的人找上了我,说他们在乡下抓住了我娘,说她是朝廷钦犯,若想救她的性命,我便需要在谢大人身边充当九千岁的耳目。无可奈何之下,我……只得遵命。是我将大婚之日剿灭阉党的计划偷听了去,秘密告知李瑾忠的。也是我在当日典礼上,偷拿了阉党的通倭密信和皇上的灭贼密诏。那两样东西还在,我知道只有这两样东西能救我娘的性命。当日典礼之上,我带走那两样东西,并留给九千岁一张字条,让他用我娘来换。那老贼口头上答应了,却在交易之日设了埋伏。我早知他会背信弃义,因此没有上当。于是我隐姓埋名到了这个地方,我知道这里是盐帮的总舵,董西是盐帮的人。如果世子想报仇,迟早会到这里来。我想用那两样东西,换我娘的命。"横波不畏不惧,直视朱辰钧,"这天下之大,能救我娘性命的,只有你们了。因为只有你们才敢与九千岁抗衡。"朱辰钧想想答应了横波的条件。

东厂诏狱,阴森湿冷的牢房走廊内,不时传来凄惨的叫声和叹息声。九千岁被万盛恭敬地扶着,捂着鼻子向尽头走去:"那个死女人嘴硬得狠,跟她那闺女横波是一路货色。咱家跟她相识多年,也许还能从她嘴里撬出点儿东西来。"牢房内墙上火把时时闪烁,照亮漆黑的牢房四角,角落里趴伏着一个披头散发的女人,她头发已然花白。那女人缓缓抬起头来:"李公公……不,老身该叫您一声九千岁。那火没烧死老身,让九千岁您牵肠挂肚了将近十个年头,是老身这条贱命太硬了。九千岁能在多年后找到老身的藏身之所,必定是我那在京城的女儿露出了马脚。老身恐怕小女已被九千岁所胁迫,为保全老身这条残命,被迫去做那些不该做的事情。九千岁现在留着老身,无非是要胁迫小女,多替你卖命效力。"

九千岁呵呵地笑起来:"莫愁呀莫愁,你真是当日永福宫里最聪明的宫人。当今的小皇上从前是喝着你的奶水长大的,难怪呢,你可真是聪明!咱家做的这些事情都让你给猜中啦。咱家实话跟你说了吧,你那女儿人大心大,不听话呀。带着两件要紧的物事居然跑了。还给咱家留了张字条说,要用东西换你的性命。这般二心的奴才,咱家不敢用。万盛呀,传令下去,两日后午时三刻,在菜市口处斩宫中逃犯秦莫愁,务必在一夜之间在京城大街小巷贴满告示,将此消息传得尽人皆知!"

一早朱辰钧接到了信鸽传来的消息:"心湄大师已派人将谢家父女保护在寺内。他们暂时无恙。"张简正说道:"盐帮的弟子们天不亮就传来消息,说街上贴满了告示,东厂两日后要公开处决一个叫秦莫愁的女钦犯。小生已向横波确认过,此人正是她娘。"董西走来:"我已跟大师兄商量过,要救横波的娘亲,人手少了可不行。到时候盐帮会尽数派出好手助我们一臂之力,待会儿大师兄就会派几个得力的兄弟去打探消息。"杨恕提出在行动之前,想回家去看看爹。众人都点头。

杨恕赶到潦败的杨家门口,大门紧闭,左右四顾无人,绕到后墙,跳到墙头,向内看去。院子内传来清脆的娇叱声。只见哑奴正对着一个女子拼命摇着头,那女子正是李印月:"我知道你是个哑巴,可你总会点个头摇个头。你放心,我不会向别人告发你家公子的,我……我只是想知道他有没有回来过……"这时院门一开,杨子恒背着药箱回家,见到院中的李印月,愣了一下,叹气道:"李小姐,您怎么又来了?我求求你若无事,还是赶紧回去吧。我们家庙小,容不下您这尊大菩萨。若是您在我这里出了什么差错,我们可担待不起呀。"杨子恒说着,连连向李印月作揖。等李印月走出门去,杨恕忍不住跳到院内。

父子俩对座倾谈,杨子恒瞪大了眼睛说:"什么?那个谢府里的侍女横波,她的娘居然是当年永福宫的奶娘莫愁?当今皇上从小便是吃她的奶长大的。十年前齐贵妃突然身死,永福宫夜间失火,我等外人怎么想,怎么都觉得透着蹊跷。我还以为那个莫愁也死在火里了,没想到她还活着。这宫闱里的事,表面上烈火烹油,鲜花着锦,其实每一步都暗藏杀机。多一句话可能就会引来杀身之祸。"杨恕听得有些发呆:"爹呀,这样说来,您这么多年在宫中太医院,岂不是时时刻刻身在险境?爹,总有一天,我们要给惠王申冤报仇。"

深夜,杨恕才离开杨家。他戴上斗笠,匆匆向巷口走去。一双脚隔着一段距离跟上了他。杨恕突然转过身来,跟在他身后的人猝不及防,想躲也来不及了。那人正是李印月："你好大的胆子,我爹爹已经知道你也跟着惠王那起逆党逃出京城,很生气。你却还敢回来,不怕我爹爹的人将你捉住一刀砍了?你现在被我发现了踪迹。只要我提高嗓门一喊,东厂的耳目很快便飞马到来。你觉得你还逃得掉吗?"

"李小姐,你嘴上这么凶,可我知道你没那么坏。我已听说过了,上次从山里分别后,你回去后并没有向你爹告发我们的去向。还有,你也没向东厂的人透露过曾经庇护过我们的大酒缸。白害得心思缜密的邹掌柜自己封了大酒缸。你还不像你那个太监爹,你心里还存着善意。不过我想问问,听我爹说,你总是来我家打听我的下落,为什么?"夜色中,李印月的脸好像红了红:"我……我只是想知道你有没有被我爹的人抓住,好奇罢了。我听说世子已经淹死在黄河里了。若是你愿意,我可以在爹爹面前替你们求情。杨恕,我什么时候可以再见到你?"

杨恕想了想:"邹掌柜明日要重开大酒缸,不然我们在那里相见,如何?"李印月喜上眉梢,喜滋滋走了。杨恕有些纳闷,接着,从黑暗角落传来董西的冷笑:"哼!呆瓜!恐怕那个李小姐是看上你啦。所以跟你定了约会才这样欢喜!"董西从路边墙头飘下,"都这么晚了你没回去,我担心你别是在路上出了什么岔子。所以才过来迎迎你。没料到走到这里听到一出好戏。真是月上柳梢头,人约黄昏后呀。你是真没感觉呢,还是假装糊涂心里偷着乐呢?这个李印月一直对你黏黏糊糊。你呀,自己好好想想吧。"杨恕愣住了。

回到沁春苑,杨恕坐在房间内对着油灯仍发愣。张简正一脸笑意走进来:"我听董姑娘说了,原来李瑾忠收养的那个丫头喜欢上杨兄弟了!这有什么好难为情的。窈窕淑女,君子好逑嘛。哦不,咱们这一出叫神女有心,襄王无意。不过,杨兄弟,为了世子复仇大业,你这一回得跟那个李印月虚与委蛇一番,就是跟她周旋,你难道忘了皇上交给咱们的第二桩任务吗?是偷御玺!利用李印月,从九千岁那里偷出御玺。这可是一个千载难逢的好机会。待得明日,我跟你一起去。你放心,只要我动用三寸不烂之舌,那芳心懵懂的李印月务必会死心塌地替我们办事。"

第二日,杨恕和张简正如约去了大酒缸,李印月已在里面等候多时。李印月见到杨恕到来,面露喜色。但看到又进来一个张简正,面色狐疑起来。

杨恕介绍说是张先生,一向跟着惠王和世子做事的。李印月缓缓坐下:"原来也是惠王一党。你们这伙人现而今如丧家之犬,我还当你们都远离京城亡命天涯了呢。没想到你们一个个都回来了。你们倒都不怕死。可是,跟我爹爹作对,只能是死路一条。可惜呀,众位好汉,你们只是一些小喽啰,若是愿意向我爹爹认错,并发誓效忠于他老人家,我相信你们不仅还可以保命,凭你们的才干,今后在朝堂上自然前程无量。其实我听爹爹说过,那个死去的老惠王向来古板,想来对属下也不会太好。他在世的时候,你们跟着他尚且没有荣华富贵,何况他们父子现在都死了呢?人生在世,没跟上一个好主子,光有才干是没用的。"

杨恕听着皱眉,想开口反驳,桌下张简正踩了他一下:"李小姐说得句句在理。唉,不过我等现在还是戴罪之身,只是靠小姐去向九千岁求一个赦免,还是太难为情了。我等还是要寻个机会戴罪立功才好。我听说如今九千岁命令东厂人等在四处寻找一个叫横波的女子,这个女子如今藏在后宫里。若想讨九千岁的欢心,最好的办法,就是我们亲手将他想要的人双手奉上。小生有个办法,可以进宫捉住这个女人。不过,得需要一点儿东西。据我所知,那个女子如今躲在皇上的寝宫内,就算是九千岁手眼通天,但皇上的寝宫也不是寻常便能搜得的。除非……除非能向九千岁借得他手里的御玺。御玺是至高无上的象征,手里有了它,便能在宫内横行无阻。要搜哪里便搜哪里。那就请小姐帮个小忙,暂时把那御玺偷出来如何?只要一日一夜,我们捉了那横波,便领人来请功,到时候小姐再将御玺神不知鬼不觉地还回去,皆大欢喜。李小姐若是对我们将功赎罪的诚心还有怀疑的话,那我将杨恕押给你当人质,在你府中待上一日一夜,可好?用他换一晚御玺,如果出了什么差错,小姐可以先一刀杀了他。如何?"

李印月笑了:"好,这个人质好。我答应了。我那丫头巧儿正好最近病着,你就扮成她的模样跟我回府。那些家丁不会盯着你的模样细瞧的,放心。"杨恕窘得脸通红。张简正轻轻拍着他的背,以示安慰。

张简正看着窗外已扮成女装的杨恕别别扭扭跟着李印月走了。朱辰钧和董西笑着走了进来:"我简直服了先生了。说了那么一大套入情入理的话,把那个李印月三绕两绕便绕进去了。接下来,先生打算如何行事?"

第十二回

痴情女御玺托终身　狠心贼毒药害君王

穿着婢女服装的杨恕别别扭扭地坐在闺房内。李印月端着一个食盘走了进来，看着杨恕那个样子，扑哧笑了出来："行了行了，你这样站也不是坐也不是，别别扭扭一天了，跟我说说，你们这次逃出京城，一路上好玩吗？龙山华安寺好玩吗？那些华安武僧当真是天天练武吗？这人生在世，有趣的事多了。这府里的衣食住行，我全不在意。若有一天，我能出了这没有趣味的地方，到那山水中去，到江湖中去闯荡，该有多好！"李印月望着窗外，一脸向往，"杨恕，如果这次你们立了功劳，我爹爹宽恕了你们的罪过，你愿不愿意带着我出去走走？"李印月面色飞红地看着杨恕。

"等事情完了，反正我们是要回久延山去的。多你一个人，也无妨。"杨恕内心充满矛盾：唉，其实这个李印月除了脾气刁蛮一点儿，人还是挺好的。就算她爹是李瑾忠，可她确实不坏呀。我、我却在这里做戏骗她……日后她知道了真相，会不会恨我？他有些内疚地偷偷看向李印月。她一脸神往地继续说："坐在这里听你说说外面的世界，这感觉真好。行了，你藏在这里，千万别出声，我这就去探探风声。"

九千岁府书房内，九千岁瞪着面前的万盛和庞庆交代，二人俱不敢出大气："明日午时三刻，便要在菜市口处死那个秦莫愁。到时候她的女儿必定会出现在刑场附近。记着,咱家要活的。还有,别让那个老的当众说出什么不体面的话来,用木球堵了她的嘴!虽说朱祐基和朱辰钧那一老一小都死了,但惠王一党的余孽恐怕还在暗地里活动。你们都给咱家打起精神来。若是有人在刑场捣乱,格杀勿论!咱家最近要筹谋那件大事,从各地招募的死士都到了吗?安排他们在客栈住下,对他们大方些,想吃什么都给他们安排。想要女人也尽他们的兴。他们是要替咱家做大事的,别亏待了他们。"

书房外李印月正趴在窗口。她看着万盛和庞庆二人走远,又悄悄起身向书房内看去。只见九千岁在书架上摁了几下,书架赫然出现了一个机关,里面现出一个锦盒。九千岁打开盒盖,拿出御玺,爱不释手地把玩着。李印月好奇地看着九千岁手里的御玺,犹豫了:原来这就是御玺?爹把这东西看得这般重要,我该不该把这东西偷偷拿出去,交给杨恕呢?

李印月犹犹豫豫地回来了。她迟疑地开口:"杨恕,你要保证用那御玺入宫,捉住横波,立了功劳,便要将它还给我。我爹他是司礼监掌印太监,如果不是皇帝年纪还小,这御玺也轮不到他来拿。御玺乃是一国之本,若是丢了,或者弄坏了,可就把我爹他害惨了。我知道,以前你对我爹印象不好,万一你要是想害他怎么办?要不,你对天起个誓,你发誓不会用这个御玺害我爹。不然,这天上的雷就……不行,光这样还不行。你得保证!你得保证跟我和我爹一条心……那你愿意娶我吗?"杨恕被吓了一跳,李印月声音低得像蚊子哼哼,"……若是、若是你娶了我,那你就是我爹的女婿,那咱们就是一家人,我把御玺交给你,也就没什么问题了。我也不用你在这里当人质了。把事情办完了,再把它拿回来就好。到时候万一我爹他发现了,责怪起来,我也有个理由。"

杨恕不能置信地看着李印月:"你是跟我开玩笑……还是当真的?原来你喜欢我?这可真是个大大的意外。你先拿御玺来,咱们再谈婚事。空说无凭,我给你件信物。这是我死去的娘留给我的,就给了你吧。"杨恕浑身上下摸了个遍,无奈从腰间扯下一块玉佩。李印月欣喜地接过,珍重地揣在怀里:"好,你等着,我这就去拿御玺。"

趁着夜色,李印月蹑手蹑脚走入书房,偷偷摁了机关,打开锦盒,拿出御玺,随手从书案上找了一个与御玺差不多大的乌金石纸镇放在锦盒内,按原样放好,之后迅速离开。

已换回男装打扮的杨恕,跟着李印月偷偷开了后门,闪身出府。杨恕面带心虚地走了。而李印月则甜蜜地看着杨恕的背影,从怀里掏出那块玉佩甜蜜地笑了。

见到御玺,朱辰钧喜笑颜开。张简正插话说:"有了此物在手,我们大事可成了。世子,如今我们拿到了御玺,你我必须快马出京,调动漠北大军回京勤皇。否则,一旦劫了法场,救出横波的母亲,九千岁知道后,必然会动用东厂和锦衣卫所有人马来对付我们。对了,心湄大师已通知了心湖大师,杨恕的六位师兄已经北上,即日便要入京。有华安六虎相助,我们成事便更顺利了。现在就要看看马千秋那里和宫里的皇上接洽得如何了。"

晚上,得知皇帝正在乾清宫佛堂内打坐,马千秋被如意引着悄悄走入佛堂,向皇帝跪拜:"臣参见皇上。您上次让臣在民间寻访的那尊六祖曾经供奉的檀香小佛,臣已寻到一些踪迹。不过那尊檀香佛如今供奉在洛阳白马寺中,臣与那寺的住持商量过,他愿意将此佛像献给皇上。但希望能得到皇上亲手抄写的一副经书,供奉在佛堂内。"

皇帝笑了起来:"这个贼秃,跟朕做起生意来。朕御笔亲书一副经书让他供奉在寺里,也抵得过那尊檀香佛的价值了。他还真是会谈买卖。好,朕这里刚好有一副刚刚抄好的心经,你带了去给那白马寺的住持吧。要记得将朕要的檀香佛带回来。"马千秋躬身,接过皇帝手里卷好的一幅卷轴,二人俱是一语双关。如意在一边一直目光炯炯地盯着,却看不出什么破绽。皇帝闭目跪拜在佛像前,敲响了木鱼。如意端着一个托盘走进来,托盘上放着一个碗。皇帝站起身来,盯着如意掏出一枚银针,插入碗中。银针没有发黑,他点点头,接过碗喝了:"最近皇太后怎么想起天天让我喝燕窝粥了?"

京城郊外,朱辰钧和张简正牵着两匹马翘首以待。终于看到马千秋纵马而来:"皇上真是聪明。一听我的话音便知道了我的来意。"马千秋从怀里掏出那个卷轴展开,上面赫然是皇帝亲笔:朕有难,众爱卿发兵入京勤皇。朱辰钧接过卷轴,仔细观看:"好,有了御玺和皇上手书密诏在手,我们便可调动漠北大军。二弟,你快联系锦衣卫中还忠心于皇上的兄弟们,等待机会,准备策应动手。"朱辰钧和张简正策马而去。

夜色中,杨子恒背着药箱走在宫内,他远远地看到九千岁和如意从亭榭中走来,忙闪身躲到了假山后面。九千岁和如意边交谈着边走过来:"如意,皇上没有起疑心吧?好小子,没枉了咱家栽培你一场。你给我记住,那药无色无味,要慢慢地下,皇上那孩子太机灵,一次不要下多了,他体内蓄的毒多了,就会出现症状,到时候,他会疑心是皇太后要害他。皇上年轻气盛,必定会和皇太后兵戎相见。到时候后宫恐怕就是刀光剑影,血光冲天。乱到不能再乱的时候,咱家就带人入宫,平了这场祸事。"

如意机灵地接话:"不过到了那个时候,皇太后已被皇上一刀杀了,皇上也被皇太后毒害死了。能手握权柄号令天下的,便只有九千岁您老人家了。"九千岁得意地笑道:"哈哈,好聪明的小子,你这件事办好了,到了咱家穿上龙袍登基的那一天,不会忘了你这小子的功劳!"如意麻利地给九千岁下跪叩头,九千岁仰天长笑。假山后,杨子恒听得一头冷汗。

京城菜市口,一辆木笼囚车从远及近缓缓而来。路两边都是看热闹的老百姓。笼车内,戴着木枷的秦莫愁急切地看向四周。庞庆骑着马,跟在木笼后面,警惕地四周张望。木笼旁边带刀的东厂众手下一个个也都在严阵以待。路边,杨恕和董西装扮成小商贩的样子。邹鼎带着盐帮弟子们混杂在人群中,众人互相悄悄交换着眼神。刑场上,赤裸着上身的刽子手拿着鬼头刀等候着。片刻木笼囚车停下,秦莫愁被硬拉着拽下来,一步步向刑场走去。刽子手喝了一口酒,将口中酒喷在闪亮的刀刃上。杨恕从摊子下面暗暗抽出宝剑,董西的手也摸向怀里。秦莫愁拖着脚链走到刑场上,急切地看向四周,口中呜呜地不能做声。刽子手一脚踹到她腿弯上,她腿一软跪倒在砧板前。杨恕和董西此时正戴上戏偶面具,人群中盐帮子弟们也都戴上了面具,众人同时出手。董西撒出满天暗器,刽子手瞬间倒下。杨恕等人从不同方向向刑场攻去。庞庆立即抽出那对三棱刺,与杨恕交手。邹鼎等人涌上刑场,砍掉秦莫愁肩上木枷、脚镣,背起她便走。庞庆和杨恕打得难分高下。董西飞身过来,向庞庆撒下一把烟尘,每片烟尘都是一片亮晶晶的暗器。趁乱董西和杨恕飞身而起,混入人群中,倏忽不见。众东厂手下欲追,被庞庆挥手拦住:"不用追了。他们跑不掉的。本公早命人在那女子鞋上抹了香料,只要用猎犬循着味道去追,就能找到他们的老巢。"说完脸上露出一丝狞笑。

杨恕和董西摘下面具在街道上狂奔。杨恕停下脚步:"不行,我得回家接我爹。东厂那个姓庞的好像认出了我的剑法。我怕连累我爹,不行,得去接他老人家。"杨恕转头就走。董西一脸无奈。

杨子恒背着小药箱正匆匆往家赶,突然小巷里伸出一只手,把杨子恒拉了进去,杨子恒吓得魂飞魄散,定睛一看,发现面前的正是儿子杨恕。纷乱的马蹄声,杨恕忙捂住杨子恒的嘴。父子俩向胡同外看去,东厂众人骑着骏马向杨家方向驰去。杨子恒着急地跳脚:"我的儿呀,你又闯什么祸了,怎么东厂的人找到咱家头上了?家里还有好多名贵药材,还有你娘的牌位……"

秦莫愁和横波母女终于在沁春苑团聚,二人激动地抱在一起。董西和邹鼎走进来,横波忙跪下恭敬行礼。横波遵守诺言,送上藏匿的通倭密信和皇上密诏。董西接过那两样东西说:"我们劫了法场,事情闹大了,东厂的人正在城中四处搜查。这里恐怕也不会太安全。等天黑后,我们会设法送你们母女出城。"

"不,我们不走。"秦莫愁站起,斩钉截铁地摇头,"皇上他有危险,九千岁要阴谋篡位。"众人更是大惊。这时,门咣当被推开了,杨恕和杨子恒冲了进来:"出大事了,李瑾忠那个老贼正在毒害皇上,他想自己篡位当皇上!"

庞庆带着东厂众手下已追到沁春苑门口,盐帮弟子冲出去迎战。

董西和杨恕护着横波母女和杨子恒,且战且退。眼看众多盐帮弟子都死在东厂手下刀下,关键时刻,华安六虎从天而降,六根长棍将东厂众手下打得屁滚尿流。杨恕一阵欣喜。

他和董西冲回院内,正看到庞庆手中的一柄三棱刺深深地扎进邹鼎的要害。董西忙扑上前,扶住摇摇欲坠的邹鼎。邹鼎已气若游丝:"让本帮的兄弟们,都撤出京城……以待东山再起。阉党弄权,天人共愤……我们虽然是江湖中人,但也算是为大明尽忠……"还未说完已咽气。董西抽泣着将他的眼睛合上。杨恕愤怒地抽出宝剑,一剑洞穿了庞庆的心脏。

安葬了邹鼎,董西仍跪在坟前默默哭泣:"他虽然是我的大师兄,但我与他情同父女。当年是他收留我们母女,帮我娘治病,送终,并收我入帮,教我武功。在我心里,他就是我的父亲。"董西默默转头,看到铜虎,"这个躺在坟里的,远比这个站在我面前的生身父亲,更让我思念。"董西说完转身走了。铜虎一脸沮丧。

莫愁获救后向众人诉说来胧去脉:"十五年前,我抛下只有两岁的女儿横波,奉命入宫,进入永福宫负责哺乳当年的皇上。因我小心谨慎,皇上的生母齐贵妃也很喜欢我。在宫中,我过着平静的日子。突然有一天,我无意看到当时的皇后、也就是如今的皇太后将一包药粉交到李瑾忠手上,之后李瑾忠便把那包药粉放到齐贵妃的药膳里。再以后,齐贵妃就奇怪地薨逝了。先皇大怒,将永福宫所有宫人都关了起来,打算一个个严加盘问。我害怕了,便将此事告诉了当时永福宫禁卫头目冯霆威。深夜时分,关押我们的宫房失火……混乱中,我被冯霆威救出来,他带我偷偷出宫,我们相约各自逃命,将这个秘密埋藏在心底。因为那时的皇后不能生子,她怕先皇百年后齐贵妃母以子贵,便先下手为强,杀了齐贵妃,收养其子在中宫长大,也就是当今的皇上,当时他还年幼。李瑾忠真想篡位! 天哪,老天保佑我大明吧。"

董西说:"我真不明白。这个李瑾忠是一个太监,就算让他坐上皇位,没几年他就死了,这皇帝之位他还能传给谁?""这其中有个缘故。只是这世上没几个人知道。我是李瑾忠同村的人,自然知道他的底细,他入宫之前原本有一儿一女,还是一对龙凤胎呢。"众人惊愕地看着莫愁。沉默了半天,董西挤出一句惊叹:"乖乖,难怪李瑾忠要拼死一搏,他当了皇上,然后还能将皇位传给亲儿子,一代代传下去。为此他不惜甘冒奇险,他的野心还真大呀!"

沁春苑,庞庆胸前一摊血渍,躺倒在院内。九千岁让万盛扶着,低头看着一地尸首,面容扭曲着轻轻颤抖:"万盛呀,找两个可靠的孩子,把小庞妥当地葬了吧。小庞这一死,召集死士的重任就得交给你去做了。你可不要辜负了咱家的信任。"

李印月心神不宁地坐在闺房内,屋内没有点蜡烛,她看着窗外的月色一脸茫然。此时窗外传来万盛的声音:"我听东厂的孩儿们说了,带头劫法场的是那个姓杨的小子!就是那个夺了武状元的杨恕。庞公公生前曾派人去他家捉他老子,不想他们一老一小早就溜了。"听到这话李印月惊愕万分,内心纠结挣扎,她瘫坐到地上,掌心缓缓张开,露出那块玉佩。

想了想,她猛地站起来,急匆匆地收拾包袱,她决定去找杨恕问个究竟。临走前,她打算去向爹爹和兄长告个别。

九千岁正和李重霄喝酒。九千岁慈爱地看着李重霄说:"练习拳脚耗力气,多吃一些。你爹我是让他们请了京城的名厨烧的这桌菜。你爹我,这些日子忙着一件大事。"他呵呵笑了起来,饮了一杯酒,"如今坐在那宫中龙椅上,姓朱。什么时候坐在那椅子上的人,换成咱们姓李的,就大业已成了。我的儿呀,你爹我暗中与那起倭人勾结,积累了无数珠宝钱财,从天下四方招募死士,在朝中清除异己,灭掉惠王,甚至不惜秘密命令宫中太监偷偷给皇上下毒……都是为了这番大业。你爹我,李瑾忠,一个穷酸秀才出身的死太监,想当皇上!"当啷,李重霄手中的酒杯落到桌上。

九千岁忽然流出眼泪:"我的儿呀,难道你怕了吗?他们朱家的人已经不行了,这条血脉已经没有了王气。你爹冒着掉脑袋的风险,便是要推倒这大明江山,用咱家这条残躯,建一个大大的李家王朝!而你,便将是这个新王朝的第二任君主,统领这大好河山。爹没有喝醉,这心里更是明镜儿似的,一点儿也不糊涂。你以为爹这辈子是一个废人,因此无儿无女?你错了?你爹我原本是个乡间的教书先生,可乡间的日子苦焦,苦得熬不到头,你爹我原本打算潦倒一生,可宫中贴出皇榜,说要招募五名知书达理的太监,送到宫中负责宫女教习。我一狠心,便自阉入宫。可没人知道,你爹我在乡间早有一个相好。多年后我才知道,当年我进宫之日,便是她为我生下一对龙凤胎之时……"李重霄愣愣地听着。

"后来,咱家在宫里发迹了,飞黄腾达了,你们那个在乡间的娘亲病得快死了,托人送信到咱家手里,咱家才知道我这个废人也有了一对娃儿!咱家高兴呀!便每年都暗中派人送钱粮给你们,接济你们的生活。待你们娘亲过世后,咱家便收养了你们,对外所说是怕晚年寂寞。只有咱家和万盛知道,你们两个孩子其实就是咱家的亲生骨肉。"窗外,李印月也静静地听着,面上由惊惧变为了平静:原来我和兄长都是爹的亲生骨肉……不过爹呀,就算我们兄妹是您亲生的,您更应该珍惜这来之不易的天伦之乐,何苦要以身犯险,去图谋那个可望而不可即的九五之尊呢?

"我这一辈子其实已经完了,废人了,没用了。可咱家不能让我的儿子被人笑话一辈子,被人笑话是个太监的儿子!我也曾饱读诗书,我也能胸怀天下,凭什么让我的儿此生被人笑话是阉人之后?不,咱家要当皇上,要开辟一个新的王朝,让我的儿受万人敬仰!"李重霄怯怯地望着九千岁。突然窗外咔嚓一声,好像有人踩断了一根树枝。九千岁猛然转头,面色狰狞。书房门被轻轻推开了,挎着一个小包袱的李印月低头走了进来:"爹,是我。"李印月跪在地上,泪流满面,"爹……女儿什么都听见了,女儿又是高兴又是害怕。高兴的是女儿和兄长一直以为自己是无父无母的孤儿,却没想到亲生爹爹就在面前,与我们朝夕相处。害怕的是爹爹您有了一对儿女,有了这泼天的富贵、炙手的权力,为何还不肯罢休?何苦再造杀孽?当什么劳什子的皇帝?当皇帝有什么好?像现在这样,咱们一家人其乐融融不好吗?爹,您现在筹谋的大事可是要灭门的大祸事呀!"

九千岁还没说话,李重霄上来就给了妹妹一个耳光:"你居然敢咒咱们李家灭门?你个死丫头!爹为了成此霸业,暗中花费了多少心血,积攒了多少财宝,笼络了多少人才,清除了多少政敌,等的不就是一统天下的这一刻吗?这样的心机谋划,难道就为了区区一个怕字,便白白浪费了不成?你给我闭嘴!爹,把这丫头先关起来。等咱们成就了大事,再让她看看什么叫做帝王之才,天下霸业。"

九千岁说:"月儿,你背着一个小包袱,到底想去哪儿?爹要做大事了,这事情真的太大了,不能走漏半点风声。所以你哥哥说得对,是得把你关起来。宵儿,把你妹妹关到后院密室里。吩咐万盛,让人一日三餐送进去,别饿着她。"李重霄拉着李印月出了书房。九千岁看着烛火,叹了口气:"这一儿一女呀……真是让咱家操不完的心。"

李印月被关进花园密室,李重霄叮嘱万盛说:"别忘了一日三餐给她送饭。爹说了,别委屈了她,更不能饿着她。"李重霄接着狂妄地笑了:"我说万盛呀,我爹已经把什么秘密都告诉我了。原来你还这般忠心,好,等日后我当了皇上,一定让你当司礼监掌印大太监!让你享不尽的荣华富贵!"万盛躬身施礼,谄媚地小步跟着。

华安六虎和杨恕等众人来到城外的木屋私密商议。马千秋拿起信和密诏看了看说:"有了李瑾忠亲笔所写通倭密信,便可证明他的卖国罪行;有了皇上当日写给惠王的灭阉密诏,便可向天下证明惠王的清白;有了昔日从永福宫逃出生天的秦大娘,便能让皇上知道当年其生母真正的死因。这笔血账,也要算在李瑾忠那个老贼身上。还有,他想借皇上中毒的事,挑拨皇太后和皇上的关系,引起宫中内斗,这样一来,他就可以有借口带兵入宫平乱。"

董西眼睛一亮:"宫中平乱?那李瑾忠便可把乱子越闹越大,浑水摸鱼,趁乱除掉皇上和皇太后。这样后宫和朝堂上,他都会说一不二了。"马千秋点头:"这一招还真毒辣呀。我们得想办法救皇上。恐怕李瑾忠这两天就会动手了。你们马上就动身去龙山华安避难,秦家母女是证人,必须保护好。我想办法召集人手,留在京城观察阉党的动静。若他们狗急跳墙,我们提早有所准备,也能抵挡一阵。"

阴森的牢房内,牢房门突然打开了,趴在草堆里的两个人抬起头来,是锦衣卫张标和赵亮。二人看到是马千秋,脸上都露出恨意。马千秋冷冷地看着两个人,左手抽出刀来,一步步向二人走去,"嚓",刀影闪现,二人手脚上的镣铐尽断。张标、赵亮愕然地看着马千秋。马千秋说:"张标、赵亮,我马千秋对天发誓,我从未背叛过皇上,从未背叛过惠王,更从未背叛过谢大人!只是被时势所迫,忍辱从贼。如今皇上有难,我希望得到你们二位的帮助。"张标和赵亮互相对视,精神一振。

夜路上,朱辰钧和张简正骑马疾驰,张简正劝说世子找个地方歇歇脚。于是二人下马,坐在路边喝水边吃干粮。张简正观察着朱辰钧的表情:"世子救国之心天日可鉴。可世子您有没有想过,如今这代表无上皇权的御玺就在我们手中,如果我们拿着这件东西振臂一呼,天下人都会跟随您云集响应!世子,您跟我心里都清楚,御玺在谁的手里,谁就等于掌握了天下!世子,惠王一世英名,却被阉党所污,其实朱家的子孙里,论起文功武略,您比当今的皇上要高明得多。您才是应该坐在那把龙椅上呀。"朱辰钧猛然站起:"不要说了!张先生,刚才你所说的这些话我权当从没听过。从今以后,你也要谨言慎行,不要再对别人说这些大逆不道的话了。"朱辰钧骑马驰骋。张简正摇头叹息,也上马跟着走了。

夜深了,皇帝还坐在佛像前,闭目养神。突然,皇帝轻轻咳嗽了起来,他掏出一块丝帕,印在嘴边。丝帕上赫然一块发黑的血渍。皇帝看着血渍,惊疑地呆住了。

第十三回

惊流言太后锁宫门　贪权位瑾忠陷罗网

皇帝面色平和，对着镜子由如意服侍着穿衣："如意，你觉得朕最近脸色是不是很苍白？朕最近总觉得体虚乏力，也许是因为终日在佛堂打坐，每日茹素的缘故。"如意低头，狡猾地瞥着镜子里的皇帝。

紫禁城角落里，如意对九千岁低声耳语，九千岁频频点头："这般说来，皇上体内的毒性已经发作了？好，你要照咱家教给你的法子，引小皇上往皇太后身上猜疑去。如意呀，只是苦了你了，不过你那留在乡下的老娘，咱家会派人好好照顾的。你就放心去吧。"

如意连忙说道："请九千岁放心，反正如意已得了绝症，活不长了，如意宁愿拼死替您老人家办成此事，只求您叫人替我奉养老娘。如意替您老人家办事，送了命也是心甘情愿。"

皇太后在一群宫女太监簇拥下在御花园赏花，九千岁在皇太后耳边悄悄说着话，皇太后皱起眉头来。"你们都下去吧。"皇太后不安地看着九千岁，眼睛中露出杀气，"李瑾忠呀，哀家一直觉得你办事向来干净利索，可十年前那档子事，你居然疏漏到了这个地步？居然让一个知晓内情的人活到了现在？如今皇上人大心大，这两年他总是遗憾其生母齐贵妃的早逝，这个时候若是有什么风言风语传到他的耳朵里，咱们两个立时便有杀身之祸！你赶紧让你那些东厂的人四处搜查，必要抓住秦莫愁那个奴婢！不能让十年前那个秘密泄露出去！"九千岁躬身："是，是……皇上那边，还请皇太后多多费心，最好少让人跟他接触，以免有风声传到他耳朵里。"皇太后道："这个你就放心吧，自从惠王死后，哀家一直让他待在乾清宫的佛堂里念经诵佛。外面的人想见他，没那么容易。"九千岁嘴边浮现出得意的奸笑。

如意端着一碗燕窝粥小心翼翼走入佛堂。皇帝坐在佛像前，静静地看着如意用银针试毒，突然他从旁边的书案上拿起一根银针高高举起，递给如意。如意明显地畏缩了一下，哆嗦着手接过银针插入燕窝粥里……结果针尖上泛起一层淡淡的黑色。皇帝锐利的目光盯住如意："果然如朕所料，粥里有毒。是不是太后让你偷换银针，蒙骗朕一碗碗喝下这有毒的燕窝粥？"如意连连叩头："皇上饶命，奴才不敢说，说了，皇太后也会要奴才的命，左也是死，右也是死……"突然，如意嘴中沁出黑血，然后倒地身亡，皇帝大惊，跌坐在椅子中。

如意的尸首被几个小太监从宫中抬了出来。皇太后被一个小太监扶着走到宫门口，惊愕地看着尸首。皇帝从宫中走出，与皇太后四目相对，有所隐喻地说："在我身边服侍多年的人，也许都在朕面前戴着一副假面。"说完，冷冷地回宫去了。皇太后愣在那里，口中喃喃："他这是什么意思？难道他已经知道十年前的事了……去，召李瑾忠进宫来！"

见到九千岁，皇太后明显神态慌乱："今天皇上居然处死了如意，而且对哀家的态度也不阴不阳。你说他会不会已经知道十年前那件事的底细了？"九千岁阴险地说："老臣不敢下断言。只是老臣觉得这样下去，恐怕皇上早晚有一天会对太后您动了杀机！不如废了皇上，在朱姓子孙里找个年纪小的、听话的孩子，您再来一回垂帘听政。"

"废了他？"皇太后面色痛苦，缓缓摇头，"唉……哀家老了，心软了。哀家还是想看看，皇上还小，他应该不会对哀家下狠手的。让你的人盯住了皇上，不要让外人随便与他接触。"

莫愁母女、华安六虎、杨恕父子等众人驾着马车来到龙山脚下。前路上忽而有一路东厂手下如鬼魅般出现。杨恕忙说："请师兄护送我爹，与横波娘儿俩赶紧上山，去找心湄师伯！快去！我们先杀了这伙狗腿子，马上上山找你们！"金虎护着杨子恒，木虎、石虎背起横波母女，拼命地向山上跑去。手持兵器的东厂手下们在后面急追。眼见着他们之间的距离越来越近。东厂众手下横刀向杨子恒劈去……突然，一颗石子打在那个持刀人的手腕上，刀当啷落地。东厂众人惊讶回望，只见山路上不多和尚横着笤帚向他们冲过来，将杨子恒等人护在身后："阿弥陀佛，这里是佛门清静之地，各位施主，千万不要在此处舞刀弄棒，惊扰了佛祖清修。"

东厂众人大怒，举刀向不多砍去。只见不多手中一条笤帚上下挥舞，将东厂众人手中的刀纷纷扫落在地上。东厂众人惊惧："告诉你老和尚，咱们东厂办事向来是要斩尽杀绝。既然奉了九千岁钧旨来你们龙山华安抓人，就算将整个山上的人都杀光，我们也得完成任务！知道你们华安是天下武功之祖，咱们拳脚刀剑上打不过你，可你们肉身凡胎就敌得过这个吗？"说着纷纷掏出西洋火铳，铳口正对准了众人。幸好此时华安三虎和杨恕、董西从天而降。华安六虎冲了上去，施展猛虎阵，董西连发暗器，将拿着火铳的东厂众人打倒。人群中，一个铳口对准了正在厮打中的董西。铜虎大喝一声，扑了上去，挡在董西身边。杨恕手快，一剑插到那人身上，那人没来得及开铳便死去。铜虎急切地扑到董西面前："董西你没事吧？没伤着吧？"

东厂小头目高喊："九千岁下了钧旨，捉拿这批要犯，若是抓不到他们，回去也是个死，跟他们拼了！"众人厮杀开来。不多和尚忙拉着杨子恒他们往寺门跑。剩下的东厂手下拿出腰间弓弩，向杨恕、六虎等人射出短箭。一支短箭越过，正朝秦莫愁射来。杨子恒听到破空之声，下意识将身边的莫愁推开，自己却中了箭。杨恕大惊。六虎摆开阵形，各自从背上包裹中取出应手兵刃——金虎手中金轮常转，银虎手中蛟筋鞭虎虎生风，铜虎手中达摩佛珠哗哗作响，铁虎手中三节棍招数变幻莫测，石虎手中错金刀刀锋生辉，木虎手中御赐宝剑剑气逼人。乱云流水无恒处，金刚琵琶唯此心，阿弥陀佛！猛虎阵！六虎将众东厂手下纷纷打下山崖，哀号声一片。这边台阶上，杨恕和董西三步两步赶上去，将垂死的杨子恒抱在怀里。杨子恒已目光涣散："忍不了啦，疼呀！……我大概是不行啦。你就把你爹葬在这龙山上吧。等麻烦过去了，把你娘的牌位也带过来，跟我埋在一处。我们两口子天天听寺里的暮鼓晨钟，修修福，积积德。恕儿，爹得嘱咐你两句呀。你什么都好，就是有点儿傻气。爹劝你一句,别惦记谢家那丫头了,我看人家好像也不喜欢你。你身边这个丫头就不错……跟你娘当年一样,死心塌地对人好……"杨恕看了看身边的董西,董西正哭得稀里哗啦。杨子恒声音越来越弱。杨恕抱着杨子恒向天怒吼。

换上便服的马千秋、张标和赵亮守在九千岁府门外不远的街角,街上人来人往。一会儿,九千岁府的大门打开了,万盛从里面走了出来。万盛左右看了看,马千秋在街角盯住了他:"万盛?他不是李瑾忠身边的那个公公吗?你们在这里盯着,我跟着他去看看。"万盛拐进了一家迎宾客栈。马千秋爬上了迎宾客栈后墙,向下俯瞰着。万盛走到后院,进了一个房间。马千秋跳下墙,蹑手蹑脚绕到那房间后窗,伸手指戳了一个洞,向内看去。房间内密密坐着十名穿着黑衣的大汉。他们每个人都戴着面具。万盛面色严肃在说话:"你们各位都是庞公公花了重金从各方招募来的,你们的身手我信得过。九千岁要请各位先到府里的兵器库,挑选各自趁手的兵刃。今儿晚上,九千岁还要请诸位好好在府里吃上一顿,吃饱喝足,明夜进宫办事!我知道,你们都是庞公公生前费尽心思招揽来的高手,你们拿钱办事,之后各不相干。我也知道你们都是江湖上有身份的高手,所以你们参与这次行动,从头到尾都戴着面具。彼此都不知道对方的身份,联手干事,事成之后,便各自分道扬镳。"众大汉纷纷点头。马千秋看着这一幕眉头紧缩。

紧接着他看到这些戴着面具的死士上了马车,竟然赶往九千岁府……

杨恕将父亲安葬了,跪在坟前,默默地往坟上培土。换了一身女装的董西默默走过来,也蹲下身培土:"心湄大师给我爹看过伤了,说不碍事。他让我来送送杨伯伯。他对我很好。今日他拼了命也要救我。我心里知道他对我好。还有,杨伯伯走了,你那痛苦的样子,都在告诉我,自己的爹还活着,我有多幸福。所以,我就认了他啦。他好高兴,一直坐在那儿笑得合不拢嘴。"董西扭捏地摆弄了一下衣角儿,鼓了鼓勇气:"杨伯伯走的时候对你说的话,我都记着呢。从今以后,我董西会听从杨伯伯的嘱咐,加倍对你好……"

杨恕愣了,他呆呆地看着董西:"董西,你别误会。我爹他临终的时候脑子糊涂了,那些话你不用往心里去。"董西失望地站了起来,转身离去。杨恕看着董西的背影,无奈地苦笑:"不用这般当真吧?……我可是一直都把你当好兄弟呀……"董西像想起了什么突然回身说:"对了,马大哥飞鸽传书,说京中就要发生大事,让你快马加鞭,即刻回京。"

朱辰钧和张筒正敲开了漠北军营大门。朱辰钧从怀里掏出御玺:"我乃当今惠王世子,遵皇上密诏,携御玺前来军营调兵回京勤皇……"

这几日,九千岁一直惦记着被关入密室的女儿,终忍不住让万盛将密室打开。只见李印月蜷缩在一个角落里,她的脸上犹然挂着泪珠。九千岁疾步上前,将李印月搂在怀里,爱抚地摸着她的头发:"傻孩子,这里头也有桌椅有床铺,你哪里不好坐,偏偏要坐在那冰冷潮湿的地上?你一个女孩子家,要知道保养身体,心里再有多少气恼,也不该作践身子,将来受苦的还是你自己!你不要这般倔犟,听爹慢慢跟你说。"李印月劝道:"爹,不要再跟女儿说你那套荣华富贵、光宗耀祖的话了。女儿不想听。"

"唉,没想到你爹我一番心血,到了你眼中都是疯狂之举。其实咱家何尝不知道,历来谋朝篡位者,那都是攥着自己的脑袋在干事呀!但你可知道,为何历代这种人层出不穷?"九千岁眼睛烁烁放光,"那就是权力!为了夺得至高无上的权力!万民敬仰,一呼百应。所有人都要匍匐在你的脚底下,谄媚地对你笑,言听计从、百依百顺!爹是个读书人,知道这权力是稀罕物,历朝历代,只有绝顶聪明的人才能得到它。否则,就算祖荫庇护,从祖宗手里传下来的江山也能被那些败家子毁掉的。你和你哥都是聪明的孩子,只要你爹我拼了这杀头的风险,咱们李家掌握了这权力,登上龙位,兵权在咱家的手里,那些朝中的大臣们什么都不敢干,什么也都不能干。他们只能跪在我们的脚下,山呼万岁!"

李印月摇着头,向后退着:"爹呀……您真是被那该死的权力迷住了心窍……您都变得让我不认识了!"九千岁叹一口气:"每日早上起得床来,对着那铜镜左看右看的时候,咱家也觉得镜中的自己是那般的陌生。原本是一介书生,迫于生计,忍辱负重当了阉人,在宫中忍受了多少委屈,多少侮辱?咱家咽下多少苦水,这手上又曾沾过多少无辜人的血?……你爹我自己都记不清了。忍到了今日,该是咱家扬眉吐气的时候了!动手,就在今日。"

李印月突然一把抱紧九千岁的腰身:"不要呀,爹!女儿不让您冒那么大的风险！爹,您不要去!"九千岁欣慰地笑了,拍拍李印月的手:"好哇,咱家这闺女没白养活一场……虽然你嘴上怨着,怪着,可事到临头,你心里还是担心你爹我会有危险,会失败,会掉脑袋……"九千岁流着泪嘿嘿笑了。他从怀里掏出一个画轴,转身缓缓展开,"爹不乱说。爹只会成功,不会失败。不过,谋事在人,成事在天。爹不得不留一手后招。"

九千岁缓缓卷起画轴,交给李印月:"月儿呀……今日之成败在此一举,若是爹进了宫不能再回来,你就赶紧逃出京城,逃得越远越好……月儿啊,这幅画,便是爹留给你的念想。这画里有一桩秘密,你若走投无路之时,画轴中有一件物事可以让你后半生衣食无忧。"李印月懵懵懂懂接过那卷《洛川山水图》。九千岁深情地给李印月拢了拢散乱的头发:"待会儿,我会派人送你出城暂避风头。如果天亮之前,爹派人前来接你,那说明爹的大业已成。如果没人来接你……那就说明爹输了。不过,爹应该不会输。把你送出城只是以防万一。"九千岁看了看女儿,终于狠心转身离开。九千岁边走边叮嘱着万盛,找个妥当的人,把小姐连夜送出城,万盛答应自己亲自送李印月出城。

杨恕风尘仆仆走在街道上,看到门庭凌乱的大酒缸,内心酸楚。他走过一条巷口,突然背后伸出一只手搭在他肩上,杨恕机警回身,原来是马千秋。马千秋带着杨恕,悄悄走到面对着九千岁府后门窄巷内,张标和赵亮都在那里等候。不一会儿,万盛和李印月走出来,李印月上了马车,万盛放下车帘,赶着马车而去。马千秋思索了一下,吩咐张标和赵亮先进府,依计行事。

九千岁府花园长亭内,已亮起了灯笼。十个戴着面具的死士围着一张圆桌大吃大喝。府里的很多仆人捧着菜肴摆到桌上,躬身退下。花园暗角,张标和赵亮暗中窥探着。终于,有两名死士起身互相拍着肩膀,要去方便,张标和赵亮一对眼神,二人悄悄起身,对着正在撒尿的两人,突然后背捅刀,二人无声倒下。张标和赵亮立即戴上面具,换上两人的衣服。众死士还在大吃大喝,戴着面具穿着黑衣的张标和赵亮返回席间。众人丝毫没有觉察。

李印月和万盛来到一间小屋前,万盛赶上去叮嘱着:"小姐呀,小的也是听九千岁的吩咐,先委屈小姐在这里安顿一宿。您放心……只要九千岁大功告成,小的立马接您进宫享福。"李印月走入小屋,关上院门。万盛松口气,这才赶着马车离开。看着天色,眼看就要到亥时了……驾! 突然,从马车内伸出一把刀,冷森森地横在万盛脖子上。万盛一惊,马千秋从车内探出头来。万盛面色发青,泪光闪动:"好哇你个马千秋……原来你跟我们生着二心哪!我对九千岁忠心耿耿,你从我嘴里什么也问不出来,你还是一刀杀了我吧!"话落杨恕从怀里摸出一个丸子大小的白色小球儿,捏开万盛的嘴,点了他两个穴道:"刚才喂你吃下的是南疆苗家巫蛊的秘药,你吃下了它,如果五个时辰内不服下解药,便要全身溃烂,又疼又痒,浑身流脓,活不得也死不成。如何?你还要嘴硬吗?"万盛面如死灰:"马大人、杨大侠,求求你们放过小的一条贱命吧!"

书斋内,九千岁诡秘地摁着机关,掏出那个锦盒,珍重地摩挲着,把锦盒攥在手中。九千岁脸上充满了杀气。

杨恕和马千秋也换上死士衣服,杨恕摆弄着面具,瞪着万盛:"告诉你,最好不要搞鬼。如果你敢向李瑾忠那个老贼告密,你就拿不到解药。"马千秋看着万盛那个胆小样子,有些不忍,凑到杨恕耳边悄声问:"你从哪儿搞来的苗疆巫蛊秘药?"

"什么秘药?是我平时当零嘴吃的花生糖球……看看把他给吓的。"杨恕笑着戴上面具。

城外,朱辰钧和张简正浩浩荡荡地率领大军行进赶路,他们面色焦急,不停快马加鞭。

万盛跟着九千岁父子骑马来到奉天门外,一辆马车跟在后面,众死士都戴着面具坐在马车内。万盛从九千岁手中接过御玺锦盒,捧着亮给禁卫看。众守卫将宫门打开,九千岁父子骑马入宫,万盛留在后面叮嘱,关上宫门,不可放人随便出入!

乾清宫门外,马车停住了,众死士戴着面具依次从马车内跳出来。九千岁骑在马上看着众人:"这便是乾清宫了。待会儿你们要做什么,可都知道了?"众死士都低头称是。九千岁领着他们走进宫门。

乾清宫佛堂内,皇太后正涨红着脸瞪着皇帝:"皇上,哀家虽然不是你生身之母,但也亲手抚养了你十多年。这些日子你究竟是怎么了?难道是怨恨哀家把你关在这佛堂里?哀家是怕你年轻冲动,才把朝政交给李瑾忠这些老臣去处理。哀家是想让你在佛前静静心,难道你为此便责怪哀家吗?"

"母后,你不要在朕面前再假扮出这副慈母的面目了。你如果真的将朕视如亲生骨肉,为何要派人毒害朕?"皇太后听得一脸迷惑。此刻传来九千岁冷冷的笑声:"太后您当然听不明白……因为这一切说起来实在是有些复杂。"皇帝和皇太后转头看去,九千岁得意洋洋地站在门口,他的身后跟着李重霄、万盛和一众黑衣蒙面人:"皇太后,老臣没想到这么晚了您也在乾清宫,这倒也好,省得老臣待会儿还得特意去一趟坤宁宫。老臣此来,是要告诉太后和皇上,明年今夜,便是二位的祭日了!"

皇太后大惊,李瑾忠看了儿子一眼,李重霄冷冷抽出一把宝剑,刺向皇太后,皇太后中剑,不能置信地缓缓倒下。九千岁蹲下身看着皇太后狞笑:"太后娘娘,老臣侍奉了您很多年,您对老臣照顾有加,老臣亲手送您上路,让您与先皇团聚。咱家先杀了你,待会儿咱家还要杀了皇上,然后咱家就穿上龙袍,坐上太极殿上那把龙椅,面南背北,一统江山。可惜你看不到啦。"皇太后死去,皇帝惊慌地看着这一切。

九千岁站起来看着皇帝:"皇上,您误会太后娘娘了。让人给你吃的燕窝粥里下毒的不是她,而是老臣。如果咱家不使出这一招,怎么能挑拨得你们母子离心?更怎么能让皇太后做贼心虚,下令封锁宫门,不放皇上您与外臣交接联络?如果皇上您在临死前,能亲手写下一封传位诏书,老臣再盖上这传国御玺,那么老臣会感激万分。皇上就算不肯写,今夜您也是难逃一死!"

"九千岁你得意得太早了吧?"一直戴着面具的马千秋、杨恕、张标、赵亮此刻脱下面具,抛开斗篷,"李瑾忠,你以为你暗中的鬼蜮伎俩无人知晓吗?"万盛此刻悄悄地贴着墙边,大气也不敢出。九千岁一挥手,众死士向马千秋四人聚拢,两方血战。马千秋和杨恕护住皇帝,与众死士大战。

朱辰钧和张简正带着大军赶到奉天门外,朱辰钧在马上一亮御玺:"我乃惠王世子朱辰钧,奉皇上密诏发兵入宫,前来勤皇!"禁卫道:"你胡说!你明明是朝廷钦犯。什么御玺?御玺明明在九千岁手中,他刚刚才带人入宫,宫中一切平静!你手中的御玺是假的!"朱辰钧刚想说话,张简正从马上飘然而落,闪电般落到禁卫面前,一刀割断他的脖子,再一刀横在另一个禁卫面前:"开宫门!快!世子没听他们说吗,李瑾忠已带人深夜入宫了,此刻若不赶紧入宫,恐怕皇上已身遭不测!快,撞开宫门!"

　　清宫佛堂内正打得不可开交,此刻躺倒在地上的不止有皇太后的尸体,还有张标、赵亮及两三个死士的尸体。马千秋和杨恕还在护着皇帝,他们俩身上也已伤痕累累。此刻稚气未脱的皇帝反而平静了下来:"朕读过的佛经有云:人生在世如身处荆棘之中,心不动,人不妄动,不动则不伤……马爱卿、杨爱卿,生死有命,不必为了朕再搭上你们的性命了……"

　　杨恕坚定地说:"皇上,我二人愿意牺牲这条命,不光是为了你,也是为了大明天下。天下的百姓何辜?如何能臣服于这样狠毒昏庸的父子脚下!"九千岁在旁边狞笑着。突然,宫门外传来冲天的喊杀声。这时,一边一直贴着墙边的万盛转转眼珠,从地上捡起一把剑来,颤颤巍巍站在皇帝身边,指向九千岁:"保护皇上,保护皇上!……"九千岁气得眼珠子都要掉下来了:"好你个万盛兔崽子!你敢给咱家来个窝里反?!给我杀!"五个死士的手抖了,但他们还是勉强向前冲去。说时迟,那时快,五把匕首飞来,直插死士后背。张简正和朱辰钧终于冲进来,后面是密密麻麻的持械军士们。九千岁父子面色苍白,朱辰钧举起手上的御玺:"臣朱辰钧遵皇上密诏,调大兵入宫勤皇!"九千岁哈哈笑起来,打开锦盒,里面是一个黑色的乌金纸镇,而朱辰钧手中赫然是雪白的御玺。九千岁的脸色变了,他的手发起抖来。张简正冷冷地看着九千岁:"你也看出来了,世子手中的这个御玺才是真的,它值得上万里江山!"九千岁眼皮一翻,瘫倒在地,李重霄连忙去扶。一把宝剑架在他们父子脖子上。皇帝从朱辰钧手中拿过御玺,高高举起:"天亮之后,宣百官上朝。朕要在太极殿上,当众宣布李瑾忠一党的罪状。"

　　隔日,紫禁城内外朝鼓阵阵,紫禁城甬道上,众大臣缓缓进入太极殿。皇帝高高坐在殿内龙椅上。众臣肃立两旁。卫士们将五花大绑的九千岁和李重霄推上殿来,将他们摁倒在地。皇帝正色道:"逆臣李瑾忠父子,诬陷惠王一派忠良,通倭卖国,阴谋叛乱,企图弑君篡位,犯大逆之罪,罪无可赦。朕命皇兄朱辰钧,代朕监刑,今日午时三刻,在菜市口,将李瑾忠、李重霄父子执行凌迟之刑,令其身受千刀万剐之罪,以儆效尤!凡附逆李瑾忠父子的党羽,朕限三日内自行投案,逾期便严惩不贷!朝中官员中,凡与李瑾忠有所勾结者,朕限三日内自首,坦白罪行,逾期,严惩不贷!"九千岁和李重霄瘫软在殿上。

马千秋这边带着众军士骑马来到前夜那座李印月藏身的小屋门口。众人冲入屋内，发现已经人去屋空。

　　菜市口街道上，披头散发的九千岁和李重霄，已被押入木笼囚车，缓缓驶在路上。沿路的百姓纷纷笑着跳着，将手中的菜叶子、石子扔在他们身上脸上。朱辰钧被众军士护卫着，骑马走来。搭好的刑台上，刽子手霍霍磨刀。人群中，一副寻常农家女打扮的李印月含泪看着父兄被关在囚车里缓缓经过。她背过身去，不敢再看。刑台上，刽子手将九千岁和李重霄绑在木架子上，绑得紧紧的。李重霄眼光发散，口中喃喃。九千岁闭目无言，泪水缓缓流下，刽子手向两名犯人走去……李印月狠狠地盯着坐在监刑台后的朱辰钧暗暗骂道："我要报仇，你们这群姓朱的都给我等着，我要报仇！"

第十四回

励精图治将军抗倭　割舍所爱杨恕下山

紫禁城华盖殿内，文武大臣一齐跪拜皇帝。年轻的皇帝面容自信，好整以暇，正透过平天冠上垂下的旒珠俯瞰殿下参拜的众臣："朕蒙先祖之庇佑、赖群臣之效忠，涤荡逆阉，还我大明清平景象。如今李瑾忠逆党已铲除，今日万寿大朝，朕要嘉奖诸位有功之臣。惠王世子朱辰钧，忠君体国，虽蒙冤遭陷却百折不回。现敕封朱辰钧继任惠王、按例袭爵，并在洪州为乃父朱祐基修建陵寝祠堂。护国神寺龙山华安，为抵抗阉党，险遭炮轰火石灭顶之祸，朕特拨内帑白银一万两，赐予龙山华安寺重修庙堂宇舍。南华安心湖大师及华安六虎，英勇抗敌，护国有功，朕赏赐五千两，权作回程盘缠。谢天顺、马千秋、杨恕，三人为保护惠王世子、并铲除逆党，历尽艰辛，出生入死，朕擢升谢天顺为兵部尚书，按领从一品俸禄。马千秋升任锦衣卫都指挥使，新科武状元杨恕接任靖海将军一职，即刻赴任。"

谢天顺和马千秋下拜谢恩，杨恕撩起袍服出班下跪，抬头看向皇帝："蒙皇上垂青，杨恕不胜感激，但家父仙逝，此刻重孝在身，不宜有夺情之举。恳请皇上另选贤良。杨恕自知阅历浅薄，不堪为大将之才。皇上您如今手握乾坤，欲效昔年太祖平定四方，更需遣良才名将于东南，杨恕斗胆向皇上保举谢天顺大人，他胸有涛壑、一心报国，正是胜任靖海将军之职的不二人选。请皇上准我山中替父守孝、全谢大人报国之雄心，岂不是两全其美？"

皇帝思忖半晌,点了点头:"既然杨爱卿一心要全孝道,朕便成全了你。谢爱卿,杨恕一力推举你出山,你可愿督师洪州,去为朕平定倭乱?"谢天顺看了杨恕一眼,躬身出班:"老臣愿往!"众臣散朝。

返朝后,谢天顺和杨恕回谢家花园对坐饮酒。谢天顺喝了一杯酒,长叹一声:"唉,贤侄啊,我打心底里不愿意让女儿去当什么王妃,我宁可她跟着你,粗茶淡饭,平安喜乐过此一生。"杨恕道:"谢伯伯,您明明已然知道落樱妹子心里只有我大哥朱辰钧,他俩倾心相爱,我能再横刀夺爱?我大哥已继惠王之位,皇上对他器重有加,正是前程无量。落樱妹子嫁给他,一定会幸福的。"

谢天顺见那亭外细雨,又喝了一杯酒:"唉,孩子啊……说句犯忌讳的话——无情便是帝王家。身为皇亲贵胄,富贵荣华那自不必说了,但只要稍有差池,便会引来天大祸端,轻则割爵削地,重则命丧旦夕。昔日老惠王的下场,你我可是亲眼所见。惠王城府太深,落樱用情太重。我只怕到头来落花有意流水无情,或者,惠王并没有那般珍爱于她……她日后是要吃苦的。既然你已决定了,我也不便勉强。你做不成我的乘龙快婿,但我与你父亲半生相交,从今往后,我会把你视若己出。若不嫌弃,我收你做义子,你看可好?"杨恕惊喜,伏地便拜,谢天顺欣慰地扶起杨恕。说话间仆人前来禀报,惠王殿下驾到。

朱辰钧衣着朴素,撑着一把油纸伞走入花园内,脸上带着儒雅的笑容:"细雨蒙蒙,临亭对月,谢大人和三弟真是有雅兴,辰钧不揣冒昧,特来叨扰一杯薄酒啊。您与先父乃是多年老友,家中小聚,叫我辰钧便好了。"杨恕见义父和朱辰钧如此高兴,提议将落樱也请出来。

谢落樱心下欢喜,坐在一侧抚琴,朱辰钧停杯细听,杨恕道:"朱大哥是落樱妹子的知音。我自小习武,不通音律,什么曲子听到我耳朵里,就是好听,却说不出这般门道来。大哥精通音律,落樱妹子将来与大哥生活在一起,必定琴瑟和鸣。义父,今日就是个好日子,咱们不如就把他俩的亲事定下来吧。落樱妹子和大哥彼此倾心相爱,您老就成全了吧!大哥,你快说话呀!"杨恕充满希望地看向朱辰钧。谢落樱则满面娇羞。

朱辰钧说:"谢世伯……小王蒙落樱姑娘倾慕有加,实属三生有幸。我早对落樱姑娘明言,今生非她不娶。但是,如今东南洪州还有刀兵之难,倭乱未平,何以家为?小王与落樱姑娘的婚事,容世伯准许,待东南倭乱平息后,再做安排。"谢落樱马上露出失望的神色。

谢天顺道:"惠王殿下忧虑战事,一心不二用,这是大明之幸。王爷,既然你已讲明与小女两情相悦、缘定今生,我这个做父亲的,也甚为欣慰。等杀灭了那倭寇,再风风光光地替你们操办婚事。来,干杯!"细雨纷纷,各有所怀。

华盖殿内,谢天顺向皇上汇报:"皇上,根据军情所报,如今洪州势态危急,大有被倭寇攻陷之虞,臣以为,眼下最紧要的,务必不惜代价守住东南要塞崖山城,只有保住这座城池,方能牵制住倭寇对洪州的攻击,也才能令东南不沦陷于倭寇之手。"皇帝及众臣纷纷点头。

"皇上,臣以为,谢大人此举,只能治标,不能治本。"朱辰钧道,众臣哗然:"谢大人据崖山而退倭寇,若大军作战英勇,的确能将倭寇一举击退,但不能击溃。倭寇之所以屡犯我东南,就是以海上孤悬诸岛为基地,进可攻,退可守,进退自如,战术灵活多变。与其同他们正面作战,不如出其不意由北面出击,依靠海战,截住倭寇后路,将其一举歼灭,臣以为更为妥当。"皇帝和众臣也点头。

双方唇枪舌剑,各不相让。谢天顺认为,东南乱局非一日之寒,眼下应该先解洪州之困,巩固根本,再行商议海上击溃倭寇之策。而朱辰钧认为倭寇一旦在陆上受挫,必退于海上,待明军懈怠,便去而复来,倭寇不能根除,长此以往,东南百姓屡受骚扰,苦不堪言。

皇帝沉吟,随即决定就命谢天顺与朱辰钧同时为帅,各统领一支大军出战抗敌,谁取得胜利,便钦封其为靖海大将军,统领东南三军,皇帝说:"朕知道祖制!但如今边境疲敝外敌骁骁,正是急需用人之际,岂能一味泥古不化?!只要有才干,人人都可以成为大将军。惠王朱辰钧忠心爱国,难道就因为他是藩王,便剥夺他施展才干、报国尽忠的机会吗?东南疲敝,民生多艰,此次大军出征,恐怕粮饷吃紧,朕命户部拨取白银五十万两,送往洪州前线充当军饷。谢将军、惠王,这批军饷事关重大,须派可靠之人押运。"朱辰钧推举府中幕僚张简正负责押运军饷,得到皇帝任命。

在京城西山的山路上,杨恕和马千秋恭送心湖大师父及华安六虎。众人上路,董西说:"我也随父亲去久延山了。马大哥,请你替我多多照顾这个呆瓜。"她再次望向杨恕:"呆瓜,若是你愿意让我留在你身边的话,我……我也可以不走。"杨恕看着充满期待的董西,缓缓摇了摇头。他从怀中摸出一只锦囊,交到董西手里:"董西,我也没什么好送你的,这个锦囊是老惠王给我的,可以解百毒,你拿着吧,就当个纪念。"董西接过锦囊,强忍着即将夺眶而出的泪水,转身去追铜虎等人。马千秋邀杨恕明日一起观看皇帝阅兵大典,替谢天顺和朱辰钧践行。

李印月躲到京城某小客栈内,她拿着一把尖利的匕首对着油灯左看右看。窗外传来住客的说笑声:"都听说了吗?明日辰时,皇上要在德胜门阅兵,大军出征,这城内都嚷嚷开了。明天咱们都到德胜门去瞧热闹去!"李印月听后满脸恨意。就在楼下,一副中国平民打扮的竹野英雄正盯着李印月的窗口。一忍者手下悄悄走来,竹野英雄吩咐,继续盯住了李印月,她手里有重要的东西。

德胜门内甬道上,御林军开道,后面是仪仗队和众多礼辇。大大华盖底下,众人簇拥的乃是端坐于四马玉辇之中的皇帝。众人行进在已净水泼街的甬道上,万盛屁颠屁颠跟在玉辇一侧:"皇上,德胜门那边都预备好了,文武大臣都到了,阵势可大了。皇上亲自阅兵,天朝上下可是群情振奋啊。皇上圣明。此次出征定当旗开得胜。"

皇帝瞥了万盛一眼:"从前抗倭不力,乃是我大明内部出了蛀虫,现在李瑾忠倒了,没人再能阻拦朕执掌乾坤、平定天下!万盛,你从前可是李瑾忠的人。不过,朕念在你有功,才把你留在身边。你可要知道分量。"

杨恕和马千秋跟在仪仗队后面,轻声说着话:"古来征战几人回?……唉,这次大军出征,不知东南战场上又要积多少尸骨。真愿天下从此再无刀兵,家家团圆欢笑。"官道一边的屋顶上,李印月戴着斗笠,半遮着面容,目光恨恨地盯着玉辇当中的皇帝,双手已向腰间摸去。皇帝乘坐的玉辇渐渐走近,突然,李印月从屋顶飞下,一手抽出软鞭,一手拔出匕首,冷喝一声:"狗皇帝,拿命来!"李印月跃身腾空,手中软鞭打翻驾车人。万盛挡在皇帝身前。

李印月一脚踢倒万盛,踩上玉辇,匕首闪着寒光,直向皇帝刺来!马千秋眼疾手快,一个玉扳指嗖的一声打在李印月的匕首上。李印月一愣,复又探身向皇帝刺去。众人大惊,马千秋拔出腰间的刀,腾身跃起,赶向玉辇,挡在皇帝身前。危急关头,李印月手中匕首划破马千秋的左肩。这时杨恕和众禁卫们已上来,长矛指向李印月。车下,她已被众禁卫包围,这时人群大乱,蒙面的竹野英雄等人杀到,猝然间将禁卫包围圈突破,出手将李印月救走。马千秋和杨恕一同追捕刺客,但李印月已然不见踪影。忍者撒出的烟粉渐渐消散,众禁卫继续追去……

　　李印月被蒙面忍者们一路裹挟逃到一片茂密的林中,竹野拉下蒙面黑布,李印月惊讶地瞪大了眼睛:"是你?……我认得你,你是我父亲的人。"竹野摇了摇头:"不,我不是你父亲的人,确切地说,我只是你父亲的合作者。敝人是从东瀛而来的海上人。李小姐,我们一直都是令尊的好朋友,如今令尊和令兄皆死于昏君之手,我们也为他们感到痛心和愤怒。李大小姐,你出于成见,认定我们东瀛人都是阴险小人。但其实,令尊之所以与我们合作,正是胸怀天下之举。当今皇帝昏庸无道,大明在他手中只有一天比一天衰落。以令尊的才干,若是能登上九五之尊,必是一代明君!唉,可惜上天不佑,功亏一篑。我们此次出手,也是打抱不平,想跟李小姐交个朋友。"

　　李印月向后退了几步,冷冷地说:"印月感激众位救命之恩。不过,印月也自知是大明臣民,不与异族媾和。何况你们倭人屡次犯我大明国土,形同水火,你我不合适做朋友,还是就此告辞吧。"

　　"李小姐,你就不想替你父兄报仇?"竹野英雄充满诱惑地望着她,"我们可以帮助你。我猜令尊在宫变之前应该曾留给你一样东西,只要你拿出这件东西,一同参详,我们自然会帮助你杀掉狗皇帝!"

　　"什么东西?我不懂。"李印月摇头,"宫变当日,纷乱频起,我逃命还来不及,根本没见过我爹。更不要提什么托付东西。此刻我身无长物,没有任何利用价值。对不起,让你失望了。告辞!"李印月转身匆匆走开。竹野注视着李印月背影摇头:"那批宝藏是李瑾忠和黄潮升多年来秘密搜刮的财富,藏宝图一直是两人各执一半,但黄潮升被抓之后,那一半也落在了李瑾忠手里。李瑾忠是一个心思缜密的人,凡事进退有据,宫变吉凶未卜之际,藏宝图那么重要的东西,他只会交给这个与他有血脉相连却又能置身事外的女儿。盯着她,她会露出马脚的。"

李印月逃命般地跑到一处小村庄,刚到村口,她犹豫了起来。村口聚集着一堆老百姓,正围着墙上贴的海捕文书议论。李印月赶紧将头发弄乱,低头快步离去。她躲进一处废弃的砖窑内,她缩手抱肩靠在角落里,半睡半醒。梦中似乎听到九千岁当日对自己的叮咛:今日成败在此一举,若是爹进了宫不能再回来,你就赶紧逃出京城,逃得越远越好……月儿啊,这幅画,便是爹留给你的念想。这画里有一桩秘密,你若走投无路之时,画轴中有一件物事可以让你后半生衣食无忧。李印月突然惊醒了过来。若有所思,口中念叨着:画轴……她赶紧从怀中贴身处掏出那卷《洛川山水图》,小心剥开画轴,一个小油纸卷掉落下来,徐徐展开油纸卷,火光下,藏宝图的复杂图形显露出来……

清晨,李印月从砖窑中钻出,将图在身上藏好,系紧衣衫。她辨别了一下方向,向南走去。竹野英雄正用单筒望远镜看向李印月的身影,脸上露出了满意的笑容,带着手下的忍者跟住她。

杨恕来到青翠的龙山后山上跪在杨子恒的坟前。他细心地拔下杂草,将一束野花供奉在坟前。不多和尚走到杨恕面前,呵呵笑了起来:"我说杨恕啊,你回来有几天了,每日只是练剑扫墓、吃饭拉屎睡觉。其余事一概不闻不问。这山下的事你当真都撒手不管了?唉……说放下便能放下。我不多好生佩服你呀。"

马千秋走了过来:"皇上命我查寻刺客李印月的下落,我顺着蛛丝马迹一路南下,在河洛附近她却消失了踪迹。我想反正也到了此地,不如顺路来看看你。"杨恕于是邀请马千秋和不多和尚进屋,尝尝他刚炒制的乡野村茶。三人围着一张粗木桌子坐下。杨恕亲手斟出茶水。马千秋品尝,点头道:"这茶初喝下去极苦,但回味却隐隐有甘甜之意。真是好茶。三弟,你这儿幽静安宁,真是隐居的好地方。你生逢其时,本可一展宏图,为何你自己却藏在这深山里,不闻世事?你心底里清楚,为父守孝只是借口,你不愿意面对谢落樱与朱辰钧,才是心结所在!你我兄弟相交一场,若是对你我都不说实话,那我这手中祖传宝刀,便认不得兄弟!"说着突然抽出宝刀,向杨恕砍来。杨恕猝不及防用手中茶壶抵挡,茶壶破碎,热水洒了一地。刀影叠叠,马千秋在狭小木屋中招招向杨恕逼去。杨恕左躲右闪。二人从木屋中战到屋外。

马千秋刀刀咄咄逼人,杨恕终于忍无可忍,拔出宝剑,二人战到一处。不多和尚看着二人招式,若有所思。

"身为武状元,却为了儿女私情,忘记了报国志向!你妄称佛家弟子,却没有普度众生的仁心和勇气!"马千秋一刀砍向杨恕肩头。杨恕回剑架住,之后撤剑回刺,二人刀剑彼此相加,离对方要害都只差分毫。马千秋叹息:"你以为只有你曾爱过,失去过,尝过这伤情的滋味吗?!"杨恕一震,马千秋黯然抽刀回身。

两人来到杨子恒坟前,马千秋讲起了陈年往事:五年前,京城最大的教坊内,最出名的花魁女子钟情于他,他虽然也怦然心动,却嫌弃她是烟花出身,漠然回绝了她的爱意。半年之后,传来噩耗,她一直期盼他的到来却只能等来失望,见不到他,便心灰意冷锁了重楼,再不见人,郁郁而终。他失去了她,才知道失去了此生最爱……是狭隘与虚荣害死了她……从此,他便了却心事,不再有任何情思。

马千秋感慨道:"年轻时我们放弃,以为那不过是一段感情,可是最后才知道,那其实是一生。……三弟,愚兄告诉你这段前尘往事,只是想让你明白,被人爱是一件幸福的事。你应该知道董西。儿女私情你暂无心思去想,那报国之志呢?难道你就当真要在这深山里蹉跎三年吗?该说的话,我已都对你说出来了。你自己好好想想吧。"马千秋转身离开,留下杨恕一个人静静站在坟前。

直至月夜,杨恕仍静静地站在坟前沉思着。不多和尚飘然而至:"日头都落山了,月亮都升到半空了,你还在这里傻站着。回去吧。该你想不通的事,打破脑壳也是想不通。何必再冥思苦想呢?和尚我看你真是资质鲁钝,这脑袋哪里是脑袋?根本就是一个榆木疙瘩。我给你讲一个故事吧,你可知道那地藏王菩萨修行精深,却为何没有成佛?因为地藏王菩萨看到世间诸多苦难,便发下心愿:地狱未空,誓不成佛。众生度尽,方证菩提。"

"地狱未空,誓不成佛。众生度尽,方证菩提……"杨恕怔怔地念叨着,仰望明月,脸上显露出如释重负的表情,"多谢大师教诲。"杨恕转身下山。不多看着他的背影,脸上露出笑意。

露天营帐内,谢天顺正在油灯下读《兵法韬略》,谢落樱为他斟茶,这时杨恕被一名随从引领进入帐内:"小子不才,愿随将军左右,效绵薄之力!临行之前,二哥马千秋告诉我,近来倭寇奸细在京城附近的活动很频繁,我担心他们会在路上对将军不利,所以星夜赶来,和将军同行!"谢天顺仔细打量了一下杨恕:"贤侄星夜追来,可是要随我共赴东南?好!杨恕,你能做出这样的决定,我很欣慰啊。落樱啊,我和杨恕有话要谈。你先去歇息吧。"

一盏油灯搁在当间,杨恕拔下发簪拨了拨灯芯,灯光变明,照亮谢天顺沧桑的脸庞:"杨恕,此次我领圣命赴洪州抗倭,实是重任在肩,我已经做好为国捐躯的准备,不成功便成仁。我半生征战,深知此次抗倭之艰难。倭寇亡我之心不死,而东南局势多年不振、积重难返,士气又很低落,很多事需要从头做起,非一朝一夕可为。我说这些的意思是,我早已将个人安危置之度外。我不需要你的保护,何况此行我也带了很多京营的老部下,就算倭寇偷袭,我也不怕。你还是连夜回京吧。不知道为什么,我对惠王手下那个张简正就是不太放心,觉得将那么一大笔军饷交给外人押送,总归不妥当。军饷事关重大,你去押送我心里有底。"

杨恕答应:"也好,我这就回京向皇上请命,和张简正一同押运军饷南下。您放心吧。义父一路保重,洪州见!"

深夜,乾清宫内,皇帝背手站在一张大明混一图前沉思着,目光久久停留在东南一隅。万盛手捧几本奏折走入,轻轻搁在桌上,给皇上倒了一杯热茶毕恭毕敬捧着走过去。皇帝注意到万盛,转过身来:"不知道谢天顺和朱辰钧他们行至何处了?唉,这东南乱局,搞得朕是寝食难安哪。"

万盛看了一眼桌上放着的成沓奏折说:"皇上且放宽心,谢将军和小惠王一个是久经沙场的名将,一个是血气方刚的青年才俊,此二人出马,剿平倭寇定指日可待。不过,皇上,恕奴才斗胆说一句,此次小惠王领兵出战,虽是圣上英明果断、不拘一格,但说到底还是不合祖制,太祖爷当年立下藩王不得领兵的规矩,是有深谋远虑的。奴才担心一旦惠王得势,这,这可有前朝宁王谋反的前车之鉴啊……"说完赶忙躬身。

洪州军营里,谢天顺一身锃亮铠甲,站在校场上,看着眼前的众多士兵训话:"诸位都听了!当兵,首先是要有个当兵样,有了当兵样,还得有一身杀敌的好武艺。练武不是你答应官家的公事,而是杀贼救命的勾当!你武艺高,杀了贼,贼杀不了你;你武艺不如他,他便杀了你。若不学武艺,是不要性命的呆子!黄潮升之前弄的那些哄人玩的、花拳绣腿的阵仗,本将军全都废除了。我已经连夜派人去请南华安的武僧下山,协助练兵,教给你们实战的拳脚功夫和刀枪技法。从今天开始,你们都要认真训练,不可有一丝一毫的怠慢!"谢天顺看了参将一眼,参将拿出一张纸,上前宣读:"都听了,自即日起,练兵成绩分为七等,定期考核,考核方式为实战!双方对打,你打赢了,就升级,升一级赏银一钱;打输了便要降级,降一级打五军棍……"

几日后,众军士便在华安六虎的示范下,学习拳脚功夫。众士兵跟着学,很快整齐划一,颇有杀气。士兵两两一组近身搏击,热火朝天。谢天顺来回巡视,满意点头。

抵达洪州后,面对黄潮升留下的烂摊子,谢天顺凭借自己的经验和铁血手腕,对所属军队进行了行之有效的整顿和改造。在华安武僧的协助下,洪州军营厉兵秣马、士气大振,一扫之前的颓势……

杨恕这边和张简正在山区官道上押送军饷,一行人正浩浩荡荡地行进。忽然,道边树丛中冲出一票手持刀枪的蒙面人,直取军饷而来……

第十五回

使诡计邪魔劫军饷　起疑心皇帝设耳目

两拨人瞬间战在一处。杨恕挡在马车前拼力抵抗。董西和华安六虎已策马赶到。董西径直冲到杨恕身边,和他并肩作战:"呆瓜!我们来救你啊!不想死就快打啊!"杨恕受到鼓舞,挥剑再战。局势很快逆转,蒙面人纷纷惧退。敌退我追中,为首的蒙面人李印月被木虎一棒击中胸口,口吐鲜血。众蒙面人大惊,纷纷撒出香粉,一片烟雾中,蒙面人撤退。烟雾消散,众人纷纷起身。杨恕感激地望着董西:"你们怎么会赶来的?"六虎相视而笑,铜虎说:"这闺女自打到了洪州,那是天天三碗红豆饭——满肚子相思啊。前些天,听说你要押运军饷到洪州来,她便日日到那官道边守候、张望……"

董西脸红了一下:"是啊,你这个呆瓜要押运这么一大批重要军饷来洪州,附近的土匪山贼都乐坏了,肯定要遭抢劫的,所以我赶紧跑来帮你啊!"张简正看着众人:"洪州这个地界山高皇帝远,一向是鱼龙混杂。依我看,这帮贼人并非普通山林强盗,从他们逃跑时使用的香粉来判断,很可能是天香教所为!这是个盘踞在金钵山一带的秘密邪教,多行不义,一定是他们干的。"

洪州大营主帐内,谢天顺和几个亲信正在研究山川地形图,得知杨恕和张简正负责押运的军饷刚到洪州军营,谢天顺捋须沉吟:"给惠王回信,战事不等人,今晚老夫便趁夜兵发崖山城!传令下去,酉时发兵!"

来到洪州军营里,众人将马车上的箱子一一卸下。杨恕交代张简正赶紧将这饷银变作粮草军械,他先去跟谢将军复命。董西不满地认为杨恕是急着去看那个谢落樱!

此刻谢落樱正坐在桌前仔细地做着刺绣,用红线在两个小荷包之上绣上"卍"的图案。谢天顺走入房间。谢落樱咬断丝线,站起身来,将两个荷包拿给父亲看:"这是祈求平安祥瑞的图案。今天是乞巧节,按此地风俗女儿家要穿花衣、绣荷包,只要带上这荷包,家人就会平平安安了。"这时,走进来杨恕:"义父,落樱姑娘。这次多亏几位师兄出手相助、打退劫匪,总算是不辱使命。那批军饷就地变作粮草军械,张先生已经去办了,估计两三日便可。"谢天顺叮嘱:"老夫今晚发兵,你就留在洪州督办粮草事宜,到位之后立即派人运往崖山前线。还有,我不在的时候,你帮我多照顾照顾落樱。"

黄昏时分,"谢"字大旗迎风招展,谢天顺一身戎装,一马当先率领大军浩浩荡荡出营。

董西坐在自己的房间里,气呼呼地啃一个梨子,朱娉婷在门口探出脑袋,笑笑看着董西:"我来找你们玩儿啊,我哥带兵打仗去了,王府里成天就我一个人,闷死了。唉,杨恕哥哥呢?杨恕哥哥是好人,他对谁都好,我最喜欢杨恕哥哥了。而且,谢落樱心里只有我哥,她迟早得做我嫂子。我说董西姐姐你就高兴点儿嘛,今天可是乞巧节啊,在这儿坐着生闷气多没劲,走,咱们到街上转转,然后晚上去看花灯……走嘛!"朱娉婷强拉着董西出了门。

朱娉婷拉着董西在街上闲逛,二人路过一家裁缝铺外,惊讶地看见谢落樱和杨恕正在里面。谢落樱穿着一件新衣服,对着长镜子左右照。看着二人走出裁缝铺,董西忙拉着朱娉婷躲到一边:"喊,这都一块儿逛街了……天天打扮得花枝招展的,瞧那呆瓜眼睛都看直了!我穿什么他也不会正眼瞧一下的。回去吧!"董西转身离去,朱娉婷跟上董西:"董西姐姐你听我的,你就该好好打扮打扮,不能成天穿得跟个男孩似的,得像落樱姑娘那样才好呢。你想不想让杨恕哥哥喜欢你,天天跟你玩?我有个主意!"

杨恕和谢落樱往回走着,却已被两个戴斗笠的忍者盯上:"就是那个穿红衣服的女子,这儿人多眼杂不好下手,记住那身衣服。"

朱娉婷来到谢府院子内,看看四下无人,灵巧地一翻身爬下墙来。她伸手取下那件谢落樱的新衣服,一脸坏笑蹑手蹑脚离去。她回到房里,便把这衣服塞给董西。

董西穿上那件衣服,满脸尴尬。朱娉婷调侃道"这么艳的衣服,杨恕哥哥肯定喜欢!你穿这身去看花灯,一定是全洪州最漂亮的女孩!快去找杨恕哥哥吧,城里的花灯会就要开始了,别耽搁了。"说完推着董西出了门,自己一脸得意。

天色将晚,董西脸上带着笑意,快步走在路上。转过一个僻静街角,忽然两个忍者从身后用麻袋将董西套住……转眼她被蒙眼堵嘴绑在椅子里,正拼命挣扎。戴着面具的天香圣母从怀中摸出一个物件,搁在董西鼻尖,很快董西昏了过去。天香圣母正面无表情地看着她,竹野英雄端起杯喝了一口茶:"你就那么有把握,那个杨恕会为了谢天顺的女儿亲自带军饷来换人?希望这招奏效。等杨恕带着军饷到了金钵山,我们就把他们一网打尽!"天香圣母面具下露出一丝阴狠笑容。

董西彻夜未归,众人围坐在桌边,焦急万分。"都怪我,要不是我贪玩闹着看花灯,还去偷衣服,就没事了。"朱娉婷哭着自责,这时,银虎快步入屋:"出事了!"杨恕等人被叫到院外。只见眼前赫然停着一具棺材!众人皆默然不语。杨恕和铜虎都呆了。

"莫不是董西姐姐……"朱娉婷喃喃自语,已簌簌落下泪来。杨恕和铜虎缓缓走到棺材前,迟迟不敢打开,二人茫然对视。杨恕使劲儿挪开棺材盖,众人注目看去,里面躺的竟是木虎的尸首!众人大惊失色,皆哀恸不已。木虎身上放着一封信,杨恕看了面露怒容:"全都是天香教的人干的!劫军饷和绑架董西的都是他们!木虎师兄正是那日打伤他们头领的人,这是报复。他们要我们用军饷去换谢将军女儿的性命!他们原本是要绑架落樱姑娘的,但是因为那件衣服,阴差阳错绑走了董西!肯定是这样。"朱娉婷惊讶地张大嘴,杨恕站起身看着大家:"天香圣母约我们在金钵山脚下决战,如若不去,下一副棺材今晚便会送到。"众人义愤填膺,要求应战。

黄昏密林间,两拨人马远远对峙。高处土丘之上,董西被吊在一棵大树下,一个弓弩手正瞄准着她。站在高处的天香圣母透过面具看着众人。金虎示意众人冷静。五虎牵了马车走上前去。圣母挥手,几个天香教众走过去,接了马车往回牵。头领见军饷到手,得意地笑起来,立即命令放箭。弓弩手的箭应声放出，眼看射向董西。杨恕情急之下扔出手里的剑，击飞那只弩箭。杨恕飞奔到土丘之上，飞腿踢翻弓弩手。天香圣母大惊，忙挥手，示意开打。天香教众已从密林四面八方冲出。金虎挥刀割断马车缰绳的同时已飞身跃起，一掌拍在马脖子上，马匹受惊嘶鸣，疯一般向前冲去。众多教众被冲倒，一时场面大乱。此时杨恕已割断吊着董西的绳子，将她抱在怀中。但董西中了香毒，已昏迷不醒。在圣母的指挥下，天香教众摆出阵形，掩杀上来。五虎劈开马车车厢，从中取出各自独门兵刃。一时间众人战在一处，杀得难解难分。

"恕儿，你就替你六师兄的位置，为他报仇！"金虎道："猛虎阵伺候！"话音未落，六虎已经变换身位按阵法站好，教众惊讶。六虎摆开阵形，金虎手中金轮常转，银虎手中蛟筋鞭虎虎生风，铜虎手中达摩佛珠哗哗作响，铁虎手中三节棍招数变幻莫测，石虎手中错金刀刀锋生辉，而杨恕手中的御赐宝剑也是剑气逼人。乱云流水无恒处，金刚琵琶唯此心。六虎列阵，从高处看，宛如一只猛虎扑向敌人。六虎各逞兵器，阵法变换，很快将天香教众打得七零八落。金虎飞出手中金轮，金轮乘风飞旋，所到之处皆是砰的一声巨响，宛如炸弹爆炸激起一阵烟尘。"猛虎"咆哮飞跃，已将圣母和几个贴身手下围在当间。圣母大惊失色，拼命招架，却已多处受伤。杨恕挥剑直指圣母的金面具，这时众多八角形的袖里剑从四面飞来，众人一惊，纷纷持兵器招架。当当之声不绝于耳。与此同时，地面忽然崩开，土石飞扬，一阵旋风起。圣母也是错愕不已，"啊"的一声便被卷入旋风中。众人尚未看清之时，那股旋风已遁入地底，不见了天香圣母的踪影。地上一条土线绵延而出，铜虎立即认出这是东瀛倭人使的忍术，断定天香教和倭寇也有勾结。众人追了一阵没追上，赶快离开了这里。

杨恕背着董西同众人一道回来，杨恕将董西放在床上，问张简正："张先生那边粮草军械都筹措好了吗？谢将军一定等得急了，张先生再辛苦一趟。""职责所在。杨兄弟和众位师父好生照顾董西小姐吧。我去了。"张简正转身出门，率领军士出发。杨恕焦急地看着董西。这时，床上躺着的董西忽然动了动，她皱着眉头口中念念有词，杨恕抓住她的手将她稍稍扶起。铜虎倒来一杯水，杨恕喂董西喝下。董西定了定神，睁开眼看着众人，挣扎着从怀里摸出那只锦囊:"快去通知谢将军,倭寇要打洪州!他们给我下了很重的香毒,但我事先用了你送我的锦囊,所以中毒不深,那些话,是我无意间听到的……"

听完董西的话,众人惊讶不已,杨恕立在窗前,窗外已夜幕降临:"现在事情都清楚了,拼命抢劫军饷、要置我等于死地的肯定都是倭寇,而他们真正的目标其实是洪州城。必须阻止倭寇的阴谋!"众人七嘴八舌议论纷纷,金虎站起身:"现在谢将军和惠王都征战在外,恕儿,你是武状元,洪州城眼下就得看你的了,你说吧,咱们现在怎么办?"

"要吃辣子栽辣秧,要吃鲤鱼走长江!"杨恕说,"倭寇大军肯定已离洪州不远。事不宜迟,赶紧派人连夜将倭寇的阴谋秘密通知谢将军和惠王,然后咱们这就出发,夜探敌营,争取能暗中偷袭成功,乱了他们的阵脚。"

崖山城营帐内,一个军士正向谢将军通报情况:"杨大人派我星夜前来禀报将军。军情紧急,杨大人和几位华安武僧已经前去抄截倭寇!"众人议论纷纷,这时,一名探子飞奔而入:"报将军,我等已按您吩咐,在沿海打探了一天一夜,今日黄昏三艘扮作商船的倭寇军船已秘密由海路登岸,目测兵力就有近千人之多,并且还在不断向洪州方向集结。"

谢天顺说:"看来消息果然不假,老夫连日来的疑惑也是对的啊。我们一举拿下崖山城,倭寇主力却迟迟不出动,原来是有这么大的阴谋!立即派人通知惠王,连夜赶赴洪州,我会与他在洪州城外会合!今夜决不能让倭寇越雷池一步!"

杨恕在洪州城外的竹林里,手持火把,在地上画出地形图。众人围在他身边:"这儿是崖山城,这是浙南沿海诸岛,在东南长期活动的那批倭寇眼下正分两路拖住谢将军和惠王的军队,而由东瀛本岛调集的精锐部队一定是从这里登岸,然后直取守卫空虚的洪州。倭寇大军从各处的海岸登陆后一定连夜向洪州集结,急行军的话四个时辰便可以到达城外的山区,出了这片林子,那边是唯一的一片山洼,先头部队一定会在那儿暂时安营扎寨,等待后续的人马到齐。……咱们如果能一举杀掉他们的大帅,他们群龙无首,肯定就没了战斗力!可这是眼下唯一的办法了,否则一旦让倭寇大军越过此山,后面便是一马平川,洪州势必沦陷。这次咱们得抱着必死的决心,就算死在这儿,也要拖住倭寇,为谢将军和惠王回兵洪州争取时间!"众人点头。

洪州城外山洼,山口上几个倭寇士兵正在巡逻。杨恕暗中出手,一下扭断了一个士兵的脖子,悄无声息地将他拖入树丛间,换上他的衣服,混进营帐。穿着倭寇衣服的杨恕,假装刚尿完尿正在系裤带。营帐间的空地上,不断有倭寇士兵在走动。杨恕大摇大摆走向营帐,直奔最大的主帐而去。大帐前,一个守卫拦住杨恕。杨恕笑笑,晃晃手里的酒壶。守卫不知所以。杨恕忽然出手捂住守卫的嘴巴,推着他进入帐内。大帐内,倭寇大帅正熟睡着,杨恕扭断守卫的脖子,然后抽出剑,一刻不停留直奔倭寇大帅。倭寇大帅忽然停止打呼噜,圆睁着双眼瞪着杨恕。二人愣了半晌,倭寇大帅忽然大叫起来:"来人,有刺客!……"话音未落,杨恕已经将剑刺入大帅胸膛。

杨恕冲出主帐,用剑砍倒两名倭寇,然后直奔山口而去。他一路狂奔,众倭寇打着火把逐渐追来。杨恕奔入竹林,倭寇随后追到,这时,竹林间嗖嗖一阵响动,许多压弯的竹子纷纷弹起,射出许多石块。倭寇死伤惨重,手里的火把也都被打灭,更加慌乱。五虎和董西趁黑杀出,倭寇惨叫声不绝于耳。随后众人立即撤出竹林,众倭寇回过神,纷纷追赶……众人奔出竹林,一路往山下跑去,这时山下传来喊杀声,众人看去,前方远处出现两面大旗,一面写着"谢"字,一面写着"朱"字!

杨恕出其不意地成功刺杀了倭寇头领,在及时赶到的两路明军合围之下,群龙无首的倭寇精锐部队纷纷溃败,终于被全歼。大明军队以最小的代价取得了抗倭以来的第一次大捷。

天已经渐渐亮了,谢天顺和朱辰钧分别率领官兵回到洪州城,城门前早已聚集了众多百姓,见到谢将军,蜂拥而上,一齐跪下,献上装有鸡蛋水果的篮子,还有一面刻有"谢家军"的牌匾。杨恕和董西开心地看着众人,朱辰钧见谢将军被众人簇拥,稍显落寞。谢天顺双手接过牌匾,感谢乡亲们:"乡亲们,今日大明军队取得抗倭大捷、保住洪州城,绝非谢某一人功劳,大家要谢自然还得谢惠王啊,惠王身先士卒,率兵海路出击,收复大片失地,尔后又回兵助我合围残敌,也是居功至伟啊……"众乡亲纷纷参拜朱辰钧。

回到洪州城惠王府,朱辰钧正坐在桌前若有所思。稍后,张简正进入书房,看了看惠王,走到一边将窗户关上,朱辰钧说道:"这次的胜仗确实是东南多年没有的大捷,短时间内倭寇很难恢复元气。但是,我现在更忧心的乃是此地民生啊。东南一隅常年遭受倭寇侵害,洪州四城七县自然也不能幸免,如今我刚刚承袭惠王封号不久,然而面对的却是满眼民生凋敝、百废待兴,你让我如何能高兴得起来啊。我希望能继承先父的遗志,重振洪州,使百姓不再受倭寇的欺负,安居乐业。然而如今我却深感有心无力……张先生,你跟随先父多年,胸有韬略,也最熟知洪州民情,你可愿随我左右,辅佐我重振洪州?"张简正赶忙撩衣下跪,朱辰钧将张简正扶起,"张先生,现在关起门窗,只你我二人,有几句肺腑之言我想一吐为快。倭患暂时解除,然而沉重的赋税徭役仍旧令百姓无暇喘息,州府银粮短缺,不仅无法周济贫民,甚至难以发放士兵粮饷,又何谈振兴呢?这些都是如今天下的弊病,而在洪州,更是积重难返。眼下洪州的情形,也只能求助于皇上了,希望皇上能广施仁政啊。此次抗倭大捷,我也算立了功,皇上多少也应该给我几分薄面。烦请张先生为我执笔。"

张简政摊开笔墨纸砚,给皇上写奏折:"此次抗倭获胜全赖圣上英明神武,眼下倭寇暂退,正需休养生息、励精图治,然洪州四城七县遭倭人侵害经年,民生多艰,臣代洪州百姓恳请圣上,免除洪州赋税三年,减轻徭役,使百姓安居乐业……"

紫禁城御书房内,万盛将朱辰钧的奏折读给皇上听,皇上一言不发地听着:"使百姓安居乐业。臣请求国库拨银一万两,兴修水利、加固城防,同时建立募兵制度,若得恩准,不出三年,洪州定能焕然一新,而东南亦将重振,使百姓感念天恩、倭寇不能进犯。臣朱辰钧奏请。"万盛念完奏折,看着皇上:"皇上,念完了。启奏陛下,此次惠王和谢将军联手取得洪州大捷,实在是扬我国威、大快人心,东南百姓也是交口称赞,皇上神威所至……不过据奴才所知,此次惠王海路进兵颇为顺利,而最后的洪州大捷表面上也是惠王和谢将军合力而为,但其实主要还是靠谢家军的声威,而且倭寇头目,也是由那武状元杨恕和华安武僧联手除掉的。惠王虽然英武有加,但多少是沾了谢家军的光啊。惠王新登王位,又经此一战,在东南可是威望颇高啊。惠王也是年轻有为,他请求圣上为洪州减税拨银,一旦获准,那这汇聚民心、号令一方自然是不在话下了,长此以往……奴才多嘴了,该死!"万盛赶忙下跪,皇上皱了皱眉头："起来吧。你说的其实也是朕所顾虑的。眼下倭乱已平,东南初定,朱辰钧这个年轻的藩王如若再掌兵权,恐怕日后养虎成患。只是,朕先前在朝堂之上答应了他,一旦取胜就封他为靖海将军。"

"这个好办。历代藩王多数都有将军封号,此次不妨以战功大小行赏,就封谢天顺为靖海大将军,统领东南,而惠王嘛,则封个二品辅国大将军的虚职便是了。"万盛说道,皇上想了想,颔首："就这么办,你去拟旨吧。至于惠王奏折所请之事,就说征战连年,眼下国库空虚,减税拨银之事待来日再议。去传锦衣卫都指挥使马千秋觐见。"

马千秋被叫到皇帝面前,他惊讶地抬头道："皇上,您的意思是,让我去洪州监视惠王?!皇上,微臣不知这是何意?微臣与惠王早已结拜为兄弟,情同手足,恐怕,难以胜任这个任务。"

"你是要违抗圣旨吗?!"皇帝嗔怒,"朕考虑再三,这件事只有你最合适,派别人去洪州恐怕会引起惠王的怀疑和不满。你处理一下手头事务,即刻出发吧。"

惠王府花园内,杨恕和朱辰钧正在饮酒畅谈。杨恕说："这次我下山赶赴东南前线,还多亏了二哥的激励点拨,否则我现在还在龙山,日日青灯古佛、妄自叹息啊。等事情都做完了,东南安定之后,我还是打算回到寺里,吃斋念佛,只有在那儿,我才最自在。"

"三弟此言差矣。大丈夫生于世间,理应胸怀天下,做出一番名垂青史的大事业来!"朱辰钧对此有不同的看法,"三弟,你心地纯明、智勇双全,不似那些凡夫俗子,将来一定大有作为,而愚兄虽说贵为藩王,但恐怕日后还得仰仗你啊。洪州是先父苦心经营的地方,也是东南第一重镇,如果日后我能做到外御倭寇、内安百姓,便也算是完成了先父的夙愿。而我要做到这些,少不了你和千秋这左膀右臂啊!"杨恕问："那,落樱姑娘呢?"朱辰钧端起杯子和杨恕碰了一下,回避了他的提问。

一名太监在家丁的引导下傲慢地走入惠王府："奉天承运,皇帝诏曰。惠王朱辰钧抗倭有功,敕封为二品辅国将军,岁禄千石。钦此。"朱辰钧和张简正一前一后下跪接旨,太监道："惠王殿下,皇上还有几句话让我带给你。此次浙南之战,劳费巨大,兵士也多不善海战,虽然获胜,却还多赖谢、杨二人鼎定大局。圣上已封谢天顺为靖海大将军,委以镇守东南的重任,全权掌管洪州兵力,还望惠王日后多多协助谢将军,共同抵御倭寇。你请皇上减免洪州赋税还要拨银万两,实在让皇上为难了。眼下漠北战事将起,陛下准备御驾亲征,为筹措军费,各地的赋税都要有所提高。但是皇上体恤惠王,特让我带来口谕,免增洪州赋税。我还要连夜赶回京城,就不叨扰了。告辞。"朱辰钧和张简正一同送传旨太监离开。二人转至书房,朱辰钧烦躁地坐下,张简正说:"惠王,张某人窃以为,皇上这明显是有兔死狗烹、鸟尽弓藏之意啊。眼下倭寇初定,便收回您的兵权,全部交由谢天顺。所谓二品辅国大将军,不过是照例封给亲王的一个爵位,您别忘了,当年前朝宁王之子也是这般被架空,封了个弋阳王领辅国将军,以惠王的英明神武,就甘心被架空,当个不问世事的藩王了此一生?我不相信惠王您不明白今天这圣旨里的含义。当皇帝的,坐拥天下,唯一担心的事无外乎他身下的宝座!皇上这明明是担心您拥兵自重,日后另有所图,对您定会严加防范!"

"大胆,你的意思是皇上担心我要谋反?做臣子的,不要胡乱揣度圣意。再胡说八道,当心本王治你的罪!"朱辰钧呵斥,张简正收声,独自退下。朱辰钧心绪难平,坐立不安,让家仆备车出门。

集市上很热闹,朱辰钧在一个鱼摊前蹲下,远处街角,马千秋和两个手下安静地看着朱辰钧。

而此刻,杨恕和董西也在逛街,董西见什么买什么,杨恕满脸无奈地跟在她屁股后面抱了个满怀。董西在一个卖镜子的货摊前停下,拿起一面铜边儿小玻璃镜,爱不释手,忽然她在镜子里看到了马千秋。她惊讶地拍拍杨恕的肩膀,杨恕顺着董西的手指看去,果然是马千秋!他拔腿就追过去了,董西忙放下镜子也跟上。街市的另一边,马千秋和手下正专心致志地远远跟着朱辰钧,完全没注意到其他人。杨恕跑到马千秋身后,猛地一拍马千秋的背。马千秋惊讶回身,看见杨恕和董西,又下意识地看看不远处的朱辰钧。董西说:"嘿,今儿是怎么了,前面那不是惠王吗?我说,你们这是在玩什么游戏啊?"朱辰钧恍惚听见有人叫惠王,惊疑地回过头。熙熙攘攘的人群中,三兄弟分别看见了对方,马千秋默然不语,而朱辰钧却大为疑惑……

第十六回

鼓唇舌说动惠王心　　练邪功渐惑痴女意

全无心机的杨恕拉着马千秋三步并作两步地走到惠王面前,说是临时派下的公差,朱辰钧上下打量了一下马千秋:"京城也同洪州一般热吗?那为什么你们才将下马,便穿得如此单薄?"看看马千秋的两个手下,朱辰钧疑惑愈重,马千秋尴尬不已:"大哥,我有要事在身,改日再登门详谈。我乃是奉了皇上之命,不可对外透露,还请大哥见谅。"朱辰钧听罢转身离去,而马千秋难掩脸上的尴尬,也迅速从人群中消失。杨恕奇怪地看着二人的背影,董西将怀里的东西塞还给杨恕:"呆瓜,这都看不出来,马千秋来洪州肯定和惠王有关。你这个二哥跟你还真是兄弟,都是不会撒谎的人!"

第二天,张简正向忧心忡忡的朱辰钧汇报:有两个平民打扮的人轮流出现在王府周围,估计是锦衣卫马千秋的手下,并猜测马千秋正是奉皇命前来洪州进行监视的。朱辰钧怒火中烧:"如果是别人也就罢了,可为什么偏偏是马千秋,被自家兄弟监视,真叫人窝火!"张简正道:"皇上这招可谓一石二鸟啊,一者派他来洪州可掩人耳目,起到监视您的目的;二来一旦被撞破,也可离间你们的关系。我还是派人到皇宫里暗中打探一下消息吧。皇上如若要有什么动作,京城里一定会有风吹草动的。"朱辰钧没说话,呆呆地看着眼前。

黄昏,辕门紧闭空空荡荡的校场上,杨恕独自在校场一角练武。一根棒子在他手里舞得呼呼生风。朱辰钧不知何时来到校场边,默默欣赏着杨恕练武。杨恕收了身法,迎上前,听朱辰钧说马千秋一直跟着他,就转头去找,却没见人影。朱辰钧大声喊道:"二弟,别躲着了,出来吧。咱们三兄弟面对面把话说清楚!"马千秋沉默地从校场外的一棵树后面现身,一句话也不说。朱辰钧咬了咬牙:"我来说吧。马大人此行,肯定是来暗中监视什么重要人物的,这件事一定关系重大,所以才秘而不宣,我猜得没错吧?"

马千秋终于说:"大哥,你不必诈我了。虽然违抗圣意,但我也不瞒你了,你猜得没错,我就是来监视你的。大哥,我实在是君命难违。"

"君命难违?那你为什么告诉我这些?皇上不是让你瞒着我吗?!你想说忠义难两全?好,那你就继续监视我,把我的一举一动汇报给皇上,但是,从今往后莫怪我不讲兄弟情义,我会对你严加防范,朱某这么做只是为了保身,不想授人以柄。"言罢,朱辰钧拂袖而去。马千秋默然不语,杨恕不知所措:"二哥,这到底是发生了什么?皇上为什么要你监视大哥,难道他不相信大哥吗?我们是同生共死的好兄弟。二哥,答应我,放过大哥吧,不要再做这样伤害兄弟情义的事!刚才大哥说的是气话,只要你肯答应,我们三个一定还是好兄弟。"马千秋不语,转身离开。他独自跑到河边饮酒,之后又在沙滩上舞刀。河滩上沙尘飞扬,舞到兴浓时,他发现有人出手偷袭。马千秋立即反击,但定睛一看,来者竟是董西。董西笑起来:"刚才巡夜的士兵说,有个疯子深更半夜在河边独自舞剑,我心想倒要来会会这位至情至性的仁兄,没想到竟是马大人哪。你们兄弟之间的事我都知道了。"董西说着,在马千秋身边坐下,"我可以理解你的处境,你们三兄弟性子各不相同,惠王是个有心机、有城府的人,而且眼里糅不得沙子;杨恕呢,是个傻小子,但是心地淳朴,疾恶如仇;你啊,是个一板一眼的人!什么事都较真。如果我是你呢,遇到这样的事,就会一到洪州就主动去找惠王和杨恕,然后天天和他们喝酒吃肉,装作没事人一样。这样呢,根本没人会怀疑你,你既能完成皇上交给你的任务,又不得罪兄弟。"

马千秋笑道:"还是你比较聪明,可是我这人就是这样,不会装,也藏不住事。我已经决定了,向皇上请辞,就说我干不了这差事,恐怕有负圣望。如果皇上不答应呢,那我便辞官不干了!"马千秋又从腰间把酒壶拿出来,董西抢过酒壶咕咕喝了一大口,然后畅快地迎着河面上的风吐出舌头。

海滩上泊着一艘八幡船,月色下,一名身着夜行衣的蒙面男子快步走在空无一人的海滩,轻巧地踏上船舷。竹野英雄在八幡船头迎接他,尔后将蒙面人迎入船舱内,蒙面人摘下面罩,躬身向竹野行礼,这人竟是张简正:"张简正一郎见过竹野大名!我看咱们的计划大有希望,只是还需要时间。我一定会尽力而为,不辜负织田信长将军多年来的期许!"

张简正把计划向竹野英雄娓娓道来:"九千岁死后,大明的小皇帝初掌大权,虽然雄心勃勃,但却很没有安全感,就像狗儿护食,谁也不信任,唯恐年轻气盛的朱辰钧有所作为、功高盖主,因而正在极力打压他。而朱辰钧表面上安分,但据我观察,应该早就心怀不满,甚至不排除也有谋反之心!这个人,是个狠角色!眼下情势正好是我们希望看到的。只要皇帝那边不停止对朱辰钧的猜忌与压制,我只消继续旁敲侧击、顺水推舟,相信不用多长时间,朱辰钧自会拍案而起,谋取兵权,进而与京城分庭抗礼!"

"到那时,两强相争,大明的半壁江山必将陷于危乱,那正是我们乘虚而入的好时候!只要夺下洪州,东南便唾手可得。……一郎,你这局棋不仅下得很妙,而且对我也是大有启发啊。你只须一心用在朱辰钧身上便是了,至于谢天顺和杨恕这些人,我来对付!"竹野英雄说道,"辛苦你了。你自幼以孤儿的身份进到惠王府,到现在也三十余年了,算是我们埋藏最深的一枚棋子。我这边会暗中全力配合你,不要有后顾之忧。"张简正弯腰致礼。

马千秋和董西两人靠在河边翻扣着的破船上,就像兄弟一样,轮流用一个酒壶喝酒,董西喝酒的样子爽快得像个男孩。二人都已有些酒意,董西笑着笑着却又忧郁起来。马千秋劝董西去主动争取杨恕,如果放弃了,就可能是一辈子的遗憾。董西苦笑起来,傻傻地望着月亮,嘴里似哭似笑地轻声念叨:"有他时春自生,无他时心不宁……"

张简正悄悄来到窗下,见朱辰钧正在抚琴,他走到惠王身边说:"王爷,我派出的探子从京城传回消息了。皇上对您的诸多压制,都是他削藩计划的一部分。就在几日之前,关内的平王已经被夺爵论罪,贬为庶人。我敢肯定,下一个目标应该就是您了。惠王,务必居安思危、早做筹谋啊!与其一忍再忍,不如当机立断!王爷,恕小人直言,反抗才是唯一的出路。否则拖延下去，后果不堪设想！"

朱辰钧起身面壁，下不了决心，张简正劝道："如今这天下必须有道明君来坐，否则大明两百年的基业必将不保！而惠王您是太祖的直系嫡孙，又有雄才大略，简正愿全力辅佐王爷，问鼎天下！早做决断，日后受制于人再想动作也晚了！王爷！王爷！"张简正露出一丝不易察觉的微笑，朱辰钧终于下定决心，转过身来："说说你的方略。"

"此事尚须从长计议，先手握重兵，便可在洪州称帝，统领东南，待东南巩固，再挥师北上，一举定鼎金陵、划江而治。日后再谋天下！"张简正目光灼灼："王爷，那谢天顺如今手握兵权，麾下精兵数万、猛将云集。如若您能与那谢落樱联姻成婚，那么日后获取兵权便易如反掌！据我所知，那谢落樱对王爷您可是情有独钟……天赐不取，必受其咎！"朱辰钧猛然一凛。

紫禁城内，皇上在御书房批阅奏折，看到一封奏折生气地扔到地上："这个马千秋，居然上表请辞，还敢要挟朕！"万盛小心地替他捡起来，建议皇上派谢天顺监视惠王，这样既能同时笼络两边的人心，又能时刻掌握东南的动向。皇上瞪着万盛："你这个狗奴才，朕真是把你宠坏了！现在议论起朝政来，居然如此肆无忌惮！"万盛慌忙跪下，皇上若有所思。

是夜，天香教圣地金钵山，所有教众汇集，杨恕和五虎也身披天香教徒的长袍混在其间。圣母面戴黄金面具，乘坐着莲花宝座出现，众人犹如朝圣般立即下跪，口中念念有词，杨恕等人也假装念咒。圣母完成仪式，摘下金面具，杨恕吃惊地发现，天香圣母竟是李印月！

天香教山寨房间内，竹野英雄面无表情坐在房间内。李印月走入房间，烦躁地坐在椅子上："我受够了当这个天香圣母、当你手里的木偶！什么军饷、宝藏我全都不在乎，我要自己去报仇！"竹野英雄迅速出手制住了李印月，忍刀已经抵在李印月的咽喉处。李印月大惊，瞪着竹野，竹野一把推开李印月："虽然你治好了伤，但你连我都敌不过，还妄谈什么报仇?！……李印月，我告诉你，我几次三番地救你，是需要你将来发挥大大的作用的！若不是我，你之前擅闯天香教禁地，早已经被他们烧死了！是我和我的忍者们，使出东瀛忍术，费了好大劲儿搞出那些打雷闪电、刮风下雨的花样，才让他们相信你是圣母转世,你才能活到今天!你想报仇就要继续当你的天香圣母,让天香教那些傻瓜替我们办事。你的仇人也是我的敌人,我们的目标是一致的!我劝你还是乖乖跟我合作,否则不仅报不了仇,自己也活不成了!"李印月怒视竹野英雄,但竹野的强大气势压过了她:"收起你那些可怜的自尊吧,把你的仇恨和力量全部用在对付你的仇人身上,否则别怪我无情!"说完竹野英雄拂袖而去,李印月一把掀翻桌子。

那日,谢落樱到布店挑选布匹,刚一出门便撞见张简正。张简正说为朱辰钧去请大夫,故意透露朱辰钧在卧床时口中一直念叨着她的名字。谢落樱即刻赶往朱辰钧卧房,见到病榻上的他心疼不已。朱辰钧拉住她的手:"你来了就好。昨日去海边走走,可能是受了风寒。不妨事,见到你我这病便已好了大半。"谢落樱脸红,朱辰钧深情地望着谢落樱,"落樱,我以前多么糊涂,竟一心以为要先建功立业,方能娶妻成家。自从父亲去世,我回到洪州,这才明白,孤身一人的滋味并不好受。明日是重阳佳节,我想向你父亲提亲,不知你意下如何?"谢落樱自是欢喜。

重阳之夜,朱辰钧果然登门拜访,谢落樱暗自欢喜,亲自为朱辰钧取来碗筷。众人举杯,朱辰钧说:"今日我来,不为别的,而是要专程感谢落樱姑娘的照顾。前日我大病一场,多亏落樱姑娘悉心照料,才得以迅速痊愈。谢世伯,今日辰钧有一事相求。我想同落樱成亲。"此话一出,大家都不做声了。杨恕看到落樱脸上的羞怯,心里很不是滋味。谢天顺未置可否:"惠王突然提亲,老夫一时没有准备,我就这一个独女,此乃终身大事,等我与小女商量之后,再作答复如何?"众人各怀所思,杨恕掩盖不住内心的落寞之情。回到房间里,杨恕在床边席地而坐,失落地一杯接一杯地喝酒。董西推门而入,看到他这样子,想去抢他的酒杯,杨恕兀自说着:"她是我此生唯一想娶的人,没有人可以替代……我从小在山里长大,没人对我笑,后来我下山了,有个姑娘对我笑,她笑得那么好看,就像……就像我母亲一样,在梦里我见过无数回……可是,我还是只能一个人走,我爹也死了,我就走啊走啊走啊……我走过山的时候山不说话,我路过海的时候海不说话,我骑着马,背着剑,马蹄一步一步嘚滴嘚滴,却不知道要走到哪里……"杨恕继续喝酒,董西强忍着眼中的泪水,问道:"那在你心里,我又算什么?"

"你是我生死与共的兄弟,来,好兄弟,陪我喝。"杨恕歪头靠在床边,呓语连绵,董西推开杨恕的手,拂袖离开。这时,突然间一名黑衣刺客破窗而入,二话不说便向杨恕袭来……董西好像听见什么声音,她担忧地折回。刺客的剑尖直抵杨恕咽喉。杨恕毫无戒备,醉眼蒙眬,口中仍旧呓语连绵:"爹,你在哪儿呢?你告诉我该怎么办,爹,你在哪儿,你别扔下我不管啊!"刺客手中的剑颤抖了。董西推门进来,刺客惊慌之下一剑刺偏,刺到杨恕肩膀。杨恕惊醒,董西抓起一把椅子就朝刺客扔过去。刺客闪身而过,飞身跃起从窗户逃离。

此刺客正是李印月,她踉跄着跑到空无一人的海边,一把扯下脸上的黑纱,泪水夺眶而出:"父亲,大哥……本来我可以替你们报仇的,可为什么我事到临头却会突然下不了手?"她从怀中摸出一只玉佩,呆呆望着,想起往事,"我明明知道是他毁了我所拥有的一切,我恨他,也恨所有的人,可我却还是爱他,他和我一样,都是没了父亲的孩子……只有心里的这点残存的爱让我觉得自己还像个人……原来,活着真的可以比死了更痛苦。"李印月双肩颤抖,伤心地哭泣。不远处,一个人影慢慢走过来。李印月感觉到身后有人靠近,立即挥剑相向,却发现是一脸平静的竹野英雄。

竹野英雄嘲弄道:"李小姐如此悲伤,叫人好生怜悯,你说那杨恕怎么就不明白你这一番百转千回、爱恨纠结的深情呢?我对你倾注了多少心血,几次三番地救你,给你权力、为你疗伤、让你闭关修炼,可是你竟然还是现在这个样子。我对你太失望了,但我还要给你最后一次机会!咱们一直在寻找的那批宝藏很可能是被黄潮升动了手脚,挪了地方,我手下的人正在追查,要不了多久就会见分晓,到时候……"

李印月心烦意乱地说:"这些都已经与我无关,我不会再为报仇,更别说什么金银财宝而被你利用了。"竹野脸色阴沉地转身离开,李印月呆呆地望着大海。就在这时,几名黑衣忍者忽然冲出,从背后突袭李印月。她反击不及被忍者暗器击中,瘫倒在海滩上,几个忍者狞笑着将她奸污。歇斯底里的哭叫声和惨无人道的狞笑声交杂回荡在空旷的海滩,迷离恍惚之间,李印月看见竹野英雄正远远地冷漠地注视着这一切,她昏死过去。

许久,李印月从昏迷中醒来,看到自己衣衫褴褛,欲哭无泪。这时竹野英雄进入帐中，李印月忽然歇斯底里地大叫一声，向竹野扑过去，要和他拼命，却被竹野轻易制服，反剪摁到床上："你现在很虚弱，我劝你不要乱来。剧毒已经侵入你的五脏六腑，一旦停止练功，失去扶桑花的供给，你就会全身溃烂，但却不会马上死去，现在，你已经没有任何退路可言了，只能继续苦练扶桑忍术！"李印月一声苦笑，却全身抽搐起来。竹野从怀中摸出一枚药丸，李印月吃下才渐渐平复，竹野告诉她说这是扶桑花做成的药丸，听话，她才能定期得到。李印月呆在床上，眼神由哀伤而愤怒而至麻木。

不一会儿，李印月面无表情地走出营帐，在竹野面前跪下。竹野满意地点点头："李印月，从今往后，你便是忍者小池的徒弟了，你要苦练杀人技法，还要继续当你的天香圣母，随时听命！"经受了竹野英雄连番的蛊惑与残害，此时的李印月已万念俱灰，她明白，自己只是一具行尸走肉。在毒药的控制下，李印月丧失了人性，泯灭了心中残存的善念和爱意，她被单纯的仇恨深深蒙蔽了双眼，从此身心彻底屈服于竹野英雄……

自朱辰钧提亲后，谢天顺找女儿谈话："女儿啊，惠王提亲一事，爹想听听你的态度。惠王这个人城府太深，我有点琢磨不透啊。他忽然转变态度向我提亲，说不上来为什么，反正为父心里微微有些不安哪。"谢天顺轻叹一声。

夜深人静，朱辰钧仍在书房里批阅公文，忽然有一声琐碎的瓷器碰撞声。朱辰钧回头，却是端着一碗汤面的谢落樱。汤是清香扑鼻的鸡汤，雪白的面丝上撒了一点葱花，还有一碟切好的鸡丝，两碟凉菜。虽然朴素，但足见谢落樱的用心。朱辰钧搁下笔，起身走近谢落樱，握着谢落樱的手，希望她今晚留下，谢落樱本想离开，可是朱辰钧的大手紧紧握住了谢落樱的小手，谢落樱挣脱不得，朱辰钧深深一吻，吻得谢落樱失掉了所有的心防。

一夜缠绵，清晨，谢落樱悠悠醒来，却已经是天光大亮，谢落樱第一反应是抓住了被角，向床外看去。只见朱辰钧穿着内衣，正在沏茶。朱辰钧见谢落樱醒了，端着茶杯就走了过来。朱辰钧的举动好似毫无男女之防，谢落樱脸色绯红，而朱辰钧则是十拿九稳的淡定："落樱，从今天起，我们就不分彼此了。你爹那里，我已经派人送去正式提亲的聘礼了。你放心，事已至此，你爹也不会罔顾你的幸福的。"谢落樱看着朱辰钧，点了点头。

洪州军营内，谢天顺和杨恕等人正在议事：今日倭寇联合天香教众在沿海起事,烧杀抢掠了一整日!他们的策略就是把天香教的众多教徒利用起来,和退入海岛的倭寇残部里外呼应,打一次换一个地方,反倒让大军无处下手!要治本必须先剿灭天香邪教!九千岁的女儿李印月已经被倭寇扶植成为天香圣母。二人查看地形图,忽然有传令兵在帐外大喊:"将军,刚才惠王殿下派人去您府上送聘礼了,这是他的手信,说要亲手交给您!"谢天顺接过朱辰钧的信,打开匆匆一阅,脸色大变。谢天顺啪地合上信件,大声吩咐外面的侍卫把谢落樱带到军营里来。传令兵一会儿就回来了,报告说谢落樱去了惠王府,昨夜未归,谢天顺心情烦闷,伸手撕掉了朱辰钧的信件,转头看了看杨恕:"朱辰钧这小子……他这是逼我做他丈人啊!哼,老夫绝对不会把女儿嫁给品行不端之人的!"

杨恕虽然心里有了七八分计较,但是亲自听谢天顺说出来,还是惊得张大了嘴:"义父,我大哥不是那样的人。事已至此,义父又何必棒打鸳鸯?落樱姑娘对惠王早已芳心暗许,一往情深,如今惠王上门提亲,我想正是落樱姑娘求之不得的事。为了落樱姑娘的幸福,还请义父三思而后行!"谢天顺长叹一声,在椅子里坐下:"要是这些后生都像你这般忠厚淳朴,我也就不用操那么多心了。"

几日后,惠王府门前张灯结彩,管家正指挥佣人们挂起灯笼。杨恕在帐中高卧,眼里心里全是谢落樱。董西掀开门帘,闯了进来,径直踢了杨恕一脚。杨恕不想说话,自己翻了个身,背朝着董西。董西一把掀开了杨恕的被子。杨恕颇有些恼怒,坐起身来:"董西,我很认真地再跟你说一遍,我早就知道落樱姑娘心有所属,我对她的感情,也是发乎情、止乎礼,更是从没因为感情用事而干扰了抗倭大计!……我跟师父说过了,待东南倭寇荡平,我就去京城请辞,正式落发为僧,随他老人家青灯古佛、终老一生。"

听说杨恕要出家,董西有点急了:"你要出家,那可不行,我怎么办?我知道你喜欢的是谢姑娘,可是我也知道我……我喜欢的人是你,杨恕!"杨恕微微一愣,二人就那么沉默了半响。董西憋着憋着还是落下泪来,"我明白,你喜欢我,因为我是个不错的人,但你爱她,哪怕她是个错的人。呆瓜,你还记得我们怎么认识的吗?我们一起被你师父关在华安寺后院的黑屋里,那个时候我就喜欢上你了,可你那时还不知道我是女孩……你知道这世上拼了命都没法拉回来的是什么吗？是走向某人的那颗心。知道比它更加不受控制的是什么吗？是走向某个人，却不肯回来的那颗心。今天我有勇气说出这些话，是马千秋鼓励我的，现在我说出来了，我好高兴。呆瓜，我会一直等着你，等你忘记谢落樱！我相信总有那一天。"说完董西出门去了。杨恕翻身向内，眼神黯淡，自言自语道：等我成了有道高僧，我就会忘记所有的人，所有的苦……

　　董西一人忧愁地走在小路上，手里的树枝不时抽打着道边荒草。呆呆地望着远处的田里正在锄地的农民，心想：人世间的感情为什么不能像开荒一样，挖一个坑，就立一个桩，所有的坑都有它的那根桩，所有的桩也能找到它的那个坑，没有失望，没有失败，没有遗憾，永不落空。唉……

　　李印月盘膝而坐，头顶的瘴气缓缓收回体内，一看便知是在修习邪门内功。竹野英雄慢慢走近："小池说得不错，你果然是天生适合修习忍术的体质。我看不消一年，你就会青出于蓝了。我现在有个最新的计划，要想办法让谢天顺和皇帝离心离德。你们中国人最善于钩心斗角，谢天顺在朝中也有不少敌人。而且，大将领兵在外，很容易使皇帝抱有成见和怀疑，我们只要利用这一点……"竹野英雄的声音变得细不可闻，李印月侧耳倾听，嘴角微微泛起了笑容。

第十七回

表忠心大破天香教　探珍宝假意入华安

养心殿内,皇上接过密报看后,龙颜不悦:"谢天顺和惠王朱辰钧要联姻?他们打的什么算盘!朱辰钧也就罢了,谢天顺是我大明两朝元老,多年来一直忠心耿耿,就算朱辰钧有异心,我看谢天顺也不至于同流合污。"

"皇上有所不知,天香教教主和谢天顺有着莫大的关系。皇上请看这个。"万盛递上一个锦囊。皇上打开,里面是一幅残破的画像,"这是东厂的探子从天香教教徒家中搜缴而来的,据说每个天香教徒家中的神龛里,全都秘密供奉着谢天顺的画像,并称他是天香教教主。皇上别忘了,那场恶战可是武状元杨恕打的,那时谢天顺正在崖山前线,但其后谢天顺腾出手了却并未对天香教有任何实质性的动作……皇上您琢磨琢磨,若不是天香教清剿进程延绵不断,他谢天顺官运又怎会平步青云?"

"你是想说,谢天顺养敌自重?"皇上面色凝重,"下诏敦促谢天顺半个月之内扫荡天香教总舵,永绝后患。如果谢天顺奉旨出兵,那么说明一切不过是谣言。万盛,你亲自送去洪州大营,如果谢天顺敢有二心,立刻拿下!"

万盛出了养心殿,对迎上来的小太监说:"咱们意外得到的这幅画像,真是天意啊。当年九千岁在位的时候,这个谢天顺执掌锦衣卫,没少跟咱们作对,咱们因为他挨皇上的板子还挨得少吗?这次定要拿住这把柄,给他个下马威!"

洪州军营的校场，谢天顺带领众将士跪倒接旨，万盛缓缓展开圣旨："奉天承运，皇帝诏曰：靖海将军谢天顺，抗倭有功，当予嘉奖。然，倭寇虽除，天香犹在。天香邪教聚众滋事、蛊惑良民，实为我大明之患。着谢天顺，即日起半月内，携荡平倭寇之余威，剿灭天香妖孽，以解朕忧、固我大明江山。钦此。"

谢天顺听罢大惊："公公！这道圣旨末将不敢贸然接下啊！这天香教盘踞东南百余载，绝非一朝一夕就可铲平。何况我军甫经大战，正是整饬休息、养精蓄锐之时。况且倭寇残余仍虎视眈眈，我军正在演习海战，此刻于深山大川之中妄动刀兵，非国家之福啊。"

万盛冷冷一笑："谢大将军！这是皇上亲自下的旨意。你这大军虽然自称谢家军，但终究吃的是我大明粮饷，如今皇上要大军剿灭天香教，你怎有如此多的推脱？莫不是另有情由？！大内侍卫何在？来啊，奉皇上口谕，将叛将谢天顺打入诏狱！"万盛此言一出，几名大内侍卫立刻上前抓住了谢天顺。但是围观的众将士和几个亲信立刻抽出了刀剑，要与侍卫拼命。

眼看军情沸腾，就要有哗变之嫌。万盛也从没见过这么大的阵势，吓得躲到了侍卫身后。谢天顺见情况已经势同水火，无视侍卫架在脖子上的利刃，向前走了一步："诸位兄弟，请听我一言！谢某虽然蒙冤，但是对皇上的忠心依旧不变，皇上自从命谢某领兵抗倭，也对谢某信赖有加，谢某行得正走得直，不怕什么歪门邪道，皇上也不会被奸人蛊惑。我且随万盛公公去，详加调查，洗我莫名之冤屈。营中事务，由杨恕代为职掌。诸君切莫鲁莽行事！"

万盛怕得要死，赶紧给了侍卫们一个手势，快走！愤怒的士兵慑于谢天顺的指令，不敢妄动，只得围上了杨恕。杨恕面如冰霜："事发突然，更需谨慎！传令各营，紧闭寨门，没有我的指令，不准任何人出营。违者军法处置！"这时，谢落樱匆匆从外面赶回来，拦不住万盛的车马，看见杨恕，疯一样跑来，求杨恕想办法救回谢天顺。

万盛坐在马车里掏出手绢擦头上的汗："这帮丘八，完全与那山贼草寇无异，眼里只有他们的谢将军，根本就没有皇上！咱们还是赶紧离开这儿，先回驿馆吧。"

杨恕和董西在屋内愁眉不展，这时一身布衣的马千秋忽然风尘仆仆赶来。马千秋已经辞官,这次来洪州就不走了,听到谢天顺被那太监万盛带走了,就出主意让杨恕去找惠王借钱,金银珠宝,越多越好!

驿馆内,杨恕和马千秋把一个装满金银首饰的锦盒送到万盛面前,万盛张大了嘴巴,贪婪地拿起一件玉如意看了又看:"谢将军一门英烈、忠心耿耿,其实我也是知道的。但是皇上确实是收到了东南密报,而且还有搜出的画像为证,表明谢天顺和天香教有所勾结。现在谢将军没有性命之虞,二位放心吧。"万盛俯身捏住杨恕耳朵,搜到自己嘴边,"皇上最头疼的便是东南的安危,如今下令囚禁谢天顺,多半还是怪罪他对天香教清剿不利。若是这时候谢家军自告奋勇,一举攻破天香教山寨、荡平邪教。不说谢将军的冤屈立刻昭雪,这份功劳也足够稳固谢家军在皇上心中的位置。"杨恕恍然。

杨恕和马千秋走回军帐,径直走到谢天顺中军案前,取过令箭,往地下一掷,

今日要夜袭天香教!

天香教山寨内,李印月正陪着竹野英雄和小池等倭寇饮酒作乐,小池讲起东瀛的忍术:"忍术最兴盛最强大的流派,都来自偏僻落后甚至穷困的山区。东瀛刚刚经历了百多年的战乱,每一个诸侯都想独霸一方甚至雄霸天下,就不断地互相厮杀,而对老百姓则征收高额的赋税。山区的村民最穷,但是身体强壮,动作灵活,当没有什么东西可以被征收的时候,村民的性命和技能就成为在乱世里活下来最后的可能性。他们被当做斥候、奸细、刺客甚至替死鬼,不断地派到敌人的地盘里。只有最能忍耐痛苦和折磨的人才能活下来,于是,才有了忍者这个名字。"

杨恕带着大队兵马包围了天香教金钵山山寨的外围,大军行动悄无声息。天香教几个巡游的教徒,被华安五虎从黑暗中偷袭,一声不吭,就被放倒。有一两个负隅顽抗想要通风报信的教徒,被杨恕的弓箭手一一射死。战鼓和号角一并响起,如同震天惊雷。杨恕一马当先,身后是如潮水般的谢家军。

天香教山寨内,小池还在继续说着:"敌人抓到忍者,无非是死而已。但最大的痛苦和折磨,不是来自敌人,而是内心的仇恨。统治者的大名和武士,骨子里还是把忍者当做异类对待,需要的时候利用,不需要的时候就除掉。

忍者是鬼,人总是害怕鬼神的。其实鬼才更害怕人。因为人比鬼更残忍。"正说着,忽然外面传来一阵巨响,一个教众冲入:"不好了,谢家军攻上山来了!"

竹野英雄站起来,大惊失色:"谢天顺不是已经被抓起来了吗?小池,叫你手下的忍者杀人队立刻顶上去,争取时间撤离。"小池领命而去。竹野一脚踢翻了桌椅:"本以为诬陷谢天顺是天香教主,就会让皇帝替我们除掉这个眼中钉!没想到杨恕这小子半路又出来闹事,看来此地不宜久留。"竹野忽然转身,"印月,你要留下,支持到最后,让杨恕把你救走!接下来就需要你演戏了。你会变成我在洪州城里最大的耳目,也是在最关键的位置埋下的毒针,随时可以助我取得关键的胜利。"竹野带着手下匆匆出门。山寨后门开了一条缝,黑暗中竹野带着手下沿小路撤离。

杨恕和华安五虎浑身浴血,冲上天香教山寨,踹开山寨大殿。一阵烟消云散后,却只见一个白衣女子昏迷在地。杨恕小心上前,用剑撩起女子头发,却是李印月,她凭仅仅残存一点微薄的意识认出了杨恕。石虎大步踏上要取李印月性命,杨恕反手一剑格开石虎兵刃。李印月气息微弱,几乎无力说话,只有双眼含泪。杨恕立即带领众将回营。

杨恕和华安五虎以及谢家军各将官会聚一堂,总结战果:围山的人马都已尽全力,但还是有一彪人马全军覆没,从死伤人马的伤口上看,全部是被精钢利器砍伤的,很像是倭寇的忍刀。忽然帐后传出李印月的声音:"倭寇正是控制了天香教的所谓圣母,这才收服众人为他们所用!"李印月身体疲惫,说话就喘得不行,"我遇到倭人掠劫,被一路裹挟到了东南。倭寇知道天香教徒正在寻访圣母,不知为何恰与我形貌相似,于是倭寇用迷药控制住我,将我扮作圣母转世,打入天香教,成为倭寇控制天香教的权柄。我何曾想为倭寇效命,实在是迫不得已。"李印月闻言声泪俱下,背过身去,解开衣衫。只见李印月雪白细腻的身体上面,早已满目疮痍,刀伤、烧伤、鞭笞,各种伤痕无所不用其极。

"这只是折磨的一小部分。倭寇用酷刑折磨我的身体,用迷药控制我的头脑,令我生不如死,只得委曲求全。"见李印月如此,帐中男子都再没有一句责备能加于其身。众人皆沉默不语。李印月缓缓穿回了衣衫,"我已将此间前因后果做下详细笔录,以证明谢天顺将军之所以受到诬陷,全是倭寇捏造假证、挑拨离间的阴谋诡计。"李印月拿出一封书简,递给为首的王参将,"小女此生颠沛,命运多舛,落入敌寇之手,害人害己。如今烟消云散,也没有什么挂念了,实在不该再苟活于人世。"李印月言毕忽然上前抽出王参将的佩剑,往自己脖子处抹去。杨恕大惊,立刻出手将佩剑击飞。但终究晚了一步,李印月的脖颈处已经被利剑划伤。

诏狱内,狱卒打开了沉重的大门,杨恕和王参将等人来接被诬陷的谢天顺出狱,杨恕注意到,谢天顺鬓角已白发丛生。

李印月被救下,脖子上缠着厚重的纱布,看起来奄奄一息。杨恕亲自为李印月一口一口喂药。李印月看着杨恕,情态柔弱,表情哀伤。杨恕身后,站着满脸不快的董西。这时谢天顺走了进来。李印月满脸惶恐,想起身却触动伤口,吃痛又倒了下去:"谢将军……哎呀……小女有罪,对不起谢家军。"李印月泪水涟涟,董西看着心烦。

谢天顺语重心长地说:"因为李姑娘你,我谢天顺和麾下众将才明白几件事:其一,倭寇实在歹毒,防不胜防,永远不可掉以轻心;其二,只要我大明将士上下齐心,倭寇终究必败;其三,就是谢家军没有我谢天顺,也一样是虎狼之师。我在大牢之中,杨恕不就指挥了一场漂亮的攻坚夜袭吗?我本来一直担心,我自己有个三长两短,我苦心经营的抗倭局面,会付诸东流。谢家军名声日隆,对老夫却未必是好事。这次皇上轻易就相信谣言,确实为我敲响警钟。谢家军也好,朱家军也好,只要能够抗击倭寇,保土安民,就是好儿郎好汉子。"杨恕听谢天顺一番赤诚之语,十分感动。就在这个当口,帐外一阵巨响。杨恕冲出去,见烟雾弥漫,恶臭阵阵,只见谢家军兵士往来奔走,却不见敌人。王参将骑马掠过,汇报说方才倭寇假冒粮队,混入军营,点燃这奇异烟雾。杨恕忙命令众人掩住口鼻,小心有毒,立即拔腿就往回跑。

四五名黑衣忍者果然趁着烟雾冲进了营房内,董西和谢天顺奋力抵抗。杨恕很快发现忍者的目标都是李印月。马千秋鱼跃进军帐,击伤了正在攻击董西的忍者。几个忍者见状不妙,连连后撤。马千秋和杨恕两人合力把忍者逼退。为首忍者忽然漫天撒了一把飞镖,马千秋、杨恕挥舞兵刃,奋力把飞镖击落,后排另一个忍者,却端起了火绳枪。枪口朝着董西,马千秋鱼跃而起,用自己的身体挡住了火枪子弹，重重摔在董西面前，忍者趁乱撤退。马千秋胸口几乎被弹药洞穿，血流不止，董西趴在马千秋身上大呼。众人忙找来军医抢救。

马千秋脸色苍白地躺在床上，嘴唇惨白，就如死了一般。军医面露难色："启禀大帅，这是东瀛火枪的贯穿伤，实在不是普通医药能治愈的外伤，我已尽力了，后面就要看他身体状况能不能顶住这一劫了。眼下只能替他多多祈福，希望他吉人自有天相。"谢天顺挥手，军医退出去。董西含泪呼喊马千秋的名字。不多和尚进来，径直掀开马千秋的床单探看伤势，面露喜色，从随身药匣子里取出一个小瓷瓶，小心翼翼抠出几粒，把丹药沾了水，捏成泥饼，扯开马千秋胸前枪伤，生生把泥饼塞了进去。马千秋疼得脸上直冒冷汗，脸色更加惨白。董西看了心疼，拽住不多和尚。"你懂什么？不把周边腐肉烧坏，他才是真的会死。烧坏腐肉，强行止创。这原本是大内的生肌去腐散，经我多年改进，药效应该没有那么霸道了。"不多和尚解释道。

谢天顺仔细打量正在忙碌的不多。忽然眼前一亮："这位大师哪里见过，你手握大内秘药，绝对不是普通人，老夫记性还没那么差。"听不多说皈依之前，俗家姓冯，立即想到是大内侍卫冯霆威！众人皆惊。

谢天顺看看马千秋："马千秋是冯霆威的儿子，那时候你为了避开宫闱祸乱，云游隐居去了，现如今，你来此自然就是为了和他父子相认。"马千秋挣扎着看了不多一眼，马上又疼得翻倒过去。不多叹了口气，指了指尚在龇牙咧嘴的马千秋："那日在龙山华安一见，家传的武功我一眼就认了出来，只是犹豫之间未敢上前相认。我父子离散多年，音讯全无。那日一见，日夜挂怀，便寻去京城，怎奈这小子竟辞官来了洪州，我只得禀明方丈，一路南下寻访。"马千秋忽然吐出一口淤血，董西大惊前趋，不多擦了擦额角的汗水："淤血尽出，是好兆头。只是药物能做的，都已经做了，再往后，就要看这小子自己了。"

东方泛起鱼肚白。军营里已经升起造饭的炊烟。董西趴在马千秋身边睡着了。不多和尚也在角落里打着瞌睡。马千秋的手臂牵动了一下，惊动了睡梦中的董西。董西喜极而泣，顾不得擦眼泪，跳起来就去给马千秋倒水。不多和尚也被惊动，从角落站了起来，铜虎大踏步走进来，想和不多做儿女亲家。既然马千秋为了救董西受伤,大难不死,董西也是大难不死,还日夜守护马千秋,这不正好凑一对吗?

董西正在给马千秋倒水的手僵住了。马千秋也察觉了董西的异样,硬撑着起身:"铜虎大师,您误会了。我对董姑娘是有情,我也很喜欢她的性子,但那不是男女之情,况且董姑娘也早已心有所属。我马千秋可以不顾自己的生命去保护她,但却不可能答应这桩婚事。我们的关系,如兄妹一般,上次还差点结拜。铜虎大师,今日我对着万千神佛发誓,马千秋一生都当董西是亲妹子。"董西眼泪稀里哗啦地流下,铜虎还想说什么,不多拽着他,走出了营房。

李印月在病榻上睡着,恍惚间眼前多了一张恐怖的面具,面具摘下,是师父小池,她给李印月带了扶桑花的药丸,告诉她刺杀是为了让她更加安全。小池交给李印月一卷地图,一瓶药剂,下个月南北华安五年一度的比武盛会就要开始,叮嘱李印月要想方设法进入南华安。地图里标注的目标是南华安寺后山的地宫,竹野英雄的情报表明,这里就是那批宝藏的真正所在。黄潮升早就暗中派人挖通地道,将宝藏转移到南华安地宫,只要得到宝藏,倭寇大军就能获得丰厚的资金补充兵力,东山再起。小池戴上骷髅面具,隐入黑暗之中。

夜深人静,洪州城里杨恕等人的居所里,来来回回有士兵巡视。一道黑影蹿上墙头,巡夜的董西发现有异动,藏身于梁柱之后。黑影从墙上落下,朝着内院走去。董西紧紧跟上。那黑影悄然靠近窗下,董西紧随其后,手上的兵刃攥得更紧了。

屋内,众人围着心湖大师。心湖大师把心湄大师的来信给杨恕看了,杨恕当即决定去向谢将军告假,和心湖大师返回南华安,一起参加南北华安五年一度的比武盛会。屋里的人全然不知外面有人偷听,心湖大师继续说:"金虎勉强能和竞月打个平手,却未必赢得了竞日的大开碑手。五年前那次大会,拳脚、兵刃、阵法,我南华安是靠着后两项才勉强获胜,赢得了供奉舍利金匣的机会。武学修行一途,如逆水行舟,不进则退。上次比武之后,罗汉堂心泳大师这几年发愤图强、闭关苦修,一心指望在本次大会重振北华安的威名。反观我们南华安,俗事缠身、南北奔走,恐怕用在武艺修行上的时间,尚不及人家三成,何况……"忽然,屋外兵刃响动,杨恕身形一跃已至门边,侧身开门。五虎也各摆架势准备迎敌,外面是惊诧不已的董西,以及被董西兵刃加身、神情狼狈的李印月。

李印月看到杨恕,心里反倒不慌乱:"我,就是随便走走。那你是怎么来的?难道是飞着过来的不成?"董西气得满脸通红。李印月见状,微露得意神色。她扭着身子从董西身边走过,进到屋内。对心湖大师袅袅娜娜行了一礼:"大师,小女子有礼了。这几日养伤,在屋里闷得慌,晚上睡不着,便出来溜达溜达,听到大师这里讲故事讲得精彩,忍不住停下来听了几句。可惜,被人误会,唐突了几位师父,小女子在此赔礼了。大师要是不介意的话不妨接着讲下去。刚才说到哪里了,哦,对了,您说到南华安五虎忙于战事,却荒疏了武学修炼,更何况……何况什么来着?"五虎和杨恕闻言卓然色变,看向心湖大师,李印月终于察觉气氛不对,下意识退了一步,求助般看向杨恕。杨恕和五虎都隐忍不发,可是心里的悲楚却写在脸上。心湖大师长叹一声:"更何况,木虎抗敌身死,猛虎阵不复旧观。"心湖大师说到此时亦不禁动容,五虎更是虎目含泪,怒视李印月。

李印月终于收拾心神,再次对心湖大师施了一礼:"当日小女子被倭寇下蛊控制,断送了木虎大师的性命。全赖诸位胸怀宽广、不计前嫌,还出手助印月脱离倭寇魔爪,大恩大德,印月心里是感激不尽的……然而,印月本以为能重获新生,谁想,到头来,诸位对我终究是放不下敌我之防,解不开那萦绕心头的刻骨仇怨。也罢,也罢。小女子愧对诸位,无颜立足,告辞了。"李印月走出五虎的营房,来到院中,已换了副神情,快步走入黑暗中。

心湖大师继续说:"从前天竺有位王子叫摩诃萨青,心地善良淳朴。一日王子外出狩猎,见到一只母虎正在为两只幼虎哺乳。可是母虎身体虚弱,饥肠辘辘,眼看着就要吞噬幼虎充饥。摩诃萨青不忍幼虎丧生,也不忍母虎饿毙。就自己除去衣衫,深入虎穴,想要牺牲自己喂食母虎。可是万物皆有佛性,母虎不忍接受王子的好意。王子就拿起竹签,刺伤自己,任凭鲜血涌出。这一下激发了母虎的兽性,于是开始舔舐王子的鲜血,进而吃掉了王子的皮肉。佛经里说:这时候大地产生了六种巨大震动,天上花瓣和香料像下雨般坠落,虚空诸天的神明,一起称赞王子的大慈大悲。于是王子得道成佛,投身兜率天之上。"众人沉思,杨恕想了一想,抽身离去。董西却还是似懂非懂:"大师,你说这个故事,动人倒是动人,可是,那个王子没有觉得不值得吗?老虎总归是老虎,是吃人猛兽,就算救了老虎,老虎还是会要吃别人。这样的话,王子算不算是害人呢?"可是心湖大师毫不介意:"阿弥陀佛。善应何曾有轻触。待虎如此,何况待人。放下屠刀,立地成佛。"

李印月匆匆走进一片树林。她脑海里不断闪回着竹野英雄的指令,从身边掏出一个小瓷瓶,举起一饮而尽。她美丽的脸庞,立刻变得苍白骇人,身后的脚步声传来,李印月脸上浮现出诡异笑容。杨恕从后面追来,只见李印月扶着树枝,娇弱的身躯在月光下颤抖不已,腿下一软,瘫在杨恕怀里。李印月双眼已经睁不开,挣扎着最后的气力:"杨大哥,别管我了,我对不起你们,我这是咎由自取,是倭寇,在我体内种下了……天香教的巫蛊之毒……"话音未落,李印月已昏死过去,杨恕焦急,背起李印月就往回跑。

铜虎面色凝重地把脉:"这种毒是西南苗疆山间最厉害的巫蛊,配方里有一味药引是钻心虫卵,虫卵进入人体,孵化成千万根小虫,小虫喜食鲜血,会钻破皮肉,寻找血脉,最后聚集于心脏,所以叫钻心虫。虽说是无药可解,但世间万物相生相克,一定会有克制之法。只是此去苗疆行程数千里,以她现在的状况,等把药拿回洪州,恐怕李姑娘也早就去了西方极乐世界。现在唯一的办法,是师父运用易髓经,先封阻她周身血脉,延缓蛊毒的发作时间。要根治,需要两人合力,而当世能与师父功力相当的只有师叔心沂大师了。只有师父和师叔一起运易髓经,把蛊毒逼出体外,才有可能救她一命,那就得带她一起回南华安。"杨恕这就要去恳求师父,救李印月的性命。铜虎叹了口气:"舍身饲虎,师父一定会答应的。"

不久,众人上路。杨恕和五虎骑马,簇拥着一辆简陋的马车,董西极不情愿地驾着马车。车里,心湖大师正端坐为李印月运功疗伤。她专心致志,双目紧闭,李印月嘴角却流露出一丝诡异的微笑。

久延山南华安山门,心沂大师带着弟子巡视,杨恕骑马率先赶到山下。心沂大师远远望见,笑逐颜开,杨恕滚鞍下马,对心沂大师行礼。半个时辰后,心湖大师面色苍白被五虎抬着,小心翼翼送进禅房。心沂大师见了,双手合十,对师兄行了一礼,心湖大师苦笑:"我已经用内力封住了女施主的血脉。明早辰时血脉就会恢复运行,那时候集你我二人的功力,当能一举逼出她身上的蛊毒。救人一命胜造七级浮屠。明早金虎代表我去迎接心泳大师一行，石虎负责比武期间前山后院的值守。杨恕，你明日就以武状元的身份，主持比武大会，心泳大师他们应该不会有什么不快。如果一切顺利，我和心沂师弟大约午时就能解救这位女施主，届时为师自然会现身。"五虎和杨恕行礼离去。心沂大师轻轻叹了一口气。心湖大师道："名利本是虚妄，一时风头比起救人性命，孰轻孰重，心沂，你还参不透吗？"

第十八回

缉元凶印月露真容　查令牌董西追根源

天色微明,山上的清风拨开了晨雾,缝隙中阳光透射进来,照得整个南华安镀上一层淡淡的金色。禅房内,心湖、心沂两位大师一左一右,盘腿坐在李印月身边,一手搭住李印月的肩膀,一手竖在胸前。心湖、心沂大师嘴里念念有词,内息从手臂传导到李印月的体内……心湖、心沂两位大师脸上红一阵青一阵,似乎李印月的蛊毒也感染到了心湖和心沂大师,李印月的脸色却逐渐由白变红,红润了许多。忽然心湖心沂同时一声大喝,李印月喷出一口黑血,黑血落出,竟有热气滋滋冒出。李印月也睁开眼睛,被两个小沙弥搀扶着离开。心湖大师年事渐高,功力损耗太大,身体有些虚弱。

杨恕和金虎带着知客僧在南华安山门前恭候北华安人马。北华安心泳大师身穿盛装徐徐行来,年纪虽大,依旧气度不凡。心泳大师身后依次跟着三位武僧打扮的高僧,单看气势,便知是大名鼎鼎的日月星三罗汉。金虎上前行礼,心泳大师只不满地"哼"了一声,便傲慢地径直往山上走去,心泳大师身后的三位弟子也是一言不发,跟着师父前行。

大雄宝殿前,心泳大师坐在客座,对面是杨恕,主座首席依旧空空如也。南华安僧人只有金银铜铁石五虎列席。心泳大师有些耐不住性子,忽然朗声说道:"想不到龙山一别,南华安人才居然凋零如此。我等远道而来,心湖大师连面都不愿意露一下,实在是令古刹蒙羞……依我看,现在你们南华安就把舍利金匣请出来,交还我北华安供奉保管。"

金虎无奈地给杨恕使一个眼色,杨恕会意,抱拳而出:"心泳大师,在下是当朝新科武状元杨恕,奉皇上口谕,前来观摩今日的华安比武盛会。皇上还特别叮嘱我要多向龙山华安神僧讨教武艺,皇命难违,请龙山华安的高僧不吝赐教,亲身入场指点一番如何?"

心泳大师皱了皱眉,看向身侧:"赐教谈不上,杨大人既然有雅兴,那么我就让劣徒陪杨大人过几招。竞星,就用你的剑和杨大人切磋切磋吧。"竞星解下佩剑,走下场来,两人各摆一个请手势,随即你来我往就斗在一起。铁虎转身就往后院去了。

后院厢房内,两个小和尚为李印月打水洗脸。李印月仍然假装身体虚弱。忽然外面其他小沙弥起哄,比武开始了!……两个小和尚被李印月说服,放下手中脸盆抹布掩门而去。李印月面色一变,立即跳下床,摸出怀中地图。

大雄宝殿前,杨恕和竞星和尚还在缠斗,众人看得起劲儿。可是杨恕已落了下风,只有防守之力。杨恕一招失算,被竞星长剑扫中上臂,杨恕受伤,招数变得迟钝,竞星借机上前抓住破绽一掌击中杨恕胸口,他平平直飞出去,吐出一口鲜血。铜虎扶起他,马上掏出了两粒药丸塞在杨恕嘴里。杨恕挣开铜虎的搀扶,希望领教一下北华安的大霹雳手:"我是奉皇命前来请教华安功夫,乃是俗家身份,并不是参与你们南北华安比武,相互切磋,相互提高,不是很好吗?对不对,心泳大师?"

心泳大师扭头对竞日叮嘱:"这杨恕看起来和南华安是一伙儿的,但是他打着皇家身份,我不得不容他几分。你就上去跟他过几招,只许打得他不能下场,这事儿也就算完结了。"竞日走下场来,杨恕把佩剑交给金虎,也走下场去。杨恕站定,对竞日行礼,竞日身形已然动了起来,看上去慢,实际上已经冲到杨恕身前。嘭的一身巨响,竞日的大霹雳手正中杨恕胸口。可是这次杨恕既没有飞出,也没有受伤,居然跟没事人一样,竞日也是一愣。杨恕还在奇怪为什么大霹雳手这么不痛不痒,心湖大师忽然出现:"傻小子,这不是大霹雳手,这是易髓经!"

李印月按照竹野提供的地图,一路摸到南华安的后山,果然在塔林禁地附近找到了竹野英雄标记的入口。石虎和尚正在塔林另一端参拜一尊新修的塔林，默默念诵着超度经文。李印月并没有注意到石虎，她自顾自走到一尊造型怪异的佛塔前，寻找隐匿机关。李印月一番摸索，果然发现机关就在佛像莲花座上，她用力一按，佛塔上的石碑轰隆一声倒下，露出一条深邃的甬道。石虎听见异动，惊觉有人闯入塔林，立刻起身循声前来。见是李印月，大声呵斥。李印月大惊，但是仍不动声色："后院有贼人闯入想要偷窃，我一路追踪而来，眼见他躲进了这里。既然遇见师父，还请您跟我一起去捉拿贼人。"见石虎将信将疑，李印月又说："心湖心沂两位长老舍命救我，我就是木石心肠，也被几位高僧的慈悲感化。我是真的担心有贼人潜入，对华安不利，若是师父还有疑虑，不如我在前，师父在后，如何？"石虎盘算一下，终于点头。

石虎跟随李印月走在地宫阴冷的甬道里，前方漆黑一片。黑暗中，李印月悄悄摸出一件东西，弹向前方。石虎听到甬道前方响起一声异响，李印月假装吓得惊叫。石虎大踏步上前，甬道前方却没了动静。就在这一刻，一枚利刃从石虎后心穿过，带着鲜血的刀尖从前胸透了出来。李印月露出阴狠的表情。

心湖和心沂大师出现在比武现场，南北华安诸僧起身行礼。杨恕惊叹心湖大师内力这么快就回复了，竟然隔着他硬生生吃下了这大霹雳手的一击，况且自己居然一点儿感觉都没有。心泳大师解释说，那是心湖方丈用易髓经功力疏导大霹雳手内劲到了别处，看看杨恕脚下十几方厚重的青砖，都已经被掌力震碎。

心湖大师说道："出家人不打诳语，我现在只有三成内力。方才姗姗来迟，是因为我和心沂师弟，正在后院为一位施主治病驱毒，此时功力几乎油尽灯枯，休息良久才有些气力，让诸位久等，实在是过意不去。我这内力不是三两天就能完全恢复的。何况，就算心泳师弟不与我动手，我这几个不成器的徒弟，也决计斗不过日月星三罗汉。因此，贫僧思前想后，不如直接将舍利金匣奉上，今年的比武就算是我南华安输了。如今天下危机四伏，东南倭寇尚未平复，正是我华安武僧挽救生灵免遭涂炭、齐心戮力之时。这比武大会难免有个什么闪失，平白折损我华安僧兵，纵使赢得了比武，也还是大大的输家。所以,今日我久延山华安自愿认输,舍利金匣就此交由北华安供奉保管。"

南华安诸僧几乎怀疑自己听错了,议论纷纷。心泳大师听完心湖大师的肺腑之言,大为感动,深深行了一礼:"师兄胸怀宽广,淡泊名利,虽然不愿争武艺之高下,但是南华安诸僧的济世情怀已经远胜我北华安了。今日是我们输了!舍利金匣还得归由南华安供奉,来日我等要共同见证奉宝入房仪式!师兄如不嫌弃,待奉宝仪式结束,我回到龙山,就命弟子领北华安僧兵加入抗倭义军。"在场所有人都发自内心地叫了一声好。这时,一个小沙弥跌跌撞撞地冲了出来,说后山出事了!

心湖大师等人立即赶到后山,却只见一群小沙弥围着一张草席,上面躺着的赫然是不幸身死的石虎。四虎大为悲痛,扑上去抱着石虎的尸身放声大哭。心湖大师手里的念珠,几乎要拿捏不住。小沙弥吓得不行,结结巴巴地说发现地宫甬道被人打开了,进去一看,就发现石虎。杨恕俯身查看石虎尸首,利刃贯胸,凶手是从后面偷袭的,是甬道狭小,躲避不及。董西从甬道里走了出来,手里举着女人发簪上用的珠花。珠花是她在甬道最深处找到的,说明这很可能是有人用力掷出,吸引石虎注意力的。董西把珠花扔向杨恕,自己飞身冲向后院禅房:"这凶手,就在后院的禅房里!"

董西一脚踹开李印月的房门,只见李印月正缩在床上。董西一把掀开李印月的被子,里面却只是一个穿着贴身亵衣的娇弱身躯。李印月一声尖叫,反倒把董西吓了一跳。恰好杨恕追来,看见李印月衣衫不整,闭着眼睛把董西拽了出去:"戴珠花的女人多了!是不是每个人都是杀害石虎师兄的凶手?李印月刚刚痊愈,连心湖师父都累得筋疲力尽,她又能有多少体力,怎么可能行凶?如果她有力气杀石虎,为什么不在师父刚驱毒的时候谋害师父?这样对华安危害不是更大吗?"董西被杨恕说得没词了。

月上枝头,小和尚给李印月送上了斋饭。李印月从小和尚嘴里得知,明天地宫将要被彻底封起来。李印月心里却焦急,放下碗筷,吹灭了房里的蜡烛。

深夜,她再次摸黑走进了地宫的甬道里,点燃了火烛,甬道里亮起了微微的光芒,她按图索骥,终于在地宫深处发现一个巨大的石门,石门上的铜环已经锈迹斑斑。李印月使出全身力气拉开铜环,石门缓缓打开。她摸到门边的油灯架,小心地把地宫的灯架点燃。地宫灯架设计巧妙,点燃一支,其余瞬间全亮,显然是有大量酥油连接。地宫密室瞬间被照得像白天一样。里面摆满了大樟木箱子,李印月用力打开一只箱子。终于看到了被黄潮升秘密移到地宫中的金银珠宝。李印月满脸得意。可是她刚一转身,脸上表情便冻结了。董西、杨恕、金银铜铁四虎出现在自己面前。董西得意洋洋:"呆瓜,我说什么来着,随便一拉钩,鱼儿就自己咬上来了。我就知道,这个女人和石虎的死一定有关系!"

杨恕愤怒道:"李印月,难道你中毒求助,就是为了这些?我们一直在救你,你怎么能恩将仇报?!"李印月二话不说,掏出兵刃,朝着杨恕扑过去。杨恕侧身躲开,四虎两面夹击。李印月躲开,手上暗器却抛向董西。董西堪堪躲过,暗器打在墙上,竟然爆炸,产生了大量的烟雾。董西被烟呛得眼泪直流。等烟雾散尽,众人追出地宫,李印月早就不知去向了。

海边滩涂,不远处泊着一艘八幡船,海风呼啸。竹野和小池站在海边的暗夜里。自从谢天顺到洪州,竹野英雄感到处境变得艰难起来,那批寻找多日的宝藏现在又落到了谢家军手里,局面大为不利。为扭转颓势,竹野英雄派小池除掉谢天顺,以绝心腹大患。

洪州兵营今夜格外热闹,校场上有人推着酒车,到处送酒。今夜是惠王和谢落樱大喜的日子,犒劳诸位将士。整个军营沉浸在喜悦之中。校场一角,杨恕坐在马厩边,独自喝着闷酒。谢天顺托着酒坛悄悄来到了他身边,感谢他从华安寺带回来的那批金银珠宝,足够谢家大军两年的用度开销。谢天顺再为杨恕和自己满上酒,二人正要碰杯,杨恕忽然瞥见远处寒星一点,他一下子酒意全无,扑倒谢天顺。当的一声,一只透着寒光的毒镖击碎了谢天顺身前的酒坛!杨恕惊呼,军士纷纷聚拢过来。毒镖不断袭来。杨恕用兵器格挡,但是左支右绌。杨恕瞥见身边最近的灯架,运起掌风,一掌扑灭了灯架的灯火。刺客失去了灯光照明,看不清谢天顺具体的方位。杨恕眼见刺客高高跃上墙头想要逃跑,一跃追了上去。

两人你来我往。刺客不时往后放出毒镖,杨恕也不断踢起砖瓦攻击刺客。忽然马千秋半路截杀而至,将刺客逼入近身战。刺客失神中了马千秋一掌,脚步错乱,被打下了房顶。杨恕追上,一剑砍伤刺客。刺客反击,杨恕一不小心,踏进了一处破烂房顶,陷了进去。等杨恕落到房里,再跳上房顶,只隐约见那刺客潜入一处宅院,消失了。杨恕盯着这处宅院,眉头皱了起来,对马千秋说:"这正是张简正的宅院。"

张简正此时正在书房读书,受伤的刺客撞门而入,摘下面具,却是竹野的忍者小池。小池强忍疼痛,关上房门:"杨恕在追杀我,你是竹野君的人,我就是奉竹野君的命令刺杀谢天顺,但没有成功……且让我暂避一阵,之后我会想办法离开。"

张简正看着外面,远远已传来人声,判断宅邸被包围,小池已无路可逃,除非死了。小池也似乎领会了他的意思,勉强走到张简正的后花园,找到一口巨大的鱼缸。小池解开衣衫,翻身跃入水缸,掏出一包白色药粉,撒在水缸里,水中开始冒起水泡,小池咬舌自尽,跌入缸中。张简正站在黑影里看着水缸上方冒起的烟雾,感觉真是恐怖。

张简正回到书房没多久,管家便引着杨恕进屋,听说有刺客行刺未遂,潜入府上,张简正一副担忧表情:"管家,速速领杨大人的手下四处查看,不要遗漏!唉,这些倭寇真是丧心病狂啊,三番五次地刺杀!"杨恕微微一愣,抱拳拱手,出门去了。

杨恕和马千秋分别搜查,一无所获,两人在后院里碰头。马千秋摇头:"我和那刺客交手,他的招式有忍术的痕迹,肯定是倭寇派来的忍者。三弟,你看这水渍……"在月光照应下,马千秋忽然注意到地面上的水渍,他捡过一根竹竿,慢慢伸进水缸,收回竹竿,却发现竹竿上面挂着几缕黑色的东西。二人凑近细看,是头发!杨恕马上向谢天顺汇报:"刚才我和二哥追踪刺客,那刺客被我们逼得慌不择路,最后却是在张简正府上失去了踪迹。我们怀疑,刺客很可能与张简正有什么关联。大哥,最近市井坊间有个传言,张先生有倭寇血统……"坐在一旁的正与谢天顺饮茶的朱辰钧蹙眉道:"空穴来风!传闻还说我岳父是天香教教主,可信不可信?张先生跟随先父多年,他若是与倭寇勾结,要窃取我方的大小军情,岂不是易如反掌,怎么倭寇还会让大明的军队打了个满地找牙?三弟就不要胡乱猜疑了,岳父,小婿告辞了。"朱辰钧拂袖而去。

朱辰钧折回惠王府,却见张简正已经端坐在客座上。朱辰钧看了张简正一眼,走入书房。张简正上前对朱辰钧深深一揖:"我是倭寇的奸细!王爷有所不知,二十多年前,我便是东瀛植入洪州的一枚棋子。今日在下既然向王爷表白身份,自然已将生死置之度外了。但是我敢说,王爷不会杀我。因为您还想当皇帝!我也算是看着您长大的,王爷您是怎么样的人,我是一清二楚。您自己一直以来是怎么想怎么做的,您自己心里应该有数。也正因为如此,我才敢大胆提出辅佐王爷称帝的计划!"

张简正说中朱辰钧心事,他瞪了张简正一眼,皱起眉头。张简正继续说:"王爷,之前在下已经将辅佐您问鼎天下的谋略和盘托出,眼下您刚与谢家联姻,这虽然是一招自保的好棋,但现在看来,那谢天顺是个愚忠不化的老顽固,将来依靠翁婿关系图谋兵权,很可能只是咱们的如意算盘而已。我有一言,请王爷静听。东瀛经历百年战乱,如今终于一统,正是如日中天。东瀛武士战力只在明军之上,又兼具海上贸易的优势,如果王爷您有朝一日逐鹿中原,试问,是忠心不二的谢天顺会支持您,还是东瀛的大军会支持您?倭人近年滋扰东南,无非是因为明朝海禁,贸易不盛,如果王爷成功起事,哪怕偏安一隅,也足以满足双方贸易需求。贸易之事一本万利,完全可以提供角逐天下的资金支持。"

朱辰钧听张简正说得天花乱坠,却反倒冷静下来:"说得好听,倭人许诺既借我军队、又支持海上贸易,好处全给本王一个人占了?这向来不是你们倭人的风格啊!日后只怕还有诸多限制要加于我身吧,我恐怕还得当了倭人的傀儡。……好了,你也不用解释什么了,借助倭人之力这事实在是关系重大,须容我从长计议。还有一点我要提醒你,不管你做什么,都必须万分谨慎,否则一旦露出什么马脚,连累到本王,可就不是闹着玩的了!"张简正点点头,转身出门。朱辰钧看着空落落的屋子,只剩自己和自己的影子,有些心烦意乱。

海边八幡船上,竹野英雄收张简正来信,里面还夹着一个令牌:小池任务失败,已经自裁谢罪。朱辰钧犹豫不决,须尽快除掉谢天顺,以坚定其与我方合作之决心。三日后,谢天顺将往马尾视察水军操练,随行亲兵较平日多了两倍,不过这反而是个好机会。这块令牌即是通行凭证。须再派得力刺客,混入军中,力求一举成功。

竹野手里把玩着令牌,回身打开身后的舱门,房间里一名"男子"正在镜前化装。"男子"回过头,半张脸还是女人的容貌,另外半张却俨然已是一个粗鄙的汉子。竹野英雄严肃地说:"李印月,这是你最后一次机会了,你要珍惜啊!"

洪州军营,校场点兵,数百亲兵在短时间内集结完毕,谢天顺非常满意。杨恕赶到身边,劝说倭寇正处心积虑行刺谢天顺,这时离开洪州城,太危险了。谢天顺感到肩负重任,反而把性命置之度外了,一挥缰绳,策马出营。杨恕也只得翻身上马,紧紧追上。

秋高气爽,隔岸花开。池塘边,朱辰钧正看似悠闲地垂钓,一名随从领着马千秋穿过花园走过来,随从退下,二人并肩而坐,马千秋说:"说实话,皇上派我到洪州来监视你这件事,让我彻底厌倦了朝堂里的复杂争斗,所以我才选择了急流勇退。不过人生总是在得失之间,来到洪州却和生父相见了。我如今无官一身轻,就想跟着谢将军保国杀敌,哪怕有一天战死疆场也不枉此生。"

朱辰钧感叹:"说得好。你一身的好本领,不管是居庙堂之高、还是处江湖之远,哪里不是建功立业之所?愚兄也是心怀抱负之人,唯愿日后成就一番大业。有朝一日,待愚兄能施展拳脚,还得你这样的好兄弟鼎力相助啊!"二人对视,马千秋点点头。这时鱼浮忽然动了动,朱辰钧提竿,一条泛着白光的大鱼扑腾出水……

谢天顺一行人行进在官道上,杨恕和谢天顺并辔而行,众多亲兵列队随行,扮成男装的李印月穿着亲兵军服混在队伍中,正伺机下手。李印月本已将匕首攥在手心,这时忽然王参将冲着她这一队挥手下令。李印月一愣,前后几个士兵都已往前跑去,她只得慌忙跟上。杨恕下意识地望向这队亲兵,不经意间和盯着谢天顺的李印月目光相接,二人同时一凛。李印月赶紧扭过头跟上王参将。杨恕一时恍惚,心生疑惑:奇怪,这目光眼神怎么如此熟悉,好像在哪儿见过?

马尾城水军校场内,水兵将士纷纷跑步列队集结,一时尘土飞扬。王参将在校场口看着,李印月趁乱溜走。远处,"谢天顺"带着众亲兵正向校场行来,在身后不远,李印月正躲在马槽之后死死盯着"谢天顺"的背影。水军将领和王参将一同迎出校场,忽然一个人影一跃而出,手里的剑直刺"谢天顺"。众人大惊,反应不及,李印月的剑已刺中"谢天顺"的背脊。但是令她意外的是,那剑竟没有刺入。与此同时,"谢天顺"已转身抽剑,李印月惊讶地看见眼前身披将军盔甲的乃是杨恕!李印月当机立断,立即转身打伤一名军士,夺了战马飞奔逃走。杨恕率兵紧追不舍,李印月回身甩出手里炮,消失在烟雾之中。杨恕传令,立即将马尾城封住,搜捕刺客!

已黄昏时分,众多士兵涌上马尾小城街道,仍挨家挨户搜查刺客。李印月此时已换回女子装扮,混在路人中,向城门方向走去。城门紧闭,李印月掏出腰牌走向守卫。守卫接过令牌,犹豫,李印月呵斥:"不认识这令牌吗?快开城门,误了事拿你问罪!"守卫被吓住,挥了挥手,城门被打开一条缝,李印月快步离去。

杨恕如实向谢天顺汇报:"整座马尾小城几乎都被翻了个底朝天,可还是没有刺客的下落。据守城的士兵说,曾有一个手持令牌的女子,谎称受谢将军指派出城。她应该就是刺客。如果我没猜错的话,刺客就是李印月,她用了易容术。倭寇不知用什么办法搞到令牌,让她混进了亲兵当中。"杨恕从腰间摸出自己的令牌,"这种可以在洪州四城七县的官署和军营通行的令牌,总共也就几十块。令牌正面都是一样的,但是反面的角落里会标刻具体的所属机构。我想应该以此为线索追查下去,想办法找回这块令牌。李印月肯定已经回到倭寇那里复命去了。"谢天顺听后愤怒地拍了拍桌子。

深夜的海边,漆黑一片,远远泊着几条八幡船。不远处,两个人影躲在黑暗之中。一个倭寇探子走来走去。马千秋忽然出手从身后扼住探子脖颈,很快探子便悄无声息地倒下。董西猫身往营帐方向靠近,而马千秋留在原地望风。董西来到最大的一顶帐篷外,掏出匕首小心地割开一条缝,往里探看。主帐内,一个手下正跪在竹野英雄面前,竹野面带怒容。他身边的矮桌上赫然摆着那枚令牌!这时那边排头的营帐忽然起火,董西赶紧闪入黑暗中。竹野闻言大惊,忙和手下出帐探看。董西抓紧时机,潜入主帐之中,取了那面令牌塞入怀中,然后立即离开。火势不大,很快被扑灭,竹野觉得不对,想了想,立即回身进帐,四下一看,他才发现桌上的令牌不见了,立即派人去惠王府通报。

杨恕从董西手里接过令牌后一看,只见令牌背面赫然刻着"惠王府"三字,他吓了一跳,这里面一定大有文章!当即他赶回洪州,要去惠王府问个究竟!

第十九回

为护主简正寻自裁　求重宝辰钧下毒手

张简正已将令牌暴露一事的原委对朱辰钧讲明，朱辰钧恼怒地瞪着张简正："你竟然自作主张拿了我王府的令牌，刺杀谢天顺！我已经警告过你，无论如何不能连累本王！"张简正请求朱辰钧赶快想办法补救吧，杨恕他们眼下肯定已经往洪州赶来了。

朱辰钧和张简正来到城墙之上。朱辰钧指着城中的灯火："本王此生最大的愿望便是统领天下，成为旷古明君，然而，这条道路上充满了艰难险阻，我正需要张先生鼎力相助啊。一旦皇上得知本王的亲信乃是倭寇的奸细，你说本王能不被牵累吗？"朱辰钧转过身，看着张简正："本王要向张先生借一件东西，你的命。"

朱辰钧面色阴狠，已抽出随身利剑，张简正后退一步："您就那么肯定没有什么把柄落在外人手里？王爷可还记得侍女横波？横波乃是当年九千岁安插在谢天顺身边的侍女，正是她暗中传递了谢天顺和老惠王的全部行动计划，这才使得老惠王朱祐基事败身死！现在这世上恐怕只有我一个人知道，横波是王爷您的女人！横波被迫做了个双面内奸，一方面向九千岁汇报朱祐基的动作，另一方面又同时将九千岁的计划告知于你！而你……却将这些天大的消息全部摁下了，更狠毒的是，你故意将最重要的、也是唯一的证人吴飞，送去了谢府——也就是横波的眼皮子底下，明摆着是让九千岁派人杀他!……接下来,你就眼睁睁地看着自己的父亲最终死于敌手!……你这一切所作所为,就是为了登上惠王的宝座!老惠王朱祐基不过才知天命的年纪,你担心一直当世子,无法实现你的野心,所以你顺水推舟促成了老惠王之死!被杀掉的人永远不会活过来,但沾过血的手永远无法洗干净!"张简正毫无惧色地看着朱辰钧。

"横波并没有死,她一直在我手里!横波一心指望能成为你的女人,哪怕当个妾也好,可是你却无情地抛弃了她。她是我的底牌,是你逼我亮出来。世人很快就将看清你的面目,到那时,你就会众叛亲离,被打入阿鼻地狱!"张简正镇定地望着面容扭曲的朱辰钧,"你从一开始就走上了不归路,你没有权利回头。朱辰钧,你必须杀了我!扑灭眼前这团火焰!然后,我要你浴火重生,与东瀛通力合作。只要你答应,我保证永远不会有人知道你的秘密,你还是那个风度翩翩的年轻王爷。东瀛的武士们终有一日,会助你问鼎天下,让你成为人人景仰的有道明君。想想,这多么美好……"朱辰钧说不出话,他缓缓放下手里的剑。城外,远处已依稀传来马蹄声。

"时间不多了。事已至此,我只能以死来掩护你,让他们相信你是清白的。而你,别无选择!我要你指天盟誓!"张简正目光直视朱辰钧,朱辰钧缓缓举起右手……

洪州城外,夜风嗖嗖,夜色中,三匹快马疾驰而来,董西一眼看见城墙上的朱辰钧和张简正。张简正穷凶极恶地用剑指着朱辰钧。而朱辰钧左臂已经负伤。张简正持剑猛地朝朱辰钧刺去,杨恕情急之下,拔出宝剑,奋力将剑扔出。利剑划破夜空,飞上城头,直插在张简正的后心。张简正大叫一声,跪倒在地。张简正挣扎着起身,手里的剑还颤抖着指向朱辰钧。二人目光交接,张简正惨然一笑,忽然剑锋一转,划过自己的脖颈,血喷溅出来,洒在城墙上,身子缓缓向后倒下,从城墙上摔落,砰的一声砸在三人马前。马匹受惊,前蹄腾空嘶鸣起来。

张简正的尸首被悬在闹市高台之上,众多愤怒的百姓纷纷拿起鸡蛋、石块朝张简正的尸首扔去。戴着草帽的竹野英雄混在人群中,沉默地看着这场面许久,才和手下悄悄离去。

洪州城外,细雨蒙蒙,朱辰钧撑着一把黑色油纸伞,静静立在老惠王陵墓碑前:"父王,我来看你了……自打你去世之后,我当上了惠王,这才知道,这位子不是那么好坐的,要自由没自由,要兵权没兵权,有时候我甚至觉得还不如一辈子在京城当个世子。可是不行,我要当王,我要这天下地下,唯我独尊。我要的这些本来就是我们该得的,可是你不仅不去争取,反而还放弃,所以,只有靠你儿子去争取了。……不过我也难哪,到处都是荆棘和危险,父王,是坚持下去,还是就此放弃?我一定会有办法的。"

"当然有办法!"朱辰钧猛然回身,不远处的树下,站着一个戴着草帽的人,那人摘下草帽,正是竹野英雄。竹野走上前来,躬身施礼:"在下竹野,见过王爷。张简正一郎死了,现在由我负责和王爷的合作。一郎曾给我留有书信,他说他死之前无论如何会让王爷答应与我们的合作!王爷,您不会自食其言吧?"

朱辰钧微微一惊:"本王是曾立下誓言,但是眼下时机尚未成熟,合作之事将来再议不迟!行了,你走吧,需要的时候我自会找你的。"竹野微微一笑,指着不远处的树林间,有两个忍者带着一个女子,朱辰钧看清了,那女子便是横波,竹野挥挥手,很快两个忍者带着女子离开了。

"王爷不必多言,你我心知肚明。合作之事,王爷考虑好了,随时可以去城外的妈祖庙,去了自然能见到我。告辞!"竹野说完转身快步离去,消失在树林里。朱辰钧想了想,扔下雨伞,快步走出陵园,吩咐两个迎上来的侍卫跟紧树林中的倭寇,搞清楚他们把手里那个女人送到什么地方去了!

侍卫调查一番,向朱辰钧汇报:"倭寇将那女子秘密送到了城郊二十里外的净慈庵。那个女子已经在净慈庵后面的一间厢房里住了很长时间,那个地方很隐蔽。"

入夜,城郊人迹罕至。山林掩映下,净慈庵门口,两个老尼扫完地,将庵门关了。不远处,树后闪出一个黑衣人。黑衣人看看四下无人,溜到院墙下,敏捷地翻上墙头,轻身落在院中。黑衣人沿着墙根,一路来到后院,角落里一间厢房透出隐隐灯光。门口守着两个喽啰,正在打盹。黑衣人看准时机,利索地一手一个,悄无声息地干掉了两名喽啰。黑衣人四下看看,然后用力推开厢房的门,闪身进入。

见有人进来,屋内的横波惊恐不已。黑衣人关上门的同时,手里的剑已经抵住横波,他双眼瞪着横波,扯下面罩,来人竟是朱辰钧!朱辰钧面容阴狠,嘴角颤抖,横波轻声低泣:"我没名没分地跟了你那么多年,还为你做了那么多事,到头来却只是你手里的一颗棋子。你难道就对我一点儿感情都没有吗?我以前一直以为你是个重情重义的人,可后来我才知道,你除了自己,谁也不爱……朱辰钧,我爱过你,但是现在,我恨你!杀了我吧,杀了我就不会有人知道你曾经做下的那些见不得人的勾当了!……可是,辰钧,我还是要劝你,悬崖勒马吧,不要再一意孤行地走下去了。杀了我,那帮倭人就没有你的把柄了,回头是岸哪,否则,不会有好下场的,而且,你父亲的在天之灵将永远得不到安息!辰钧……"

朱辰钧手里的剑刺穿了横波的胸膛。横波缓缓倒下,眼睛里含着泪:"辰钧,我还爱你,不管你做过什么,我都爱你……我们都是有罪的人……但是即使,我堕入最黑暗的地方,因为我心里的爱,我也不会变成永远的……孤魂野鬼……"横波嘴角含笑,终于断了气息,血流满一地,朱辰钧下意识退后两步,踉跄出门。

惠王府厅堂,马千秋代南华安住持心湖大师,邀请朱辰钧夫妇上山观摩奉宝入房的仪式:"这可是华安五年一遇的盛事,仙山福地、沐浴佛光,这宝乃是华安第一重宝,金匣之中所供奉的是华安祖师的舍利。当年,华安祖师渡江来到龙山华安,面壁多年终悟大法。而华安也成为天下古刹名寺。若是天下大乱之时,此宝一出,便可号令天下僧兵!"

朱辰钧愣住了,若有所思:"这么难得的机会,自然要去的!"看着马千秋离去,朱辰钧端起茶杯喝了一口,眼神中露出异样的光彩。

无意间从马千秋口中得知了南华安寺中有这么一件可以号令天下僧兵的宝物,朱辰钧的内心开始兴奋起来,如若能得到这件宝物,那么自己一直苦于没有兵权的问题自然迎刃而解,而且将来也就完全不必求助于倭寇了。朱辰钧认定,此次上山将是一次绝好的机会。

众人来到南华安山门,心湖大师已领着寺中僧众迎候多时,众人随心湖大师走入寺院中:"奉宝入房仪式安排在明日早间,诸位今夜就请在厢房安歇,到时寺中小僧自会奉上斋饭。"朱辰钧表示感谢。

方丈室内,心湖大师和不多和尚对坐。不多和尚作为钦定"奉宝入房"仪式的主持者、护宝高僧,此次来南华安了,真是快活。心湖大师起身走到壁橱边,恭敬地捧出一个金光熠熠的匣子:"按照规制,奉宝入房前夜,金匣即交由护宝高僧保管,待来日礼成,上师的任务就算结束。……上师,请。"不多起身合十,接过金匣,放入随身褡裢中,回禅房歇息了。

南华安后院,杨恕和马千秋二人正在切磋武艺,刀剑所至,草木颤动。此时不多师父正好走来,鼓励二人勤学苦练,争取将来两个都进得猛虎阵!他指点道:"记住了,猛虎阵乃是糅合南拳北腿的至刚至猛又变化无穷的上乘绝技。只要一开始行功,就要把一切俗物都搁下,将意念放出到无限远,与万法虚空相合,在动中寻找静,身动而心不动,直到抵达无我无物的境界……卧虎扑食——两足分立身似倾,左弓右箭腿相更,昂头胸作探前势,翅尾朝天掉换行,呼吸调匀均出入,指尖着地赖支撑,还将腰背偃低下,顺式收身复立平。"不多边念口诀,边将华安功夫连番展示一番,马千秋与杨恕也跟着练起来。两人渐入佳境,这一幕恰被朱辰钧看到。

朱辰钧找到机会与不多对弈。朱辰钧举棋不定,颇费思量,终于投子。他自知不是不多的对手,就转而请大师品茶。不多遗憾地说:"你把贫僧叫来下棋,却只下一盘,是不是有什么事啊?有事就说,别绕弯子。"朱辰钧笑笑,他伸手从桌下抽出一把长剑:"大师可认识这把龙泉宝剑?将军,当初这把剑握在你的手中,雪刃鞑虏三千里,削尽头颅无数,怎么如今能安于这晨钟暮鼓、黄卷青灯之间呢?不必再掩饰了。本王上山之前已命人暗中调查过您的来头,刚才在后院看你显露高超武艺,使本王更加确信,你就是前朝大将冯霆威!"不多微微一笑权当默认,朱辰钧起身看着不多和尚,"冯将军,本王知道,现在你身上有一件宝贝,往小了说,可以召集僧兵,往大了说,可以号令天下!此乃天授神器,正是要你出山扫平天下……"

不多摆摆手起身:"这次你搞错了,搞错了,贫僧身无长物,更别谈什么宝贝、神器了。算了算了,你这个人估计是走火入魔了,没意思得很,贫僧肚子饿了,要去吃斋饭了。"说着哼哼唧唧地出了亭子。朱辰钧盯着不多的背影,眼神里闪过一丝杀机。

禅房内,杨恕还在回忆日间不多的点拨,边比画拳脚边念叨着,他的佩剑摆在几案之上,正练得投入。忽闻屋外传来脚步声和说话声,杨恕开门探看,只见谢落樱的贴身丫鬟正焦急地领着不多和尚往外走去。谢落樱额头热得发烫,朱辰钧又去山里散步没回来,琴儿正在请不多师父去把脉。杨恕好奇,也想去看看,被不多拦住了。董西恰好走过来,鄙夷地看着杨恕:"呆瓜,明天就是本小姐生日了,今天就要礼物,这久延山脚下便是个镇子,现在天还没黑,你就送一方丝织的手帕当礼物给我吧。"杨恕摇摇头出门去了。

"哼,让你待在这儿替谢落樱操心!"董西满意地转身离开。

谢落樱躺在床上,呻吟不止,不多和尚隔着床幔替谢落樱把脉,丫鬟站在一旁面色焦急。不多从褡裢中摸出一件东西在谢落樱掌心刮了几下,皱了皱眉:"你去打盆冷水,先替王妃用毛巾冷敷。贫僧过半个时辰再来,那时再根据病情轻重用药。"

不多褡裢随身,穿过院子往厢房方向走去,走到厢房外,忽闻女人的惊叫声。他大惊,忙回身破门而入,只见一黑影正待逃离。那黑影一惊,砰的一声越窗而逃。不多也飞身跃出,紧追不舍。这时,丫鬟端着水盆进屋,见此情景,大惊失色,忙快步走到床前,重新点燃油灯,而谢落樱已哭得梨花带雨:"刚才……不知是谁,趁我昏睡之际妄图……玷污我。那人用利器抵在我脖子上,我完全无力反抗,幸好不多师父及时赶到……"

不多追到院墙之下,那黑影已没了踪迹,四虎也闻声赶到。不多蓦然发现,墙根下有一柄剑,不多捡起那剑来看,四虎也围上来,这是杨恕的佩剑!众人面面相觑,不多想了想,迈步走出寺门。

知客厅内,朱辰钧坐在当间,怒气冲冲,桌上赫然搁着杨恕的佩剑,众人皆是面色凝重。这时,杨恕脚步轻快地跑入寺中,往禅房方向去。银虎咳嗽一声,让杨恕进来。杨恕一愣,走进知客厅,见里面坐着诸多人,心下生疑。朱辰钧对杨恕怒目而视,一把抓起佩剑扔在杨恕脚下,杨恕捡起剑纳闷自己的剑怎么会在这里?

众人审视杨恕,问他刚才去了何处?杨恕从身上摸出一块手帕,说去山下镇上买手帕了,董西急慌慌跑进来,证明杨恕没有说谎。银虎说:"有人偷偷潜入王妃就寝的厢房内,欲行非礼,幸亏不多师父及时赶到,不多师父追踪那歹人,但那歹人越墙而走,这剑就是在院墙下捡到的!"杨恕呆住了,朱辰钧长叹一声,站起身来:"本王看在南华安明日将举行重要仪式的份儿上,今晚先将杨恕关在寺中。明日仪式结束,再做计较!"

杨恕在房内辗转反侧,烦躁不堪,他猛地坐起,想到那卖丝线的小贩能证明他的清白,便从窗户钻出了小屋,见四下无人,一溜烟跑到墙根下,跃墙而出。后院的角落里,朱辰钧眼神阴冷地看着杨恕逃走,兀自点了点头……

山中天色渐明,晨光熹微照在庙宇金顶之上,几声晨钟敲响,回荡在山间,南华安中已有香烟缭绕升起。大雄宝殿前站满了僧人,前排坐席里的众人也皆已就位。这时一个小和尚急匆匆跑来:"不多师父被杀,那舍利金匣也不见了!"众人大惊,纷纷起身。

僧舍内,不多和尚尸首横在当地,胸口一处伤口,血已流干。马千秋跪倒在尸首前,目光散乱、面容愤怒。董西和铜虎站在一旁,不知如何安慰。朱辰钧蹲下身子查看了不多胸前的伤口:"不多大师乃是死于利器,看这伤口形状,应是一把锋利的宝剑。"董西和铜虎大惊,互相看看对方,马千秋突然站起,直愣愣地看着董西:"杨恕在哪儿?我爹死的时候他在哪儿?他昨晚不是被关起来了吗?他昨天将宝剑拿回去了!而他那把剑,锋利无比,是当年老惠王送给他的!董西,我知道你喜欢他,替他说话。可现在死的人是我爹!我必须要查明真相!"董西要去把杨恕找回来,当面对质。

街上人来人往,各个小摊贩都在提高嗓门叫卖着。杨恕挨个摊子寻找着。突然他眼前一亮,来到一个卖丝线的摊子前,拉住摊主,问他是否认得自己。小贩上下打量了杨恕几遍,迟疑地点点头:"我想起来了,你就是那个非要苏绣丝手帕的那位客官嘛!怎么啦?是不是你喜欢的姑娘觉得手帕不错,让你再挑上两块?来来来,我这儿有刚从苏州送来的新货色,客官你随便挑哇!"杨恕一把将小贩的手抓住,要小贩去南华安证明他的清白。

杨恕拉着小贩一路狂奔,从寺门口便开始高声大喊:"师父、师兄,我回来啦,我找到证人啦!"杨恕根本没注意到,一路所奔至之处,正在扫地的僧人们看到他都面露惊疑和不信任的神色,窃窃私语。杨恕拉着小贩一路奔到内院,迎面遇到华安众虎和心湖大师,突然,朱辰钧冷冷的声音响起:"还在装傻?你会不知道吗?不多大师明明就是死于你的毒手!"朱辰钧铁青着脸从僧舍内走出,他身后跟着仍旧神思恍惚的马千秋。杨恕愣愣地看着众人,朱辰钧从腰间抽出软剑,一剑刺中小贩心脏:"他必定就是你收买的帮凶!我先杀了他,再来取你的性命,替不多大师报仇!"朱辰钧直刺杨恕,杨恕猝不及防,只能连连后退,躲避他凌厉的剑势。朱辰钧刷刷几剑,将杨恕逼到角落。杨恕拼命摇头,无奈抽剑抵抗。一边的四虎焦急围上心湖大师,请求大师让他们住手。这时一边的马千秋红着眼睛冲了上来,拦住他们:"难道你们出家人也沉瀣一气吗?就算他是你们的小师弟,但你们也不能包庇他的罪行!别忘了,我爹不多,也是华安和尚!"此时杨恕已几剑挡开朱辰钧攻势,听到马千秋的喊声,辛酸之极,刷刷几剑将朱辰钧击得后退几步,噌地跳上高墙,转眼不见了。

"既然跟你们有理说不清,我不会坐以待毙!我要设法证明自己的清白!"杨恕愤懑的喊声久久回荡着。这时,满脸疲惫的董西冲进来,听说杨恕回来了可是又逃走了,一脸黯然。朱辰钧冷冷地说:"他逃不了!本王会传令整个洪州四城七县,全都贴满缉拿告示,画影图形,捉拿杨恕这个杀人凶手!"董西腿一软,一个踉跄差点儿摔倒,铜虎忙将她扶住。

杨恕一路狂奔跑到空旷的野外。他一腔愤懑无处发泄,仰天长哮:"这是怎么回事?!谁能告诉我这到底是怎么回事啊!"

寂静的妈祖庙内,烛光香火照耀着妈祖像悲悯的眉目。戴着风帽披着黑色斗篷的竹野英雄和朱辰钧对面而立,气氛诡异。朱辰钧说:"华安的那件至宝,也就是可以号令天下僧兵的舍利金匣本王已拿到手里!竹野,本王今天约你到这里来,就是要告诉你,天下僧兵很快便会效命于我,再加上本王能够召集的人马,谋夺天下想来并非难事。但这天下,我不允许与异族共享。你们如果识时务的话,还是及早从东南消失吧。否则,他日我登上九五之位,第一道圣旨,便要下令发兵扫平大明境内所有倭寇!"

竹野英雄叹了口气,向妈祖像恭敬地行了个礼:"这个女人是妈祖娘娘,你们这边靠海吃饭的人都供奉她,传说她有法力,能预知休咎。我劝王爷如意算盘不要打得太响了。虽然你用尽计谋拿到了僧兵符,但华安那帮人也不是傻瓜。如今所有人都知道,谁拿着僧兵符,谁就是杀人凶手。"

"这一点我早就想到了。我既然有办法将那杀人罪行诬陷在杨恕身上,自然也就有办法找到他,杀掉他,然后假称从他身上重夺回僧兵符。这样一来,我既为华安的不多大师报了仇,博得了他们的感激之情,又拿到了僧兵符,天下僧兵顺理成章听我号令。"朱辰钧胸有成竹地说。

竹野英雄笑了:"不过,我劝王爷还是先别顾着高兴,世事如棋局局新,局势变化之快,会超出您的预想。后会有期!"一挥黑色斗篷,如一只黑色大鸟掠出庙门。

不多的尸首已被移走,但血迹犹在。铜虎和董西各举着一支蜡烛蹲在地上四处寻找着。突然,董西叫了起来,铜虎连忙赶过来,顺着董西手指方向,他看到不多的尸首旁边地板上,有个用手指蘸了鲜血写的貌似"人"字。铜虎努力辨认,歪过头来看,又像是"朱"字的起笔两画。董西猛地站起身来:"爹,我怀疑杀死不多大师的凶手,另有其人!很可能就是惠王。不多大师原本是护卫华安重宝的人,但他现在死了,那件宝贝也不见了。会不会是惠王想拥兵自重,把主意打到了僧兵符上?我就想办法让他自己露出狐狸尾巴!"

第二十回

蒙冤屈杨恕寻真相　惑挑拨千秋堕酒乡

南华安寺方丈室内,众人都在为杨恕担心。金虎担心他孤身逃脱在外,惠王又命人四处张贴缉拿榜文,会有很大的危险。心湖大师则认为杨恕命中有此劫难。此间董西冲进僧舍,对大师恭敬施礼道:"大师,你们相信杨恕会为了情欲轻薄谢姑娘,为了掩盖罪行杀害不多大师吗?不多和尚遇害后,他所护卫的华安重宝僧兵符也不翼而飞,难道就不会是怀璧其罪,有人觊觎僧兵符才对不多大师起了杀意?"

"僧兵符丢失,的确是我南北华安的心头大患。天下人皆知,谁拿到僧兵符,谁就有权力号令天下僧兵。若是匡扶正义还罢了,若是利用僧兵意图不轨,我华安便左右为难了。我已派人告知心湄师兄,让他出面通告天下佛寺,僧兵符失落,恐已落入贼人之手。其号令天下僧兵的作用已失。凡公开号称持有僧兵符者,便是我华安之仇敌。"心湖说完,董西喜出望外,忙躬身下拜:"原来大师早就思虑周全,是小女子莽撞了。"

洪州城内街道上,公差们忙着在墙上贴着缉拿杀人凶手杨恕的布告。挤在人群中的杨恕低低戴着斗笠,看到这一幕后转身悄然离开。

暮色入室,谢落樱心神不宁地坐在绣架前绣花。见朱辰钧走了进来,她提起杨恕被认定为杀人凶手,是不是太过草率?朱辰钧冷冷地说:"我知道你跟杨恕自小青梅竹马,情谊深厚。你虽然不能以身相许,但对他也算另眼相看。哪怕他一时起了色心,对你欲行轻薄,你还是会在心底原谅他。除了他之外,谁还会加害不多大师这个方外和尚?不多大师应该死于前天半夜时分。那时节寺中僧人都已安睡,所有人都有证人。若是有人从外面入寺行凶,还没惊动寺中武僧,想必是武林高手。你想过没有?这般高手,全洪州能有几人?不多大师退隐江湖多年,向来与人无仇无怨,除了杨恕一心要掩盖罪行之外,谁还能对一个和尚起如此杀心?"谢落樱沉默了,这时仆人匆匆走入,通报董西前来拜访。

董西坐在厅堂内喝茶,看到朱辰钧并不起身,只是微微笑着:"受心湖大师所托,前来告知王爷,因为不多大师遇害,其护卫华安重宝僧兵符失窃。南北华安已决定禀明皇上,并向天下宣布,僧兵符无效!"朱辰钧脸色大变,董西斜睨着朱辰钧,"华安近千年来从未失落过僧兵符,如今事出突然,为防止僧兵符落入贼人之手、贻害天下,南北华安才做此决定。王爷好像很失落?这消息我还要向江湖各方好汉传播开来。忙得很,先告辞了。"董西离开后,朱辰钧越想越气,一怒将手中茶盏摔在地上,随即面露狞笑。

董西从惠王府走出来,看着墙上的缉拿杨恕的告示,内心忧愁。耳边忽传来一堆路人惊惧的叫声。马千秋头发蓬乱,手拿一个酒坛,脚步趔趄,蹒跚而来,将路边行人撞得东倒西歪。睁着血红的双眼,明显一副醉态。董西见状,忙上前一把将马千秋扶住。马千秋忍不住张嘴呕吐,众人捂鼻侧目。马千秋推开董西,跌跌撞撞继续向前走去……看着他的背影,董西呆呆站在那里,面露痛苦之色。

董西离开后,谢落樱身穿亵衣,在香炉里添了一把沉香。朱辰钧走进来吸吸鼻子,闻到香炉里的香味,变了脸色,命侍女立即倒掉,重新点一炉檀香来。谢落樱不解,怅然地看着朱辰钧出门。谢落樱看到侍女琴儿捧着香炉要倒,连忙上前阻止,觉得这沉香是外邦供奉的珍物,倒掉太可惜,就让琴儿拿去用。

夜深了,谢落樱在床榻上辗转难眠。她轻声呼唤侍女,却无人应声。谢落樱下床轻轻走到门口,又呼唤,仍无人应答。谢落樱走出房间,跨过院落,来到侍女琴儿所住的偏厢内,见屋内烛光仍在摇曳。香炉中的香还在徐徐燃着,侍女琴儿倒在床榻上酣睡。谢落樱走近她,琴儿呼吸平稳,毫无察觉。一个转身,她不经意将针线笸箩碰倒,里面的针头线脑剪刀等物翻滚一地,稀里哗啦!谢落樱忙看向床榻上的琴儿,她没有一丝反应。谢落樱皱起眉头,走到琴儿身边,伸手推搡着她。琴儿仍酣睡着,毫无反应。谢落樱怀疑的目光落在那仍在燃着的香炉上。

朱辰钧头戴黑风帽,身披黑斗篷去了妈祖庙。竹野英雄早已等候多时。朱辰钧咬着牙,盯着竹野英雄:"竹野先生,如果你们东瀛愿意发兵助我完成大业,本王承诺,定会厚酬诸位。本王是有诚意来与先生谈判的。你们想要什么?"竹野英雄大笑:"在下也相当有诚意。其实助王爷成事,金银财宝的赏赐我们并不在意。如果王爷您定鼎天下之后,能划分东南洪州的地盘,作为我等容身之所,在下感激莫名。每年我们也必向中原皇廷上供纳币。到时候,您尽可将此地视为安南、暹罗那等属国一般治理。陛下!您现在只不过是借助外力、扫清障碍,付出的代价与您即将得到的无上皇权相比,完全不值得一提。"

一卷文书摊开来,朱辰钧咬破手指,在文书上盖下自己的血指印。竹野英雄也如法炮制,咬破自己的手指,盖下指印。各怀心思的二人希望精诚合作,共同谋取宏图霸业。

从妈祖庙内出来,朱辰钧骑上骏马,疾驰而去。正巧被从庙门口附近走来的董西看到。她疑惑地看着朱辰钧离去的背影。看看四周,董西转身进入庙内。只见庙内香火依然,但空无一人。董西四处查看,并无可疑踪迹。董西没有注意到,就在庙顶如蝙蝠般悬空挂着的,正是身裹黑色披风的竹野英雄。董西疑惑地走出庙门,竹野英雄这才松了一口气。

深夜,谢落樱躺在卧榻上,辗转反侧。朱辰钧悄然归来,他走到卧榻前轻声唤着落樱,谢落樱向内侧躺着,睁着眼睛却没有回答。朱辰钧轻轻叹了口气,轻轻在外侧睡下。月光下,谢落樱睁大了眼睛,满怀心事。

次日,朱辰钧和众随从在街道上碰到喝得烂醉如泥的马千秋,命身边随从将马千秋带回府里,好酒让他喝个够。几个随从将马千秋抬进院落,谢落樱在琴儿陪伴下走来,问清缘由,让他们要好生照顾马大人,自己便去妈祖庙烧炷香。

董西和铜虎却在四处寻找着马千秋。铜虎建议二人分头去找,他去妈祖庙,董西在街上找,天黑前,他们在那家透瓶香酒肆碰头。

妈祖庙内,香客寥寥。一个知客在闭目养神。铜虎轻手轻脚走入,四处查看,突然听到庙外有马车辚辚声,铜虎纵身跳到房梁上。谢落樱由琴儿陪着走入庙内,打盹的知客猛然惊醒。琴儿走到知客面前,掏出一锭银子放到他手里,拉着知客出了庙门,谢落樱见庙内空空,放下心来,跪在妈祖娘娘像前说:"娘娘在上,小女子谢落樱为夫祈福……这些日子连番变故,夫君暗地里所为,令奴家心里有些疑惑,却只能埋在心底。只能在娘娘面前明言,不多大师被害那夜,夫君烧了沉香,让奴家沉睡,之后他去了哪里……奴家也不知道。娘娘,落樱知道,做人不能伤天害理,不能害人性命……可夫君到底有没有做那件事,落樱也不能肯定。只是疑惑……求娘娘保佑,让夫君悬崖勒马,切不能做那等伤天害理之事……"房梁上的铜虎越听,眉头皱得越紧。

从妈祖庙出来,铜虎闷头走在街上,迎面看到朱辰钧带着众位随从骑马驰来。朱辰钧在马上看到铜虎脸色有异,心念一动,跳下马来拦住铜虎,要请他喝武夷山大红袍。

铜虎并没拒绝,和朱辰钧走入茶寮雅间。朱辰钧吩咐手下不许打扰。铜虎面容困惑,盯着朱辰钧:"铜虎是个粗人,请问王爷,不多大师遇害那晚,你在何处?王爷还不知道吧,我在不多大师遇害的地方,发现了两道血指印。洒家推断,应该是不多大师临死前蘸了伤口处的血,用尽最后一点儿力气写下的。"铜虎蘸了面前的茶水,在桌面上画着"人"字。

朱辰钧看看,笑了,铜虎紧紧盯着朱辰钧的脸,一字一句:"请王爷侧身来看,是否也可以将这两笔看成是'朱'字的起笔两画?洒家想先来问问王爷,这到底是不是个朱字?"话落,铜虎面上突然一震,他缓缓站起,在他肚子上竟插着一把匕首!原来朱辰钧从桌下暗暗将匕首插入铜虎腹中。铜虎想拔出匕首,朱辰钧已抽出软剑,一剑刺中铜虎胸口。朱辰钧马上将软剑收起,命随从进屋,将尸首尽快处理掉,不留任何痕迹。

酒肆门前客来客往。董西站在那里,着急地四处张望。街上人来人往,转眼天黑了,仍不见铜虎身影。路上没有人了,酒肆关门了,董西仍孤零零地站在那里。

入夜,马千秋混沌着醒来,头疼欲裂。殷勤的随从颠颠地跑过来告诉马千秋,这里是惠王府,他想喝什么酒就喝什么酒。马千秋迫不及待接过送过来的酒坛子,仰头便喝。朱辰钧向屋内看去,马千秋已醉倒在地上,鼾声震天,还不时咕哝着。朱辰钧冷冷一笑,拿出一套鸦片烟具递给随从:"他是练武之人,内功深厚,光是酗酒,伤不了身子。等他醒了,你教他吸上这个,告诉他,这东西叫福寿膏,吸了之后可以忘记一切痛苦。你没见他有多痛苦,日日酗酒,已然生不如死。与其让他醉死在街头,还不如让他沉湎于福寿膏的美梦之中,让他带着笑意而死,岂不是积福之举?"随从捧着烟具进去了。在随从侍候下,马千秋惬意地吸着鸦片。不久,他便吸食成瘾。

恍惚中,朱辰钧好像一个幽灵走到他的身后,伸出双掌,抵在马千秋的后背上发功。马千秋双目紧闭,面容时而紧张,时而放松,好像四面八方都传来朱辰钧的声音,宛若幻象:"马千秋,你的杀父仇人是杨恕,记住……杨恕是你的杀父仇人……他杀了你的父亲不多和尚……他还要杀你,杀你……你要杀了他,杀了他!……"声音从四面八方传来,越来越清晰,越来越尖厉。马千秋眼前一片缭乱的身影,好像有杨恕的笑容,还有不多死去的惨状,他尖叫着:"杨恕!我要杀了你!……杀了你!"

马千秋躺倒在卧榻上,昏沉沉地痛苦喊叫着。一边,朱辰钧站在那里,阴沉地笑了。他转头向随从吩咐:"把马千秋染上鸦片瘾的消息放出去,从明天起,你天天带着这个废人,到洪州各家地下烟馆里,他愿意抽多少,你就让他抽多少!只要马千秋在洪州各家地下烟馆流连的消息传开来,那杨恕必会冒险现身与他相见。到时候,他便身陷在本王给他设的天罗地网里了!"

一声闷雷滚过。马车在一家铺子门口停下,随从殷勤地扶着虚弱的马千秋下了车。马千秋深一脚浅一脚地走着,突然看到一片昏暗的灯光,原来这条甬道通向地下,地下一个格子一个格子躺着很多面黄肌瘦的烟鬼,他们都贪婪地捧着烟枪吸着。马千秋也跟着躺下吸着,状极贪婪。随从和老板得意地奸笑着,就在此时,门口传来哀叫声,杨恕愤怒地冲了进去。他一拳打在老板脸上,冲到马千秋面前。马千秋昏沉沉地抬眼望了杨恕一下,又闷头继续吸食着大烟。杨恕愤怒了,抢过烟具,愤怒地打向周围躺倒抽着大烟的烟鬼们,边打着边骂,边流着眼泪,地下烟馆一片乱哄哄。他上前来拉着马千秋正欲走,烟馆老板纠集一帮打手拦住去路。杨恕一一将他们打倒在地。

杨恕愤怒地说:"二哥,我是杨恕!今天我就算用这双拳头打烂整个洪州城,也要带你离开这个鬼地方!"马千秋听到杨恕的名字,眼睛亮了一下,他抓起身边一条板凳,向杨恕砸去:"凶手!你杀了我爹!我,我要杀了你!"马千秋口中叫骂不绝,踉跄着向杨恕扑去。

杨恕跑到街上,后面追着脚步蹒跚的马千秋。街上已空无一人,大雨如注。马千秋脚步一滑,跌倒在泥泞的街上,他无力地拍打着地面:"杀,杀!我要报仇,我要报仇!"杨恕在雨中停住脚步,向回跑去,一把将倒在地上满身泥水的马千秋背起。雨幕中,前方模模糊糊站着一排队列,领头人正是朱辰钧,所有人手中都拿着明晃晃的刀,刀尖都对准了他。

"大哥,你这是干什么?"杨恕问,"是不是你让二哥染上了鸦片瘾?你为了引我现身,居然让二哥吸上了这种害人的东西!你心里究竟还有没有一丝兄弟之情?"朱辰钧冷酷地一挥手,众卫士与背着马千秋的杨恕混战在一起。眼看寡不敌众,一个蒙面人从雨幕中蹿出,她扬手,一片暗器在雨中闪着暗芒,卫士纷纷中招,惨叫着倒下。那蒙面人来到杨恕身边,拉下面巾,是董西。二人拉着马千秋纵身跳上屋脊。雨幕掩盖了他们的踪迹。

等马千秋醒来,他发现自己躺在一片岩石平地上,耳边水流潺潺。他坐起身来,发现自己身处一处瀑布的顶端,杨恕和董西正俯身在瀑布边冲刷着手臂上的伤口。马千秋迷惑地看着杨恕,头忽然痛了起来,他抱着头,似乎脑海中又响起混沌中朱辰钧那些话:"你的杀父仇人是杨恕,记住……杨恕是你的杀父仇人……他杀了你的父亲不多和尚……他还要杀你,杀你……你要杀了他,杀了他!"马千秋如中邪般站起,眼睛直愣愣地看着杨恕,像一头愤怒的公牛突然出手。马千秋出拳极重,数拳打得杨恕口角流血。董西奔跑过来,甩出暗器,破空而来,马千秋和杨恕都是一惊,分别躲避,董西趁机将二人分开,隔在中间:"这样打下去,我们只会误伤了自家兄弟!为何不能携手把事情搞清楚,见面便是喊打喊杀。你们这样鲁莽行事,只会令亲者痛,仇者快!"

这时,山间响起朱辰钧的笑声。三人回头,看到不远处朱辰钧和他的卫士们手持弓弩,正对准了他们。董西蹙起眉头:"临死之前,我董西有一事不明,还要向王爷你请教。不多大师死前,曾蘸着身上鲜血留下一点儿证据,我父亲与我一同知晓这个秘密,但几天前,他突然失踪了。王爷,我只想在死之前,问清楚:不多大师是不是你杀的?我父铜虎是不是死于你手?"董西这连珠炮似的问话一出口,马千秋和杨恕都是一惊。

朱辰钧仰天大笑:"本王精心布置的计谋,居然出了一点儿小小的纰漏,落在你的眼中,被你看出了破绽!不多大师的确死于我手,铜虎因为知道了内情,所以他也非死不可!至于你们三个人,已经是三个死人了!"众卫士手中弩箭射出!情急之下,董西拉着马千秋和杨恕,跳入万丈悬崖瀑布之中!

暮色昏暗,深潭中,突然三个人冒出头来,大口地呼吸着。董西、杨恕和马千秋从水中互相搀扶着,游到岩石边,挣扎着上了岸。马千秋看着杨恕和董西,狠命地抽着自己耳光,责怪自己看错了人。三人计划先找个山洞休息一晚,等天亮了,就回久延山,找师父商量对策。

黎明,天光放亮,群山寂静。董西醒来,坐起身揉着眼睛,她发现杨恕还在熟睡,马千秋却不见踪影。四处寻找,发现地上有树枝划过的字迹:我要去报仇了,你们保重。董西忙将杨恕摇醒,指了指地上的字迹。杨恕知道不好:"他肯定是自己去找朱辰钧算账了!这些日子又酗酒又抽鸦片……他体力必定大减,未必是朱辰钧的对手!"二人立即赶回洪州。

马千秋来到一家早点摊子前,浑身打着寒战,牙齿不停地打战,显然是烟瘾发作。伙计正准备炸油条,锅里的油热腾腾地翻滚着。马千秋突然想到了什么,趁着小伙计不备,颤抖着把脸和手伸向油锅,顿时他的脸被油烫得满是燎泡……他愤怒嘶叫着,捂着脸飞奔而去。

满脸燎泡的马千秋走在街上,路人看到他无不吓得转身躲避。"只有这种疼痛才能让我清醒,才能让我从那无休止的烟瘾中挣脱出来!朱辰钧,你杀了我的父亲,毁了我的身体,我今日便要与你同归于尽!"马千秋目光中充满清醒和仇恨,满面杀气,一步步向前走去。

朱辰钧和谢落樱来到院子,吩咐仆人赶紧安排车马,他要陪谢落樱去吃素斋还愿。街道上,董西和杨恕匆匆走着,他们寻找着马千秋的踪影。

惠王府大门外,一辆马车停在那里,朱辰钧扶着谢落樱正欲上马车,突然听到一声大吼:"朱辰钧,你这个卑鄙小人,拿命来!"二人同时看到杀气腾腾的马千秋。顷刻间,几个卫士被他一掌击飞。马千秋从一个倒地的卫士手上顺势夺过刀,刀光一闪,砍向朱辰钧!朱辰钧无畏无惧,将谢落樱塞入马车,抽出腰间软剑,与马千秋交战。众卫士也将他团团围住,马千秋身中数刀,眼看寡不敌众。董西甩出一片暗器,将众卫士打倒一片。杨恕持剑冲来,与朱辰钧交手。董西趁势拉起马千秋就走。杨恕和朱辰钧二人不分高低,身形交错,令观者眼花缭乱。马车内的谢落樱焦急观看,她不顾众卫士阻拦,从马车中冲出。杨恕剑尖直刺朱辰钧的咽喉,不料谢落樱冲过来,杨恕急忙止住剑势。朱辰钧却借谢落樱这出人意料的一冲,翻转劣势,一剑刺中杨恕肩头。杨恕手中剑当啷落地。朱辰钧再刺,杨恕小腿中剑,一腿弯曲软倒在地。众卫士蜂拥上前,数把刀锋架住了杨恕,朱辰钧一手搂住惊魂未定的谢落樱。她满面是泪地看着朱辰钧:"你究竟在外面做了什么?为何你两个结义兄弟红着眼睛要来杀你!不多大师是马千秋的父亲,他应该去找杨恕拼命,可为什么刚刚是他大喊着要拿你的命!你跟我说实话,不多大师是不是你杀死的?"朱辰钧一个清脆的耳光甩在谢落樱脸上,愤愤离去。

杨恕被关进昏暗的地牢里,浑身血痕,趴在稻草堆里。朱辰钧缓步走来,掏出一块手帕捂在口鼻处,皱眉走入。杨恕抬起头来,瞪着愤怒的眼睛。朱辰钧劝杨恕站在他这一边,因为他身为皇族后裔,比如今坐在龙椅上的那个小皇帝更有文韬武略和胸襟胆识。他才是天命所归!

杨恕摇头道:"王爷此刻心窍已被妄念所填塞,你的眼睛看到的只是权力和富贵,你的耳朵听到的只是阿谀奉承、歌功颂德,你的心已经迷失在欲望的泥沼中。阿弥陀佛,昔日与我结义发誓同生共死的大哥朱辰钧已经死去,如今站在我面前的,只是一个被欲望所驱使的躯壳。"朱辰钧面色狰狞:"本王要你活着,要你像一条狗一样匍匐在街上,苦不堪言,受尽折磨!来呀,挑断他的手筋脚筋!本王要让他从此成为一个废人,在街上乞讨为生,供人耻笑!"众卫士拖起杨恕就往外走。

浑身打着哆嗦的马千秋在董西的搀扶下,走到了久延山华安寺。心湖大师坐在蒲团上,为其疗伤。他手掌摁在马千秋的后背上,头顶冒出缕缕白烟。马千秋突然吐出一口黑血,委顿下去,一边的董西连忙将他扶住。

心湖大师告诉董西马千秋经过适当调理,有可能把烟瘾戒除掉。董西这才吁出一口气。稍后她告诉心湖大师和金虎,朱辰钧曾经当着他们的面,承认自己是杀害不多大师和铜虎的真凶,并请求心湖大师想办法打听杨恕的下落!心湖大师即刻派金虎下山。

面如死水的杨恕被关在一个木笼里,放在街边。众路人围观着都惊诧不已。一个侍卫扯着脖子喊道:"此人是杀害华安高僧的凶手,惠王要替华安高僧出气,挑断了他的手筋脚筋!让他终身残废!趴在地上仰人鼻息!惠王说了,让他活得像一条癞狗!"华安三虎戴着斗笠隐在人群中,气得眼睛冒火!

有心计的银虎猛地高喊了一句:"华安僧兵全伙在此!前来解救被奸王所陷害的好汉杨恕!无关人等赶紧闪开!"街道上霎时间大乱,三虎与众侍卫展开恶斗。木笼终于被打破,金虎将杨恕拖出来,背上便走,银虎、铁虎断后。华安三虎护着杨恕杀出城门。铁虎猛然站住,让金虎和银虎先走,自己又折向城里跑去。

惠王府内宅锣鼓急敲,众人惊慌叫喊,一个卫士匆忙跑来向朱辰钧禀报:"那杨恕被三个光头和尚救走,说他们是华安僧兵。王府已被人一把火烧塌了马厩,那几十匹宝马良驹全都被烧死了!"铁虎看着冒出的滚滚青烟,得意地戴着斗笠离去。

杨恕被救回了华安寺,他无力地趴在卧榻上,面无血色。心湖和心沂大师皱眉查看着他身上的伤势。心沂大师遗憾地说:"没想到惠王如此心狠,居然挑断了恕儿的手筋和脚筋。就算将伤养好,也很可能将成废人!"董西泪如雨下跪在地上,不停向心湖大师求救。心湖大师缓缓摇头:"劫难呀,看来,老衲只能使出平生功力,用易髓经来救我这个徒儿了!……能清虚则无障,能脱换则无碍。无碍无障,始可入定出定矣。恕儿经过此劫,当脱胎换骨,得大智慧。"众人满怀希望注目于躺在卧榻上、双目紧闭的杨恕……

第二十一回

疗重伤心湖违寺规　查线索杨恕毁大炮

侍从向朱辰钧汇报：府内大火已经扑灭，只是马厩内的宝马多有伤亡。杨恕和那些华安和尚已趁乱跑掉，他们没能追上。侍从退下，却发现竹野英雄已经出现在门口。竹野祝贺朱辰钧顺利除掉心腹大患杨恕和马千秋，距登顶之日又近了一步，为朱辰钧特制的强力火炮很快就可完工，大约半月内既可由海路入洪州，但运输需通过谢家军的海防，怕有不便。朱辰钧踌躇满志："洪州之大，岂是只有一条道？本王自会给你们接应之法。你们放心入海，届时自有办法掩人耳目。只要有了这批大炮，万事俱备。"

三虎和董西在方丈房外翘首等待，马千秋拖着病体虚弱地走来，打听杨恕的情况。杨恕盘坐于蒲团上，双目紧闭，四肢疲软。心湖大师运足内功，注入杨恕背中。两人不停旋转，不一会儿身上已蒸气腾腾。杨恕的手不由自主地伸平。心沂大师脚下腾挪，随着节奏为杨恕手臂扎入毫针，点其穴位。不想杨恕的手再次垂下。心湖大师汗流浃背，不敢松气。

门外董西五人还在焦急地等待。尤其是董西，已至黄昏，仍不肯离去。

深夜，杨恕无力地坐在蒲团之上，双眼微微睁开。心沂大师扶起脸色苍白的心湖大师。杨恕闭上眼睛，流下泪来："师父，为什么徒儿总是看不清人心的险恶，总是一再被人的表象欺瞒？"心湖大师长叹一声："执著于对，所以才会有错。勿失勿忘、明心见性，自然会洞悉事物的根本。"心湖大师劝杨恕好好休养。

过了许久方丈室的门终于打开了,心沂大师扶住虚弱的心湖大师走出。董西急忙迎了上去,心湖大师让她放心,杨恕多多休息调养就能恢复,现在先不要打扰他。董西这才长长地松了一口气,拜谢上天。

朱辰钧在惠王府花园摆下酒筵,谢落樱和琴儿前来参拜。朱辰钧为上一次的失礼向谢落樱道歉,二人重归于好。在举杯共饮时谢落樱犹豫了,琴儿也在一边不由自主地阻拦。

原来谢落樱已怀有身孕,她正要报喜,却被前来禀报的侍卫打断,朱辰钧说改日再陪谢落樱,即刻离开。看着夫君离去的背影,谢落樱心中落寞,她抚摸着腹部心想:"他不知道也好,我可以给他一个惊喜……"

杨恕身体恢复后,马千秋与他切磋武功,两人展开拳脚对攻。董西坐在树上,荡着双脚,笑嘻嘻地看两个比试。马千秋加快节奏,杨恕感觉乏力,胸口被马千秋一点,一个趔趄。他赶紧拉住杨恕,董西也慌忙跳下来,杨恕摸着胸口说:"我的胸口好像有股真气在流转。虽然手脚还有点乏力,不过身上感觉有使不完的劲儿。"心沂大师走了过来,问候二人身体无恙。杨恕和马千秋感谢大师们的全力相救,并询问心湖大师可好。心沂大师说:"方丈师兄现在还在后山思过崖。师兄他为了救你杨恕,不得已将易髓经功力传于你体内。本门规定,易髓经只传寺内高僧,你尚未剃度,于理不应传授于你。但情势危急,师兄别无他法。师兄说门规不可违背,他知法犯法,自罚在思过崖面壁十日。现在已是第五日,他已经数日滴米未进了。"话落,杨恕焦急地冲出去,董西和马千秋也跟了出去。

面容苍白的心湖大师正静坐于石头之上。杨恕三人跑来,远远看见心湖大师,众人都跪下。心湖大师平静地说:"世间诸多疾苦,老衲些许修悟谈不上什么受苦,杨恕,你若想得心安,就想想此时肩上之担负,无须在此悲戚。"杨恕愣住了,叩首:"谢师父点拨,弟子这就下山,阻止朱辰钧,决不让他贻害苍生。"杨恕再叩首,起身和马千秋、董西一起离去。

三虎在南华安寺大门口送别杨恕。金虎递给杨恕一个包裹,是心沂大师亲配的药材,嘱咐他们二人不要忘记服用,有事情尽管来华安找他们,师兄们一定替杨恕出头。当夜,谢天顺就收到马千秋和杨恕的来信,信上说他们二人要办完事才能回大营来。

惠王府外大街的夜市人来人往,一片欣欣向荣的景象,杨恕等三人来到"林记阳春面"吃面。董西夹起面条,却发现杨恕和马千秋并不急着举筷子。

杨恕的注意力并不在面上,而在远处的惠王府高墙。董西说道:"天底下没我董西入不得的门,吃吧,吃饱了我保你们顺利进惠王府。"

惠王府内,朱辰钧正盘坐运功,他全身霸气四散,双眼暴戾凶狠,伸出钩爪,隔空抓过桌上的砚台,一下就抓个粉碎。练功完毕,他拿起桌上的"他化丸"自言自语:"想不到竹野英雄给的这副丸药竟然有如此神效,能让本王的内功突飞猛进。若是他能真心助本王夺取天下,本王也许可以重用于他。"侍卫敲门,在门外禀报倭国特使已经到了。朱辰钧命令带进特使,看紧门户,任何人不许靠近书房。

夜里,董西轻盈地翻身上墙,踏步惠王府的房顶,趴身观察,杨恕和马千秋也跃上墙头,靠近董西。三人如鬼魅般飞跃于府顶屋檐之上。

杨恕看到庭院里,谢落樱在琴儿的陪伴下款款走着,他不由自主地停下来,在屋檐上静静看着她。远处的董西看见杨恕被谢落樱吸引,不禁皱眉,想要去拉他,马千秋却挡住她,向她摇头。董西一气之下走了,马千秋左右为难。谢落樱面有忧愁,琴儿为她鸣不平,抱怨朱辰钧对身怀有孕的谢落樱越来越不在乎。屋顶上的杨恕听了很受震动,紧握拳头,马千秋不得不飞身拉杨恕离去。

董西伏在屋檐上监视着朱辰钧书房的位置,数名侍卫正把守着。杨恕和马千秋也悄声跟来。董西狠狠瞪了杨恕一眼。不久,书房的门吱呀开了。朱辰钧送着商人打扮的倭国特使藤田出来,那人进入一辆马车,趁夜离去。杨恕三人从墙上落下,决定跟随倭寇特使,看看朱辰钧和竹野英雄在进行什么见不得人的勾当。

一早,人潮如织的街道上车流不息,杨恕三人还是把倭寇跟丢了。马千秋气恼地抬头看了看头顶的牌楼,忽然道:"洺江镇,我记得是洪州北部的海镇,倭寇一向不在这里出没的,难道准备攻击这里?不如我们就分头查找,酉时在怡盛茶楼会合。"三人随即分散开。

藤田已跑入林中,与竹野英雄会合。竹野从藤田手里接过朱辰钧传来的关文时表,满意地哈哈大笑:"洪州迟早是我们倭国的!"

酉时,杨恕三人在怡盛茶楼会合。董西脱下身上的乞丐装说:"马有马道,蛇有蛇洞,什么风吹草动也逃不过那些丐帮弟兄的眼睛。我可是放下堂堂盐帮的架子,按他们那些倒霉规矩才得到这些线索的。我怀疑倭寇来这里的目的和鱼商有关。半个月前来了一伙外乡人,据说与镇上的鱼商谈成了一笔大买卖,还招募不少的船家劳工,说是要赚大钱。那些外乡人是倭寇伪装的,很可能在这一带有一个据点,而且利用这边的劳工在秘密进行着什么行动。这些倭寇很小心,一直控制着消息。不过这世上没有不透风的墙,有人在镇外的青叶林见过那些失踪的人。"三人这就前去青叶林探个究竟。

青叶林深处,几间临时搭建的帐篷透着隐隐的火光。一群黑衣装扮的倭寇正指挥着劳工来回穿梭,搬运木箱。角落里,黑布盖着几门大炮。杨恕三人悄悄靠近,在隐蔽处观察着这一切,判断这里是倭寇的据点,他们运送的物资好像是火药。竹野英雄从暮色里鬼魅般出现,负手而立听着属下的汇报:"大炮已全部搬运完毕。明日天亮,即可将这批大炮送入惠王府。"

竹野叮嘱道:"按计划行事,以这些鱼商的名义混过州府,把腌鱼都准备好,千万不要露出马脚。我们在这里耽误的时间太久了。明天你再去物色一批劳工,尽快把大炮运出去,免得夜长梦多。"杨恕三人听到竹野英雄的话面面相觑,准备撤离。竹野英雄警觉地听到声音,向马千秋藏身的草丛发出暗器,杨恕暗施展掌劲,将暗器无声地打落。马千秋想要拔刀,被杨恕按住,他向董西示意,董西会意,迅速飞身上树梢,用口技发出几声猫头鹰的叫声。竹野英雄紧紧盯着杨恕三人藏身的方向,步步靠近。这时一只猫头鹰从树丛上掠过,竹野英雄一甩手,将猫头鹰击落,掉在杨恕和马千秋的面前。竹野英雄机警地站了一会儿,终于放松了戒备,往营帐方向走去。杨恕三人长吁了一口气,迅速撤离。营帐外的竹野英雄却突然站住了,他的脸上露出了狡黠的笑容。

回到客栈,杨恕三人秉烛而谈。要阻止大炮运到洪州城,必须想法子将它们全部摧毁,杨恕建议他们可以装扮成新劳工,混进营地里去,让所有大炮变成烟花爆竹。计划妥当,三人连夜准备。

清晨,一群贫民蜷缩在广场边上昏昏入睡,乔装后的杨恕、董西和马千秋也混在其中。董西从小囊里掏出酥饼分给身旁的贫民,远处走来一位衣着鲜亮的人,杨恕一眼看出他就是昨晚营地里的倭寇。只见他掂着手里的钱袋开始吆喝:"我这里需要一些人手,要手脚麻利的,我管吃管住,工钱还很优厚,有没有人想来?"贫民们纷纷涌上来,杨恕冲在最前面。雇主挑选出十几个年轻力壮的贫民,杨恕便在其中。

倭寇雇主将劳工们带到青叶林营地前,做最后的训话。杨恕边跟着众人一起搬运箱子,边偷偷观察营地情况。在营地一角,杨恕发现雇主正与竹野英雄交谈,而李印月正站在竹野英雄身边。竹野英雄警惕地环顾四周,杨恕赶紧低头干活。

董西见四下无人,悄悄潜入了营房,发出两声鸟鸣。杨恕和马千秋听到暗号,也悄悄进入营房。房内的情况让杨恕大吃一惊,里面空空如也。马千秋赶紧蹲下查看地上的痕迹,地面有一些灰烬,他便撮起一点灰闻着。这时外面响起车马声,杨恕立即感到不对劲儿……

竹野英雄带着忍者已围住营房。忍者们手上拿着火把点燃了营房。看着熊熊燃烧的营房,竹野英雄露出笑容,向李印月挥手示意。李印月点点头,和忍者将劳工们押上马车,扬长而去。竹野英雄则飞身往另一个方向赶去。

杨恕等人霎时被困在一片火海中。董西向门边扔了一团白粉,白粉削减了火势。三人趁机飞身而出,狼狈不堪。他们这才发现原先营地里的人员和车辆全都不见了。三人赶紧跟着车辙,奋起直追。

看到杨恕三人远去,竹野英雄和一群喽啰再次现身,回到营地,露出得逞的笑容。竹野英雄命喽啰们将地上的草皮掀开,原来草皮只是伪装,里面赫然藏着大炮火器。竹野英雄满意地看着倭寇们将炮火搬运上车。突然人群中一阵刀光剑影,装车的喽啰遭到杨恕的突袭,死伤一片。来人正是杨恕,他持剑一挥,马车的缰绳尽断,马儿受惊四处乱跑。竹野英雄大惊,飞身赶来。

杨恕早识破了倭寇的伪装:"一开始我确实被你骗到了,不过你们跑错了方向。我一路向西追赶,却闻不到应该顺风而来的火药味道,便知其中有鬼。"竹野英雄迅速出招打断杨恕,二人火速交手。

董西和马千秋则在另一路追赶倭寇车队,李印月和一队忍者负责殿后。在岔路口,董西瞅准了装人质的车辆,撒下数颗烟幕弹,那辆马车慌不择路,偏离主道,与车队分开。埋伏的马千秋一剑斩下驾车的倭寇,自己操纵马车撤离。董西拦住李印月,阻止她前行。李印月恼羞成怒,示意手下将董西团团包围。董西且战且退,渐渐捉襟见肘。她见情势危急,瞄准空当儿施展轻功撤离。不料李印月早有准备,与属下一起施展铁线钩,如网般将董西困在其中。董西挣扎着,却无法动弹。李印月举起武器向董西刺去,危急关头,只听兵器相交间,马千秋及时赶到挡下了这一剑,又出手将一名倭寇斩杀。董西趁机摆脱了束缚,和马千秋合力斩杀了众倭寇,只剩下李印月一人苦苦支撑。李印月负伤不敌。董西一剑刺向她,只听一声烟幕响,李印月负伤逃离。

那边,杨恕和竹野英雄打得不可开交。杨恕施展华安绝学,丝毫不输给竹野英雄。竹野英雄被一掌击退,不禁惊诧。他一扬手,树叶里垂下两个衣着华贵的人,二人双目紧闭,麻木地站立着。竹野英雄大笑:"他们是洺江镇的鱼商。为了让他们变得乖一点,我喂他们吃了点药,你们两个,砍自己一刀。"两名鱼商如中了邪一般,取出短刀,向自己砍去,顿时鲜血淋漓。

"真是听话。别看他们还活着,精神却完全听命于我,就算我要他们割掉自己的脑袋,他们也会毫不犹豫地砍下去。你们不是号称救苦救难维护天理吗,我看你如何挽救他们的性命!"杨恕有点束手无策,犹豫间竹野英雄伺机突袭,杨恕被一掌击倒在地,口吐鲜血。竹野英雄得意地大笑,一步步朝杨恕走去。杨恕吃力地爬起,竹野英雄飞起一脚,杨恕又被踢得飞出去老远。杨恕趴在地上,眼睛盯着树下两个木偶般的鱼商,眼前一片模糊。竹野英雄步步紧逼,杨恕时而勉力格挡,时而飞身闪避,显得狼狈不堪。就在此时,董西和马千秋同时赶到,挡在了杨恕的面前。杨恕却拨开董西和马千秋,强撑着站在竹野英雄面前,拒绝他们二人相助,否则会伤到两个鱼商的性命。杨恕摇摇晃晃,强撑着主动进攻,竹野英雄一惊,与杨恕兵器相交,不料杨恕紧紧将他贴住,大声说:"董西,快打我青龙位的九寸!"董西反应过来,甩出飞刀。只听叮的一声,空中一条细如发丝的银线被切断。两个鱼商瞬间瘫软在地。马千秋忙给两人点穴止血。杨恕和董西与竹野英雄对峙着:"你的木偶戏结束了。我从一开始,你操纵他们的时候就发现了银线的秘密。你每次命令他们的时候,手指上都有细微的动作。而你在和我交手的时候,他俩也会有微微的抖动。所以我判断你是用银线在控制他们,只要我斩断银线,他们就能摆脱你的控制。你这银线的机关十分精巧,松紧有致,飘忽难寻,现在银线已断,我已不受你要挟。我们三个打你一个,你未必有胜算。"马千秋和董西站在杨恕身边,三人士气大涨。

竹野英雄和三人战做一团,他的招式虽然凌厉,但杨恕他们三人配合默契,形成完美的攻防体系,令竹野英雄节节败退。竹野英雄偷偷瞄了一眼远处的马车,发现倭寇们已经将马儿重新套上马车。他飞身冲到装载大炮的马车旁,准备驾车逃走。杨恕三人紧紧追随。董西从兜中掏出火爆弹,撒向马车。只听几声巨响,火焰引爆了火器炸药,车上的大炮瞬间化作碎片残渣。竹野英雄从火光中冲出,他看着一地的狼藉,咬咬牙,愤恨逃逸。杨恕还想追击,不料自己已经筋疲力尽,脚一软,瘫倒在地……

想起朱辰钧的事,杨恕不禁心事重重。杨恕认为阻止朱辰钧,仅凭他们三人能力有限,现在最重要的还是回谢天顺那儿商议下一步的对策。只要谢天顺在,朱辰钧就不敢轻举妄动。马千秋也认为事不宜迟,于是决定明天一早就动身前往将军府。

第二十二回

为夫求情父女义绝　　将妻做饵落樱毙命

朱辰钧端坐于书房内，面有愠色。他的面前是一堆破烂的大炮碎片。竹野英雄在堂下解释事情的来龙去脉，他单膝跪下，向朱辰钧请罪："王爷请息怒，在下愿领责罚。只是希望勿因此事影响你我之间的合作，我们倭国都愿辅助王爷早登大统。大炮之事给王爷造成的损失，在下一定会倾力补偿。"

朱辰钧没有料到竹野英雄居然愿意向自己服软，当即转变脸色，亲自扶起竹野英雄。竹野英雄感谢朱辰钧宽宏大量，并请他放宽心，自己有能力使大炮失而复得："此次大炮被毁，皆因长途跋涉目标过大。若是王爷能够在洪州城内建设工坊，在下便能提供图纸工匠，皆可自产自足，再无后顾之忧。工坊可以建在地下，再在工坊之上搭建家禽牲畜之棚户，到时候鸡鸣狗叫就能掩盖工坊作业的声响。只要管理妥当，可保万无一失。"

朱辰钧表示赞同："嗯，以我们现在的实力，根本不是谢家军的对手。我不会任由谢天顺与我为敌的，要么归我所用，要么就彻底毁灭。"

竹野走后，谢落樱进来躬身为朱辰钧穿衣整理，她细心体贴，专心致志，将朱辰钧的王袍打理得光鲜妥帖。朱辰钧温柔地凝视着她："本王一直对你很愧疚。前一阵子因为杨恕的事我迁怒于你，实在是不该。就算天下人都负我，我也不应该对你有所辜负。本王为图大业，已是孤家寡人，只有你还肯守在本王身边，尽心尽力。"

谢落樱轻轻捂住朱辰钧的嘴:"臣妾已经心满意足了。其实,臣妾何尝不知道夫君心中的宏图大志,杨恕他们毕竟与我们故人一场,我实在不忍心见你们兄弟相残。"朱辰钧紧紧拥抱谢落樱:"本王心中最大的忧虑,只可对你倾诉。现在我在洪州积蓄实力,将来遇到的第一个敌人,很可能就是岳父大人的谢家军,那是皇帝最为倚重的部队,我一旦起事,必会和岳父大人有一场血战。只要我们翁婿联手,推翻这个腐朽的朝代便指日可待。我们也就不必经历骨肉相残之痛。我也曾试探过他的意思,如果他继续因循守旧,我们便只有一战。落樱,我知道,你父亲很爱你,我也是,只有你才能将我的心意传达给他。你要知道,你的一席话,很可能决定了无数人的生死,还有我们的将来。"

"我即刻就去见我父亲,不管成功与否,我都会尽力一试。无论如何,我都会陪在你的身边。"谢落樱的脸上饱含深情,而朱辰钧的脸上却带着阴森的笑意。

朱辰钧马上为谢落樱准备了车马随从礼品,亲自送别谢落樱。她恋恋不舍地放开了朱辰钧的手,登上马车。看着马车缓缓走远,竹野英雄和李印月缓缓从后面走出来。

杨恕三人已飞马赶到靖海将军府。守卫立即迎上前去,说终于盼到他们三人回来了,最近局势稳定,谢天顺很好,谢落樱刚到将军府,就是看起来有些憔悴。杨恕将缰绳交给守卫,大踏步走进府中去,董西看到杨恕着急的表情,脸上泛起不满。

杨恕匆匆行走在府中,院落之中,谢落樱带着两个随从从另一面走来。两人不期而遇。谢落樱见到杨恕,又惊又喜。杨恕看着谢落樱微微隆起的腹部,心里不是滋味。谢落樱意识到杨恕的目光,忙用袖子将腹部掩住。

杨恕突然开口说:"落樱,朱辰钧对你不好,你应该离开他,回到义父身边。你不用骗我,他的心里已经没有任何人了,他只会让你受苦,听我的……"董西和马千秋迎上来,不想谢落樱款款跪下:"杨大哥,还有各位,我知道我夫君伤害了大家,我很抱歉,落樱不敢奢求诸位的宽恕,只是以一个妻子的身份向你们赔罪。也许,我是错的,但落樱此生的愿望就是陪在他的身旁,不离不弃,还望成全。"说完深深叩首,马千秋沉默地扶起谢落樱。谢落樱向众人深深道了个万福,带着仆人走远。

这一幕被蛰伏在廊道旁屋檐上的李印月看到,露出讥讽的笑容。

谢天顺摆了一桌美味佳肴款待亲人好友。马千秋说起三人路上的遭遇,却被杨恕打断了:"义父,今天难得你们父女重逢,此事改天再向您详细禀报,我们喝酒!"杨恕闷头喝酒,已有几分醉意。

谢落樱这个时候突然回来,引起了董西的怀疑,认为一定是朱辰钧派来的。晚上,她决定自己去打探一下究竟。

房顶上,董西蹑手蹑脚地在房顶移动,找定方位后,轻轻揭开了一片瓦,里面出现了谢落樱和谢天顺的身影。谢落樱跟父亲说已有了身孕,谢天顺左看看右瞅瞅,乐得合不拢嘴。这时谢落樱突然跪下哀求道:"女儿不愿让腹中孩儿未降生便经历骨肉分离之痛,还请父亲大人答应女儿的不情之请。女儿知道父亲一向不喜欢王爷,但王爷却对父亲敬仰有加。如今王爷为国为民,殚精竭虑,准备开创新世,以救苍生,希望父亲助王爷一臂之力。"谢天顺简直不敢相信女儿的话,脸色变得阴沉。

谢落樱劝解道:"父亲一时一定难以接受,但女儿是经过深思熟虑的,王爷胸怀大志,尽心筹划,如果父亲肯施以援手,那王爷的创世之路便不会那么坎坷。对王爷来说,这条路已是不能回头,您的女儿嫁给他也是不能回头,如果您还爱女儿,就请您在怒消之后慎重考虑。"谢天顺给了女儿一耳光。谢落樱手捂面颊,伤心不已。

"惹父亲生气并非女儿本意,女儿已决定,如果父亲不能应允,我情愿一死。"谢落樱眼神坚毅,令谢天顺惊愕。谢天顺惨笑:"不愧是我将门之女,不撞南墙不回头。可你的父亲从不改变自己的原则,如果你愿意离开朱辰钧,你还是我谢天顺的爱女。假若你执迷不悟,你我从此恩断义绝,两不相干。"谢天顺面若冰霜,谢落樱的眼眶已是饱含泪水,屋顶上,董西咽了咽口水,大气都不敢出。

"女儿已立誓与他相守一生,请恕女儿不孝,希望来生再尽孝道。"谢落樱含泪为谢天顺九叩头,起身离去。谢天顺想伸出手却最终收回,愤怒地一扫桌上的礼品盒,老泪纵横。屋顶上的董西赶忙飞身离去。

昏暗的卧房里,烛光摇曳。杨恕咳嗽着从床上坐起,头疼欲裂。这时门被推开,董西闯了进来:"谢落樱要走了。你必须留住她,她是朱辰钧派来游说谢将军的,谢将军不肯,两人已经断绝父女关系了!谢落樱一意孤行,想让谢将军协助朱辰钧谋反。谢将军让她选择父亲还是夫君,她还是选了朱辰钧!"

"是吗,看来她心意已决。既是她自己选的路,就随她去吧。她既下了决心,我们不能拦她。"见劝说杨恕无用,董西只得自己去拦却被杨恕拉住。

谢落樱这边伤心地跑过院落,刚刚转了个角,就被一身夜行衣的李印月用药巾捂住了嘴,夹住她飞出了院墙。马千秋发现了墙上的黑影,准备追击。李印月甩下一枚手里剑,消失在夜色里。马千秋发现剑上附着一张纸条,他快步向杨恕房间跑去。

董西还在杨恕房里纠缠。杨恕拽住她,不让她去追。董西无奈准备向杨恕进攻。这时马千秋推门进来大喝一声:"都给我住手!落樱刚刚被人掳走了,你们自己看吧。"

杨恕打开纸条,只见纸条上写着"杨恕,若不想心上人惨死,静候明日指示,李印月"。

三人猜测李印月绑走谢落樱是想帮倭寇挟制谢将军,也有可能是冲着杨恕来的。不过可以肯定的是:落樱暂时无性命之虞。

清晨,杨恕手里拿着一封信函,和马千秋与董西二人赶往将军府。谢天顺正独自坐在正厅里,气色憔悴,显然一夜没有休息。杨恕快步走入,匆匆递上信函。谢天顺接过一看:"欲救谢落樱,携谢天顺项上人头于未时前往回潮山下,过时不候。竹野英雄。"看完,谢天顺气愤地将信函丢在一边。杨恕提出要去搭救谢落樱,被谢天顺强行拦住:"她的生死,与我并不相干。倭寇掳走他,无非是想威胁钳制于我,比及大明疆土,她的生死,微不足道。我不会让你们无谓去冒险,就算我绝情吧,救人之事休要再提。"

"好一个'绝情',你不管,我管!就算只有我一人,就算是虎穴龙潭,我杨恕也要把落樱救回来!"杨恕执意道,他不能见死不救。

回潮山脚,谢落樱被绑在树干上,面色苍白,口唇干裂。李印月和一群忍者围着她。李印月甩了谢落樱一巴掌:"你以为我不知道谢天顺已经不认你了,至于那个对你念念不忘的傻小子杨恕,很快会因为救你而死去。"

听到谢落樱坚信朱辰钧会将他们倭寇一网打尽。李印月哈哈大笑:"这是我听过的最好笑的笑话了。谢落樱,作为一个女人你确实是很痴心,却也很可悲!如果我告诉你,你今时今日的境况,全是由你那心爱的夫君安排,你会相信吗?"李印月说完得意地走了。谢落樱不禁疑惑。

杨恕快马加鞭,飞驰而过,扬起滚滚尘沙。手中的马鞭是一鞭紧过一鞭。马千秋和董西骑马在后紧紧追赶。三匹飞骑,绝尘而去。

谢天顺在厅中来回踱步,焦躁不安,终于,他下了决心,命副将秦河随他带亲军即刻前往回潮山,荡平倭寇。

最逍遥的要数朱辰钧,他正在亭中自斟自酌,眼神深不可测。竹野英雄过来汇报一切准备妥当,只等杨恕众人上钩了。

片刻,他疑惑地问:"既然王爷想以王妃为饵诛杀谢天顺,又何必多费周折派王妃前去游说谢天顺?到时候该如何处理王妃?"

"因为人心是个矛盾之物,你越想舍弃,反倒越难以割舍。游说的结果早已明了,却能让谢天顺心中经历一次折磨,也能让本王更好地利用他们的父女之情。"朱辰钧将杯中酒一饮而尽,用手指将酒杯捏成齑粉:"物尽其用,再留无益。"

竹野哈哈大笑:"王爷果然胆魄非凡,在下庆幸和王爷这样的豪杰是朋友,而非敌人。否则,不寒而栗啊。"两人发出朗朗的笑声,眼神中却是各藏机锋。

马蹄声迅速逼近,杨恕三人赶到山脚,飞身下马。杨恕远远地看见了谢落樱,她虚弱地摇摇头,让杨恕小心他们的埋伏。李印月将剑架在谢落樱的脖子上,轻轻一抹,谢落樱雪白的肌肤上沁出鲜血。

"哈哈哈,我今天总算找到了报复你的最好办法,就是折磨你最心爱的女人,看着你痛苦的表情,实在是太美妙了。"李印月又在谢落樱的面颊上划下口子,"要不是你辜负我,我会落到现在的下场吗?!我一心一意对你,你却害得我家破人亡,是你毁了我的一生!"李印月在复仇意识的刺激下,变得狂躁起来。静静观察的马千秋给董西一个眼神,董西会意,悄悄站在马千秋的身后。

"我认命了,但我会好好照顾你的心上人,让你的心一点一点痛苦而死。

我想想，再从哪里下刀呢？看看她的心里究竟有没有你……"李印月对着谢落樱举起了剑，杨恕拼命想阻止，但是李印月面前护卫的忍者，让他鞭长莫及。董西踩着马千秋的肩膀高高跃起，凌空对着李印月发出暗器。李印月被逼得闪身避让。杨恕趁机飞身向前，直取谢落樱。李印月反应过来，抢过谢落樱跃入山中。杨恕紧紧追随。马千秋和董西被忍者缠住，只能迎战。

李印月带着谢落樱有些体力不支，渐渐被逼近。杨恕瞅准时机，飞身攻击。李印月为自保，将谢落樱从树上扔下来，杨恕飞身接住。停在树梢上的李印月冷笑起来："杨恕，你中计了。这里是我布下的天罗地网，只要你稍有动弹，你们两个就将被扎成马蜂窝。"杨恕一惊，发现自己的脚下密密麻麻布满了银线。

谢落樱强烈要求杨恕放她下来，杨恕表示不会抛下她不管。李印月朝地上丢下石子，石子触动了银线，飞刀从几个方向朝杨恕飞来。杨恕闪身躲过，但又有新的飞刀径直飞向谢落樱。杨恕只能掉转身躯，用自己的手臂替谢落樱挡下暗器，鲜血直流。李印月又再次触动机关，暗器蜂拥而来。杨恕发现已避无可避，只能用身体接下暗器。杨恕不断中刀，血喷涌而出："有我在，我不会让你有事的。"

李印月又丢出一排石子，剩余的银线几乎全被触动。无数暗器铺天盖地地向杨恕和谢落樱飞来。杨恕大喝一声，面对危机，毫无惧色。叮叮当当，暗器掉落一地。杨恕弓着腰，他用身体完全护住了谢落樱，他的身上伤痕累累血迹斑斑，而谢落樱还是毫发无损。李印月吃惊道："为什么你不肯将她放下，很容易不是吗，只要一放手你就可以躲过暗器。"

"如果不能保护她，我宁可死。"杨恕坚定地说。失望之极的李印月挺剑飞刺杨恕。杨恕将谢落樱轻轻放下，同时他触动了最后一根银线。李印月被飞出的飞刀刺中后背，倒在地上，含恨而终。杨恕突然感到脚下一软，谢落樱赶紧扶住他去找马千秋和董西。

此时马千秋和董西与越来越多的忍者缠斗，体力渐渐不支。这时，谢天顺带着一队精兵杀入重围。局面瞬间扭转，忍者们被冲散。在谢家军的援助下，忍者被尽数消灭。

杨恕在谢落樱的扶持下往山下走，和迎面赶来的谢天顺等人相遇。杨恕放开了谢落樱的搀扶,"义父,落樱我给您安全带回来了。"突然一声炮响,林中出现大量埋伏,由忍者和王府侍卫组成的队伍将杨恕等人团团包围。朱辰钧和竹野英雄并排站着最前面。朱辰钧笑意盎然:"岳父大人,小婿未曾远迎,还望见谅。能否请您助小婿夺取这天下,共同开创一个盛世?"朱辰钧张开双臂,衣袂飘飘,一副对天下志在必得的姿态。

谢落樱跑出人群,站在中央,不甘心地望着朱辰钧:"夫君,难道你不是来救我的吗?你之前和我说的,都是骗我的吗?"

"我对你抱了期望,只是你太不争气,没能助我得到谢家军。从你失败的那刻起,你对我已经毫无价值了。"话落,谢落樱流下两行热泪,她简直不敢相信自己的耳朵,跪倒在地。

"朱辰钧,她爱你这么深,你怎能这样对她!"杨恕和谢天顺情绪激动,握紧了拳头,众人群情激奋,举起武器。朱辰钧冷笑着挥动手臂,竹野英雄及其部队一触即发,与谢天顺的队伍战成一团。厮杀几个回合,谢天顺的士兵几乎被消灭殆尽,只剩下杨恕几个人被围困在角落。谢天顺一行人全部负伤,已经回天乏术。

伴着惨烈的叫声,谢落樱的眼睛突然有了神采,她执著地问朱辰钧:"从你娶我开始,你有没有爱过我,哪怕一天?我怀了你的骨肉,他的身上流淌着你的血,我要把他生下来,抚养长大。"看着谢落樱微微凸起的腹部,朱辰钧的眼睛有了一点温情:"不愧是我的女人,你就替我好好生下他,他以后将是大明的皇子!"

朱辰钧俯身去扶仍跪在地上的谢落樱,这时她突然从袖中抽出匕首,架在朱辰钧的脖子上。朱辰钧做梦也想不到,谢落樱居然敢挟持自己!

"不要动!我不会手软的!叫他们放下兵器。"谢落樱的匕首紧紧地贴着朱辰钧的脖子,朱辰钧看出她绝不是虚张声势,只能就范。所有人都停下来,竹野英雄示意忍者们后退,杨恕等人的面前终于出现一条逃生之路。

谢落樱说:"父亲,你们快走!马大哥,你快带他们走!"马千秋看了看形势,狠狠心,推着谢天顺后退。杨恕等人护送着谢天顺脱离了包围圈,边走边不安地看着谢落樱……谢落樱见大家脱险,松了一口气。竹野英雄趁机飞针打伤了谢落樱。朱辰钧摆脱了挟制,一把掐住了谢落樱,二人怒目而视。远处的杨恕回首看到这一场面,焦急无比。谢落樱勇敢地望着朱辰钧,眼里流动的却是最深的悲伤。朱辰钧一掌打在谢落樱的天灵盖上。谢落樱的嘴角流下鲜血,颓然逝去。

　　杨恕不顾一切地呼喊着谢落樱的名字,甩开马千秋和董西的手向她奔去。朱辰钧看见杨恕归来,命令手下立即杀了他。这时,秦河带着大队骑兵赶来,朱辰钧手下纷纷甩身逃命。喊杀声中,杨恕跑到谢落樱身边,将她抱起,号啕痛哭。谢天顺站在杨恕身后,老泪纵横……

第二十三回

惑奸计将军遭主疑　　中毒针挚友苦寻医

　　月色朦胧间,杨恕坐靠在栏杆上吹奏笛子,那笛声令人黯然神伤。一曲毕,董西默默上前替杨恕披上外衣。他默然无语,望向点点星空。董西从背后轻轻地抱住杨恕,温柔地靠在他肩上:"我觉得能像谢姑娘那样一生深爱一个人,也很好。"杨恕觉得眼前温柔的董西有些陌生。董西注意到杨恕的目光,面颊绯红。

　　众人来到"爱女谢落樱之墓"坟前。谢天顺难掩悲伤的神色,一夜间憔悴了许多。他默默地将谢落樱的小黄鹂从笼中放飞。

　　"我想了一夜,与其在这儿伤感,不如替落樱完成她的心愿,不要让朱辰钧继续错下去了。"董西惊喜地发现杨恕已经从失落中恢复:"杨恕说得对,朱辰钧野心勃勃,谢家军是他最大的阻碍,当务之急,我们还是要想办法应对他们的下一步行动。"杨恕三人都殷切地望着谢天顺。谢天顺赞许地点头:"反抗朱辰钧的重担,你们愿意陪老夫一起承担吗?"三人欣喜地答应了。

　　竹野英雄赶到了惠王府,报告说:"我的人已经成功在地下工坊还原了大炮。只要假以时日,这种特制的大炮就可以成批生产,到时候惠王军就可以所向披靡了。谢天顺逃脱了,恐怕他们很快就会对我们有所行动。不如我们先下手为强,用这批大炮打他们个措手不及。"

　　朱辰钧却挥挥手,立即否定:"不行,还有诸多事宜没有准备周全,贸然行动只会坏了整盘棋。谢家军那边,我已经有了新的安排,但还需要竹野兄帮个小忙。"他掏出字条,竹野英雄阅毕,双目放光,立即告辞回去准备。朱辰钧志得意满,紧握拳头:"谢天顺,你已逃不出本王的手掌心!"

靖海将军府正厅,谢天顺、安振虎、秦河与杨恕四人围着桌上的作战地图商议战略。谢天顺下命令:"为防止朱辰钧与倭寇两面夹击我军,势必要在洪州城方向安营扎寨,以保万全。安副将,即日起,命你率本部步营前往洪州城外狮子岗安营,只可坚守,不可轻动,惠王府有何风吹草动,速速回报。秦副将,命你将骑营暂交水兵营参将统领,戍守海防,以御倭寇。本帅有更重要的使命要交托于你。这有一份加急奏折,所言朱辰钧通倭叛国之事。务必由你亲自送抵京城。这份奏折,你务必通过令叔父秦如晖秦大人之手呈递与圣上,以免生变。"秦河庄重地接过奏折,拱手告别。杨恕却有些不安,他对马千秋说着他的疑惑。

"我是有些奇怪,刚才安将军看秦将军的样子,似乎非常在意那份奏折。"马千秋道:"大概是在担心秦将军的安危吧,他和秦将军是生死之交,他们两人现在可是谢家军的中流砥柱。"

郊外的大路上,安振虎身披戎装,带着两名亲信士兵骑马而过。安振虎来到路旁,停在一顶轿子前,恭恭敬敬地下马行礼。轿子旁的侍卫撩开轿帘,走下一位白衣飘飘的公子。此人竟是朱辰钧:"早闻安将军乃世之虎将,今日一见,果然名不虚传。大丈夫雄心壮志犹存,何愁大事不成。只要你一心辅佐本王,你的未来岂止是一个小小的副将?到时,天下兵马任你驱驰,才不枉费将军的一身才能。"

安振虎下跪:"在下愿随王爷鞍前马后,创万世不拔之基业。"朱辰钧大喜,扶起安振虎,抚其掌,连连称好。王府侍卫呈上箱子,揭开箱盖,满是金灿灿的金元宝。安振虎看得满眼放光,命手下士兵接过箱子:"多谢王爷!谢天顺已派秦河携奏折昼夜上京,奏折所写乃王爷之大事。谢天顺让在下设防于狮子岗,以拒王爷。""你可见机行事,我会给你下一步指示。回营吧,免得遭人起疑。"朱辰钧叮嘱道。

在另一条大道,秦河挥鞭催马,昼夜不息,奋力赶路。大道上突然拉起了绊马索,秦河的骏马轰然倒地,秦河就势滚地。他还未起身,两旁草丛中的忍者飞身而出,向他抛出钩锁。月光下,缠住秦河的钩锁宛如蛛丝。秦河奋力挣扎,咽喉上已是一片血花。竹野英雄以迅雷不及掩耳之势出剑收剑,将秦河一剑斩杀,从他怀中找出奏折,面露狰狞的笑容。

洪州东北部清泰城的闹市区,约有数十名持刀倭寇在街上追砍行人,劫掠财物。百姓猝不及防,呼喊奔逃。一名倭寇故意在街道上丢下刻有"谢"字的通行腰牌。与此同时,东部仙福村,夜色中突然火光冲天。倭寇向各家各户破门而入,将从熟睡中惊醒的人砍倒在地。火焰中哭成一片。一个通行腰牌被人丢在屋角,火光里,大大的"谢"字格外扎眼。

得知情况后,杨恕三人向谢天顺禀报:"三日之内,洪州各地均出现倭寇,他们在劫掠之后快速离去,未与我军发生交战。这些人来去无踪,仿佛从地底冒出一般。这些倭寇人数并不多,却屡屡在最薄弱的位置出现,危害甚广。我们刚刚分兵防御朱辰钧,他们就席卷而来,莫不是朱辰钧使的阴招?"话落,士兵高声来报:"华芜镇出现军情,倭寇杀入民宅,大肆劫掠!"华芜镇,离军营不远,他们决定即刻出发,前去一探究竟!

倭寇正在街道上劫掠砍杀。朱辰钧带着部队杀到,朱辰钧高声喊杀,姿态十足。百姓们看到大大的朱字旗,纷纷停止逃命,声援朱辰钧。在朱辰钧的驱逐下,倭寇们四下逃窜,一个倭寇被活捉。朱辰钧故意在百姓的围观下审问那名俘虏。一名侍卫搜他的身,摸出腰牌,腰牌上赫然刻有"谢"字。百姓看后,议论纷纷。

倭寇佯称谢天顺给他们提供情报和腰牌,这下百姓中全都炸开了锅。朱辰钧听着这些非议,露出了满意的神色。倭寇被带下,朱辰钧拨转马头,对百姓高喊:"我们会继续追击倭寇,确保大家的平安。倭寇所言之事,还需仔细调查,希望大家不要以讹传讹,我们查清楚后自会给乡亲们一个交代。"百姓们感恩戴德,欢送朱辰钧的部队离去。

谢天顺带着士兵赶到华芜镇的时候,街上已经恢复了秩序,有些人在收拾杂乱的摊位。百姓们一看谢家军,纷纷低头躲避。杨恕拉出一个过路的百姓询问,回答说已经被惠王大人领兵赶跑了,要是指望他们谢家军,百姓还不早成了刀下亡魂。

百姓们嫌恶地走了,令谢天顺一行人面面相觑:这又是他的奸计!

谢天顺当即决定："你们三人负责寻查闹事倭寇,老夫负责加强各地防卫,就算不能剿灭倭寇,务必消除百姓对我们的误解。如果可能,我会对朱辰钧施压,防止其继续指鹿为马。只要等到秦河带回圣意,一切问题自然迎刃而解。"

杨恕分析道:从倭寇在现场留下的痕迹与目击证据来看,确是被击溃的残余,可在多次突袭之后又再次销声匿迹,目的不仅仅是诋毁谢家军。如果倭寇还在洪州地界,不可能整个盐帮的兄弟也探不到一点蛛丝马迹。如果倭寇不是藏匿在洪州,又是怎么突破各个防线的呢?要知道,水兵营和骑营在水路和陆路皆有众多岗哨巡逻。谢家军腰牌虽然系倭寇栽赃嫁祸,却并非伪造之物,倭寇既然可以获得腰牌,就有可能安然通过海防。

他们最终决定前往水军营大寨找杜参将一探究竟,若是问题出在谢家军身上,恐怕事情就不简单了。

杜参将如实说:"水军营按例巡查,近一月来均不曾遇见倭寇,未曾与之交锋。只要是在下的防区,在下可以保证绝不可能有人能从层层岗哨下通过。"

原来,海防由杜参将及安将军、秦将军三人共同负责,几日前秦将军进京,改由杜参将与安将军分担,安将军被调遣驻军狮子岗,可并未向杜参将移交岗哨。安将军负责防卫范围是清泰城以北,及仙福一线。刚好是出事的那些地方,未免过于巧合了!

杨恕组织着现有的线索,恍然大悟:"这绝不是巧合。你们想想,倭寇事件刚好是在安将军驻守狮子岗后发生的,倭寇走的恰恰是他负责的岗哨,而朱辰钧出兵华芜镇,势必要经过狮子岗地区……但安将军对这两件事都未作反应,甚至到现在都未有一点动静。事不宜迟,我们速速回将军府。杜将军,安将军负责的海防,希望你能派兵一并巡查,恐怕其中大有文章。"

杨恕三人骑马抵达大靖海将军府门,从守卫处得知,谢天顺刚刚前往狮子岗督阵去了,据说安将军那儿有紧急军情,只带了几个随从亲兵,走了有半个时辰。三人知道大事不好!

安振虎正引着谢天顺往营帐中走:"将军,情况比表面的要险恶许多,待末将给您看一样东西后,您自然就明白其中利害了。"谢天顺和安振虎进入了主营帐。他刚进去,安振虎大营的大门突然封闭。围在营帐外的随从士兵正疑惑,已被安振虎的士兵纷纷用刀架住脖子动弹不得。谢天顺踏入营帐的一刻,就被眼前的景象惊愕住了。坐在统帅座位上的竟是朱辰钧!谢天顺怒而拔剑,砍向朱辰钧,却被安振虎拔剑挡住。安振虎格开谢天顺,护卫在朱辰钧身前。谢天顺不敢相信地盯着安振虎。

"谢将军,你确实待在下不薄,但在你的麾下我看不到光明的前程,也成就不了大业,在下只好另择贤君了。"安振虎说道。谢天顺气得剑斩安振虎,却被他刺伤手臂。谢天顺的剑滑落在地上,他手捂伤臂,大呼救兵。

"不要白费力气了,外面已经没有一个谢家军的士兵,不会有人来救你的。岳父大人,现在你已是俎上肉,是否应该考虑下跟小婿共赴大业呢?"朱辰钧说着,打开了身边的锦盒,里面赫然是秦河的人头。谢天顺悲痛欲绝。

朱辰钧盖上锦盒,得意至极:"秦将军千里送奏折,本王已经派人代劳,你的奏折会安然送到皇上面前。奏折中弹劾的对象由本王更替为岳父您。当皇上看到奏折时,便会得知,靖海将军竟然勾结倭寇图谋不轨。有亲信副将安将军提供的证据,再有万盛万公公的伶牙俐齿,谢天顺大将军谋朝篡位简直是证据确凿,铁证如山啊,你觉得皇上会作何裁定呢?你低估皇上的疑人之心了,不久你就会被打上逆臣的烙印。与其身死受辱,不如与我一道去拯救这乱世。"

谢天顺严厉拒绝。安振虎击掌,从帐外进来数名士兵,将谢天顺围住。谢天顺准备拼死一搏,他用脚挑起地上的剑,不顾一切地砍向朱辰钧。不料朱辰钧生生用手将谢天顺的剑弹开,谢天顺踉跄后退。安振虎与几名士兵同时向手无寸铁的谢天顺砍去,眼看谢天顺就要命丧黄泉。刹那间,一名士兵挡住了所有的进攻。

那士兵一挥剑,所有人都被逼退。他护着谢天顺退到角落。士兵摘下头盔,竟是杨恕:"安振虎,原来你早就在和朱辰钧沆瀣一气,勾结倭寇。若不是我们及时发现,义父岂不是遭你这叛贼的毒手。"

杨恕给自己和谢天顺的口鼻捂上准备好的湿布。朱辰钧意识到什么,又一名士兵摘下头盔,竟然是董西。她甩出了一个烟幕弹,迅速用湿布也捂住自己的口鼻。营帐里充满了呛人的气体,朱辰钧、安振虎和其他士兵纷纷咳嗽起来。杨恕、董西趁机带着谢天顺冲出了营帐。

很快,朱辰钧和安振虎追了出来,却被眼前的景象惊呆了。营帐里四处起火,兵荒马乱。士兵们高喊着救火,往来奔跑。马千秋骑马从人群中穿过,手里还拉着三匹马,停在杨恕面前。

众人骑马逃离。就在不远处的大道上,一条绊马索隐藏着。两旁埋伏着忍者,伺机突袭。竹野英雄取出一个小铁盒,小心地打开,里面平行放着五根色泽鲜艳的银针。竹野英雄戴着手套将银针小心翼翼地装进发射器里,瞄准路面。杨恕等人由远及近,竹野英雄将发射器含在嘴里,紧紧盯着最前面的谢天顺。眼看谢天顺的马就要被绊倒。杨恕眼尖,看见了绊马索。董西眼疾手快,连发飞刀,切断了绊马索,谢天顺安然通过。竹野英雄气馁,只能命隐藏的忍者,抛出钩锁。不料,杨恕和马千秋合力将钩锁全部弹开,绝尘远去。竹野英雄气得飞身到近旁高坡,伺机等候。

见谢天顺等人走近,竹野英雄瞄准发射,五根毒针闪烁着鲜艳的光芒齐向谢天顺飞去。情急之下杨恕只能飞身去挡毒针。董西见状,奋不顾身地扑向杨恕,她不愿意杨恕再受伤害。杨恕见董西扑过来,抱住董西一个翻身,毒针纷纷扎入他的后背。董西抱起杨恕,见他面色煞白,已昏死过去。马千秋点住杨恕胸前几个大穴将他扶上马,继续逃命。高坡上,竹野英雄只能眼睁睁看着他们撤离。

朱辰钧得知后一脸愤怒。竹野英雄露出残酷的笑容:"虽然谢天顺逃走了很可惜,不过杨恕中了我潜心研制的艳煌针,已经无药可救了。中了艳煌针不会轻易就死,它会一步步侵蚀人的身体乃至精神,让人痛不欲生,生不如死,在受尽万般折磨之后,全身溃烂而死。世上唯一的毒药,无药可解。"

杨恕已到死亡的边缘,他躺在床上,面容憔悴,身体因为痛苦而扭曲着,汗水不住地往外冒。陈军医为杨恕把脉,眉头紧锁,不住摇头。董西小心擦拭杨恕额上的汗滴。陈军医无奈地说:"实不相瞒,在下从医数十载,从没遇到过这么诡异的毒药,更没见过这么乱的脉象,若不是你告诉我他中的是倭寇暗器,莫说医治,在下连诊断都无能为力啊。但凡老夫有一点法子,也不忍杨少侠受此折磨,这个毒不但诡异,而且十分狠毒,依老夫之见,此毒并非要立即取人性命,而是要让中毒者受尽万般痛苦而死。其中所用毒素都是世所罕见,恐怕……唉!"

董西心碎地抚慰着杨恕的手,杨恕紧紧抓住董西的手,指甲都扎进董西的血肉,令旁人心碎。马千秋提醒说老王爷给的锦囊,兴许能解此毒。陈军医评价这个锦囊只是将世间百毒之解药汇聚而成,于此罕世怪毒,只怕也是收效甚微,并提到岭南药堂的怪才穆老叶可能有办法治疗此毒。穆老叶自离开岭南药堂就隐居在洪州青虹山,已有三十年之久,这些年他从不医人,只是潜心研究毒药与解药,其解毒术堪称天下第一。真是天无绝人之路。这个穆老叶正是杨恕他爹的师兄。谢天顺让董西和马千秋一起带杨恕去找穆老叶,朱辰钧和安振虎那边,他自有策略。董西拉起杨恕的手,激动不已:"呆瓜,我就知道你福大命大,你爹在冥冥之中保佑着你呢。"

马千秋驾车即刻上路,董西在车内照顾杨恕。杨恕依旧疼痛难忍,突然董西手臂一痛,她卷起袖管,只见手臂上一块紫青色的暗痕,原来竹野英雄向谢天顺发出的毒针,其中一根毒针划过了董西的手臂。她放下袖管心一惊,紧紧握着杨恕的手。

到达青虹山,董西看见一个樵夫,忙上前询问。樵夫看了看他们三位,知道了他们的来意,劝他们还是打道回府吧,这个怪老头出了名的"见死不救",就算是亲爹老子他也不会管的。得知穆老叶就住在这山上,马千秋和董西继续沿山路而上。

气喘吁吁地来到一间木屋前,空地上晒着不少草药。门前的旗幡上"见死不救"四个大字扎眼招摇。董西赶紧上前敲门,屋里没有动静。董西扯开了嗓门叫道:"穆老前辈,穆老前辈,您在不在,晚辈打扰了。"屋子里突然发出瓷器摔碎的声音,门吱呀打开了。一个留着山羊须的灰发老头突然冲出来,一头蓬松杂乱的头发吓了董西一跳。从屋里冒出滚滚的黑气,董西连忙后退到马千秋身边。老头捂着嘴巴跑得老远,面色发暗。马千秋和董西奇怪地观察着他。老头拿着解毒锦囊嗅了嗅,这才冷静下来。老头围着屋子转悠,直到黑气散尽,也没有理会董西三人。

董西上前施礼,穆老叶突然间变得怒气冲冲:"我说怎么如此晦气,原来是你们在这儿瞎嚷嚷,害得我响当当的青爪紫玉蛤蟆汤失败了,都怪你们,滚,滚下山去,快从我的眼前消失!我叫你们滚啊,你们的耳朵是聋的吗!"马千秋赶紧上前鞠躬赔罪,董西扶着杨恕,皱着眉头。穆老叶看见昏昏沉沉的杨恕,饶有兴趣地靠近:"五花散阳毒,晦气晦气,要埋的话,赶紧埋了,就埋那边吧。"穆老叶指着不远处,那里歪歪扭扭立着许多墓碑。

董西骂道:"你有没有良心啊!"穆老叶嘻嘻笑道:"我穆老叶别的都没有,唯独不缺良心,不过良心太多,都让我拿去喂什么蜈蚣啊、蛤蟆了。如果你们想要我救人的话,还是少浪费唇舌了,没看见门前的'见死不救'四个大字吗,就是皇帝老儿我也不救。"

穆老叶转身往屋里走,马千秋赶紧叫住他:"前辈,可认得京城杨子恒杨大人?"穆老叶停住了,转身看着马千秋,听说杨子恒已经仙游了,穆老叶烦躁地抓着头发,突然又大笑起来,拍掌称快:"对啊!死了就是认输了,是我赢了!响当当的穆老叶赢了!"董西和马千秋面面相觑。

"以前师傅老说杨师弟天资过人,他的良药远胜于我的奇毒,你看,还不是没能熬得过我,早早归西了。你们快给我滚,免得我的渡鸦黄芩浆也要出糗,呸呸呸,不吉利不作数,呸呸呸。"穆老叶自顾自地进屋,一把关上了门。马千秋扶着杨恕,面对这样的怪老头,面有忧色。董西已经怒气冲天了。

房间里摆满了瓶瓶罐罐,穆老叶继续摆弄瓶中的药水,专心致志地将一片黑色羽毛投入装满浆液的瓶中。门突然被踢开了,一震动,浆液瓶子从桌上掉在地上摔个粉碎,黄色的浆液流淌着。董西站在门口,气势汹汹道:"原来只是个玩家家酒的糟老头,枉天下人还叫你解毒第一师呢。"

穆老叶突然冷静下来:"你刚才叫我什么?我可听真切了,天下人称老夫为响当当的解毒第一师!天底下哪有老夫解不了的毒?五花散阳毒?天下人大概会认为此毒无药可医,可老夫十年前就有了此毒的解法。"

董西和马千秋相视一笑。穆老叶突然反应过来,原来中了董西这个鬼精灵的激将法。董西和马千秋见穆老叶终于同意搭救杨恕,急忙感谢。穆老叶却说:"先别急着谢我,我穆老叶从不救人,管他是七大姑八大姨的!救这小子,只是要证明老夫的解毒术,在这之前,你们得用一条命来换这小子的命,这样老夫的买卖才不亏本。"马千秋和董西愣住了。

第二十四回

求石花生死见真意　斗心魔试炼感挚情

董西和马千秋被穆老叶的话惊呆了,随即二人争抢着让穆老叶取自己的性命来换取杨恕的再生。穆老叶烦了:"吵死了吵死了,我看你们这样没完没了了。老夫改心意了,老夫要和你们做个赌注。给你们两盏茶,一盏下了剧毒,一盏无毒。你们俩在纸上预测谁会先死,然后各自喝茶。猜对了老夫就给杨小子解毒,猜错了,那老夫可就不管咯。"

穆老叶背着他们,在角落里倒好茶,在其中的一杯抖入了白色粉末。马千秋紧紧盯着穆老叶细微的手部动作。董西在纸上写完字,轻轻折起来。穆老叶端上两杯一模一样的茶水,放在董西和马千秋的面前:"里面一盏茶,老夫已添入无色无味的西域剧毒,入口即断肠,不会感觉到任何痛苦。"

马千秋和董西沉重地望着眼前的茶杯。时间仿佛变得很缓慢,压在他们的心口。穆老叶奸笑着望着他们。董西伸出手去端茶杯。马千秋突然将自己的茶杯和董西交换。马千秋举起茶杯,准备喝,被董西拦住。

马千秋停住了,董西说:"我们已经赢了,何必白费性命,打开那张纸看看。"穆老叶疑惑地打开纸张,只见纸上写着"董在马先死",不禁满脸的狐疑。

董西解释道:"若我中毒而死,纸上写着'董在马先死',即我在二哥之前先死,我们中了。若二哥中毒而死,纸上写着'董在,马先死',意为我在的时候,二哥先死,我们又中了。所以,无论结果如何,皆是我们赢了。"

穆老叶认输:"怕了你们了,我给杨小子解毒还不成吗。"董西和马千秋激动兴奋地跳起来。穆老叶虽然懊恼,但看两人的眼神已经温和许多。

惠王府大厅,朱辰钧与属下们饮酒作乐,莺歌燕舞。大门紧闭,侍卫戒备森严。竹野英雄与安振虎被安排在朱辰钧身边。朱辰钧频频举盏,好不热闹。

安振虎趁机禀告,谢天顺自从上次侥幸逃脱,现在龟缩于府中,其麾下将士严防死守,并未有何行动。现在洪州的百姓无不议论谢家军贪生怕死,而盛赞朱辰钧之英明仁德。

朱辰钧感谢竹野英雄的协助,对日后逐鹿天下充满必胜信心:"如今朝中有万公公护佑,本王又得安将军,真是如虎添翼。欲速则不达,诸位少安毋躁。铲除谢家军需要名正言顺,待时机成熟,本王定让谢天顺再也无力回天。安将军,继续监视谢家军动向,以待战机。"朱辰钧再次举杯,众人都被感染,干劲十足。

穆老叶为杨恕做药浴,不断往浴桶里加药水。董西和马千秋在一旁紧张地看着。杨恕的面部还是很痛苦的样子,汗水不断淌下。突然哇的一口吐出黑血,昏死过去……治疗结束,马千秋为杨恕披好衣服,扶他上床,盖好被褥,转身向穆老叶问起杨恕的情况,方知杨恕他泡的是毒药。穆老叶解释:"所谓卤水点豆腐,一物降一物。毒和药之间便是这相生相克的关系,毒浴虽说剧毒无比,却能压制五花散阳毒的毒性,所以就成了解药。世人不晓变通,哪知道这其中的奥妙。这毒浴只不过是暂时压制他的五花散阳毒,让其不再继续扩散,他现在可是中了十几种毒,昏迷三日后若是不能削去所有毒素,便是大罗金仙也无药可施了。杨小子身上的毒非同小可,必须循序渐进,着急不得。好了,你们两个去隔壁的柴房休息,明日还要让你们去拼命。"董西失落地点头,满脸的倦意。

回到休息的柴房,董西卷起袖管看了一眼,她手臂上乌黑的印痕已经比之前更大了。董西紧紧握着手臂,疲惫让她很快就昏昏沉沉睡去。

清晨,穆老叶在挑拣晾晒的草药,将选中的草药装进药罐里。董西和马千秋站在一旁。穆老叶看了看董西，面有疑惑："鬼丫头，你的身体……"董西赶紧岔开话题。穆老叶再一次得到二人肯定的答复：愿意为杨恕牺牲性命，说："那小子果真是响当当的有福气。杨小子的毒实在是棘手无比，要根治还需最重要的一味药——石花。这种稀世奇花只怕天下没几个人知晓。老夫之所以隐居于此，就是为了这石花。在这后山最高处，有座往生崖，石花就生长在那儿。石花生长之地必是奇峻无比，非人迹所能至。这往生崖之所以得名，就是因为无数人寻求石花不得反倒搭上性命，葬身其中。个中凶险，超乎你们的想象，那随老夫进屋吧。"

穆老叶翻着医典指给董西和马千秋看："这就是石花，只生于崖间绝壁，植株不过三指大小，独叶，花生四瓣，白若无瑕。其生长之处必无杂株，只要遇见并不难寻，难的在于如何采摘。老夫给你们准备了绳索与虫药。山间毒虫丛生，没有虫药寸步难行。去吧，若你们遭遇不测，老夫会替你们埋了杨小子的。"马千秋接过穆老叶准备的包袱。董西望着床上昏睡的杨恕，不禁难受起来。董西毅然起身，和马千秋一起走出房门。

二人爬上了青虹山深处，一路披荆斩棘，衣服多有剐破，手脚皆有血迹。爬到最高处，两人的面前出现一道深沟，而对面还是密林，附近隐隐约约露有白骨。董西终于支撑不住，脸色煞白，瘫软在地。她疼得叫出声来，紧紧捂住手臂。马千秋强硬地卷起董西的袖子顿时惊愕住，赶紧拉起她下山治疗。董西不同意，硬撑着站起来，马千秋突然从背后点了董西的穴位，背起她往回走。

董西不停地哀求他放她不来。马千秋又点了她的哑穴，继续往回走。董西动弹不得又说不了话，泪水在她的眼眶里打转。大颗大颗的眼泪掉在马千秋的脖子上。马千秋越走越慢，终于停住了，放下董西。董西愤怒地瞪着他，眼里满是泪水。马千秋最终还是解开了董西的穴道……

杨恕躺在穆老叶家的床上昏迷着。穆老叶用毛巾为他擦拭面部。穆老叶自言自语道："杨师弟啊，你说过世间最好的良药是人的情意，我不相信，一辈子都不信。除非你能保佑那两个兔崽子平安归来，我会考虑认同一次……"

董西和马千秋又翻过一个陡坡，两人已是遍体鳞伤。一块石头上歪歪扭扭地写着"往生崖"。两人沿着石壁往上爬,步步惊心,这里果然是峭壁耸立,险峻无比。在离他们十丈远的一块绝壁上,董西看见了梦寐以求的石花。小小的石花,娇柔地藏于石缝之中,底下便是深渊。两个看着石花,不禁犯愁。董西深深吸了口气,想用轻功飞过去采,马千秋怎么拦都拦不住,只好助她一臂之力。董西闭着双眼,凝神屏息。马千秋在崖边扎稳马步,董西飞身踩上马千秋的肩头。马千秋施以助力,董西如离弦飞箭,轻盈地贴着崖壁一路斜上而去。董西渐渐接近石花,可就在接近石花的瞬间,董西的手臂传来剧烈的疼痛,她脚一软,往下坠。幸亏她用手抓住了凸起的石壁,惊出马千秋一身冷汗。挂在绝壁上的董西此时眼里只有头顶上方的那棵石花。近在咫尺了。董西吃力地伸出另一只手去采,凸起的岩壁在慢慢崩塌。董西拼尽全力,终于将石花采在手里。岩壁在同一时刻崩塌!董西坠下万丈深渊。那一刻,董西的脑海中尽是杨恕阳光般的笑容。

风声又起,董西只觉得身体被什么托了一下,突起的大风将她往崖边送,她脚尖一点崖壁,尽量往回跳。马千秋使劲儿抛出绳子。董西在坠落的瞬间,抓住了绳索。马千秋紧紧抓住绳子,将董西拉上来。重新回到平地之上,董西一下子就瘫倒在马千秋怀里。董西小心地张开手掌,掌心里,石花娇柔地躺着。董西幸福地笑了,安心地闭眼,昏死过去。

不知过了多久,董西朦朦胧胧地张开双眼。首先映入眼帘的是马千秋,他正在旁边照看着她。董西慵懒地坐起身,突然她反应过来,拉起袖子,发现手臂光滑无瑕,毒素已经完全消失。董西激动地说:"我的毒怎么解了?!呆瓜呢?"马千秋沉默着低下头。

董西的眼泪瞬间流下,拳头砸在马千秋身上,马千秋低着头忍受着。这时,门吱呀一声开了,阳光灿烂地照进来。杨恕端着热腾腾的一碗药走进来,小心地放在桌面上。董西愣住了,跳下床,紧紧拥抱杨恕,泪水止不住地往下流:"大笨蛋,大呆瓜,大坏蛋,我恨死你了。"杨恕一愣,随即也抱紧了董西:"嗯,随你打随你骂,以后日子长着呢。"马千秋看着两人,露出了灿烂的笑容。

马千秋向董西说明,石花虽小,药效却很惊人,解她和杨恕的毒绰绰有余了。离开将军府多日了,马千秋很担心谢将军现在的情况,决定马上赶回去,让董西留下来照顾杨恕。穆老叶侧着脸听着,有些伤感。他自言自语道:"想不到杨小子的朋友尽是响当当的英雄儿女,老头子我不服不行啊。杨师弟,被你说对咯,人的情义胜过世上万千良药。"穆老叶的视线停留在桌上的一排针灸毫针上。

原来,马千秋把昏迷的董西背回穆老叶的家。穆老叶打开布袋,露出一排针灸毫针。他提醒马千秋说:"老夫再重复一次,化毒法虽然能够消除鬼丫头身上的毒,却会把她体内的余毒带到你的身体里,虽然微弱,却会遗留终生。而且五花散阳毒发作起来可是痛彻心肺的,对你的残臂尤为明显,你当真不后悔?"马千秋回答不后悔,只是希望穆老叶瞒着他俩。马千秋脱去上衣,和董西背对而坐。董西的袖管高卷着,露出暗黑一片的手臂。穆老叶在董西的手臂上扎一针,拈一拈,取出毫针,在碗里的液体泡了泡,然后扎进马千秋的背部……

果然,当马千秋独自走在大路上时,突然开始剧烈地咳嗽。他捂着自己的断臂,皱紧了眉头。这份杨恕和董西都曾经历过的刻骨痛楚,将由他来承担,直至一生,无怨无悔。

夜晚,马千秋终于赶到了将军府。谢天顺露出久违的笑容,起身迎接,介绍马千秋离去后发生的军情:"想不到我们谢家军英勇无畏地抗击外敌,到头来却要同室操戈。现如今朱辰钧让安振虎为前锋和我军遥望据守,他营中将士虽受他蒙蔽蛊惑,却也曾是同生共死的兄弟,叫我如何忍心攻伐。老夫连派数人上京,到现在朝中都是毫无消息,只怕是朱辰钧的党羽从中作祟。倒是现在倭寇之事,令我军受人诟病,如同顽症恶疾,除之不尽啊。竹野英雄亲自率倭寇屡屡滋扰后方,现在我军腹背受敌,杜参将那边是捉襟见肘,疲于应付啊。"

马千秋随即请谢天顺派兵马,他这就去拿住这帮躲躲藏藏见不得光的耗子,纵不能消灭干净,也不能叫倭寇污了谢家军威名。谢天顺欣慰地拍着马千秋,烦忧稍解。

紫禁城御书房里,皇帝翻看奏折时大惊失色。万盛随侍在旁,见机立即上前:"目前的谢家军威震天下,如果图谋不轨,那可如何是好啊。奴才就斗胆说说这谢将军。皇上您知道,自从谢家军在洪州抗击倭寇以来,那个声势与名望,就跟滚雪球似的一天高过一天啊,如今满朝都在议论,这谢家军乃大明第一军,京军三大营已是难望其项背,各地处军规模实力更是不足以与之抗衡。"

皇帝说:"朕清楚。但本朝屡遭奸人祸乱,军力衰微已是不争事实,若没有谢家军这支劲旅,如何抗敌保疆?"万盛答:"皇上您所言极是,可这人心不足蛇吞象,谢天顺他现在重权在握功高盖主,皇上您又鞭长莫及,难保不会有什么异动啊,依奴才之见实在是不得不防。"他建议皇帝速招谢将军回京,如其应诏,皇上可削其兵权,如其不肯,其心昭然。可是皇帝相信谢天顺的忠义,对万盛所言犹豫不决,有些为难。

经过数日调养,杨恕气色已较之前好转许多。穆老叶捋着山羊须,为杨恕把脉,神情自满,微笑点头。伫立一旁的董西见状,喜上眉梢,询问杨恕的毒是不是完全退掉了。穆老叶绕了半天圈子,终于承认杨恕完全恢复了。杨恕恭恭敬敬地拜了三拜,董西也随着拜了一拜:"虽然有点讨人嫌,但还是感谢您老的救命之恩。穆前辈,其实你有时挺招人喜欢的,何必摆着一张臭脸孔拒人千里之外。"

穆老叶面红耳赤,连忙掩饰装怒:"老夫可是响当当的解毒圣手,岂是你们这些凡夫俗子能够理解的。滚滚滚,现在就滚,老夫再也不想见到你们了。"杨恕会意,含笑起身告辞。穆老叶粗鲁地将董西的包裹丢过来。董西拾起包裹,拉过杨恕快步出门。在门口,杨恕回头,深深作揖。穆老叶并不答话,低头调配着药水,可心不在焉,药水都倒到桌子上了。他不舍地望着下山的路上。只见远处山脚,董西和杨恕正朝他挥着手。穆老叶眼睛一红,鼻头一皱,赶紧背过身去。再回头,已经没了两人的身影。穆老叶走到门前的旗幡前,看着"见死不救"四个大字,毅然将旗幡扯下。

杨恕和董西来到一家客栈,旁边几个食客正在谈论天下之势,谩骂谢天顺,董西听后很是生气,一拍桌子,准备前去理论。杨恕拉住董西,现在当务之急是要赶快回大营助谢天顺一臂之力,现在他受百姓误会,又遭部下叛变,一定是忧患重重。

看到杨恕平安归来,众人欢笑,谢天顺却忧心忡忡:"不瞒你说,朱辰钧和倭寇勾结嫁祸,百姓和麾下士兵深受影响,加上安振虎带走了大部兵马,现在我们是处处困顿,捉襟见肘啊。进京的奏折不知送了多少,全都石沉大海音信全无,肯定是朱辰钧阻断了圣听,只怕他还会在皇上那边倒打一耙。而且就算皇上知晓了朱辰钧的罪逆,恐怕也没有兵力能够调遣。"杨恕提出借助僧兵的力量,谢天顺就劳驾他上一趟南华安,务必搬动僧兵前来救援。

杨恕马不停蹄赶往华安寺,与心湖大师、三虎等围坐院内。他说:"如今洪州势危,我是为此而来。朱辰钧他勾结倭寇,诬陷谢家军,又劝诱谢家部将,分化谢家军。如今谢家军腹背受敌,又受世人非议,只怕谢将军难撑大局。弟子已经想好了,若要扭转乾坤,非僧兵不可。"

心湖大师解释:"天下僧兵兹事体大,贸然启用有违寺规,而且僧兵符先废再立已没有威信,不能再号令天下僧兵了。恕儿,其实没有僧兵未尝不是一件好事。想当初一个小小的僧兵符便害死不多与铜虎,你们也深受其害,可见兵权即是祸端,没有了僧兵,便没有了诸多争端。没有因,哪来果。这僧兵符断然不可再次启用。"杨恕跪下乞求,心湖大师却转身离去。

已至深夜,杨恕仍跪在门前,董西想过去,被金虎拦住:"他有诚心,自会灵验。"董西无奈地皱着眉头。

老僧提着油灯巡视藏经阁,一身夜行衣的董西悄悄潜入其中。她仔细搜索经卷,终于找到目标,兴奋地取出一本经书。借着微弱的火光,董西翻看着经书,不住地点头,似乎受到启发:"原来是这样,这样就能帮上呆瓜了。"老僧听到声响,重新巡视回来。董西已消失在黑暗中。

清晨,心湖、心沂与心湄、心泳大师对坐着,心湖大师问道:"不知心湄师兄和心泳师弟突然来访,有何要事?"心湄和心泳大师都说是收到来信,让他们前来,商议让杨恕参加试炼之事。

"是我们发的。"门被推开了,董西和三虎站在门口。董西向心湄大师一拜:"晚辈请问心湄大师,僧兵符已经作废,如果获取僧兵统领之头衔,能否号令天下僧兵?"

"史上虽无此例,但在僧兵符之前,旧寺规里确有规定,如能通过南北华安的试炼,便可封为僧兵统领,号令天下僧兵。"心湄大师回答。

董西微微一笑,转向心湖:"心湖大师,恕晚辈冒犯,借了你的名讳请来北华安两位大师。不过杨恕他是铁了心要获得僧兵的援助,他在那儿跪了好几天你都无动于衷,晚辈只好出此下策。"三虎也来求情,心湄和心泳大师也赞同杨恕,心湖大师长叹一声:"僧兵一出,又要再起祸端。"

这时杨恕从门外走进,身躯疲惫,面色苍白:"就算是粉身碎骨,弟子也要一试!师父,既然有此机会,弟子愿意接受南北华安的试炼,舍生忘死,在所不惜!"杨恕再次跪下。众人都望着心湖大师。心湖大师沉默许久,摇头叹息。董西和三虎大喜。

心湄大师走上前来:"杨恕,试炼分为北华安试炼与南华安试炼,由我们四位长老共同监督裁决,若你能通过这两道试炼便可获得僧兵统领之衔,号令天下僧兵。不过这试炼绝非常人所能通过,其中艰险,九死一生。老衲再问你一次,你可想好?"

杨恕目光坚定:"弟子已有觉悟,如果能让苍生免受战火荼毒,无论多艰难的试炼,我也欣然前往。如果可能,弟子希望尽快开始,每耽误一刻,洪州的危险便多一分。"

心泳大师劝道:"杨恕,看你似乎身心疲惫,还是歇息一番吧,我们北华安的十八罗汉阵可不是那么好闯的。"十八罗汉阵?三虎和董西脸都白了。

次日,习武场边已放着香案。众人围观在一旁。四周每隔几步,皆有武僧侍立。心湄大师在案前陈词,杨恕垂首聆听:"杨恕,待会儿你将与十八罗汉对阵,若你能在三炷香内不倒且成功破阵,便算通过。如无力再战,可以认输,试炼立即结束。你可明白?"

杨恕和十八罗汉步入习武场。一旁的三虎直摇头,董西担忧道:"他是大病初愈,又跪了这么多天,怎么承受得了这样的难关?真是的,这哪是试炼,简直是要命啊!"杨恕和十八罗汉互相行礼。十八罗汉齐刷刷亮出长棍,很快就将杨恕围在当中。杨恕手持长棍,岿然不动。令人窒息的压迫力,静悄悄的场面已让杨恕有了汗滴。各个方向的罗汉开始出手,动若奔雷,杨恕进退有度,在阵中腾挪招架,一手华安棍法游刃有余。心湖大师面色冷峻,一语不发。杨恕在阵中已经招架多时,有些疲惫。他防御空隙出手进攻,总是被化解,完全没有机会。董西焦急地看着香案,香已经快要燃掉一根。

"变阵!"趁着杨恕喘息之时,十八罗汉原本沉稳大气的阵势迅速灵动起来。十八罗汉不断变化身位,令人目不暇接。杨恕疲于应付,长棍似乎无处不在,杨恕不断被打中。一个分心,十八罗汉的数根长棍齐刷刷向杨恕心口刺来。杨恕被撞飞出去,倒地吐血。董西想要跑过去,被金虎拦住。十八罗汉收起长棍。

香已经燃尽两根。杨恕想爬起来,可是双手发软。罗汉们再次向杨恕举起长棍。杨恕撑着长棍吃力地站起。他很快陷入了密集的棍网之中,又再次被击倒,手中长棍也已断为两截。心沂大师摇摇头,心湖大师面有忧色。杨恕坐在地上,抹着嘴角的血,气喘吁吁。杨恕斜着眼看香案,只剩下不到半炷香。罗汉们重复着:"师弟,你可认输!"

杨恕望着周围的罗汉,已有不少罗汉出汗气喘。杨恕拼足最后一口气,手持两根短棍毅然站了起来:"绝不认输!"心湄大师和心泳大师都点头赞许。董西和三虎的心却揪了起来。十八罗汉再次进攻,杨恕却已经找到了窍门,凭借手中两只短棍咬牙坚持着。当最后一支香燃尽时,杨恕瞅准了空门,左右刺出,两名罗汉倒地,杨恕突出重围,阵势告破!

心湄大师高声宣布结果:"时辰到,杨恕胜!"三虎兴奋欢叫,董西飞快地跑向杨恕。杨恕精神一松,瘫倒在董西怀里。心湖大师摇摇头,径直离去。

杨恕朝着董西笑:"无论如何,我过了试炼,不召集到僧兵,我绝不放弃。不管是谁,我都会全力以赴,我也不希望他们对我有所谦让。"

第二十五回

因情感情杨恕过关　将计就计奸王现形

月黑风高,夜晚的街道静悄悄。一名酒鬼拿着酒壶哼着小曲东倒西歪地走在街道上。突然数十名凶神恶煞的倭寇出现在街道上。酒鬼吓得连酒都醒了,丢掉酒壶落荒而逃。倭寇们集合,其中一名头目开始分发"谢"家腰牌:"按主人的命令开始洗劫这条街,务必让这些愚民知道谢家军有多可恨!"

"慢着!"马千秋从屋顶跃下,背对倭寇,横刀而立,倭寇大惊。马千秋转过身来,发出暗语,从街道的各个角落跑出了埋伏的谢家军士兵,将倭寇团团围住,他们都穿着百姓服饰。马千秋带领士兵和倭寇战做一团。倭寇很快就被打败。马千秋击倒了倭寇头目,将刀架在他的脖子上:"我不会杀你的,我还要让你在众人面前替谢家军讨回清白。"

这时,屋顶上突然出现了竹野英雄的身影,他一挥手,暗器飞出,倭寇头目额头中招,当场死了。马千秋大惊,发现了屋顶上的竹野英雄。他挑衅一笑,消失在黑暗里。

南华安习武场上,杨恕站在场中,平静地等待着。心湄、心泳、心沂三位大师并排站着,唯独不见心湖,对于今日之试炼,心湖究竟如何安排。众人都在猜测,今日出战的恐怕并不是他们。

窃窃私语中,心湖大师缓缓走来,与心湄几位大师答礼之后,径直走上习武场,站在杨恕面前。众人疑惑,杨恕更是惊讶。心湖却神情严肃:"杨恕,现在开始南华安试炼,由老衲与你对阵。若你能在三炷香内击倒老衲,便算过关,否则即告失败,重启僧兵之事休要再提。你尽可拼尽全力,老衲也不会有一分一毫的留情。"众人不禁惊愕。心湄和心泳也面面相觑。

杨恕慌忙行礼:"师父,弟子怎么会是您的敌手,而且弟子也不敢对您出手。"武僧听令点燃了三炷香中的第一炷香,杨恕看出已经没有商量的余地了,因为心湖已经挥动手掌了。一道凌厉的掌风劈过,杨恕手臂上已是一道血痕。

"好淳厚的拈花功!"心泳一惊,看来,心湖要动真功夫了。杨恕感觉到惊诧,心湖却不答话,再次攻来,杨恕仓促躲避。几招下来,只守不攻的杨恕已流下汗来。董西担忧地看着杨恕。他正气喘吁吁地躲避着心湖的攻击。心湖一掌打中杨恕胸前,他翻到在地。

心湖说:"杨恕,若你不愿出手,可以放弃试炼。"杨恕定了定神,重新站起来,表示绝不放弃。杨恕正视着心湖,他知道自己再不进攻便不可能通过试炼,就向心湖冲去:"师父,弟子得罪了!"杨恕使出浑身解数攻击心湖,却不能取得半分优势。杨恕的气势迅速衰竭,再次被心湖一掌击飞,吐出鲜血。香已经烧掉一炷。杨恕吃力地站起,拼死向前,却被心湖轻轻一拂,再次倒地,心湖摇头:"修为尚浅,未堪大任。你认输吧。"

杨恕抹着口中的鲜血站起,身形不禁摇晃。杨恕和心湖拼掌,杨恕不敌后退。心湖又起一掌,逼向杨恕,眼看杨恕要毙于重掌之下。董西心急,飞身冲上场地。董西挡在杨恕面前,心湖收手不及,一掌击中董西,董西顿时倒在杨恕脚下。杨恕抱起董西,却发现董西没了气息,怎么摇都没有意识。

三虎不禁一惊,心泳疑惑地看了一眼心湄:"刚才那一掌该不会是?"心湄双手合十。杨恕轻轻放下董西,情绪有些失控,奋力冲上去。杨恕心神不定,招式杂乱,却招招凶狠。心湖毫不慌乱,一一拆解杨恕的招式。心湖不断将杨恕制住,杨恕却因愤怒而不停挣脱,向心湖攻击。心湖大喝一声,击中杨恕要穴。杨恕双脚一软,跪倒在地,双眼无神,已经麻木。

香已经烧掉两炷。心湖摇头:"心有执念,迷失本性,岂可将万千生灵交付于你?你这身武艺,留也无用。"心湖运功,点了杨恕额上两个穴位。三虎大惊,发现心湖要废掉杨恕的武功。三虎向前,却被心沂拦住。三虎眼巴巴地看着心湖继续沿着杨恕胸前的穴位往下点。

杨恕每被点一次,就仿佛受到一次剧烈的震击。随着被点的穴位越来越多,杨恕眼前的幻觉越来越真切。他听见马千秋在喊他,董西也正拼命为他鼓劲。但杨恕却不由自主地闭上了双眼,双臂无力地垂下。心泳不禁摇头叹气。心湄目光如炬,紧紧地望着杨恕。

心湖大师举起手指,看着杨恕的心脏,准备往下点:"点下死门,你从此再无武艺,到时一切归元,你要重新修行。"心湖的手指朝杨恕的心脏点去。仿佛天边的一滴水声。杨恕突然睁开了眼,挡住了心湖的手指。心湖讶异,却不禁露出一丝微笑。杨恕重新站了起来,朝心湖施礼:"弟子不才,蒙师父指点迷津,已经有所领悟。"心湖颔首后退,亮起架势。而杨恕也摆出与他相同的架势。

三位大师站在一旁评论:杨恕要和心湖比拼易髓经吗?心湖刚才为点拨杨恕耗费不少功力,反观现在的杨恕,心若止水,已占了上风。大悲大痛下能有这等境界,实在是难得。

杨恕和心湖同时出手,两人不停变换招式对攻。几招下来,心湖已是疲惫不堪。杨恕又出一招攻来,心湖身形一晃,已是无力回击。杨恕一惊,想要收手,心湖却一笑,迎上拳头,被打飞出场地。

杨恕连忙上前扶起心湖,心湄和心泳朝香案望去,正好第三炷香燃尽。众人纷纷上前查看心湖的伤情。心沂却走到董西身边,轻轻拍了她的几个穴位。杨恕担忧地扶起心湖,心湖却面带笑容:"我没事。不单我没事,你看……"只见董西在心沂的搀扶下站了起来,慢慢向他走来。杨恕跑上前紧紧拥抱董西。

心湖对杨恕说:"我刚才的玄空掌,就想着用她的死来试试杨恕的心性。你统领的是天下僧兵,担负的是苍生黎民的安危,还希望你以后能身由心动,不要再被痴念所左右。诸位师兄师弟对我这试炼可有意见?"众人都没有异议。

心湖说:"好!那我们便立即将这个消息昭告天下!"众人欣喜,望着杨恕。杨恕的脸上充满阳光。

群山寺庙间充斥着杨恕的声音:僧兵统领杨恕令,凡僧兵者,得令起程,会师久延山,以济苍生,匡扶天下!

朱辰钧得知杨恕统领着天下僧兵正前往谢家军的大营时,拍案惊起,愤怒地看着站在一旁的竹野英雄,质问他杨恕为什么还活得有声有色。

竹野劝解:"王爷息怒,当务之急是想想如何对付僧兵,一旦杨恕和谢天顺联手,我们恐怕难有胜算。"朱辰钧略一思索,冷静下来:"只要有安振虎这面挡箭牌,谢天顺就不敢轻易发动进攻。安振虎那边是我军门户,劳请竹野兄亲自坐镇,如有异动,通知本王。"竹野英雄退下。朱辰钧来回踱步,下令:"传令安振虎,更改战略,准备主动出击,攻打谢家军!"

有了僧兵助阵,谢家军士气大振。马千秋向众人介绍军情:"朱辰钧以安振虎为挡箭牌,并不与我们正面交锋。我估计他在养精蓄锐,等待最有利的战机,现在他的战力怕是不在我军之下。不除去安振虎,我们碰不到朱辰钧一根毫毛。"

谢天顺哀叹道:"唉,虽然安振虎这个叛贼罪恶当诛,可他麾下的将士无不是我谢家同袍,老夫怎么忍心同室操戈。"

杨恕建议用攻心之计:"他们既是受蒙蔽蛊惑,必然战意不坚,只要我们能攻其内心,便能兵不血刃收服他们。义父刚才不是说了吗,同袍之情。当然,最重要的还是让他们看清朱辰钧的真面目。"

马千秋想出了办法:"近日我从倭寇俘虏口中得知,朱辰钧与倭寇即将重修密约,如果我们能取得这份密约,无论是攻打安振虎还是揭发朱辰钧都有重大裨益。你们还记得惠王的胞妹朱娉婷吗,我们可以找她帮忙。"

杨恕提到和朱娉婷有数面之缘,知道她天性纯真善良,如果能晓之以理,她会明白孰对孰错的,并决定亲自去一趟王府见见朱娉婷,同时叮嘱每人都要写信给安振虎麾下的那些将士,攻心之用。

杨恕很快找到朱娉婷,她正独自一人在花园中玩蹴鞠。杨恕轻拈石子打在皮球上,皮球应声滚到墙角,朱娉婷跑到角落捡起皮球,才发现眼前站着笑盈盈的杨恕,亲切地一把抱住他。

二人聊天,杨恕告诉朱娉婷那几个着装古怪的,经常来找朱辰钧的人是倭寇。朱辰钧和他们在一起是因为他和倭寇签订了密约,想要借助倭寇的力量图谋造反。只要能弄到密约,就能破坏朱辰钧和倭寇的关系,才能阻止朱辰钧一错再错。

朱娉婷答应帮助杨恕搞到密约:"如果我知道了密约的下落,就把消息夹在纸船里,通过花园的小河传给你,你就不用冒险进来了。"杨恕一再鼓励朱娉婷,然后飞身离开。

夜晚,朱辰钧将一个锦盒交给侍卫:"这是我与倭国的密约,明日你须送到旧海塘交给倭国的人,务必多加小心。"书房外的角落,朱娉婷细心听着,露出了欢喜的笑容。偷到密约,她蹑手蹑脚地准备撤离,恰好被朱辰钧看到背影。

他悄悄跟着妹妹来到水边,见她只是在水中放纸船,并没有发现什么异样,便离开了。朱娉婷看到朱辰钧走远,笑了起来,轻轻地对漂走的纸船说:"纸船纸船,快去找我杨恕哥哥。"

杨恕从水中拿起纸船,取出藏在其中的纸条,阅之大喜:朱辰钧要在明日将密约送到旧海塘。马千秋飞身落在杨恕身边。杨恕把纸条递给马千秋:"我准备明日在路上截取密约。"马千秋说:"恐怕不行了,我是来告诉你紧急军情的,据探子回报,安振虎营中有异动,很可能要在明日攻打我军营寨,将军请你速速回去商议。"两人飞身赶至营帐。谢天顺、董西与三虎已在行军图旁等候。情报显示,安振虎已经在这一带拉开架势,恐怕明日就要发动进攻。杨恕建议:"我们捷足先登,就在今晚行动!今晚就进行攻心之战,董西,托付给你的将士书信怎么样了?"

得知董西已经准备好攻心用的书信,杨恕开始布置任务:"义父,此战以我和僧兵打前哨,你压住阵脚。三位师兄,你们挑选些武艺好的僧兵,我们几人乘夜进入安振虎营寨。我已经从朱娉婷那得到消息,明日朱辰钧会派人将密约送到旧海塘的倭寇处,董西和二哥可以趁他们不备,在路上截取密约。只要得到密约,就速速赶来,有它我们劝降安振虎麾下将士就容易得多。好了,大家分头行动吧。"

众人退散,只留下杨恕和谢天顺。谢天顺轻轻拍着杨恕的肩膀,感慨颇多:"恕儿,想不到经历此番劫难,你成熟了这么多。有勇有谋,调度有方,实在是值得信赖啊。我老了,是时候把重担交给你们年轻人了。好了,成败就在此一战,你们多加小心。"杨恕领首。

深夜,杨恕和三虎以及数名僧兵悄无声息地进入安振虎营寨。前面有巡营士兵,杨恕等人躬身潜行。杨恕分发书信给众僧兵,要他们将这些书信发到各个营帐,千万不要被发觉。

起床的号角声响起,士兵们睁开眼睛,发现自己的身边有书信,纷纷猜测这些书信的来历:谢天顺营中的人写的怎么会在我们的床头?该不会是他们昨夜悄悄潜入了我们的营帐吧?那他们还不把睡梦中的我们给砍了?士兵们看着手里的书信面面相觑,三三两两聚在一起,讨论书信的事:信中说谢天顺没有私通倭寇,是安将军和惠王……我们毕竟是跟过谢将军的,他的为人我们很清楚……见营寨内吵吵嚷嚷,林副将跑过来维持纪律。士兵们站到一起,面带不满。

安振虎走了过来,林副将将手上的书信递给安振虎。安振虎看罢大怒:"去,将这些书信全部焚毁,敢私藏妄议者,军法处置!"说完气愤离去。士兵们交头接耳,有些不满。

安振虎刚踏入自己的营帐,只觉得脖子一凉,一把利剑已经架在自己的脖子上,杨恕正笑着看着他。他的身后,三虎和数名僧兵已将几名昏倒的士兵放到角落。杨恕等人挟持着安振虎走上点将台。林副将带着士兵们将点将台团团包围。安振虎趁机对士兵们大嚷:"谢天顺是通倭卖国、图谋不轨的逆贼,我们只为惠王大人而战!"

杨恕语重心长地对将士们说:"你们的安将军口口声声说谢天顺是逆贼,说他勾结倭寇,你们忘记了当初的靖海将军是如何带领你们浴血奋战,驱逐倭寇的吗?你们是否记得那面令倭寇闻风丧胆的战旗,是如何在你们手中挥舞的?"铁虎飞身上旗杆,扯下"安"字旗,挂上"靖海将军"旗。众士兵颇为感动,议论纷纷,有些激奋。

杨恕喜悦道:"看看你们手中的信,那是跟你们并肩作战的战友们在呼唤!谁是敌人,谁是亲人,你们难道不清楚吗?"士兵们有的垂首,有的低落,有些人甚至放下了武器。

杨恕继续说:"安振虎,你收受惠王贿赂,背叛将军,简直是龌龊小人,亏得这些将士还拼死效命于你。"士兵们交头接耳,令安振虎大感不安。一名靠后的士兵往角落方向走去,此人正是竹野英雄……

此时,董西和马千秋正俯身观察着道路。几名惠王府侍卫骑马经过,领头的侍卫带着匣子。董西朝人群中扔下一颗烟幕弹,顿时队伍乱开。

马千秋持刀出现在后方,和董西一前一后,将侍卫夹在路中间。侍卫头目下意识地抱紧匣子。董西一甩飞刀,头目后背中刀,从马上跌落下来,匣子滚落一旁。董西捡起匣子,却发现打不开,马千秋翻看头目的尸体,钥匙不在他身上。马千秋说:"现在三弟他们应该已经攻入安振虎的大营,你快带着匣子赶过去吧。我随后就到。"董西抱着匣子,施展轻功,踏草踩叶,轻盈而去。

士兵打扮的竹野英雄召集了另一群士兵打扮的倭寇:"安振虎营中有倒戈的危险,你们给我混入人群里,不管用什么手段,一定不要让杨恕的阴谋得逞。"

竹野英雄和倭寇们混入士兵群中,安振虎在台上面如土色。这时竹野英雄和倭寇开始在人群里下手,有的释放暗器,有的捅黑刀,人群里不断有人倒下。一倭寇大喊:"啊,有人被杀了!是谢天顺的人!他们混进来杀人了!"士兵们开始混乱。竹野英雄冷笑着,在远处放暗器,又一名士兵倒下。林副将也趁机制造混乱:"谢天顺的人在人群里杀害我们,不要被台上的人欺骗了。大家小心!"士兵们慌乱地拿起武器,疑惑地看看周边的人。士兵们逼近点将台,群情愤怒。倭寇和竹野英雄纷纷撤出人群。台上的杨恕大感意外。

安振虎趁机大声呼喊:"弟兄们,看见了吗,这是他们的阴谋,他们骗取你们的信任,目的是要你们的命。谢天顺也是这样,表面上假仁假义,暗地里不知道有多卑鄙,大家擦亮眼睛,不要受他们蒙蔽。拿下他们!"士兵们逼近,杨恕等人焦急后退,情况岌岌可危。一声洪亮的声音响起:"都给我住手!"众人一惊。只见谢天顺带着少量亲军骑马突破进来。谢天顺骑着宝驹,身披重甲,威风凛凛地来到点将台前。士兵们不由自主地给谢天顺让开道路。谢天顺踏上点将台,径直走向安振虎。安振虎看到谢天顺有些心虚,但还是强自狡辩:"你表面抗倭,实际上和倭寇暗通款曲。这事全洪州的百姓都知道。"

"好一个暗通款曲。安振虎,老夫真是有眼无珠,竟对你委以重任。今日老夫绝不允许你一人之无耻,祸害我同袍兄弟自相残杀!"谢天顺威风凛凛,安振虎无言以对,"安振虎,我谢家三大营与众僧兵已将这营寨围得铁桶一般,你败局已定!但老夫不愿攻打,亲自前来,是顾念旧情不忍同室操戈。今日你便当着诸位将士之面,将你诋毁老夫之言与我一一对质,但有一样我答不上来,老夫任凭你处置。若你问心有愧,让诸位将士放下兵刃,老夫或可饶你性命!"士兵看着台上的安振虎,惴惴不安,军心动摇。

安振虎知道自己大势已去,准备投降。刹那间他瞪大了眼睛,口鼻流血而死。杨恕一惊,往人群里望去。三虎等僧兵连忙护住谢天顺。人群又骚动起来,竹野英雄冷笑着,迅速隐藏在别人的身后。在林副将的挑唆下,不少士兵又蠢蠢欲动,与相信谢天顺的士兵争吵起来,互相推搡,两边的局势又紧张起来。杨恕焦急地护着谢天顺后退,正不知该如何是好。一声嘹亮的喊声,让全场人都安静了下来。

圣旨到——两边暂停了干戈。杨恕和三虎护着谢天顺迎向门口。士兵们也疑惑地向前驻足围观。门口停着一辆华贵马车,朱辰钧先从马车上下来,接着是手持圣旨的秦如晖。他走向中央,高举圣旨。全场叩拜。

秦如晖道:"靖海大将军谢天顺上前听旨。奉天承运,皇帝诏曰:靖海将军谢天顺据守东南抗倭有功,本为大明之基石,社稷之栋梁,然其居功骄奢,拥兵自重,竟私通倭寇,祸国殃民,令朕痛心疾首。着令其即日回京,听候彻查。钦此。"谢天顺惊呆了,杨恕等人更是激愤,只有朱辰钧露出了笑容。谢天顺跪着不语,不忍就这样低头!

秦如晖一再追问:"谢天顺,你当真要抗旨?"朱辰钧带着侍卫走上前来,嘲弄地看着谢天顺:"谢将军,如有冤屈,可回京在皇上面前澄清,众目睽睽之下抗旨,可是对皇上的大不敬。"谢天顺站起身,面对朱辰钧,威武不屈:"朱辰钧,就算今日老夫背负大逆的罪名,也不会让你的阴谋得逞!"

秦如晖斥责:"大胆,竟敢抗旨!来人,将谢天顺给我拿下,我看谁人敢反抗!"侍卫等人持刀向前,准备抓捕谢天顺。杨恕持剑,犹豫是否该出手。董西抱着匣子飞过人群,落在阵中,叩拜秦如晖:"大人,谢将军是被人冤枉的,真正私通倭寇,祸国殃民的不是谢将军,而是旁边这位惠王!草民不敢胡说,大人,这里有一份惠王与倭寇签订的卖国密约!是草民从惠王府的侍卫手中夺下的。"董西呈上箱子,朱辰钧见到箱子,一惊。士兵们开始议论纷纷。董西拿出工具打开匣子,但匣子里空无一物!董西和杨恕顿时愣住了。

朱辰钧放声大笑:"董西,你这样信口开河,污蔑本王,居心何在?"秦如晖见如此局面,只能命人将谢天顺与董西拿下。杨恕突然上前:"我有人证。惠王之胞妹朱娉婷可证实朱辰钧与倭寇签约一事,恳请大人将她带到此处,容我与她对质,即可知道事情原委。"朱辰钧面色一凛:"杨恕,娉婷年幼纯真,你竟想利用她!"

"正是因为娉婷纯真无邪,我才不愿意她有你这样一个不择手段的兄长。她若知道你丧尽天良,一定会为你痛心的。"杨恕正色道,"她天性善良,一定会说出实情的。"

秦如晖征得朱辰钧的同意后,命人将朱娉婷接来。

烈日当空,营寨里的气氛异常压抑。众人都在翘首等待朱娉婷的到来。秦如晖看着朱辰钧,朱辰钧不动声色。马车带着朱娉婷来了。朱娉婷下了马车,她的面色苍白,毫无朝气。朱辰钧搂过朱娉婷,带着她走向秦如晖。朱娉婷木讷地看着秦如晖,一言不发。杨恕着急了。秦如晖伸手阻止了杨恕,亲自上前询问朱娉婷,可知道惠王与倭寇有所联系?可知道惠王与倭寇签有密约?朱娉婷都说不知道。杨恕惊讶,他发现朱娉婷有些恍惚。

杨恕提醒她:"娉婷,你仔细想想,是你用纸船通知我的,你记得吗?"朱娉婷似乎想回忆,但她明显有些力不从心,她难受地摇头。

不记得,娉婷什么都不记得,朱娉婷痛苦地抱着头,使劲儿摇着。朱辰钧搂着娉婷,娉婷眼神迷离,犹如一个木偶。

秦如晖说:"既然你们无法证实惠王与倭寇有干系,就将你们交与惠王处理。谢天顺则由我带回京城彻查。"

谢天顺打断:"我谢天顺戎马一生,死有何惧。秦大人,请你听老夫几句肺腑之言。皇上亲政不久,经验尚浅,对江山社稷之事难免操之过急,秦大人为言官之首,更应为皇上明辨视听,辅佐朝政。皇上虽然年幼,却有雄心壮志,是我大明之福。但我朝数代积弱,国力衰微已是不争之事实。如今百姓贫苦,各地纷争不息;边关告急,外寇虎视眈眈。此危急存亡之秋,谢天顺本应殚精竭虑为国效命,奈何狼子野心之辈叫我无法尽忠。我谢天顺不惧审查,只怕此去京城,再无人可阻止朱辰钧谋朝篡位!谢天顺问心无愧,只教日月照吾心。若老夫以命相证,你可取信?"谢天顺突然拔出宝剑,"谢家军听令!荡寇除奸,卫我河山!决不可叫朱辰钧遗祸苍生。从今日起,谢家军由杨恕统领,老夫先行一步!"

谢天顺壮烈自刎。杨恕和马千秋大惊,来不及阻止。秦如晖大受震动。杨恕一众悲痛。士兵们呜咽不止。朱辰钧不屑地冷笑:"钦差大人,谢天顺畏罪自杀,按圣旨谢家军应当就地解除,交与朝廷重整。"

秦如晖面容坚毅,将圣旨收入怀中:"惠王,你以为我不知道这圣旨是万盛一手促成的?我来宣旨就是奉皇上口谕来判断真伪,现在谢天顺证明了自己的清白,该到你了。我以圣上名义,带你进京彻查图谋不轨之罪,你可认罪?"士兵们开始高呼。朱辰钧低头不语,拳头紧紧握住,怒火在一点点累积。突然他大吼一声,如狂暴的野兽一般发出惊人的气息,将旁边的人纷纷震倒。朱娉婷被震得吐血倒地。朱辰钧想攻击秦如晖,杨恕迅速与他对掌。朱辰钧双眼通红,暴戾之气令杨恕也不禁后退。朱辰钧趁势飞身离去,留下一声呼啸。

马千秋等人想追,竹野英雄撒下烟幕,掩护朱辰钧逃离。烟幕散去,早已不见了朱辰钧的身影。杨恕扶起倒地的朱娉婷。朱娉婷虚弱地睁开眼睛,接着便永远地闭上了。杨恕心中充满了悲痛与愤怒:"朱辰钧!荡寇除奸!卫我河山!"大营里,"靖海将军"旗随风飘扬。

第二十六回

情董西护情遗恨天　邪辰钧入邪归地府

灵堂内陈放简单,左右各书"功盖千古"与"万世流芳"。牌位上书"靖海大将军谢天顺之灵位"。牌位前没有任何祭品,只有谢天顺的头盔与佩剑。秦如晖带着众将士上香。杨恕、马千秋、董西三人一起行礼。之后,秦如晖和杨恕等人商议军情。杨恕谈起了朱辰钧:"他野心毕露,退守洪州城内,怕是要最后一搏了。朱辰钧现在的战力,恐怕不是那么容易对付,请秦大人让皇上早日派兵援助。在此之前,我不会让朱辰钧踏出洪州一步!"

洪州城内,兵士在布告栏贴出布告。百姓纷纷围观,有识字人朗读:拟檄讨逆,召告天下。明君决断事发之前,良臣谋划千里之外。有一干乱臣贼子欺圣主年幼,把持朝政,穷兵黩武,致百姓流离,生灵涂炭。值此社稷扶摇之际,依太祖遗训,当尽藩王之责,入京勤王。然奸邪手握重权,攻我洪州。本王仗忠信二字为行军之本,虽死不屈,今告洪州乡众,望同心同德,共赴国难。

百姓议论纷纷,表示拥护惠王,誓死保卫洪州。楼台上,朱辰钧露出笑意。凭借惠王世代的名望与朱辰钧的笼络欺骗,洪州百姓竟然将朱辰钧看做匡扶社稷的忠臣,全心全意拥护他,守卫洪州城。这令杨恕始料不及,也成了他攻下洪州城的最大难关。

朝堂之上,皇帝龙颜大怒,堂下跪着的是万盛:"大胆万盛,竟敢私通外藩,欺君罔上,乱我大明江山。拖出去,凌迟处死,诛其九族。"万盛在求饶声中被护卫拖出大殿。

秦如晖向皇帝进言："皇上，如今惠王据守洪州城，号称要进京勤王，实为谋朝篡位，罪恶当诛，请皇上速速派兵讨伐，以匡国体。微臣亲见杨恕麾下英勇不凡，忠义可嘉，定可护卫我大明河山。只是惠王图谋已久，又联合倭寇，实力不容小觑。如果皇上发兵助伐，局势必然平稳。"

皇帝沉思，摇头道："朕问你，普天之下，有何部队能及谢家军？正是朝廷军力衰微，这些乱党才野心四起。当今之势，只要惠王越过洪州，便能一马平川直抵京城，与其如此，不如让各地处军驻守京城，以防不测。阻止惠王之重任，就交由杨恕与谢家军吧。"秦如晖无可奈何。

身穿戎装的杨恕步入大营，气恼地将头盔丢在桌上。洪州城久攻不下，朱辰钧暗地里又招了这么多兵马，而且火器兵刃供给不停，短时间打下城池难度很大，要准备持久战。皇帝不愿意增派兵力，只有谢家军与之抗衡，天长日久，难免生变。一旦朱辰钧突破洪州，形势更截然不同了。杨恕心里琢磨："皇上的疑虑也不是全无道理，普天之下，能与朱辰钧抗衡的就剩下我们了，如果我们失手，朱辰钧必然长驱直入，京城定然不保。看来这份重担只有我们来担了。现在他固守洪州城，怕是有下一步的计划。"

朱辰钧这边正和竹野英雄讨论形势。朱辰钧说："洪州城只是我逐鹿天下的跳板，这天下很快就是我的。现在之局势对本王十分有利，皇帝无知，集合一批残兵败将固守京城，只要本王能一举摧毁谢家军和僧兵，天下就再也没有能抵御本王的军队，一统天下只剩一片坦途。和杨恕这一场，便是本王称霸的生死一战！当初建造地下工坊时我便留了一手，预备下通往城外的地道，只是时间紧迫未能完工。只要我们尽快将地道打通，便能从后突袭谢家军，有大炮火器在手，必能将他们打得片甲不留。"竹野很是佩服，但提出兵力有限，恐怕找不出多余的人手去挖地道。

"抽守城的士兵来挖。"朱辰钧信心满满地说："杨恕判断我守城军力，不过是以城头巡视士兵为依据，只要我略施小计，让他看不出来军力减少不就行了。地道之事就有劳竹野兄了。地道竣工之日，便是我们功成之时！"

洪州城外高处，杨恕三人站在高处眺望洪州城墙。城墙上，惠王军的士兵来回巡视。董西发现这几天城墙上的巡逻士兵一天比一天少,"原来城墙上的士兵都是固定不动的,在墙角部分来回巡视,现在他们全部都在移动轮转,所以无论你在城墙的哪一面看似乎人数都和先前相同,但实际上总的守城人数已经大大降低了。"

杨恕分析:朱辰钧为撤下守城士兵,不仅仅是为了打持久战,他在城中集结士兵一定是另有企图。董西为了一探究竟,计划在杨恕和马千秋的帮助下,今夜偷偷入城。

练功房里,朱辰钧拿着标有"他化丸"的小瓶子,吞下两颗,顿觉精神大振,神情满足。他开始运功修炼,身上邪气四散。一轮运功,朱辰钧的脸色已多了几分狰狞。

侍卫进门禀告:"启禀王爷,地道即将挖通,请问王爷是否要现在准备撤退?"朱辰钧突然张开血红的双眼,狂性大发。他伸手掐住了侍卫的脖子,轻轻一拧,侍卫惨死。朱辰钧轻蔑地看着倒在地上的侍卫:"不是撤退,是去夺取天下!"

夜色中,杨恕三人与三虎悄悄潜到一处防御空虚的城墙下。城墙上,士兵来回巡视着。董西身穿夜行衣,悄无声息地贴近了城墙。不远处,三虎各持弓箭,在士兵巡查的间隙,向城墙射箭。三虎的箭势大力沉,没入城墙,在城墙上形成三个落脚点。董西轻踩箭身,轻盈地飞上城墙,在城墙上一滚,没入黑暗中。

远处忽听见城墙上一声士兵的呵斥,杨恕心惊:"我得去帮她!师兄,二哥,军中的情况就暂时交给你们了。"杨恕飞身也上了城墙。

董西落入城内,却发现守备比想象的严密,已经有士兵发现了她的踪影。董西甩出飞刀,击毙一个士兵,可她没发现背后又有一个士兵拿着火铳正瞄准她。董西转身,看见了敌人正要开火,却又突然瘫倒在地。杨恕冲过来拉起董西躲藏起来。

二人躲在角落的杂物之后,隐蔽身形。见士兵远去,外面渐渐安静下来,两人才松了一口气。董西突然反应过来:"你身为军中统帅,怎么能随便离开呢?你心里放不下我是不是?"

杨恕沉默一会儿,还是笑着承认了:"看到你有危险就不由自由地跟来了。"董西一听怒气全消,温柔地亲了一下杨恕,站起身来就走。杨恕露出久违的笑容,跟上董西。

两人借着夜色飞檐走壁。突然杨恕注意到两个士兵推着一车土倒在角落里,觉得有些奇怪。只见两个士兵倒完土往回走,边推车边抱怨,说挖地道比守城还累,还说多门大炮从背后突袭,就是天兵天将也要全军覆灭。董西和杨恕面面相觑,地道?大炮?

地道口附近,灯火通明,士兵来回运送泥土。监工在一旁鼓劲:"再加把劲,这地道明日就可以打通了。地道一通,定能将谢家军打得片甲不留,到时候,我们替惠王打下江山,荣华富贵享之不尽。"士兵们高声附和,不远处的阴影里,董西和杨恕正观察着这一切。

看见地道附近摆放着多门大炮和众多火器弹药,二人决定暂时不出城,先偷点土雷弹,然后混进地道,只要土雷弹爆炸,地道必然塌陷,这群地鼠就有的忙了。顺着董西指的方向,杨恕看见两个士兵推着车走进黑暗里。

董西和杨恕两人已经换上了士兵的服装,假装推着车向装弹药的箱子走去。

董西和杨恕推着车走向地道口。推车的底下,绑着两个土雷弹。监工大老远地催促他们两人快步向前,突见竹野英雄正从地道口往这边走,必然会与之相遇,为避免引起嫌疑,二人径直往前走,低着头与竹野英雄擦肩而过。

竹野英雄毫无反应,杨恕、董西暗暗松了口气。可没走几步,竹野英雄就回头叫住了他们。杨恕和董西一惊,站住了。竹野英雄朝他们走来,他俩不敢转身。竹野英雄向杨恕后背伸出手去,杨恕无奈,转身出手攻击,竹野英雄早有预料,后撤:"果然是杨恕,那另一个一定是董西了?是什么风把两位老友吹来了?"

杨恕和董西一把丢掉头盔。监工发现了这边的情况,忙带着士兵围过来。杨恕注意到士兵们的动向,拉起董西就跑。竹野英雄奋起直追。监工发出警报。竹野英雄甩出暗器,黑暗中董西被打中背部。暗器上有毒,杨恕将穆老叶给的锦囊递给董西。片刻,竹野英雄杀过来,他有些吃惊:"为什么你中了我的艳煌针,不但没有死,功力反而更胜从前?看我送你归西!"竹野英雄做出忍术的动作,突然消失不见。

董西自行疗伤完毕,跑到杨恕身边,杨恕并不惊慌,凝神屏息,闭上双眼,听着细微的风声。黑暗中,竹野英雄从空中持刀下劈。董西丢出飞刀,从竹野英雄身中穿过,可那只是幻象,竹野英雄又消失了。如此再三,董西有些吃不消。杨恕丝毫不动。竹野英雄再次出现,傍着明月从空中向两人进攻。杨恕终于出手,他却完全不理会空中的竹野英雄,而是一剑刺向某一黑暗处。只听得一声脆响,仿佛瓷器破裂之声,原来那黑暗处藏着机关。竹野英雄被迫从中逃出,重新站在杨恕和董西面前。竹野英雄又怒又恨,捂着滴血的手臂。

"戏法结束了。"杨恕镇定地说,"你们所谓的忍术,不过是靠机关和错觉来迷惑人,只要心如止水,找出其中的玄机,便没有什么可惧怕的。"竹野英雄夺路而逃。董西和杨恕同时追击,杨恕一刀砍中竹野英雄。可是竹野英雄却变成披着外衣的一段木桩。杨恕观察到柱子形成的阴影里有点点血迹,就让董西打那根柱子的影子。

董西甩出飞刀扎中影子。竹野英雄一声惨叫,跌倒在路面。他吃力地爬起,还想再逃跑,被杨恕一剑斩下,眼看竹野英雄就要命丧当场。这时空中突然出现一条银蛇刺向杨恕,他赶忙收手格挡。杨恕被银蛇震得连退好几步,这才看清楚银蛇的真身是朱辰钧的软剑。朱辰钧手持软剑,挡在竹野英雄和杨恕之间。

竹野英雄喜出望外,站在朱辰钧的身后。朱辰钧却反手一剑,抹过竹野英雄的脖子,他瞬间倒地。杨恕、董西一惊。竹野英雄只剩一丝气息,脸上写满了愤怒与不甘,伸手指着朱辰钧。

"竹野兄,谢谢你这些日子对本王的帮助,如今我大业将成,你们这些蛮夷就不要来分我的杯中羹了。其实,我早就想杀你了,可你对我那么戒备,我实在不好下手,今天这么好的机会,我怎么能错过?"竹野英雄在朱辰钧的冷笑中死去。

杨恕拉起董西就跑,身后撒出一包曼陀罗花粉,朱辰钧赶紧阻挡屏息。等他缓过神来,杨恕和董西早已不见踪影。

杨恕扶着董西一路逃跑,见董西背上的伤愈发严重,便赶到就近盐帮的洪州分舵那里躲避。

为董西包扎好,盐帮的付九斤推门进来:"士兵都回去了。惠王找不到这里的,你们安心疗伤吧。城门的守备很严密,外面到处都是你们的画像,恐怕不好蒙混出去啊。"付九斤略一沉思,"等到天微亮士兵换岗的时候,用老办法蒙混过关。考虑到士兵认得你们,我给你们找个真的死人,你们就藏在推车的夹层里。天亮换岗时人困马乏的,保证万无一失。"

董西觉得送两人出去太扎眼,决定自己留下。杨恕考虑到董西的伤势,还可以留在城里接应,就同意了。杨恕说:"既然他想金蝉脱壳,我就来个反客为主,趁他两头不兼顾时一鼓作气攻入洪州。如果那时地道还没挖通,城破他必败;如果地道通了,他逃出洪州城,我们占据城池,他没有半点优势,一样会被我们击破。"

董西建议从洪州西城门攻进来,那里的守备相对薄弱,她会在城门口接应。杨恕有些不安:"我带兵来攻洪州城的时候这里一定很乱,我怕你有危险。董西,其实我心里有件事一直想告诉你……算了,等打败朱辰钧了我再和你说吧。"

日出,阳光照在这静谧的洪州城,城门站岗的士兵昏昏欲睡,旁边贴着董西和杨恕的画像。付九斤穿着褴褛的衣服,推着一个死人走向城门,边走边哭。杨恕就藏身在推车狭小的夹层内。付九斤走近城门,士兵被哭声吵醒,上前查问。

听说死者染了瘟疫,士兵捂着鼻子上前,掀开席子看了一眼,里面果然是个病逝的老太太。士兵晦气地扇了扇鼻子。但士兵并没有放松警惕,他站远看了看车子,检查是否有夹带。城门边上,董西正看着这一切,眼见杨恕有被发现的危险,董西果断现身,从城门前快速飞过,揭下自己的画像站在屋顶上。

守城士兵大惊。董西飞身离去,士兵们纷纷去追。付九斤赶紧拉住一个士兵,请求打开城门。那名士兵皱着眉头,打开了门缝。付九斤点头连连称谢,推着车走出了城门。见四下无人,付九斤停下车,打开机关。杨恕从车底下钻出,长吸了一口气。同付九斤告别后,杨恕飞马驰入谢家军营寨。

他下达命令:"这就是朱辰钧的阴谋,我们可以好好把握这个机会,一举夺下洪州城。二哥你带车营步营作为主力攻南门,先做佯攻。杜参将,你带骑营游走东门与东南门,以作策应。三位师兄,你们带领僧兵与我强攻西门,西门有董西策应,应该能最先攻破,待西门城破,以响箭为号,二哥和杜参将便可全力攻城,洪州城必破!出发!"

号角吹起,战鼓擂起。杨恕一马当先冲出大门。他的身后,士兵、僧兵纷纷冲出大门,势若下山猛虎。

洪山上,朱辰钧拿着西洋望远镜眺望着不远处的洪州城,朱辰钧的旁边是一排威武的大炮和一队身披锦衣的精英侍卫。

一名侍卫骑马来报:"大部队已全部调出洪州城,随时可以向北开进。据探子回报,杨恕已经带谢家军出发,恐怕是要进攻洪州城。现在城中守备空虚,只怕抵挡不住。"朱辰钧已成竹在胸。

董西跑到一家民居后喘了口气。只见一个侍卫从民居里走出,她有些疑惑地从窗口跳了进去。民居里面陈设齐备,明显是住人的样子,却空无一人。董西转了一圈正准备出门,却看见墙边的一个竹筐。翻开竹筐,只见里面是个四四方方的木框,木框里面有一个泥巴外壳的圆球儿。董西大惊,这是守城时用来大量炸死敌军的"万人敌"吗?这么危险的火器为什么会在这儿?难道是刚才的侍卫干的?

董西这才反应过来:这一带都没有百姓,不会是因为这个吧?难道他们在这里的民房里都放了"万人敌"?董西快步走入另一民居。

一眼就看见了墙角的竹筐,翻开一看,正是"万人敌"。董西一连查了好几间民居都藏着"万人敌"!董西的汗下来了。城边的民居里都有万人敌,如果爆炸起来,这座城就毁了。朱辰钧逃出洪州城是为了要引谢家军进城,到时候只要点燃这些"万人敌",无论多少部队,全都会葬身于火海之中,这才是朱辰钧真正的目的。正往民居外走,董西迎面碰上了巡视的侍卫,她夺路而逃。侍卫看了下屋里,盖住"万人敌"的竹筐被打开,明白过来。

杨恕等人已经来到西门外,等待董西的接应,但是城墙上只有守军。他皱着眉头,看看太阳,众人的心也在炙烤。杨恕下了决心,准备进攻。

这时城墙上出现了一片骚乱,杨恕顺着金虎指的方向望去,董西正在城墙上向他挥手,她的身后追着一群士兵。杨恕的心都提了起来。董西朝杨恕边喊边挥手,可距离太远什么也听不到。杨恕忧心董西,下令马上攻城,带领僧兵们向门口冲去。

董西在城墙上喊:"杨恕!不要进城!这是个陷阱!千万不要进城!"后面的侍卫带着一群士兵追上来。董西一边丢出烟幕弹阻止敌人靠前,一边继续呼喊。迎面的士兵一刀砍来,董西将他一脚踢下城墙。董西站在高处,发现杨恕和三虎已经带着僧兵冲向大门。情急之下,她看见士兵掉落在地上的火铳,计上心来。她随手一枪,迎面跑来的士兵倒下。董西欣喜,瞄准杨恕前进的方向开枪。子弹打在杨恕面前的地上,激起一团尘土。杨恕停住了。董西心中祈祷:呆瓜,快明白我的意思,回头啊!

杨恕招手停住队伍,回头看了看董西,却没看到她手举火铳向他示警,只看到她后面的追兵已经逼近。杨恕继续冲锋。董西在城墙上急得直跺脚,再次瞄准,突然后面的侍卫一刀砍来,董西没留神,后背被砍中一刀,鲜血淋漓。董西忍痛击倒侍卫,后面的士兵倒成一片。董西利用这一点时间,瞄准杨恕的前路,仓促开火。杨恕再次停住了,他终于看到是董西开的火铳。

董西看见杨恕注意到了,大声喊叫。背后的敌人再次袭来。董西没有躲开,而是强忍一刀向杨恕开出第三击火铳。杨恕心疼得一句话说不出来,终于明白了董西的意思:"所有人后撤,全部停止攻城。"僧兵们开始后退。城墙上的董西露出笑容。

更多的士兵向董西攻来,地形狭窄,董西无处躲避,身上伤痕累累。她沿着城墙撤退。僧兵全军后撤了,但杨恕却向城墙奔去。三虎拿出弓箭,向城墙射箭,做出箭梯。

董西看着杨恕跑来心急如焚,因为城墙上已经有士兵用火铳瞄准了杨恕。眼看着杨恕越来越靠近,董西果断地站上城墙外沿,高高举起双臂,从高高的城墙跳落,宛如一只飘零的蝴蝶。

杨恕飞奔过去,在董西快落地的时候,将她抱在怀中。同时,城墙上的火铳响起,董西连续中弹。三虎和僧兵赶上来,护住杨恕撤出了火铳的射程。在安全地带,杨恕放下董西,杨恕手中已沾满鲜血。董西困难地睁开眼睛:"千万……不要进城,是陷阱,还有,朱辰钧他……躲在洪山……我觉得……

爹要来接我了。呆瓜，对不起了，不能再陪着你……"

"不，董西，我不能没有你！你记得我昨夜和你说的话吗，我现在要告诉你！我心里一直装着你，我想娶你做我的娘子，我们现在就成亲，好不好？"董西开心地笑着，眼角流出幸福的泪水。杨恕一手拉着董西的手，一手对天起誓："我杨恕对天起誓，愿娶董西为妻，一生一世，矢志不渝……"董西眼里饱含柔情，轻轻地靠在杨恕的胸膛，手却重重地从杨恕手上滑落。

杨恕抱紧董西，伤心欲绝。三虎和僧兵不禁动容。马千秋骑马赶到，却是这伤心的一幕，他深深垂下头去。

洪山上，朱辰钧眺望着洪州城，"奇怪，怎么杨恕他们还没有进城。该不会出什么差错了？不，这计划天衣无缝，不可能出差错的。"朱辰钧摇了摇头。

杨恕将董西放进马车里，脸上已是悲伤之后的坚毅。他登上马鞍，高举宝剑："冲上洪山！"数十匹骏马疾驰而出。杨恕一马当先，马千秋、三虎以及精锐僧兵紧随在后。

朱辰钧一脸焦躁，一侍卫来报："启禀王爷，谢家军和僧兵好像停止攻击洪州城，很可能要向这边进发。王爷，现在该怎么办？"朱辰钧见侍卫有胆怯之色，大怒，一把揪起侍卫，眼里满是凶狠："准备开炮，瞄准洪州城，就算炸不光谢家军，我也要让他们付出代价！"

侍卫们开始掉转炮口，瞄准洪州城。点炮的火把已经举起，可是炮声并没有响起。金轮转动处，炮手纷纷倒下，蛟筋鞭过处，到处是惨叫声。杨恕一行人杀入炮阵，一时间炮阵已被杨恕控制。朱辰钧大惊，气得直咬牙，命令精英侍卫进攻。朱辰钧也冲入炮阵，与杨恕。

战做一团。软剑对宝剑，剑光四溢，化成一片。三虎和马千秋以及两位僧兵长老组成猛虎阵，威力惊人，三虎等人死死守住炮阵，侍卫们不断被打败。杨恕武功胜朱辰钧一筹，一掌打在朱辰钧肩头，朱辰钧连连后退，软剑掉落在地。

"你以为我会输给你吗，不可能！永远不可能！"朱辰钧掏出一瓶"他化丸"，将满瓶药丸一口气吞入口中，暴戾之气大发，披头散发，双眼血红，已入魔道。朱辰钧狂笑着，震破的外衣里面竟然穿着一身皇袍。

杨恕不禁摇头："为欲望而癫狂，可悲至极。"杨恕持剑突刺朱辰钧，朱辰钧竟用手隔开宝剑,一掌打中杨恕胸前。杨恕飞出去老远,口吐鲜血。侍卫已经被猛虎阵悉数打败。三虎和马千秋正在将几门大炮瞄准山下的朱辰钧大部队。朱辰钧发现了,飞身冲来。猛虎阵再次摆成。

朱辰钧大战猛虎阵。一个僧兵长老被打死,阵破。朱辰钧大笑:"太可笑了,原本强大的猛虎阵竟然只能这样来凑数,六虎也就剩下你们这些杂碎了。"马千秋不屈服,冲向朱辰钧。三虎与另一位僧兵长老和马千秋一起进攻。朱辰钧招式凌厉狠毒,另一个僧兵长老也被杀。铁虎、银虎、金虎,一个个被打倒,只有马千秋死死坚持着。马千秋挥刀向前,却被朱辰钧一掌打飞,身负重伤。

突然一声巨响惊醒了朱辰钧。只见杨恕依次点燃了炮火,一发又一发的炮弹将山下的朱辰钧部队炸得全军覆没。杨恕丢掉手中的火把,抹着嘴角的鲜血:"一切都结束了,你的部队全完了,你已经一无所有了!"朱辰钧朝杨恕扑来,杨恕为了不殃及他人,飞身离去。朱辰钧紧紧跟随。躺在地上的马千秋挣扎站起来,也跟了过去。

洪山山巅,一片萧瑟。三个人以三角形站立着。杨恕和马千秋已伤痕累累。朱辰钧披头散发,已近疯狂。三人战做一团,杨恕和马千秋轮番被打倒。两人依旧咬着牙爬起来。

虽全身是伤,站都站不稳。可是他们并肩而立却充满信任和坚持,脸上毫无惧意。看着面前的两个人,朱辰钧突然觉得头疼欲裂,挣扎着冲向杨恕和马千秋。朱辰钧的利爪在两人面前戛然而止,杨恕的剑和马千秋的刀同时穿过了朱辰钧的胸膛。朱辰钧张大了双眼,他的眼神不再狂暴,不再癫狂,充满了悲哀。

披头散发的朱辰钧口里不断涌出暗黑的血液,终于缓缓倒下。杨恕和马千秋背靠背坐下,已是筋疲力尽……

紫禁城华盖殿,皇帝高高坐在龙椅上,秦如晖进言道:"启奏皇上,朱辰钧一干逆党已经平定,苍生免去一场浩劫。洪州百姓欢欣鼓舞,举国同庆。"

皇帝龙颜大悦:"太好了,朕要好好赏赐立下大功的杨恕,朕要封他做护国大将军。"秦如晖奏道:"杨恕已经辞官隐世,行踪不明。"皇帝面露惋惜之色,只怕以后再有乱党余孽,他该依靠谁呢?

秦如晖奏:"皇上无须依靠谁,只要皇上能勤政爱民,保天下太平,朱辰钧那样的逆党就永无抬头之日。"皇帝点点头。

山间小庙前,风声萧萧。一名年轻的僧人起身离去,他的身后立着一座青冢,墓碑上赫然刻着"爱妻董西之墓"。僧人缓缓走上阶梯,一眼望不到尽头。他笃定前行,目光沉稳而深邃……